중국의 산수 경영

중국의 산수 경영

초 판 인 쇄	2021년 06월 23일
초 판 발 행	2021년 06월 30일

저　　　자	권석환
발 행 인	윤석현
발 행 처	박문사
책 임 편 집	최인노
등 록 번 호	제2009-11호

우 편 주 소	서울시 도봉구 우이천로 353
대 표 전 화	02) 992 / 3253
전　　　송	02) 991 / 1285
홈 페 이 지	http://jncbms.co.kr
전 자 우 편	bakmunsa@hanmail.net

ⓒ 권석환 2021 Printed in KOREA.

ISBN 979-11-89292-84-3　93820　　　　　정가 31,000원

중국의 산수 경영

권석환 저

박문사

필자는 이 책의 이름을 《중국의 산수 경영》이라 붙였다. '산수'는 산수자연을 말하는 것이고, '경영'은 산수자연에 이름 붙이기, 노래하기, 기록하기, 그리기, 건축물 짓기, 활동하기 등 모든 미학적 행위를 통틀어 말한다. '경영'이란 어휘는 오늘날 기업과 기관 등을 운영하는 의미를 가지고 있지만, 중국에서는 《시경》과 《서경》 시대부터 '경영사방(經營四方)' '경영천하(經營天下)' 등 폭넓게 사용되었다.

　지금 인류는 생태계의 위기, 신종바이러스로 인한 생명의 위협, 그리고 기아와 전쟁의 위험에 직면하고 있고, 이를 극복하기 위한 다각도의 노력을 기울이고 있다. 이런 차원에서 산수 경영이 주목을 받을 수 있다. 산수 경영을 통하여 자연을 대하는 인식을 바꿀 수 있기 때문이다. 이런 차원에서 보면, 자연과 인간의 조화를 꿈꾸었던 중국인의 '천인합일(天人合一)'과 '천지인(天地人)사상'이 이러한 산수 경영의 철학적 기초가 된다.

　중국인들은 하늘, 땅, 인간이 별개로 존재하는 것이 아니라, 본질적으로 상호 분리될 수 없는 유기체라고 생각하였다.

　천인합일 사상은 산수문화(山水文化)의 핵심을 이룬다. 중국인은 신석기시대부터 산수자연 속에서 삶의 터전을 만들었고, 산수자연에 대한 공포를 극복하는 방법을 찾았다. 대우(大禹)의 치수사업이 그 최초의 극복방법이었다. 춘추전국 시대에 이르러 노장사상가들은

'무위자연(無爲自然)'을 주장하였고, 음양오행가는 우주의 생성원리를 탐색하였으며, 유가(儒家)는 산수자연을 윤리의 대상으로 삼았다. 이 것을 보면, 중국인은 천인합일 사상에 근거하여 생산 활동을 하였고, 자연의 이치를 탐구하였으며, 자연미를 발견하였다.

진한(秦漢) 시대의 통치 집단들은 정복과 국가의 권위를 강화하기 위해 산수를 경영하였다. 왕궁과 별궁을 건립하거나 산천에 거대한 비석을 세워 강역을 획정하였다. 이 시기 공간경영은 모두 권력에 의해 결정되었다.

위진남북조 시대에 이르러 산수를 미학적 대상으로 자각하기 시작하였다. 이 시기에 이르러 경외와 윤리적 대상이었던 산수를 아름다움의 시각으로 재구성 했다. 산수미는 '노래하기'·'기록하기'를 통해 구체화되었다. 당시의 귀족문인들은 산수자연의 진리를 터득하거나 노래하기를 통해 심미적 쾌락을 추구하였다. 세속적 삶의 너머 자연 속에 예술적 경지가 있다는 것을 인식하였던 것이다. 따라서 자연을 통해 진리를 터득하고자 했던 현학자(玄學者)들은 현실 삶을 떠나 산수로 숨어들곤 하였다. 그래서 산수의 삶이 현실 삶과 다르지 않음을 인식하기에 이르렀다.

당송대(唐宋代)에 이르러 사회 전면으로 나섰던 문인지식인들도 산수자연을 노래하였는데 이것이 바로 산수시(山水詩)가 되었다. 당시 문인지식인에게 있어서 산수시는 필수 문학 장르이었고, 그들의 처세관, 우주관, 인생관을 담아내는 그릇이었다. 이 점에 있어서 산수화도 마찬가지이다. 당송 시대 이래 화가들은 이전의 사람들이 그리던 인물화의 세계와 달리 산수자연의 아름다움을 묘사하기 시작하였다. 산수화는 인간의 본연적 생명의지와 사상 감정을 융합하였고,

중국예술의 핵심적 특징을 이루었다. 또한 산수화론은 종종 인간과 산수의 관계와 그 경영의 이론적 근거를 제공하였다.

한편 문인사대부들은 산수자연을 통해 보편적 이념과 사적 감정을 동시에 표현하였다. 이것이 산수기(山水記)인데, 산수자연에 대한 조망과 체험의 결과를 기록하였다. 산수기는 보편적 이념을 문학적으로 서술하거나, 현실인식을 완곡하게 표현하였으며, 아울러 공간을 미학적으로 부각시켰다.

명청대에 이르러 도시속의 산수를 꿈꾸던 문인사대부와 상인들은 별서나 정원을 경영하였다. 그들은 산수 경영의 이치를 동원하여 원림을 조성하여 도시 속에서 산수 속의 삶을 구가하였고, 시문 창작과 학문 토론, 그리고 국가대사를 강구하였다. 원림이 보편화되면서 건축물이 증가하였고 여기에 붙는 편액과 영련 역시 많아졌다. 이것들은 산수 속의 거대한 텍스트가 되어 건물과 공간이 가지고 있는 의미와 정취를 표현하였다.

명청 시대 문인사대부들은 원림과 경승지에서 자주 모임을 개최하였는데, 이것이 아집(雅集)이었다. 득의한 사대부와 상인들은 부귀와 권세를 이용하여 원림을 적극적으로 경영하고 그림과 시문 창작을 통해 교류를 확대하면서도 한편으로는 자연으로의 귀의를 열망하기도 하였다.

필자는 최근 십 수 년 동안 산수와 공간미학의 관계를 궁구하였다. 이 책은 그 결과물이다. 이미 학술지에 발표했던 〈唐宋 山水記의 景觀表現—唐宋 山水記의 試論으로서〉(2003) · 〈중국 영련(楹聯)에서의 시간과 공간의 관계〉(2004) · 〈장르의 경계, 새로운 문학영역으로서의 영련〉(2005) · 〈중국 중세 문인사대부의 아집(雅集)과 그 시화적(詩畵的)

재현에 관한 연구〉(2007)·〈원결의 산수기명에 나타난 자연공간과 장소〉(2012)·〈중국전통유기의 핵심 시기 문제〉(2012)·〈소상팔경과 유종원의 영주 산수체험의 관련성 고찰〉(2018)·〈북경팔경과 명초문인의 산수경영〉(2018) 등의 논문들, 그리고 사이버 상에서 진행했던 〈중국원림 강의〉, 그리고 기타 이미 출간된 답사기 및 잡지, 게다가 강의안까지 보태었다. 어떤 것은 저술과 논문 형식으로 어떤 것은 답사기 혹은 설명문 형식을 하고 있어 전체적인 체계를 맞추기 위해 본래 글의 제목을 바꾸거나 내용을 수정 보완하였다.

이 책은 중국인들이 어떻게 산수자연의 아름다움을 발견하고, 이를 경영하였는지에 대해 이야기 한 것이다. 이 책이 독자들로 하여금 산수자연의 경영미학을 마음껏 향유하고, 더 나아가 자연의 영원성과 생명성을 찾을 수 있다면 무척 다행이겠다.

어머니를 우주허공으로 멀리 떠나보내고 우울해 하는 아내에게 위로를, 자식의 책을 친구들에게 선물하는 것을 뿌듯하게 여기시는 부모님께 감사를 드린다. 아들 딸 쌍둥이를 낳아 힘든 가운데 학문의 길을 포기하지 않는 두 딸, 그리고 막 결혼한 아들 며느리의 미래가 산수자연처럼 조화롭길 바란다.

마지막으로 이 어려운 상황 속에서도 학문을 지키는 파수꾼 박문사의 윤석현 사장의 배려에 감사를 드린다.

2021. 05 천안 안서 상명 교정 송백관 527에서
진갑 생일 날 소봉 권석환

목차

제1장

국가권력의 공간경영

1. 제왕과 귀족의 사냥터 원유(苑囿)[1]

중국 역사상 자연을 하나의 공간으로 인식한 것은 신석기 시대부터였다. 지금부터 1만 년 전 빙하기가 끝나고 중국 대륙에는 황하 중류의 앙소문화(7천 2백년 전), 장강 하류의 하무도 문화(7천년 전), 산동성 대문구문화(6천 5백년 전), 장강 하류 양저문화(5천 4백년 전) 등 신석기 문화가 잇달아 출현하였다. 신석기 시대는 정착 생활을 위하여 주거공간을 마련하였다. 예를 들어, 하모도 유적지에 난간식 건축이 시작되었다는 것은 이미 널리 확인된 사실이다.

이어서 하(夏, 약 기원전 2077~기원전 1600), 은(殷, 기원전 1600~기원전1046), 주(周, 기원전 1046~기원전 221) 시대에는 농업 생산과 주거 공간의 안전을 위해 치수 사업을 진행하였다. 인간은 비바람의 재해를 방지하기 위해 담을 쌓고, 풀과 나무를 심었다.

자연 조건에 적응하거나 생산력을 높이기 위한 공간에서 부족의 권위와 정복을 위해 토목 공사를 진행하거나 신에게 제사 지내기 위하여 제단을 꾸미는 단계에 이르렀다.

초기의 경관 공간으로 대(臺)·유(囿)·원(苑) 등이 있었다. '대'는 "사방을 바라볼 수 있는 높은 곳"[2]으로 흙을 쌓아 만들었다고 한다. 대 위에는 건물이 있기도 하고 없기도 했다. 《산해경(山海經)》의 기록에 의하면 전설상의 왕들이 모두 '대'를 쌓았다고 하니, '대'는 가장 처음 등장한 인문공간이었을 가능성이 높다. 은(殷)나라의 마지막 왕

---

1 이 부분은 《중국미술전집》 건축예술편3 園林建築 潘谷西, 〈中國古代的園林藝術〉, (中國建築工業出版社, 1993 1~41쪽)을 초역하고, 저자가 보충하여 작성한 것이다.
2 《說文解字》: "臺, 觀四方而高者"

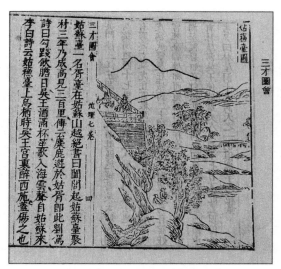

《삼재도회(三才圖會)》 고소대도(姑蘇臺圖)

인 주(紂)는 7년 동안 대공사를 벌여 녹대(鹿臺)를 쌓았다. 그 길이가 무려 3리, 높이는 1천 척(尺)이 되었으며, 그는 여기에 올라 구름과 비를 구경했다고 한다[3]. 춘추전국 시대 각 제후들도 '대'를 많이 쌓았다. 초영왕(楚靈王)의 장화대(章華臺)·오왕 합려(吳王 闔閭)의 고소대(姑蘇臺)·월왕 구천(越王 勾踐)의 재대(齋臺) 그리고 연대(燕臺) 등이 그것들이다.

《삼재도회(三才圖會)》의 〈고소대〉에 대한 설명을 보면, 고소대는 일명 서대(胥臺)라고 하는데, 고소산(姑蘇山)에 있다고 하였다. 《월절서(越絕書)》에 "합려(闔閭)가 고소대를 세웠다. 3년 동안 재목을 모아 완성했고, 높은데 오르면 300 개의 집이 보였다."라고 하였다. 이에 대한 전(傳: 해설)에 "사슴이 고서(姑胥)에서 놀았다."[4]라고 했는데 바로 이곳

3 劉向《新序·刺奢》"紂爲鹿臺, 七年而成, 其大三里, 高千尺, 臨望雲雨"

4 李白,〈烏棲曲〉姑蘇臺上烏棲時, 吳王宮裡醉西施. 吳歌楚舞歡欢未畢, 靑山欲銜半

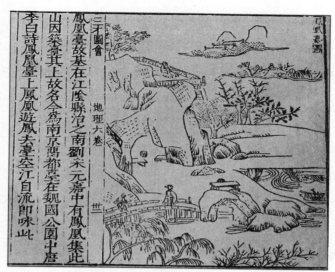

■《봉황대도(鳳凰臺圖)·삼재도회(三才圖會)》

이다. 유가(劉駕)는 "구천(勾踐)이 쓸개를 마시던 날, 오나라 왕은 잔에
술을 가득 채웠네. 피리 노래가 바다 구름 속으로 스며들고, 노래 소
리가 고소대에서 들려온다."라는 시를 지었다. 이백(李白)은 "고소대
위에 까마귀가 둥지를 틀 때, 오나라 왕궁에서 서시(西施)가 술에 취
해 있네."라는 시를 지어 고소대를 애상하였다.

이 '대'는 높이 쌓아 만든 것으로 신에게 제사를 지내는 용도로 사
용되었다. 또한 기상 변화를 관측하고, 적의 동태를 살피는 기능도
가지고 있었다. '대'는 대부분 높은 곳에서 아래를 보며 먼 곳을 바라
보기 유리하므로 감시 기능도 가졌다. 이러한 다양한 기능 때문에
'대'는 후대의 명승지의 루(樓)·각(閣)·정(亭)·대(臺) 등 멀리 내려다

邊日. 銀箭金壺漏水多, 起看秋月墮江波. 東方漸高奈樂何!

보는 건축물로 이어졌다.

유송(劉宋, 420~479) 시대에도 대를 쌓았다. 봉황대는 강음현(江陰縣) 남쪽에 있었는데, 봉황이 이 산에 모인다고 하여 봉황대라고 이름 붙였다. (지금의 남경(南京) 유도대(留都臺)이다. 위국공원(魏國公園) 안에 있다) 이백은 "봉황대 위에서 봉황이 노닐었네. 봉황이 떠난 봉황대는 썰렁하고 강물만 저절로 흐르네."라고 읊었다.《삼재도회》)

《시경(詩經)》을 보면, 영유(靈囿)·영대(靈臺)·영소(靈沼)가 등장한다. 이것들 역시 초기 정원으로 추정되는데, 보통 원유(苑囿)라고 부른다. 이 둘은 비슷한데, 규모가 큰 것을 '원(苑)'이라고 하고, 작은 것을 '유(囿)'라고 한다.《시경》을 보면 영유에서 "어미 사슴이 새끼에게 젖을 먹이려고 땅에 누워 있는" 평화로운 광경, 그리고 영소에서 "고기가 가득 뛰어오르고 있는"[5] 모습이 나온다. 주무왕(周武王)이 경영하였다는 '유'는 사방이 70리로, 그 안에서 나무꾼과 꼴을 베는 사람, 꿩과 토끼를 잡는 사람들이 왕래하였다는 기록이 나온다.[6] 당시의 '유'는 짐승과 물고기를 기르거나 사냥하는 장소임을 짐작할 수 있다. '囿'자 자체가 '囗' 속에 '有'가 있는 것으로 보아, 담이나 울타리를 가지고 구역을 정했던 것이 틀림이 없다. 다만 그 안에 건축물을 짓거나 나무나 풀을 심어 꾸몄다는 기록이 없는 것으로 보아, '원유'는 자연 경관에 가깝고 사냥터일 가능성이 높다.

춘추전국시대 각 제후들도 원유를 많이 지었다. 예를 들면 위(魏)나라의 온유(溫囿)·노(魯)나라의 낭유(郎囿)·오(吳)나라의 장주원(長洲苑)·월(越)나라의 낙야원(樂野苑) 등이 있었다. 장주원은 오왕 합려와

---

5 《詩經·大雅·靈臺》: "麀鹿攸伏" "於牣魚躍"
6 《孟子·梁惠王》: 文王之囿, 方七十里, 芻蕘者往焉, 雉兔者往焉, 與民同之.

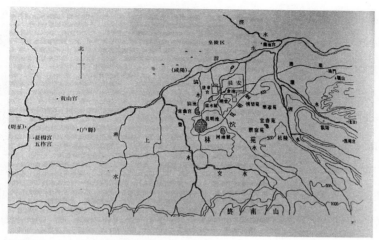

▌서한(西漢)의 장안(長安) 부근의 궁원도(宮苑圖)

부차(夫差)가 경영한 것인데, 진시황이 지었다는 상림원(上林苑)보다 아름다웠다[7]고 한다. 명대 오파화가였던 당인(唐寅)이 폐허가 된 장주원을 노래한 것으로 보아[8], 명대의 장주원은 고소팔경의 하나로 남아 있었지만 이미 폐허가 된 상태였던 것 같다.

진시황은 통일 후 광활한 금원(禁苑)을 세우려는 계획을 세웠지만 신하들의 반대에 부딪치자 대신 상림원(上林苑)을 건축하였다. 이 상림원은 진나라가 멸망할 당시 폐허가 되었다가, 한무제(漢武帝)가 복구하였는데, 넓이가 무려 3백 리나 되었다.

서한 시대 궁궐은 장안과 그 근교, 관중(關中)과 관롱(關隴) 각지에 분포해 있었다. 대부분은 한무제 당시에 세운 것으로 대표적인 것이

---

7 《吳郡志》: "漢修治上林, 雜以離宮, 佳麗玩好, 圈守禽獸, 不如長洲之苑"

8 唐寅《姑蘇八詠 其七 長洲苑》: 長洲苑內饒春色, 潑黛巒光翠如濕. 銀鞍玉勒鬧香塵, 多少遊人此中集. 薄暮山池風日和, 燕兒學舞鶯調歌. 當年勝事空陳迹, 至今遺恨留滄波.

상림원과 건장궁(建章宮)이다. 상림원은 동쪽으로는 남전(藍田), 남으로는 종남산(種南山), 북쪽으로는 위하(渭河) 남쪽 언덕, 서쪽으로 장양(長楊)까지 미친다.

상림원 안으로는 8개의 큰 냇물이 평원과 구릉을 흐르고 있다. 이밖에도 천연 호수가 10개 있고 인공 호수도 여러 개 있었다. 곤명지(昆明池)는 상림원 안에서 제일 큰 인공 호수이다. 상림원은 그 범위가 광활하여 사냥하기, 나무하기, 고기잡기를 할 수 있었다. 상림원은 이전의 원유와는 달리 그 안에 화려한 이궁과 관(觀)이 있었다. 사마상여(司馬相如, B. C179~B. C118)가 지은 〈상림부(上林賦)〉를 보면 원 안의 이궁과 별관의 호화로움을 알 수 있다.

사마상여는 상림 안에 있는 운몽(雲夢)의 아름다움을 이렇게 묘사하였다.

> 그 산은 구불구불 울창하게 서려 있고
> 울쑥불쑥 이리저리 높이 솟아올라
> 해와 달을 가리며 뒤엉켜 있네.
> 위로는 푸른 구름을 뚫고
> 아래로는 연못을 지나 길게 펼치며 강물과 이어지네.

기록에 의하면, 상림 안에는 수권(獸圈)·어조관(魚鳥觀)·관상관(觀象觀)·백록관(白鹿觀)·주마관(走馬觀)·호권관(虎圈觀)·평락관(平樂觀)' 등이 있었다고 한다.

관(觀)은 본래 관람을 위한 건물이다. 물고기와 새, 사슴, 호랑이들이 노는 광경을 구경하거나, 달리는 말과 씨름 시합을 관전하던 곳이

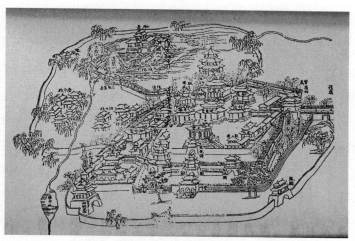

▌ 건장궁(建章宮): 건장궁은 미앙궁(未央宮)과 함께 상림원 안의 12궁 중의 하나이다. 건장궁을 둘러싼 담의 길이는 30리이고, 남쪽 담에 정문이 있다. 정문은 3층으로 높이가 30여 장이 된다. 담 안은 남북으로 나뉘어져 있는데, 남부는 궁궐 구역이고, 서북부는 원림으로 전궁후원(前宮後苑)의 구조로 이루어져 있다.

었다.《서경잡기(西京雜記)》의 기록을 보면, 상림원은 초기에 군신들이 먼 지방에서 바친 수목과 화초가 2천여 종이 넘었다고 한다. 그 중 98종에 대해서는 구체적인 품종까지 기록하였다. 상림원의 식물은 조경용이었으니 오늘날의 식물원의 역할을 하였을 것이다. 식물 외에 앵무새, 원앙 등의 진귀한 새와 외국에서 들어온 희귀한 동물들이 많았다고 한다. 상림원 안에서 사냥이나 관람 외에도 생산 활동과 제사를 지냈던 것 같다. 누에를 치는 잠관(蠶館)을 설치하거나, 사슴과 짐승을 사육하여 제사에 바친 것은 생산과 제의적 기능을 동시에 수행한 것으로 볼 수 있다.

이처럼 한나라 때의 상림원은 이전의 원유에 비해 오락적 기능이 뚜렷하게 증가하였음을 알 수 있다. 상림원은 거주·오락·휴식 등 다양한 용도를 가진 종합적 경관으로 자리 잡았다.

한대에 이르러 새로운 변화가 생겼는데, 귀족·대신·부호의 개인 정원이 생겨나기 시작했다. 재상 조참(曹參)과 대장군 곽광(霍光)은 모두 개인 정원을 가지고 있었다. 무릉군(茂陵郡)의 부호 원광한(袁廣漢)은 북망산(北邙山) 아래에 원림을 지었는데, 남북 5리에 연못과 가산(假山)이 있었고, 진기한 짐승과 새를 사육하였으며, 각종 꽃과 나무를 길렀다고 한다. 《서경잡기》에는 이 원림이 "해 그림자를 따라가도 다 둘러볼 수 없었다."고 하였으니, 그 방대한 규모를 미루어 짐작할 수 있다. 이상과 같은 사실로 보아, 한대에는 이미 인공으로 연못을 파고 산을 쌓는 등 개인 정원이 시작되었음을 알 수 있다.

동한 시대에는 황실정원 8, 9개가 낙양성(洛陽城) 일대에 있었다. 대장군 양기(梁冀) 또한 성안에 정원을 넓혔고, 가산을 쌓았으며, 진기한 새와 짐승을 길러 오락용으로 사용하였다는 기록이 보인다.

이상에서 은나라부터 한대까지의 초기 경관을 살펴보았다. 비록 한대에 이르러 개인 정원이 등장하기 시작했다고 하지만, 대부분 왕과 귀족이 향유하던 곳이다. 또한 이 때까지의 원림은 제의적 기능, 천문관측의 과학적 기능, 권력을 과시하는 정치적 기능, 경제적 기능 등 다양한 기능을 가지고 있었다. 하지만 아직 산수자연미의 구현이나 건축을 통한 인공미는 초보 단계에 머물렀다고 할 수 있다.

2. 당송시대 통치공간

당나라 황제들은 이궁을 많이 건설하였다. 장안 인근의 구성궁(九

▍ 이화원 만수산(萬壽山)에서 바라본 곤명호(昆明湖)의 전경: 청 건륭 15년(1750)에 처음 건설을 시작하였다. 곤명호와 만수산을 중심으로 하여 조성한 대형 천연 산수원(山水園)이다.

成宮), 종남산(終南山) 태화곡(太和谷)의 취미궁(翠微宮), 여산 온천(驪山溫泉)의 화청궁(華淸宮), 남전(藍田)의 만전궁(萬全宮), 함양(咸陽)의 망현궁(望賢宮), 화음의 경악궁(瓊嶽宮)과 금성궁(金城宮) 등이 있다. 대부분 산속에 위치하고 있어, 피서하기 좋은 곳이었다. 또한 동도(東都) 낙양에는 상양궁(上陽宮)이 있었고, 낙양 부근의 숭산(嵩山)의 봉천궁(奉天宮)과 임여(臨汝)의 양성궁(襄城宮), 영령(永寧)의 기수궁(綺岫宮), 복창(福昌)의 난창궁(蘭昌宮), 민지(澠池)의 자계궁(紫桂宮)과 낙양 남쪽의 삼양궁(三陽宮) 등은 대부분 황후들의 피서 휴양지였다. 당나라 때 건축한 이궁은 총 20개 이상이었다.

송나라 휘종은 간악수산(艮嶽壽山) 건설 공사를 대대적으로 벌였다. 6년 동안 역사상 보기 드문 거대한 가산(假山)을 만들었다. 흙과 돌을 섞어 가산을 만들었는데, 병풍 같은 절벽, 산봉우리, 폭포, 계곡 등이 풍광을 이루었다. 그리고는 촉도(蜀道)를 모방하여 구불구불한 등산 길과 공중에 떠 있는 사다리 길[棧道]을 만들어 정상에 오르도록 하였다.(조길(趙佶)의 〈어제간악기(御製艮嶽記)〉, 조수(趙秀)의 〈화양궁기(華陽宮記)〉 참조) 이렇게 많은 돌로 가산을 축조한 것은 조길(송 휘종)이 처음 시작한 것은 아니지만, 기이하고 험난한 산을 조성하는 방식에 영향을 주었다. 태호석(太湖石)의 산지인 오흥(吳興)에는, 송나라 때 이미 '산장(山匠)'이라고 하는 가산공(假山工)이 있었다.(주밀(周密)의 《계신잡지(癸辛雜識)》참조)

3. 명청대 황궁의 정원

명대는 황궁의 정원이 발달하지 못하였다. 북경의 남쪽 교외에 남원(南苑), 경성 안에 어화원을 조성하였지만, 당송 시대 황제의 정원에 비하면 그 규모는 보잘 것 없다. 그러나 청대로 진입한 이후, 상황은 완전히 달라졌다. 청나라 황궁의 정원은 한나라의 상림원, 당나라의 구성궁, 송나라의 간악과 비교할 수 있을 만큼 흥성하였다. 강희제는 국내 정치를 안정시킨 후 이궁을 건립하기 시작하였다. 북경 서쪽 교외에 향산행궁(香山行宮), 정명원(靜明園), 창춘원(暢春園), 승덕 피서산장(承德避暑山莊)의 공사를 시행하였다. 그리고 종실들에게도 정원을 하사하였다. 창춘원은 명나라 청화원의 옛 터에 지은 황가 원림이다. 의정(議政)과 황실의 거주용 건물을 전면에 배치하였고, 물길을 위주로 원원(苑園)을 후면에 배치하였다. 총면적은 약 1천무(畝)가 되었다. 승덕 피서산장은 강희 43년(1685년)에 준공하였다. 이것은 산 언덕과 열하(熱河), 그리고 호수를 이용하여 조성한 대표적인 황가 원

▎자금성 신무문(神武門)에서 바라본 경산(景山)공원의 모습: 경산은
만세산(萬歲山)이라고 하며, 자금성의 북쪽과 황성의 중심선상에 위
치하고 있다. 대칭 균제의 구도로 원림을 조성하였다. 명대 6개 대
내어원 중의 하나이다.

림이다. 역시 궁정과 정원 두 부분으로 이루어졌는데, 정원의 면적은
모두 8천무에 달한다. 청대에 규모가 가장 큰 황제의 정원 중의 하나
라고 할 수 있다.

옹정은 제위에 오른 뒤, 사사 받았던 원명원(圓明園)을 대대적으로
확장하여 정사와 거주를 함께 할 수 있는 공간으로 만들었다. 본래
원명원의 면적은 약 3천무 정도였는데, 건륭 시기에는 장춘원(長春園)
과 기춘원(綺春園)을 포함시켜 면적이 모두 5천여 무가 되었다. 건륭
은 자신이 조성한 원명원의 40 경(景) 중에서 28경에 옹정이 직접 쓴
편액을 걸었다. 이것을 보면 옹정 시기에 이미 28개의 건물이 완성
되었음을 알 수 있다. 건륭 시기에 청대 원림이 최고조에 이르렀다.
건륭은 경제적 번영을 이용하여 대대적으로 이궁과 정원을 조성하
였다. 그는 여섯 차례 강남을 순시하면서 구경한 각 지역의 명원과

■ 북경 자금성의 어화원 동북쪽에 있는 퇴수산(堆秀山)과 어경정(御景亭): 명나라 만력(萬曆)때에 태호석(太湖石)을 가지고 쌓은 가산(假山)으로 퇴수산이라고 이름하였다. 이 산의 위아래에는 동굴이 있고, 좌우에는 오르는 계단이 있다. 산 정상에는 어경정이 있는데, 황제가 중양절에 올라가 경관을 구경하던 곳이다.

절경을 북방지역에 재현하였다. 그는 향산의 정의원(靜宜園), 원명원, 승덕의 피서산장을 확장하였다. 그는 또한 원명원 동쪽에 장춘원과 기춘원을 건립하였다. 그 중 장춘원 북쪽에 유럽식 원림을 조성하였는데, 전통 정원에서 볼 수 없는 분수를 배치하였고, 바로크식 궁전 양식을 모방하였다. 건륭이 사냥 중에 유럽 선교사인 낭세영(郎世寧, Giuseppe Castiglione)과 장우인(蔣友仁, P. Benoist Michel), 왕치성(王致誠, Jean Denis Attiret)에게 설계를 명령하였다. 얼마 후 옹산(甕山) 앞의 호수에 물을 가두어 저수지를 만들어 또 다른 대형 원림을 건립하였는데, 이것이 청의원(淸漪園)이다. 청의원은 광서 시기에 이르러 이화원(頤和園)으로 바뀌었다.

명대에는 대내어원(大內御苑)이 주를 이룬 반면에, 청대는 이궁어원(離宮御苑)이 많았다. 이는 또한 통치계층의 생활 습성과 정치 형세와 긴밀한 연관이 있다고 할 수 있다. 예를 들어 강희제는 강남의 원림 전문가를 북경으로 초빙하여 원림을 설계하도록 하였다. 궁궐 안에 강남 원림의 풍격이 존재하는 것은 이 때문이다. 이화원 안에 있는 소주가(蘇州街)가 바로 이것이다. 그러면서도 산야를 달리며 사냥을 하던 만주족의 기상을 살려 대자연에 원림을 조성하였다. 청나라 이궁어원의 아름다움은, 강남 원림의 시정화의(詩情畵意), 궁궐의 웅장함, 대자연 생태환경의 아름다움이 융합된 것이라고 할 수 있다. 이것은 이전의 어원에 비하여 진보한 것이면서 새로운 원림미의 창조라고 할 수 있다.

4. 제천(祭天)의 공간

제천은 인간이 하늘에 경의를 표하는 행위이다. 천자(天子)가 호천상제(昊天上帝), 혹은 황천상제(皇天上帝)에게 올리는 제사행위를 말한다. 《춘추공양전》의 기록을 보면, 천자는 하늘에 제사를 지내고, 그 아래 제후는 땅에 제사를 지냈다(天子祭天, 諸侯祭土)라고 하였다.

이러한 제천은 주로 왕조의 안녕을 목적으로 한다. 농경사회에서 왕조의 안녕은 농사의 결과와 직결되어 있다. 따라서 천자는 권력의 안정을 위해 풍년을 기원하였던 것이다.

당송 시대에는 동지에 제사를 올렸다. 그래서 이것을 '제동(祭冬)' 혹은 '배동(拜冬)'이라고 불렀다. 교외에서 제사를 지냈기 때문에 '교사(郊祀)'라고도 부른다. 봄여름의 기우제 역시 제천의 일종이다.

제천의식은 영신, 행례(行禮), 진조(進俎), 초헌, 아헌, 종헌의 과정으

▌ 태산 고등봉대(古登封臺)

로 진행하였다.

역대 왕조가 태산에서 제사를 올렸는데, 이것을 봉선(封禪)이라고 부른다. '봉'은 "하늘에 제사하기(祭天)", '선'은 "땅에 제사하기(祭地)"이다(《사기·봉선서(封禪書)》張守節《正義》참조) 이것은 제왕이 하늘로부터 권력을 위임받아 인간을 통치한다는 것을 널리 알리는 상징적 행위이다. 태산의 봉선은 진시황이 전국을 통일하고 처음으로 거행하였다.

둥근 대에서 제사를 지낸다는 환구사천(圜丘祀天)은 오랜 역사를 가지고 있다. 이미 주(周, 기원전 약 11~13세기)나라 때부터 시작되었다. 동지에 수도의 남쪽 둥근 언덕에서 제사를 거행하였다. 반면에 네모진 언덕에서 땅에 제사 지내는 것을 방구제지(方丘祭地)라고 부른다. 이처럼 둥근 대에서 하늘에 제사를 지내고, 네모진 언덕에서 땅에 제사를 지냈다. 이것은 "하늘은 둥글고 땅은 네모나다(天圓地方)"

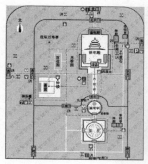

▌천단 배치도　　　▌북경 천단 기년전

라는 원시 고대 중국인의 우주관에서 비롯된 것이다.

　명청 시대에 이르러 북경 자금성 남동쪽에 천단(天壇, Temple of Heaven)을 건립하여 하늘에 제사를 올리기 시작하였다. 명나라 영락(永樂) 18년(1420년)에 처음 공사를 시작하였다. 총 면적은 273ha로서 자금성보다 면적이 조금 크다. 천단은 중간에 동서로 두 개의 담을 두었고, 남북의 중심축을 따라 건물을 배치하였다. 북쪽에 황건전(皇乾殿)과 기년전(祈年殿)이 있고, 남쪽에는 황궁우(皇穹宇)와 환구단이 있다.

　기년전은 하늘에 풍년을 기원하던 건물이다. 이 건물이 서 있는 둥근 언덕의 척도는 '九(9)'인데, 이것은 하늘을 상징한다. 기년전의 둥근 지붕과 남색 기와는 하늘을 상징하고, 내부의 4개의 큰 기둥은 사계절을 상징하며, 12개의 작은 기둥은 12개월. 24개의 작은 석가래는 24절기를 상징한다. 이처럼 건축물이 "하늘과 땅을 본받다(象天法地)"는 것은 중국인의 명당(明堂)의 근본 원리를 따른 것이다. 하늘, 땅, 인간의 관계는 중국 고대 우주관의 핵심으로 《주역(周易)》과 음양오행설에 온 것이다.

　기년전은 왕조 통치의 정통성과 통치이념 강화, 국리민복과 부국강병의 달성을 위한 건물이며 중국인의 전통적인 우주론과 공간철학을 담은 그릇이라고 할 수 있다.

이상에서 보는 바와 같이 원, 유, 대, 그리고 어원과 제천 공간은 모두 통치를 위한 공간이었다. 산수자연이 정치권력에 의해 전유되었다는 의미이다.

제2장

이상향(理想鄕)의 공간

┃ 호남성 상덕시(常德市) 도화현(桃花縣) 도화원의 패방

1. 도연명의 이상향: 도화원

서양에서 이상향을 의미하는 유토피아(utopia)는 영국의 사상가 토머스 모어가 1516년에 만들어낸 말이다. 라틴어로 쓰인 《유토피아》에서 유래하였다. 그리스어의 ou(없다) + topos(장소)를 조합한 말이라고 한다. 세상 "어디에도 없는 장소"라는 뜻이다. 즉, 유토피아는 '현실에는 결코 존재하지 않는 이상적인 사회'를 일컫는 말이다.

그렇다면 중국의 이상향은 이것과 무엇이 다른가?

중국의 이상향은 도화원(桃花源)에서 출발하였다. 무릉군에 있다고 하여 무릉도원(武陵桃源)이라고 부른다. 도화원을 처음 세상에 알린 사람은 도연명(陶淵明)이고 그가 지은 〈도화원기(桃花源記)〉가 시작이다. 잠시 읽어보자.

〈도화원기〉

진(晉) 태원(太元) 시기 무릉(武陵) 사람이 고기잡이로 생계를 꾸리고 있었다. 그는 계곡을 따라 올라가다가 얼마를 왔는지 길을 잃고 말았다. 그러다 갑자기 복숭아 꽃밭을 만났다. 양쪽의 수백 보 사이에는 다른 나무가 섞여있지 않았다. 꽃다운 풀이 신선하고 예쁘게 자라 있고, 떨어지는 꽃잎이 어지럽게 날리고 있었다. 어부는 아주 이상하게 생각하고는 다시 앞으로 걸어가 숲의 끝까지 가보려고 하였다. 숲이 끝나는 곳에 샘물이 있었고, 문득 산이 나타났다. 산에는 조그만 입구가 있는데, 빛이 새어나오는 듯하였다. 어부는 곧 배를 버리고 입구를 따라 들어갔다. 처음은 겨우 한 사람이 통과할 수 있을 정도로 협소하였다. 다시 수십 보를 걸으니, 환하게 열리며 앞이 확 트였다. 땅은 평평하고 넓었으며 집들도 반듯하였다. 기름진 땅, 아름다운 연못, 뽕나무, 대나무 등이 있었다. 논과 밭두렁은 사방으로 연결되어 있고, 개와 닭의 울음소리가 서로 들렸다. 남녀가 그 사이를 왔다갔다하며 농사를 짓고 있는데 옷이 바깥사람과 꼭 같았다. 늙은이와 어린아이가 함께 흐뭇해하며 저절로 즐거워하고 있었다. 그들은 어부를 보자마자 크게 놀라며 어디서 왔느냐고 물었다. 일일이 대답을 하니, 바로 집으로 데리고 가서 술상을 차리고 닭을 잡아 식사대접을 하였다. 마을 사람들은 이 어부가 왔다는 소문을 듣고 모두 나와 물었다. 그들은 스스로 "조상들이 진(秦)나라 때 난리를 피해 처자식과 동네 사람을 이끌고 외부와 차단된 이곳으로 와서,

다시는 나아가지 않았으며, 마침내 외부 사람들과 왕래가 끊겼다."
라고 말했다. 지금이 어느 세상이냐고 물었더니, 그들은 한(漢)나라
가 있었다는 것조차 모르고 있었고, 위진(魏晉)은 말 할 것도 없었다.
어부가 들었던 것을 일일이 말해주자 모두 탄식하였다. 나머지 사람
들도 그를 초청하여 술과 음식을 대접하였다. 어부는 며칠을 묵은
뒤, 고별 인사를 하였다. 마을 사람들은 "바깥 사람들에게 말할 필요
가 없어요."라고 말하였다.

어부는 그곳을 빠져나와 배를 찾았다. 전에 왔던 길을 따라 나오며
곳곳에 표시를 하였다. 마을로 돌아와 태수에게 이와 같이 아뢰었
다. 태수는 곧 사람을 파견하여 그가 갔던 길을 따라 표시를 찾도록
하였지만 결국은 길을 잃고 말았다. 남양(南陽)에 유자기(劉子驥)라
는 고상한 선비가 있었는데, 이 소문을 듣고 기뻐하며 그곳을 찾으
려고 하였다. 그러나 성공하지 못하고 병을 얻어 죽었다. 그 뒤로는
끝내 나루터를 찾는 사람이 없었다.

이 글은 도연명이 지은 〈도화원시(桃花源詩)〉 앞에 있는 것으로 시
의 서문에 해당한다. 그가 만년에 지은 것으로, 전쟁과 살육이 없고
정치권력과 명예도 아랑곳하지 않는 이상세계를 그려냈다. 전체적
인 구조는 어부가 이상세계를 찾아갔다가 다시 돌아오는 과정으로
이루어져 있다. 현실→이상→현실로 돌아오는 과정이다. 이것을
보면 도연명이 그린 도화원은 현실도피가 아니라, 현실에 대한 강력
한 희망이라고 할 수 있다.

이 글 속에서는 우리는 허상과 현실 공간은 분리될 수 없다는 것을
알 수 있다. 즉, 공간은 허실이 상생한다는 것이다. 또한 다음과 같은

▎清 여학(呂學) 〈도원도 ▎清 고부진(顧符稹)의 〈도원도〉
　(桃源圖)〉

공간경영 기법을 발견 할 수 있다.

　　"처음은 겨우 한 사람이 통과할 수 있을 정도 협소하였다. 다시 수십
　　보를 걸으니, 앞이 환하게 열리며 탁 트였다."

　이는 중국인들의 전통적인 원림 조성 기법과 흡사하다. 중국인들
은 경관의 진경을 한 눈에 다 보여주지 않는다. 높은 담과 곡경으로
차단하고 은폐하다가 어느 순간에 드러내 보이는 방법을 사용한다.
이것을 '은(隱: 숨김)'과 '현(顯: 드러냄)'의 조화라고 할 수 있다.
　도화원은 현재 호남성 도화현에서 15㎞ 떨어진 곳에 위치하고 있
다. 고대에는 무릉군에 속해 있었다. 당대에 이르러 이곳에 사찰과
도관이 들어서기 시작하였다. 송대에는 도화원이 이곳에 있다 하여
지명을 도화현으로 바꾸었다.

이상향도 인간이 일으킨 전쟁의 불길을 피하지 못하였는지 여러 차례 파괴와 중수를 거듭하였다.

청(淸) 광서(光緖) 10년에 연명사(淵明祠)를 중수하여 도연명의 인품을 기렸고, 산을 따라 도연명의 〈도화원기〉의 의경을 재현하였다.

2. 이백의 춘야연도리원과 비인간(非人間)

당나라 이백(李白, 701~762)은 도리원을 노래하였다. 봄밤, 복숭아꽃 오얏꽃 핀 정원의 잔치 광경을 다음과 같이 표현하였다.

〈도야연도리원서(春夜宴桃李園序)〉

저 하늘과 땅은 만물이 잠시 쉬어 가는 곳이요, 시간은 영원히 지나가는 손님에 불과하다네.
그러니 꿈처럼 덧없는 인생살이 즐길 날이 얼마나 되겠는가? 옛 사람들이 횃불을 밝히며 놀았다고 하니 정말로 이유가 있구나. 게다가 화창한 봄날 아지랑이가 나에게 손짓하고, 온 대지가 화려한 모습으로 나에게 다가오고 있으니 말이다.
복숭아꽃과 오얏꽃이 핀 정원에 모여 하늘이 준 생명력을 풀어보세. 여러 아우들은 모두 사혜련(謝惠連)처럼 잘생기고 똑똑한데, 나는 사령운(謝靈運)만큼 시를 짓지 못하니 부끄럽구나. 쉼 없이 자연 속으로 깊이 젖어드니, 고상한 대화가 맑은 분위기로 바뀌었다. 우리는 꽃밭 사이에 앉아 잔치를 열었다. 술잔이 날듯이 오고갔고 우리는

┃明 宋旭 桃花源圖 부분

달빛에 취하였다. 훌륭한 작품이 없다면, 어찌 가슴속의 그윽한 정
취를 풀 수 있으랴. 만약에 시를 완성하지 못하면 금곡원(金谷園)의
규정에 따라 벌주를 내리리라!

이백이 지은 이 글의 본래 명칭은 〈춘야연제종제도리원서(春夜宴諸
從弟桃李園序)〉이다. 우리말로 풀어보면 〈봄밤, 복숭아꽃 오얏꽃 만개
한 정원에서 동생들과 함께 연회를 베풀면서 지은 시의 서문〉이 될
것이다. 복숭아꽃과 오얏꽃이 흐드러지게 핀 어느 봄밤, 화사한 정
원에서 시인들이 연회를 베풀었다. 이들은 겨울을 이기고 만물을 소
생시킨 자연의 위대함에 감탄하고, 그 환락과 수려한 풍광을 마음껏
즐기고 싶은 마음이 생겼다. 게다가 좋아하는 술까지 있어 마음이 흡
족하여 달빛에도 절로 취하였다. 그러나 이 그윽한 분위기와 흥겨운
정취에 노래가 없다면 무엇으로 풀 수 있겠는가? 말로 다할 수 없는
흥취를 노래로 풀어보자는 심사일 터이다. 그래서 그 감회를 한 사람
씩 돌아가며 노래하였다.

이백은 무궁한 공간과 시간 속을 사는 인간의 유한한 삶을 어떻게 보았을까?

"하늘과 땅은 만물이 잠시 쉬어 가는 곳이요, 시간은 영원히 지나가는 손님에 불과하다네."

'잠시 쉬어가는 곳(逆旅)', '지나가는 손님(過客)', '정처 없이 떠도는 부질없는 인생(浮生)', '꿈처럼 허망하다(若夢)' 등등으로 묘사하였다. 광활한 우주 공간과 억겁의 장구한 시간을 사는 인간의 짧은 삶을 슬퍼하였다. 한 마디로 공간과 시간 속에 던져진 '고독한 인간'이라는 것이다.

그러면, 이백은 그 비애를 어떻게 극복하자고 했는가? 그는 자연미의 발견을 통하여 극복하자고 했다.

"화창한 봄날 아지랑이가 나에게 손짓하고, 온 대지가 화려한 모습으로 나에게 다가온다."

자연미를 발견하는 순간 비애는 일순간 환희로 바뀐다. 아지랑이 아물거리는 화창한 봄 대지에, 아름다운 복사꽃 오얏꽃이 피었다. 자연의 아름다움은 참으로 경이롭다. 환희 그 자체이다.

이 환희는 마음속에 흥취를 불러일으키기에 충분하였다. 이제 그 흥취를 마음껏 풀어볼 심사였다. 무엇으로 풀 것인가? 먼저 꽃밭 속에 앉아 잔치를 열고 술을 마셔본다. 그러나 술로 어찌 그윽한 정취를 모두 풀 수 있겠는가! 한두 마디 말로는 어림도 없는 듯 하였다.

그래서 노래를 불렀다.

슬픔(悲) → 기쁨(歡) → 흥취(興) → 시(詩)가 되는 과정이다. 시적 세계는 슬픔이 없는 이상세계이고, 그것은 자연과 만났을 때 가능하였다.

이백이 지은 〈산중문답(山中問答)〉 속에 또 별천지가 있다.

벽산(碧山)에서 사는 의미가 무엇인지 묻기에   問余何意栖碧山

미소 지으며 대답하지 않았지만 마음은 저절로 한가롭다.

                         笑而不答心自閑

복숭아꽃이 물에 떠서 유유히 흘러가니   桃花流水窅然去

여기가 바로 인간세상이 아닌 별천지로다.   別有天地非人間

복숭아꽃이 유유히 흐르는 곳, 푸른 산이 바로 인간세상이 아닌 별천지라고 하였다.

이처럼 중국인의 이상향은 "세상에 없는 공간"이 아니라 산수 속에 들어 있었다.

제3장

대하장강(大河長江)의 공간미학

1. 황하(黃河)의 공간 미학: '어머니의 강'

중국의 중원을 흐르는 큰 물줄기가 있으니, 그것이 바로 황하이다. 중국인들은 황하를 '어머니 강'[母親河]이라고 부른다. 그리고 황하는 "염황자손(炎黃子孫)의 핏줄기이며, 중화민족의 정신과 감정의 상징"이라고 여긴다.

황하는 청해성(靑海省) 파얀칼라산(巴顏喀拉山, BaYanKaLa mountains)의 북쪽 언덕에서 발원하여 청해(靑海)·사천(四川)·감숙(甘肅)·영하(寧夏)·내몽고(內蒙古)·섬서(陝西)·산서(山西)를 경유하고, 용문(龍門)을 지나 동관(潼關)에서 방향을 바꾸어 하남(河南)의 낙양(洛陽)과 정주(鄭州)·개봉(開封)을 통과한 뒤, 물줄기는 마지막으로 산동(山東)의 이진현(利津縣)에 이르러 발해(渤海)로 흘러든다. 무려 9개의 성을 통과하는데, 전체 길이가 5,494㎞가 된다. 중국의 하류 중에서 장강 다음으로 길다. 그래서 우리는 종종 이 둘을 합쳐 대하장강(大河長江)이라고 부른다.

지금이야 '河'라는 용어가 '하류(河流)'를 의미하는 보통명사지만, 본래 '河'는 '황하'를 지칭하는 고유명사였다. 《사기》나 《한서》 등 초기의 역사서에서는 황하를 '大河'라고 불렀다. 모래 진흙이 많은 하류를 '탁하(濁河)'라고 불렀던 것도 같은 맥락에서 나온 말이다. 황하는 상류에 있는 사막고원에서부터 모래 진흙과 뒤섞여 흐르기 때문에 물빛이 누렇다. 이런 연유로 당나라 중엽부터 '황하(黃河)'라는 고유명사가 생겼지만, 수많은 문인들은 황하를 그저 '河' 혹은 '大河'라고 불렀다.

황하의 상류를 노래한 시 한 편을 인용하여 보자.

〈양주사(凉州詞)〉

왕지환(王之渙, 688~742)

황하가 멀리 흰 구름 사이에 걸려있고　　　　　　　黃河遠上白雲間

한 줄기 외로운 성이 까마득한 산에 앉아 있다.　　一片孤城萬仞山

서역 피리가 〈절영류(折楊柳)〉를 원망한들 무슨 소용인가

　　　　　　　　　　　　　　　　　　　　　　羌笛何須怨楊柳

봄바람이 옥문관(玉門關)을 넘지 못하는 걸.　　　春風不度玉門關

　여기에서 등장하는 양주(凉州)는 오늘날 감숙성 무위(武威)지역이다. 난주(蘭州)에서 시작하여 주천(酒泉)의 가욕관(嘉峪關)까지 1,200㎞의 길을 우리는 '하서주랑(河西走廊)'이고 부르는데 양주는 이 길의 중간에 있다. 이 길은 동서 교역통로였던 실크로드의 중요한 구간이다. 하서주랑은 한나라 장건(張騫, BC.164~ BC.114)이 개척한 길로서, 이 길은 따라 가면 서역과 중앙아시아로 갈 수 있다. 이 길은 남쪽의 기련산맥 (祁連山脈)과 북쪽의 내몽고 사막으로 포위되어 있는 협곡을 따라 이어져있다. 길의 중간 중간에 기련산 만년설에서 녹아내린 물이 고비사막으로 흘러들어 여러 개의 오아시스를 이룬다. 양주는 바로 이 오아시스 중의 하나이다. 양주는 땅이 비옥하고 물산이 풍부하여 4세기경부터 여러 북방 국가들이 이곳에 수도를 정했다. 객상들이 머무는 객사가 즐비하였으며, 멀리 고향을 떠나와 변방 관문과 성을 지키는 군사들이 주둔하던 곳이다.

▍하서주랑이 끝나는 가욕관: 가욕관에서 또 한참을 서북쪽으로 가야만 돈황이 있고 옥문관에 도달할 수 있다.

▍난주(蘭州) 옆을 지나는 황하: 황토고원을 지나는 황하는 수많은 토사를 끌고 흐르기에 물빛이 누렇다. 이곳 사람들은 오래전부터 양피 가죽으로 만든 튜브를 타고 강을 건너다니며 삶을 영유하였다. 이들에게 황하는 위협의 존재이면서 동시에 어머니의 젖줄과 같았다.

이 시의 작자 왕지환은 당나라 안서절도사(安西節度使)의 판관으로 부임하여 이곳 양주에서 기거하였다. 비슷한 시기 안서절도사 고선지(高仙芝, ?~756)의 막부에서 일했던 잠삼(岑參, 718~769)이란 시인도 있었다. 이들은 주로 변방지방의 풍광과 인정세태를 노래하였다고 하여 변새파(邊塞派) 시인으로 불린다.

사실 이 시에서 말한 황하는 본류가 아니라 지류이다. 즉, 하서주랑을 따라 흐르는 물줄기로서 황하 상류를 흘러드는 지류에 해당한다. 이 시는 황하 상류의 광활하면서도 황량한 경관을 묘사하였고, 그 땅에서 사는 사람들의 이별과 그리움을 빌어 시인의 심경을 피력하였다. 당나라 당시에는 그리운 사람과 이별할 때 버들[楊柳]을 꺾어주는 풍습이 있었다고 한다. 여기에서 '柳(버들)'字는 '留(머무르다)'字와 발음이 같아, 떠나지 말고 남아있어 달라는 뜻을 가지고 있다. 그래서 종종 이별 자리에서는 버들을 꺾어들고 '절양류(折楊柳)' 가락을

▌황하의 상류가 적석산을 지나고, 그 앞에 필자가 서 있다. 황하 옆으로 병령사(炳靈寺)
가 자리하고 있다. 황하가 싣고 온 불교문화가 이곳에서 꽃을 활짝 피웠다.

노래했다고 한다. 결국 이 노래는 나그네를 위한 이별의 노래가 되었
다. 그러나 봄바람이 옥문관(玉門關)을 넘지 못하면, 버드나무 가지에
물이 오르지 않아 버들피리도 만들 수 없다. 버들피리도 없는데, 애
잔한 이별의 노래 가락인들 무슨 소용이란 말인가! 외로운 나그네
신세가 된 시인은 까마득히 먼 황하나 높은 산이 막고 있는 것이 야
속하다. 중앙 정부의 관심이나 고향 집의 온정이 전해지지 않기 때문
이다. 이 변방에 머물고 있는 시인의 심정은 고독하고 처량하기 그지
없다. 시인이 바라본 황하 상류의 풍광은 웅혼하지만, 그 속에 담긴
정조는 자못 비장하고 처량하다.

　황하의 본류는 불교문화를 싣고, 감숙성 영정현(永靖縣)에 있는 적
석산(積石山)언덕 옆을 지난다. 그리고 이곳에 불교 미술의 꽃을 피웠
다. 병령사(炳靈寺) 바위절벽에 새겨진 불상이 바로 그것이다. 황사암

▎병령사 석불: 유유히 흐르는 황하를 바라보며 석불이 잔잔한 미소를 짓고 있다.

으로 이루어진 절벽은 불상을 조각하기 아주 용이하지만, 풍화 작용에 약한 것이 흠이다. 그러나 이 지역의 기후가 건조한데다가 높은 절벽 위에 새겨져 있으며, 불상 위에 처마를 설치하여 풍화 작용을 더디게 만들었다. 때문에 비교적 잘 보존되어 있다. 병령사는 실크로드가 농서(隴西)지역으로 뻗어난 지선 위에 위치하고 있다. 그래서 서진(西晉) 시대부터 불교도들이 이곳에 머물러 불경을 번역하는 한편 불상을 새기기 시작하였다. '병령(炳靈)'이란 말은, 티베트 말로 '십만 불'이라는 뜻이다. 북위·수·당으로 이어지면서 불상이 조각되었는데, 현재 굴감(窟龕) 183개에 석조불상 694신이 새겨져 있고, 벽화가 900㎡에 달한다.

황하가 섬서성에 이르면 화산을 감싸고 돈다.

〈서악 화산의 운대봉에서 단구자에게 이별가를 바치다(西岳雲臺歌 送丹丘子)〉(부분)

이백(李白)

우뚝 솟은 서악은 얼마나 장대한가!	西岳峥嶸何壯哉
황하가 하늘 끝에서 실처럼 내려온다.	黃河如絲天際來
만 리 길 황하가 산과 부딪쳐 출렁이면	黃河萬里触山動
소용돌이치며 진(秦)나라 땅을 진동시킨다.	盤渦轂轉秦地雷
화산의 상서로운 기운이 오색으로 반짝이고	榮光休氣紛五彩
성인이 나타나면 황하가 천년에 한 번 맑아졌다.	千年一清聖人在
거대한 혼령이 포효하며 두 산을 갈라놓으니	巨靈咆哮擘兩山
누런 물결이 화살처럼 솟구치며 동해로 날아간다.	洪波噴箭射東海
화산의 세 봉우리는 우뚝 솟아올라 꺾어질 듯	三峰却立如欲摧
푸른 절벽과 붉은 계곡이 높이 손바닥을 펼치네.	翠崖丹谷高掌開

이 시는 황하 중류에 있는 유협곡(游峽谷)의 장관을 묘사하였다. 이 시기에 서악(西岳)은 섬서성의 화산(華山)을 말하며, 운대(雲臺)는 화산의 동북쪽 봉우리이다. 사면의 깎아지른 절벽이 마치 구름 속에 서있는 누대와 같다고 하여 붙여진 이름이다. 이 봉우리에서 멀리 황하를 바라보면 마치 물줄기가 하늘에서 내려오는 실처럼 보인다는 것이다. 화산은 옛 진(秦)나라에 있기 때문에 황하가 "진나라 땅(秦)을 진동시킨다."라고 표현하였다. 지금 화산은 수양산(首陽山)과 함께 황하를 바라보고 있는데 전설에 의하면, 황하의 거대한 혼령이 두 산을 갈라놓았다고 한다. 그래서 이백은 "거대한 영혼이 포효하며 두 산을

▍서악(西岳) 화산의 웅장한 모습: 멀리서 보면 하얀 꽃 봉우리 같다고 하여 화산(華山)
이라는 이름을 얻게 되었다. 황하가 수양산과 화산을 갈라놓았다는 전설이 있다.

갈라놓았다."라고 묘사하였다. 이백의 이 시는 황하와 화산의 장엄
한 모습, 자연 지리 속에 담긴 인문적 요소, 그 웅혼한 기상을 마음껏
표현하였다.

황하는 정주(鄭州)의 극목각(極目閣) 부근에 이르러 하류와 이어
진다.

〈관작루에 올라(登鸛雀樓)〉

왕지환(王之渙)

해가 서산에 걸려 넘어가고	白日依山盡
황하는 바다로 흘러가고 있다.	黃河入海流
천 리 먼 광경을 보고 싶어	欲窮千里目

▌망산(邙山)의 극목각(極目閣)에서 바라본 황하의 모습: 이 누각은 정주(鄭州) 황하
풍경구에서 속해 있는데, 이곳에 오르면 황하의 중류와 하류가 만나는 경관을 한 눈
에 볼 수 있다.

누각을 한 층 더 올라갔다.　　　　　　　　　　　　　　更上一層樓

　이 시에 등장하는 관작루(鸛雀樓)는 산서성(山西省) 영제현(永濟縣) 서
남쪽에 있었다. 3층 누각으로 황하를 바라보며 서 있다. 홍수에 의해
수몰되었다가 2002년에 중건되었다고 한다. 누각에 올라 황하의 모
습을 조망하면, 시인의 눈앞에는 광활한 그림이 펼쳐진다. 서산으로
해가 막 기울고 황하가 분등(奔騰)하며 흐르고 있다. 그 순간 시인은
깨달음을 얻었다. "천 리 먼 광경을 보고 싶어, 누각을 한 층 더 올라
갔다(欲窮千里目, 更上一層樓)."라고 하였다. 본디 깨달음은 순간에서 나
오는 법이던가!
　황하는 이곳에서 하류를 향해 내달린다.

《낭도사(浪淘沙)》

유우석(劉禹錫, 772-842)

굽이굽이 황하는 만 리 모래를 끌고,	九曲黃河萬里沙
하늘 끝에서 물결 풍파를 일으키며 흐른다.	浪淘風簸自天涯
지금 이 물길 따라 가면 곧장 은하수에 다다르니	如今直上銀河去
우리 함께 견우와 직녀 집에 들르자.	同到牽牛織女家

　위의 〈낭도사(浪淘沙)〉는 모두 9수로서, 황하와 장강의 풍광을 묘사하였다. 그 중, 위에 인용한 제1수는 황하를 노래한 것이다. 시인은 황하의 물길이 구곡양장처럼 구불구불하고 물빛은 황토색으로 물들어있다고 묘사하고, 거기에 문학적 상상력을 보태었다. 전하는 말에 의하면, 한나라 때 장건은 한무제의 명을 받고 서역으로 황하의 발원지를 탐험했다고 한다. 장건은 황하를 따라 수개월을 거슬러 올라갔다가 발원지 부근에서 직녀(織女)를 만났다. 직녀는 장건을 지극정성으로 접대하였다. 장건이 돌아가려고 하자 직녀가 베틀을 선물하였다. 장건은 베틀을 가지고 장안으로 돌아와 한무제에게 바치면서, 베틀을 얻은 과정을 아뢰었다. 이때부터 황하와 은하수의 전설이 탄생하였다고 한다. 은하계의 정반대 양방향에 견우성과 직녀성이 위치한 내력을 전설로 만든 것이다. 직녀는 천상의 선녀였으나 인간 세상으로 내려와 견우와 부부가 되었다. 나중에 서왕모(西王母)가 직녀를 천상으로 부르자 견우도 직녀를 따라 하늘로 올라갔다. 서왕모는 이들의 만남에 화가 나서 그들에게 죄를 내려 둘 사이를 갈라 놓고 1년에 한번 7월 7일 만나도록 하였다.

▋ 장영(張靈)의 〈직녀도〉

　이 시는 견우직녀 전설을 연상시키지만, 환상은 하늘의 은하수에 있는 것이 아니라 땅 위를 흐르는 황하에 있었다. 시인은 저토록 웅혼하고 장엄한 황하는 반드시 하늘에서 내려왔을 것이라고 생각하였다. 아! 하늘에도 은하(銀河)가 있지 않은가? 그러니 하늘로부터 내려온 황하는 반드시 은하수에서 출발했을 것이리라! 시인은 환호하였다. 황하를 따라 걸어가면 은하수까지 갈 수 있다고 여겼다. 그리고 견우와 직녀의 집도 방문할 수 있다고! 시인은 황하를 따라 은하수까지 함께 가자고 했다. 그러면 누구와 같이 가자는 것일까? 아마도 함께 노래한 백거이(白居易)일 것이다. 이 시를 읽다보면 문득 시인을 따라 은하수로 떠나고픈 마음이 몰려온다.

〈황하를 건너 청하에 도착하여 시를 짓다(渡河到淸河作)〉

왕유(王維, 701~761)

배를 타고 황하를 가다보니	泛舟大河里
물이 하늘 끝까지 쌓여있다.	積水窮天涯
하늘 빛 물길이 갑자기 열린 틈으로	天波忽開拆
마을의 여러 집이 보인다.	郡邑千萬家
다시 가다 보니 도시가 나타났고,	行復見城市
뽕나무와 삼나무가 또렷하게 보였다.	宛然有桑麻
고개 돌려 옛 고향을 바라보니	回瞻舊鄕國
아득한 물줄기가 구름 노을과 맞닿아있더라.	淼漫連雲霞

이 시는 황하의 하류 경관을 묘사한 것이다. 왕유가 개원(開元) 9년 (721) 제주(濟州, 오늘날 산동성 치평(茌平))로 폄적되었을 때 지은 것이다. 그는 그곳에서 말단인 창고지기를 맡고 있었다. 물과 하늘의 열린 틈으로 마을의 여러 집이 보이고, 논밭이 완연하게 나타났다. 그 순간 고개를 돌려 다시 보니, 황하는 그저 하늘에 닿아있을 뿐 고향은 보이지 않았다. 고향을 그리워하는 시인의 마음이 많은 것을 생각하게 만든다. 시인의 노래는 끝났으나 여운은 가시지 않는다.

시를 따라 황하를 유람하다 보면, 황하는 중국인에게 젖줄과 같은 존재였다는 것을 알 수 있다. 그리고 그 넘실대는 물줄기는 그들 문화의 시원이면서 삶의 터전이었던 것도 알 수 있다. 황하 문명이 그렇게 탄생하여 중국 문화의 원형을 이루었으리라.

시는 황하의 물이 도도하게 흐르고 하늘까지 넘실거렸다고 표현하였다. 그러던 황하가 오늘날 말라가고 있다고 한다. 중류부터 급격하게 마르기 시작하여 하류에 이르면 바닥을 드러낸 곳이 많다. 성인이 탄생해야 황하가 맑아진다고 했다. '백년하청(百年河淸)', '천년일청(千年一淸)'의 날은 언제던가! 그날이 오면 다시 황하의 물도 넘실댈 것인가?

② 장강(長江) 상류의 공간 미학

중국 대륙의 중간 허리를 휘감고 도는 긴 물줄기가 있다. 그것을 우리는 '장강(長江)'이라고 부른다. 중국 사람들은 이 물줄기를 보고 '크도다. 장강이여!(大哉長江)' '호호탕탕(浩浩蕩蕩)하다'고 표현한다. 앞의 것은 그 길이를 두고 한 것이고, 뒤의 것은 도도하게 흐르는 모양을 두고 한 말이다. 이 말처럼 장강은 참으로 길고 크다. 청해성의 탕쿠라산(唐古納山, Tanggula Mountains)의 까라단동(各拉丹冬, La Dan)산에서 발원하여 티벳(西藏)·사천(四川)·운남(雲南)·호북(湖北)·호남(湖南)·강서(江西)·안휘(安徽)·강소성(江蘇省)을 지나 상해시(上海市)의 지류인 황포강(黃浦江)에서 바다로 흘러들어간다. 전체 길이가 6,300㎞이기 때문에 대략의 거리를 계산하여 '만리장강'이라고 부른다.

장강은 상·중·하류로 나뉜다. 발원지로부터 호북성 의창(宜昌)까지가 상류에 해당한다. 상류는 발원지에서 흘러 형성된 타타하(沱沱河, Ulan Moron) 등 3개의 물줄기가 통천하(通天河)에 모여 다시 금사강(金沙江)을 지나고, 장강 삼협(三峽)에 이른다. 상류는 대체로 고산과 설산의 빙천이거나 험준한 협곡을 지나기 때문이 강폭이 좁고 유속

▌여강(麗江) 옥룡설산(玉龍雪山)에서 흐르는 물줄기는 난창강과 노강으로 흘러든다.

이 빠르다.

　중류는 의창에서 강서성 호구(湖口)까지의 구간이다. 장강의 중류에 이르면 강폭이 넓어지고 유속도 느려진다. 물줄기가 힘에 겨운 듯 혹은 쉬어가는 듯 낮은 곳으로 퍼져 거대한 호수로 흘러든다. 중국에서 크기 1, 2위를 다투는 파양호(鄱陽湖)와 동정호(洞庭湖)가 바로 장강이 모여 만들어진 것이다. 이 두 개의 호수는 장강의 물줄기를 마음껏 들이마셨다가 길게 토하는 형국을 하고 있다.

　하류는 호구에서 하구(河口)까지의 구간이다. 하류에는 장강의 물살에 의해 밀려온 토사가 쌓여 삼각주가 형성되었다. 이 구간을 흐르는 장강을 '양자강(揚子江)'이라 달리 부른다. 삼각주의 하류대평원은 중국에서 인구밀도가 가장 높고 경제가 최고 발달한 곳이다. 하류는 거미줄처럼 이어져 있는 운하를 통하여 물산이 월활하게 소통하고

▌장강 제일만

축적된 부를 바탕으로 예술과 원림건축이 발달하였다.

장강 연안은 예로부터 명승고적이 많기로 유명하다. 시인 묵객들의 발길이 닿지 않은 곳이 없으며, 그들이 남긴 시문과 그림은 아름다운 자연과 어우러져 문화경관을 만들어냈다. 장강 삼협(長江三峽)・강릉고성(江陵古城)・악양루(岳陽樓)・황학루(黃鶴樓)・채석기(采石磯)・태백루(太白樓)・남경(南京)・진강삼산(鎮江三山)・동정호(洞庭湖)・파양호(鄱陽湖)・태호(太湖) 등이 대표적인 문화경관들이다.

이제 저 먼 상류로부터 시문을 따라 장강 유람을 떠나보자. 금사강이 '세계의 지붕'으로 불리는 청장고원(靑藏高原)으로부터 세차게 흘러 운남성에 진입하여 난창강(瀾滄江)・노강(怒江)과 합류한다. 이 물줄기는 횡단산맥(橫斷山脈)의 높은 산과 깊은 협곡을 뚫고 지나간다. 이 물줄기가 여강현(麗江縣)에 진입하면 갑자기 180도 돌아 'U'자형으로 산맥을 휘감고 돈다. 이것을 '장강제일만(長江第一灣)'이라고 부른다. 이곳은 세계자연문화유산인 삼강병류(三江並流) 풍경구에 속한다. 그 자연 경관이 너무 아름다워 '小江南'이라고도 부른다. 그러나 그 아름다운 자연풍광도 문인의 발길이 닿지 않았던지 인문경관의 흔적은 찾아보기 어렵다.

문인의 발길이 닿은 곳은 이곳에서 수백 ㎞ 떨어져있다. 사람의 발길이 자주 닿아야만 시가 나오는 법인가! 그래야 노래가 생긴다.

〈강상범가(江上泛歌)〉

하후담(夏侯湛, 243~291)

넓디넓은 장강의 물줄기	江水兮浩浩
길고 길게 만 리를 흐른다.	長流兮萬里
거대한 파도가 일어 구름을 휘돌리면	洪浪兮雲轉
물귀신 양후가 사납게 일어난다.	陽侯兮奔馳起
놀란 새 날개가 하늘을 드리운 듯	驚翼兮垂天
고래 같은 파도가 산 높이만큼 치솟아 오른다.	鯨魚兮岳跱

이 시는 진(晉)나라 때의 문학가 하후담이 지은 것이다. 고대에는 장강을 그저 '江' 혹은 '大江'으로 부르다가 위진남북조 시대에 이르러서 '장강'으로 부르기 시작하였다. 대략 이 시점부터 중국인들은 장강을 노래하고 문화적인 의미를 보태기 시작하였던 것 같다. 이 시에 등장하는 양후(陽侯)는 고대 어느 나라 제후였는데 죄를 짓고 강에 빠져죽어 장강의 물귀신이 되었다고 한다. 양후가 노하면 장강에는

▌도강언(堵江堰): 민강의 중하류와 타강이 만나는 곳에 있는 홍수 방지를 위한
수리시설.

거대한 파도가 일어난다. 그 파도는 놀란 새가 하늘을 드리운 듯, 고
래 같은 파도가 산 높이만큼 치솟아 오른다고 표현하였다. 이렇게 표
현한 것으로 보아 하후담이 본 장강은 호탕하게 만리 먼 길을 파도를
치며 사납게 흐르고 있다. 그러면서도 위험을 무릅쓰고 삶의 터전으
로 만들려는 인간의 의지가 담긴 곳임을 알 수 있다.

　"큰 강물은 물방울 하나도 거부하지 않는다(巨川不拒涓滴)."라고 했
던가! 사천성 중경(重慶) 일대에 이르면, 장강으로 민강(岷江)·타강(沱
江)·적수하(赤水河)·가릉강(嘉陵江) 등의 대지류가 흘러들어 물줄기
가 매우 커진다. 물줄기의 크기 뿐 아니라 문화적 축적도 두터워진
다. 중경을 떠나 몇 개의 시와 현을 지나면 운양현(雲陽縣)의 장비묘
(張飛廟)에 이르고, 다시 삼국지의 영웅 유비가 자신이 죽은 뒤 자식을
부탁했다[유비탁아(劉備托孤)]는 봉절(奉節)의 백제성(白帝城), 통일천하

‖〈早發白帝城〉, 黎雄才 그림

의 계책을 세웠던 제갈공명의 팔진도(八陣圖), 남녀 간의 운우지정(雲雨之情)이 서린 무산(巫山) 12봉 등으로 이어진다.

중국의 대시인 이백은 백제성에서 2년을 묵었던데, 이 때 이렇게 노래하였다.

〈아침에 백제성을 출발하다(早發白帝城)〉

이백

아침노을 속에 덮여있는 백제성을 떠나   朝辭白帝彩雲間
천 리 길 강릉을 하루 만에 도착했다.   千里江陵一日還

양 언덕의 원숭이 울음소리도 뱃길을 막지 못하고,　兩岸猿聲啼不住

가벼운 배는 어느새 첩첩산중을 지나갔다.　　　　輕舟已過萬重山

　백제성은 오늘날 사천성의 봉절현 동쪽 구당협(瞿塘峽) 입구에 있다. 험준하고 높은 산에 아스라하게 걸려 있는 백제성은 배를 타고 올려보면 구름 속에 잠겨있는 것 같이 보인다. 삼협(三峽) 땜이 장강의 많은 유적지를 삼켰지만 백제성은 큰 영향을 받지 않았다. 이백이 내려갔던 강릉(江陵)은 백제성에서 천 리 떨어진 호북성(湖北省)에 있다. 당나라 숙종(肅宗) 건원(建元) 2년(759년), 야랑(夜郞) 땅에서 오래 유배 생활을 하던 이백은 백제성에 도착했을 때 사면 소식을 받았다고 한다. 이 기쁜 소식을 듣고 동쪽으로 돌아가는 배 안에서 이 시를 지은 것이다. 장강의 물길을 따라 천 리 먼 길을 하루 만에 단숨에 내려왔다. 그 즐거운 마음이 이 시 속에 가득 담겨있다. 원숭이 울음소리는 그리운 사람과의 이별의 애잔함을 표현할 때 자주 쓰인다. 원숭이 울음소리를 세 번 들으면 눈물이 치마를 적신다고 한다. 이러한 처절한 울음소리도 시인의 뱃길을 막지 못하였다고 하였다. 장강의 유람선을 타고 가다보면 원숭이들은 깎아지른 절벽을 자유자재로 오르내리는 것을 볼 수 있다. 오늘도 장강의 원숭이는 유람객을 보며 애잔하게 울고 있을 것이다. 이 시를 읽는 사람들도 이백이 탄 '가벼운 배[輕舟]'를 따라 7백리 삼협의 첩첩 산중을 바삐 빠져가다 보면 쾌감을 느낄 수 있다.

　당대의 시성 두보는 장강을 어떻게 대했을까? 우리에게 아주 익숙한 시 한 수를 읽어보자.

〈높이 올라가다(登高)〉

두보

다급한 바람, 드높은 하늘, 애잔한 원숭이가 슬피 울고,	風急天高猿嘯哀
맑은 모래톱의 하얀 모래 위로 새가 빙빙 돌며 난다.	渚清沙白鳥飛廻
가없이 낙엽이 쓸쓸하게 떨어지는데,	無邊落木蕭蕭下
끝이 없는 장강이 소용돌이치며 흐른다.	不盡長江滾滾來
슬픈 가을에 만 리 먼 곳 마냥 손님 신세로	萬里悲秋常作客
늘 병을 끼고 살면서 혼자 높은 곳에 올랐다.	百年多病獨登臺
어려운 시절의 고통과 한으로 머리에 서리만 가득,	艱難苦恨繁霜鬢
폐병까지 겹쳐 탁주잔마저 처음으로 내려놓았네.	潦倒新停濁酒杯

　이 시는 두보가 대력(大曆) 2년(767) 기주(夔州)에 유배되었을 때 지은 것이다. 기주는 바로 봉절을 두고 한 말이다. 스산한 바람이 불고, 원숭이 울음소리가 처절하게 들리는 '슬픈 가을', 유배당한 시인은 언제나 타향에서 적응하지 못하고 떠도는 나그네 신세였다. 그 주체할 수 없는 슬픔을 떨치기 위해 높은 곳에 홀로 올라 일망무제(一望無際)한 장강을 바라보았다. 그러나 하염없이 흐르는 강물은 병이 깊어 탁주잔조차 들지 못하는 시인의 고통에도 아랑곳하지 않고 유유히 흐른다. 시인의 시름은 그토록 깊어갔다. 시대를 만나지 못한 천재 시인의 우울함이 우리의 가슴을 저밀수록 시정과 경치는 숭고해진다.

3. 장강 중류의 공간미학

장강의 물길은 삼협을 지나 넓은 강폭을 따라 도도하게 이어진다. 의창(宜昌)에서 파양호의 입구인 호구(湖口)까지가 대략 장강의 중류에 해당한다. 장강 중류에는 중국의 양대 호수인 파양호와 동정호가 있다. 장강의 푸른 물줄기를 옥대(玉帶)라고 한다면, 두 호수는 옥대에 장식된 '보석'에 해당한다고 할 수 있다.

의창을 지나 하류를 향해 한참을 내려가다 보면 천하의 모든 물이 모여든다는 동정호를 만난다. 중국 호남과 호북 두 개 성을 갈라놓을 정도로 큰물이 모이기 때문에 이 호수를 '동정천하수(洞庭天下水)'라고 부른다. 중국 지도를 펴고 보면, 동정호는 먼 산을 머금고 장강을 삼켜버릴 듯한[衘遠山, 呑長江] 형국을 하고 있다. 동정호는 그 거대한 규모만큼이나 문학적 정취도 풍성하다. 호호탕탕한 동정호에 시인 묵객들의 발자취가 남아있지 않는다면 그 적막함을 어찌 이겨내랴! 1천 5백여 년 동안 변함없이 그 넓은 호수를 바라보며 수많은 사람들을 모여들게 한 악양루가 있었기에 동정호의 이름이 빛났던 것이다.

북송 시대, 정적에게 밀려 참지정사(參知政事)의 직위를 박탈당하고 근주(鄞州, 지금의 하남성(河南省))의 지주(知州)로 좌천된 한 사대부가 있었다. 그가 바로 범중엄(范仲淹, 989~1052)이다. 악주 태수 등자경(滕子京)이 악양루를 중수하고 범중엄을 초청하여 중건을 기념하였다. 범중엄은 이 누대에 올라 세찬 바람이 불고 추적추적 장마 비가 내리는 동정호를 바라보며 정치권력으로부터 소외된 자신의 우울한 심정을 토로했으리라 짐작된다. 그리고 때로는 화창한 봄날 새가 울고 꽃이 피어 화기로 가득한

■ 악양루 패방: 패방 사이로 악양루가 보인다. 패방에 걸린 편액에는 "남으로 소수(瀟水) 상수(湘水)에 이른다(南極瀟湘)." 이라고 쓰여 있는데, 동정호와 악양루의 지리적 위치를 알리고 있다. 영련에는 "남쪽 소상강까지 천 리에 달이 뜨고, 북쪽 무협(巫峽)으로 가는 길은 첩첩산중이다[南極瀟湘千里月, 北道巫峽萬重山]" 라고 쓰여 있다. 이 영련은 악양루의 자연 풍광을 노래하였다.

동정호를 바라보며 세상의 모든 시름 다 잊고 즐거움을 만끽하고픈 마음도 가지고 있었을 것이다. 그러나 범중엄은 보통의 시인과 달랐다. 그는 이 누대에 올라 옛날 어진 사람들의 마음을 헤아리고 싶었다. "어진 사람은 외부 환경 때문에 기뻐하거나, 자기 때문에 슬퍼하지 않았다. 조정의 높은 자리에 있을 때는 그 백성을 걱정하고, 멀리 강호에 살 때는 그 군주를 근심하였으니, 나아가도 근심, 들어와도 근심이었다." 라고 말했다. 그러면 여기서 그가 말하는 '어진 사람[仁人]'이란 누구인가? 시시각각으로 변하는 자연경관을 대하면서 치국(治國)과 경세(經世)에 대해 한결 같은 신념을 가진 사람이었다. 일망무제한 동정호를 바라보며 누군들 사사로운 감정에 빠지지 않았으랴! 범중엄은 사사로운 감정에도 흔들리지 않는 사람을 그리워했던 것이다. 그래서 정치 지도자는 슬플 때나 기쁠 때나 항상 국가와 국민을 먼저 걱정해야 한다고 말하였던 것이다. 오늘날 우리 주변에 이토록 숭고한 정치지도자가 있다는 말을 들어보았는가? 그래서 범중엄의 글은 읽는 사람들로 하여금 참담한 심정을 억제할 수 없도록 만든다. 〈악양루기〉의 마지막 대목을 읽으니 마음이 더욱 저려온다.

> "세상 사람들이 근심하기 전에 내가 먼저 근심하고, 세상 사람들이 즐긴 뒤에 내가 즐긴다(先天下之憂而憂, 後天下之樂而樂)."

누가 근대 지식인이 중세 사대부들보다 우월하다 감히 말할 수 있겠는가? 악양루가 천하의 누각이라는 말은 과연 빈말이 아니었고, 범중엄의 정신은 악양루와 함께 천고에 빛나고 있다. 그의 고결한 정신이 담긴 악양루는 이백과 두보를 비롯하여 역대 유명한 시인 묵객의 음풍농월과 우환의식(憂患意識)으로 점철되어 있다.

동정호 안의 외로운 섬 군산(君山)은 푸른 소라처럼 누워 상부인(湘夫人)의 애절한 영혼을 달래고 있다. 피맺힌 절규와 눈물을 먹고 자란 반죽(斑竹)이 동정호의 신화와 전설을 더욱 신비롭게 만들고 있다.

그러나 지금은 다리가 생겨 군산으로 차가 연락부절 다니고 있다. 호수의 물이 줄고 오염이 되어 점점 호수가 메워지면서 이제는 유람선조차 자유롭게 다니기 어려울 지경이 되었다. 넓고 넓은 호수가 갈수록 작고 초라해지고 있다.

동정호를 지난 장강의 물줄기는 호북성 황주(黃州)에 이르러 소동파(蘇東坡)가 노닐었던 적벽(赤壁)을 만난다. 삼국시대, 조조가 20만 대

▌상비사(湘妃祠) : 상비는 요(堯)임금의 두 딸이며, 순 임금의 부인이었던 아황(娥皇) 과 여영(女英)을 말한다. 두 여자는 남편의 죽음 소식을 듣고 통곡의 눈물을 흘렸는 데, 그 눈물이 대나무 줄기를 얼룩지게 하였고, 상수(湘水)에 투신하여 신이 되었다고 한다. 상비를 기리는 이 사당은 '강남제일 사당'으로 불리며, 군산에 있다.

군을 몰고 연전연승을 거두며 남하하다가 손권과 유비의 오촉 연합 군과 적벽에서 마주쳤다. 제갈공명은 동풍을 이용하여 조조의 군함 을 화공으로 섬멸하였다. 소동파는 그 역사적 사실을 빌어 다음과 같 이 읊었다.

　　〈염노교(念奴嬌) · 적벽회고(赤壁懷古)〉

　　　　　　　　　　　　　　　　　　　　　소동파(蘇東坡, 1037~1101)

　　장강은 동쪽으로 흐르고,　　　　　　　　　　　　　　大江東去

　　그 물결 따라 천고의 풍류객이 모두 떠나갔네. 浪淘盡千古風流人物

옛 보루 서쪽 가에 　　　　　　　　　　　　　　故壘西邊

사람들이 말하던 삼국시대 주유(周瑜)의 적벽이 있다네.

　　　　　　　　　　　　　人道是三國周郎赤壁

삐쭉삐쭉 바위산이 구름을 헤치고 　　　　　　亂石崩雲

놀란 파도가 언덕을 작렬하게 때리면서, 　　　驚濤裂岸

천길 쌓인 눈 같은 물길을 말아 올린다. 　　捲起千堆雪

그림 같은 이 강산에 　　　　　　　　　　　江山如畵

한 때 얼마나 많은 호걸들이 활약했던가! 　一時多少豪傑

주유(周瑜)가 살았던 때가 아득히 생각난다. 　遙想公瑾當年

소교(小喬)가 시집을 왔을 적, 　　　　　　小喬初嫁了

영웅의 자태에서는 총기가 번뜩였지. 　　雄姿英發

깃털 부채로 두건을 쓸며 　　　　　　　　羽扇綸巾

담소를 나누는 사이 　　　　　　　　　　談笑間

전함을 재처럼 날리고 연기처럼 사라지게 만들었지. 檣艣灰飛烟滅

추억을 따라 옛 고향으로 돌아가면 　　故國神遊

다정했던 친구들 나를 보고 웃겠지. 　　多情應笑我

어느새 머리가 희끗희끗하다고. 　　　　早生華髮

인생은 꿈과 같은 걸, 　　　　　　　　人間如夢

한잔 술을 강물 속의 달에게 붓는다. 　　一樽還酹江月

1080년 소동파는 왕안석(王安石)의 신법에 대항하다 황주단련부사 (黃州團練副使)로 강등되어 이곳 황강(黃岡)으로 왔다. 사(詞)의 제목만 을 보면 옛날 영웅을 회고하는 것 같지만 결국은 소진해버린 자신의 웅심(雄心)에 대한 감회를 노래한 것이다. 소동파는 유유히 흐르는 장

▌무원직(武元直)의 〈적벽부도(赤壁賦圖)〉

강의 물결 위에 자신의 시름을 모두 내려놓았다. 소동파는 이곳에서
만고의 명문장을 많이 지었다. 널리 사람들의 입에 회자되고 있는
〈적벽부〉와 〈후적벽부〉도 이곳에서 탄생하였다. 〈적벽부〉는 시인이
호북성 황강의 적벽 아래를 객들과 함께 배를 타고 유람하면서 지은
것으로, '적벽대전'과 산수자연을 빌어 짧은 삶을 어떻게 하면 길게
향유할 수 있는가를 노래하였다. 반면에 〈후적벽부〉는 적벽 부근의
해발 200m쯤 되는 동산을 거닐면서 느낀 감회를 적은 것이다. 〈적벽
부〉가 역사 속에 사는 인간의 현재와 미래, 즉 시간의 문제를 설파했
다면, 〈후적벽부〉는 현상과 허상, 즉 공간의 문제를 읊었다.

　동산에서 적벽 아래 물길로 내려가는 길 양쪽에는 대나무 숲이 있
다. 여기에는 소박한 죽루(竹樓)가 하나 있는데, 이곳이 바로 왕우칭
(王禹稱, 954-1001)이 지은 〈황강죽루기(黃岡竹樓記)〉의 현장이다. 시인은
북송 함평(咸平) 1년(998) 이곳으로 좌천되었다. 그 이듬 해, 그는 대나
무를 다듬어 죽루를 짓고 소나기 소리, 폭포소리, 싸락눈 소리, 가야
금 소리, 시를 읊는 소리, 바둑 두는 소리, 그리고 투호 소리를 들으며
세상을 향한 격정과 울분을 삭혔다.

멀리 산 빛을 모두 빨아들이고, 강여울은 평평하게 잡아당긴다. 그 윽하면서도 아득한 모습을 이루 다 표현할 수 없다. 이 죽루에 여름 소나기가 내리면 폭포소리처럼 들린다. 겨울에 싸락눈이 내리면 옥 이 부서지는 소리가 난다. 가야금 가락을 튀기면 경쾌한 소리가 난 다. 시를 읊조리면 운율이 맑고 아름답게 들린다. 또 바둑돌을 놓으 면 또닥또닥 울린다. 화살을 던지면 쩡쩡 울린다. 모두 죽루가 흥을 돋구는 것이다.

遠呑山光, 平挹江瀨, 幽闃遼夐, 不可具狀. 夏宜急雨, 有瀑布聲; 冬宜密雪, 有碎玉聲; 宜鼓琴, 琴調虛暢; 宜詠詩, 詩韻淸絶; 宜圍棋, 子聲丁丁然; 宜投壺, 矢聲錚錚然, 皆竹樓之所助也.

비록 초라한 죽루지만, 자연과 벗하며 유유자적할 수 있었다고 했 다. 시인은 궁핍한 상황에 처해 있지만 정치권력에 굴복하지 않고 사 대부의 지조를 지키려고 하였다.

왕우칭보다 156년 전 당나라 말기, 낭만 시인으로 잘 알려진 두목 (杜牧, 803~약 852)도 이곳에서 유배생활을 하였다. 소동파의 친구였던 장몽득(張夢得)도 이곳으로 좌천되어 왔다. 장몽득이 휴가 중에 호북 황강현 남쪽 장강의 물가에 놀이와 휴식을 위해 정자를 지었고, 소동 파가 쾌재정(快哉亭)이라 이름을 붙였다. 그리고 소동파의 동생 소철 (蘇轍)이 이를 위해 〈쾌재정기〉를 지었다. 그리고 보니 황강은 세상에 서 소외된 지식인들의 고통과 시름을 달래는 곳이 되었다. 그러나 유 배가 후세 사람들에게는 참으로 다행한 일이 아닐 수 없다. 시인들의 불우함이 도리어 천하의 명문장을 낳았기 때문이다. 불우회재(不遇懷 才)는 문학 창작의 필수적 조건이던가?

소동파의 적벽을 지나 하류를 향해 내려가면 장강 중류의 마지막이며 최대 항구인 구강(九江)에 이른다. 이곳이 도연명이 〈귀거래사(歸去來辭)〉를 짓고 돌아갔던 시상(柴桑) 땅이다. 이로써 구강은 중국인들의 회귀의 공간이 되었다.

구강 가에 파양호가 있고, 파양호 가에 여산이 우뚝 솟아 있다. 여산에서 초막을 짓고 살았던 백낙천(白樂天)은 〈여산초당기(廬山草堂記)〉서두에서 '여산의 수려하고 기이함은 천하에서 제일이다'라고 표현하였다. 백낙천은 815년 월권과 불효라는 죄명을 쓰고 강주사마(江州司馬)로 좌천된 뒤 여산을 유람하면서 70여 편의 주옥같은 시문을 남겼다. 그는 매화를 감상하던 꽃길(화경(花徑))을 발견하거나, 연못을 파고 꽃을 심으며 초당을 경영하였다. 그는 자연 속에 조그만 인문경관을 남기고자 하였다. 그는 이곳에서 살면서 "안과 밖이 적절하게 조화를 이루고, 몸과 마음이 편안하고 고요하였다."라고 말했다. 여산에 올라 파양호를 바라보면서 마음 속에서 일어나는 감정을 정리하였다. 그는 여기서 독야청청 하고픈 '독선(獨善)', 그리고 세상 사람들을 구제하고픈 '겸제(兼濟)' 사이의 갈등을 극복했다. 그는 이곳에서 자연으로 귀의하려는 평생의 뜻을 이루었지만 세상으로 나아가고 물러나는 것도 자유자재였다.

여산은 중국의 산 중에서 시가 가장 많이 남아 있는 곳이다. 그러니 시선(詩仙)으로 일컬어졌던 이백이 여산에 다녀가지 않았을 리 없다.

〈여산폭포를 바라보며(望廬山瀑布)〉

이백

햇살이 향로봉을 비추니 자색 연무가 피어오르고　日照香爐生紫烟

▌여산피서도(廬山避暑圖)

아득히 폭포를 바라보니 눈앞에 장강이 걸려 있는 듯하다

遙看瀑布掛前川

폭포수가 날듯이 3천 척 수직으로 떨어지니　　　飛流直下三千尺

넓은 하늘에서 은하수가 쏟아지는 것 같구나.　　疑是銀河落九天

　50세 전후 시인은 여산에 은거하였던 적이 있었으니, 아마도 이 시는 이 때 지은 것이리라. 시인의 신들린 붓은 자연의 움직임과 정지, 전체와 부분, 현실과 환상, 소리와 색, 경관과 감정 사이를 마음껏 넘나들며 움직였다. 그의 끝없는 상상을 통하여 여산폭포의 웅장함을 묘사하였다. 송나라의 소동파는 이 시를 두고 "상제께서 은하수 한줄기를 지상으로 파견하셨는데, 자고로 시선(詩仙)만이 이것을

노래하였다(帝遺銀河一脈垂, 古來唯有謫仙詞)."라고 극찬하였다. 그런 소동파 역시 서림사(西林寺) 벽에 여산을 노래한 시를 썼다.

〈서림사 벽에 시를 쓰노라(題西林壁)〉

소동파

정면에서 보니 산줄기더니 측면에서는 봉우리가 되는구나.

橫看成嶺側成峰

멀고 가까우며 높고 낮은 것이 서로 다르게 보인다. 遠近高低各不同

여산의 진짜 모습을 식별하지 못하는 것은　　　不識廬山眞面目

다만 내가 산 속에 있기 때문이리.　　　　　　只緣身在此山中

　여산의 줄기는 동북쪽에서 서남쪽으로 뻗어있기 때문에 정면에서 바라보았다는 것은 시인이 동쪽이나 서쪽에 서 있다는 의미이다. 그리고 측면에서 바라본다는 것은 시인이 북쪽이나 남쪽에 서 있다는 뜻이다. 이 산은 서 있는 자리에 따라 모양이 다르게 보이고, 걸음마다 경관이 다르게 나타난다 이것을 이보환형(移步換形)이라고 한다. 한눈에 모든 면모가 드러나는 산은 별 볼일 없는 법, 명산일수록 천태만상의 모습을 가지고 있다. 우리가 여산의 진면목(眞面目)을 볼 수 없는 것은 운무에 쌓여 있는 날이 많아서가 아니라, 한 군데에서 하나의 눈으로 바라보기 때문이라는 것이다. 세상 사물을 올바로 파악하려면 다양한 각도에서 다양한 시각으로 바라보아야 한다는 뜻을 피력했으니, 결국 시인은 경관을 빌어 철학적 이치를 설명하고 있는 셈이다.

▌여산의 운무(雲霧)

　이처럼 역사 속의 수많은 영웅호걸은 장강을 따라 명멸하였고, 회재불우 했던 중세사대부가 남긴 주옥같은 시문들은 장강의 물줄기를 따라 후대 사람들의 가슴 속에 면면히 흐르고 있다.

4. 장강 하류의 공간미학

　장강이 하류에 접어들면 유속이 느려지고 끌고 왔던 토사가 쌓여 거대한 모래톱을 이룬다. 이것이 바로 장강 하류 삼각주이다. 이 삼각주는 너른 평원으로, 농산물 생산이 풍성하다. 그래서 이 지역을 '물고기와 쌀의 고향(어미지향, 魚米之鄕)'이라 부른다. 이 삼각주는 진강(鎭江)에서 시작하여 중국의 동해 바다까지 이어진다. 이 지점을 지나는 장강을 사람들은 '양자강(揚子江)'이라 달리 부른다. 이것은 근대 중국에 들어왔던 선교사들이 장강 하류지역에서 활동하면서 이

지역 사람들이 부르던 '양자강'이란 명칭을 그대로 세계로 전파시켰기 때문이다.

양자강에서 운하를 타고 북쪽으로 가면 양주(揚州)에 도착하고, 동남쪽으로는 가면 상주(常州)·무석(無錫)·소주(蘇州)·가흥(嘉興)·항주만(杭州灣)에 이른다. 그럼 먼저 이백의 시를 따라 양주로 가보자.

〈황학루에서 양주로 떠나는 맹호연을 보내며(黃鶴樓送孟浩然之廣陵)〉

이백

친구가 서쪽의 황학루를 떠나	故人西辭黃鶴樓
안개 속에 꽃이 핀 삼월 양주로 내려간다.	烟花三月下揚州
외로운 돛단배의 아득한 그림자가 푸른 하늘에 가물가물	
	孤帆遠影碧空盡
오로지 하늘가로 흐르는 장강만 보이는구나.	唯見長江天際流

이백은 황학루에서 친구 맹호연을 송별하며 이렇게 읊었다. 황학루는 지금의 호북성 무창(武昌)에 있는데, 중국 강남 4대 누각으로 유명하다. 당나라 때 시인 최호(崔顥)는 "신선들이 황학을 타고 떠나고, 그 빈자리에 황학루만 남아있네"로 시작하는 〈황학루〉 시를 지었다. 이 누각은 이 시로 인해 더욱 명성이 높아졌다. 광릉(廣陵)은 오늘날의 양주(揚州)를 말한다. 양주는 장강과 경항대운하(京杭大運河)가 만나는 곳에 위치한 중요한 항구이다. 양주는 각종 쌀, 면화, 소금, 연료 등의 물산이 모여들어 예로부터 상업경제가 매우 흥성하였다. 특히 명청대에는 염상들이 막대한 자본으로 서화와 골동품을 사들이자

▌양주 수서호의 오정교(五亭橋): 조어대(釣魚臺)의 월동(月洞)을 통해 바라본 오정교와 그 아래 유람선의 모습은 강남 수향의 낭만 그대로이다.

▌강남지역의 대표적인 시진 주장(周莊): 물길은 농산물과 수공예품을 모았고, 이로 인해 도시가 형성되었으며 축적된 부는 예술문화의 발전을 가져왔다.

그림을 그리는 화가들이 전국 각지에서 모여들었다. 또한 부를 찾아 전국의 미녀들이 양주로 집결한 것은 자연스런 일이었다. 게다가 청나라 강희제와 건륭제가 여러 번 이 지방으로 내려오자, 각 지방의 관원과 부호들이 행궁과 원림을 조성하여 황제에 바쳤다. 이에 따라 도시의 남북을 가늘고 길게 가르고 있는 수서호(瘦西湖)가로 수십 개의 원림이 들어섰다. 지금도 서북쪽 천령사(天寧寺) 행궁으로부터 평산당(平山堂)까지 호수 연안 10리 안에 원림과 누정 등이 빈틈없이 늘어져있다.

수서호 가에 봄이 오면 수양버들이 푸른 물을 쓸며 하늘거리고, 강가에는 하얀 연기 같은 봄 안개가 가볍게 퍼져있는데 그 속에 붉은 꽃이 피어난다. 아지랑이 피는 강가를 거니는 양주 미인의 매혹적인 모습이 떠오른다. 낭만과 활력으로 가득한 3월, 양주는 그야말로 봄의 정취 그대로이다. 친구가 타고 떠나는 '외로운 배(孤帆)'가 점점 푸른 허공으로 사라지고, 이제 오직 눈앞에 남은 것은 유유히 흐르는 장강의 물 뿐이었다. 여운이 길게 남는 대목이다. 장강은 그렇게 시인의 석별지정을 안고 흘러간다.

장강의 물길이 바다로 들어가기 전에 마지막으로 큰물과 만나는
데, 이것이 태호(太湖)이다. 태호의 북쪽은 무석(無錫)이고, 동쪽은 소
주(蘇州)이다. 명청 시대 태호 주변으로 조그만 물길을 따라 시진(市
鎮)이 발달하였는데, 이것은 상품유통의 집산지 역할을 하였다. 유통
망의 발전과 견·면직물에 대한 수요가 급증하자 수공업자들이 등
장하였다. 부의 축적이 사회의 변화를 가져왔고, 명 중엽에는 관료
지주 상인들이 사회 전면에서 활약하기 시작하였다. 그들은 대대적
으로 원림을 경영하기 시작하였는데, 소주의 졸정원(拙政園)·무석의
기창원(寄暢園) 등이 이 시기에 조성되었다.

소주 원림에서 빼놓을 수 없는 인물이 있다. 그가 바로 송대 문인
소순흠(蘇舜欽, 1008~1048)이다. 그가 지은 작품을 읽어보자.

〈창랑정기(滄浪亭記)〉

〈전략〉 정자 앞으로 대나무, 뒤에는 물이 있다. 물의 북쪽에 또 대나
무가 끝이 없이 서있다. 맑은 물속에 푸른 대나무가 들어있다. 빛과
그림자가 창 사이에서 만나고, 바람과 달이 서로 더 잘 어울렸다. 나
는 때때로 조그만 배를 타고 간편한 옷을 입고 정자에 올랐다. 도착
하면 씻은 듯이 상쾌하여 집에 돌아가는 것을 잊었다. 술잔을 들고
호탕하게 노래하고, 다리 펴고 앉아 하늘 향해 휘파람을 불었다. 시
골 늙은이가 오지 않으면, 고기와 새가 함께 즐겼다. 육체가 편안하
면 정신이 번잡하지 않고. 보고 듣는 것이 거짓되지 않으면 진리를
또렷하게 알 수 있다. 이전의 영광과 모욕을 회상하거나, 날마다 자

▍강남지역 원림의 누창(漏窓): 누창은 ▍강남지역 수향의 풍경: 소흥 감호(鑑湖)의 고섬
안과 밖의 상호 소통 작용을 한다. 도(古纖道).

질구레하게 이해득실과 마찰한다면, 진정한 즐거움과 멀어지고, 또
한 저속해지지 않겠는가!〈후략〉

前竹後水, 水之陽又竹, 無窮極. 澄川翠幹, 光影會合于軒戶之間, 尤與
風月爲相宜. 予時榜小舟, 幅巾以往, 至則洒然忘其歸. 鬺而浩歌, 踞而
仰嘯, 野老不至, 魚鳥共樂. 形骸旣適則神不煩, 觀聽無邪則道以明;返
思向之泪泪榮辱之場, 日與錙銖利害相磨戛, 隔此眞趣, 不亦鄙哉!

창랑정은 소주의 원림 중에서 역사가 가장 오래되었으며 문학적 분
위기가 매우 짙다. 소순흠은 중앙 정계에서 버림을 받고 소주로 내려
왔다. 그는 배를 타고 이리저리 다니다가 문득 자신의 마음에 흡족한
곳을 발견하고, 이 땅을 구입하여 원림으로 꾸몄다. 이 원림은 황실의
웅장함이나 부호들의 화려함에 비하여 규모도 작고 소박하다. 창랑정
은 삼면이 모두 물길로 에워 쌓여 있고, 대나무가 많은 것 외에는 자연
경관이 빼어나지도 않다. 조그만 언덕 위에 소박한 정자와 몇 개의 건
물, 그 뒤로 작은 연못이 있을 뿐이다. 그런데 이 원림이 중국인은 물
론 세계문화유산으로 주목을 받는 이유는, 사대부의 초연하고 고졸한

정신세계가 배어있기 때문이다. 하나의 원림이 주변의 자연 공간과 어우러져 무한한 의미를 창출해냈다는 점도 꼽을 수 있다. 주변 삼면의 물길을 이용하여 산수가 어우러지도록 하였으며, 담장마다 누창(漏窓)을 만들어 안과 밖의 경관이 서로 소통하도록 만들었다. 간산루(看山樓)에 오르면 멀리 산을 바라 볼 수도 있다.

강남 수향을 그리워했던 문인이 또 있는데, 그가 바로 백거이이다. 시인의 눈에 비친 강남은 그저 좋았다.

〈강남을 추억하다(憶江南)〉

백거이(白居易, 772~846)

강남이 좋을시고.	江南好
예전의 풍경이 아직도 선하다.	風景舊曾諳
해 뜨는 강가에 핀 꽃은 불꽃보다 붉고	日出江花紅勝火
봄에 흐르는 강물은 쪽빛처럼 푸르다.	春來江水綠如藍
어찌 강남을 추억하지 않으리.	能不憶江南

이것은 백거이가 지은 한편의 사(詞)이다. 그는 강남의 항주와 소주에서 벼슬을 지내면서 이 지역의 풍광을 사랑하였다. 그는 장안으로 돌아간 후에도 강남의 정취를 잊지 못하고 많은 시를 읊어 추억하였다. 강남의 풍광은 모두 수려하고 아름답지만, 특히 푸른 강가에 핀 선명한 봄꽃과 쪽빛 같은 푸른 물이 더욱 아름답다고 했다.

북송의 위장(韋莊, 836~910) 역시 강남의 아름다운 풍광을 노래하였다.

〈보살만(菩薩蠻)〉

위장

사람들마다 모두 강남이 좋다고 하니,	人人盡說江南好
유람객은 응당 강남과 어울려 늙을 뿐이네.	游人只合江南老
봄물은 하늘보다 푸른데,	春水碧于天
화려한 놀이 배에서 빗소리를 들으며 잠드네.	畫船聽雨眠
술도가에 달처럼 아름다운 여인 있는데	壚邊人似月
서리와 눈처럼 희고 아름답다.	皓腕凝霜雪
늙기 전에는 고향으로 돌아가지 말라	未老莫還鄉
고향으로 돌아가고 나면 반드시 애가 탈 것이다.	還鄉須斷腸

이 시는 장강 하류의 수려하고 화려함을 묘사하였다. 강남 수향에는 하늘보다 푸른 봄물이 흐르고 있다. 그 물 위로 화려한 유람선이 떠다닌다. 뱃속에서 빗방울이 떨어지는 소리를 들노라면 스르르 잠이 몰려온다. 그러면 사물과 나를 모두 잊는 경지에 빠진다. 오(吳)나라 노래 가락이 귓가에 들리는 듯하다. 더욱이 꽃처럼 아름다운 미녀가 타향객의 마음을 흔들어 놓았으니. 강남이 아무리 좋아도 고향만 하랴만, 고향으로 돌아가면 아마도 강남의 아름다운 경관을 잊지 못하여 애를 태울 것이 분명하다고 했다. 시인의 마음은 모순으로 가득하다.

장강이 바다에 가까이 가면, 종종 조수처럼 출렁인다.

〈봄 강가에 꽃피고 달이 뜬 밤(春江花月夜)〉

장약허(張若虛, 647~약 730)

봄날 장강의 조수는 잔잔히 바다에 이어지고	春江潮水連海平
바다 위로 밝은 달이 조수와 함께 떠오르네.	海上明月共潮生
출렁이는 파도 따라 천만리	灔灔隨波千萬里
봄 강 어느 곳엔들 밝은 달 없으랴	何處春江無月明
강물은 굽이굽이 꽃 핀 들녘을 감싸며 흐르고	江流宛轉遶芳甸
꽃무더기에 비친 달빛 온통 싸락눈 같구나.	月照花林皆似霰
허공을 흐르는 서리 같은 하얀 달빛이 날리지 않은듯	空裏流霜不覺飛
강가의 흰모래와 분간할 수 없네.	汀上白沙看不見
강물과 하늘은 티끌 하나 없이 온통 푸른데	江天一色無纖塵
휘영청 밝은 달이 외로이 하늘을 돌고 있네.	皎皎空中孤月輪
강 언덕에서 누가 처음 달을 보았는가?	江畔何人初見月
저 강의 달은 언제 처음 사람을 비추었는가!	江月何年初照人
인생은 대대로 끝없이 이어지고	人生代代無窮已
강의 달은 해마다 거의 비슷하다네.	江月年年祗相似

강의 달은 누구를 기다리는지 알 수 없는데	不知江月待何人
장강은 그저 흐르는 물만 보내고 있구나.	但見長江送流水
한 조각 흰 구름 유유히 떠가는데	白雲一片去悠悠
시름에 겨워 청풍포(靑楓浦) 가에 서 있네.	靑楓浦上不勝愁
누가 오늘 밤 일엽편주를 띄우는가?	誰家今夜扁舟子
어딜 가도 달 밝은 누각에서의 사랑 생각나리.	何處相思明月樓

가련하다! 누각 위를 배회하는 저 달은　　　　　　　　可憐樓上月徘徊

떠나간 여인의 화장대를 비추다가　　　　　　　　　　應照離人妝鏡臺

화려한 문발을 말아 올려도 물러가지 않고　　　　　　玉戶簾中卷不去

다듬잇돌 위에서 떨쳐버려도 다시 찾아오네.　　　　　搗衣砧上拂還來

이 시각 서로 달을 바라보고 있지만 서로의 소리 듣지 못하니

　　　　　　　　　　　　　　　　　　　　　　　此時相望不相聞

달빛 따라가 님을 비추고 싶구려.　　　　　　　　　　願逐月華流照君

기러기 멀리 날지만 소식 전하지 못하고　　　　　　　鴻雁長飛光不度

어룡은 물속에서 뛰어보지만 물보라만 생기네.　　　　魚龍潛躍水成文

어제 저녁 텅 빈 연못에 꽃이 지는 꿈을 꾸었는데　　　昨夜閑潭夢落花

가련하다! 봄이 반이 지났건만 집으로 돌아오지 않으니.

　　　　　　　　　　　　　　　　　　　　　　　可憐春半不還家

강물 따라 봄이 흘러 다 가려는데　　　　　　　　　　江水流春去欲盡

강 언덕으로 떨어진 달은 다시 서녘으로 기우네.　　　江潭落月復西斜

기운 달은 어둑어둑 바다 안개에 숨어들고　　　　　　斜月沈沈藏海霧

갈석(碣石)에서 소상(瀟湘)까지 끝이 없는 길.　　　　碣石瀟湘無限路

저 달 타고 돌아올 사람 얼마인가?　　　　　　　　　不知乘月幾人歸

기운 달이 흔들어 놓은 정이 강가의 나무에 가득하네.　落月搖情滿江樹

위에서 인용한 〈춘강화월야(春江花月夜)〉는 악부(樂府) 곡으로, 진(陳)나라 후주(後主)가 궁중 여악사와 조정신하들과 함께 노래했던 옛 곡조이다. 이 곡조에 당나라 시인 장약허가 가사를 붙였다. 장약허는 봄, 강, 꽃, 달, 밤이라는 다섯 가지 소재를 가지고 시인 자신의 성정(情性)을 아름답게 그렸다. 문일다(聞一多)는 이 시를 "시중의 시요, 최고봉 위

▌상해의 동방명주(東方明珠)탑: 상해의 번영은 장강이 준 선물 ▌任率英의 〈춘강화월야
이다.　(春江花月夜)〉

의 최고봉이다."라고 극찬하였다. 시인은 피안의 세계와 세속적 삶을
시적 공간에서 하나로 녹여놓았다. 광활한 바다와 닿아있는 장강으로
조수가 밀려오고 그 위로 밝은 달이 떠오른다. 시인은 이 광경을 보고
우주 속으로 사념의 여행을 떠났다. "출렁이는 파도 따라 천만리, 봄
강 어느 곳엔들 밝은 달 없으랴!" 시인의 마음은 천지우주의 순정한
세계로 저절로 빨려 들어가지만, 이별을 당한 사랑은 갑자기 '외로운
달'처럼 쓸쓸해졌다. 시인은 "인생은 대대로 끝없이 이어지고, 저 강
의 달도 해마다 거의 비슷하다네."라고 자신을 위로하였다. 매일 뜨
는 달처럼 사랑은 끝이 없을 것이라 스스로를 위안하다. 비록 쓸쓸하
고 짧은 인생이지만, 역사의 흐름과 자연의 순환처럼 대대로 이어질
것이라고 했다. 시인은 감정(情) · 경관(景) · 이치(理) 어느 한 쪽에 치
우치지 않고 절제된 호흡으로 시를 끌고 갔다.

장강 하류의 마지막 도시는 상해이다. 근대 상해는 중국인들의 비극과 모순으로 점철되었던 곳이었지만, 오늘날은 '동방명주(東方明珠)'로서 찬란하게 부활하였다. 중국 속담에 "물을 마시며 샘물을 생각한다(飲水思源)."라는 말이 있다. 상해 사람들은 한 모금의 물을 마실 때마다 장강의 멀고 먼 원두(源頭)에서 떨어진 한 방울의 샘물을 생각해야 할 것이다. 왜냐하면 자신들의 번영은 바로 장강이 가져다준 선물이기 때문이다.

이렇게 글을 따라 만리장강을 유람하였다. 장강을 한마디로 표현하라고 하면 '근원은 멀고 그 흐름은 유장하다[源遠流長]'라고 말 할 것이다. 아! 장강이여, 문학의 심상도 그대를 따라 영원히 흐를 것이다.

제4장

산수와 인간의 조화:

가거가유(可居可游)

┃ 곽희, 〈조춘도〉: 초봄의 경치

이제 산수화를 통해 중국인의 산수 경영을 알아볼 차례가 됐다.

1. 〈조춘도(早春圖)〉의 다양한 시각

〈조춘도〉는 북송의 곽희(郭熙, 대략 1000~1090)가 1072년에 그린 것이다. 곽희의 자는 순부(淳夫)이고, 하남성(河南省) 온현(溫縣) 사람이다. 일찍이 송나라 어화원예학(御畵院藝學)을 지냈고, 산수화에 뛰어났다. 이 그림은 비단에 묵필로 그린 것으로, 세로 158. 3cm, 가로 108. 1cm 이다. 현재 대만 고궁박물원에 소장되어 있다.

산의 형체는 S자 형이고, 골산(骨山, 북방지역 산)이다. 이 그림 속에는

▌우측 하단: 고기잡이 ▌3단 폭포 아래 ▌우측: 누각과 폭포, 어부

▌폭포 위의 누각 ▌하단 언덕 부근: 인간(3개 조)과 자연의 조화

대략 15명의 사람이 등장한다. 고원(高遠), 심원(深遠), 평원(平遠)의 이른바 삼원(三遠) 장법을 사용하여 이른 봄의 모습을 다양하게 표현하였다.

그림을 나누어 자세히 보기로 하자.

우측 하단에 고기잡이 하는 모습이 보인다. 그림 속에 어부가 배를 띄워 물고기를 잡고 있는데 그 속에 그렇게 넉넉한 공간이 있을까 의심이 든다. 그러나 사실은 계곡에서 떨어지는 삼단 폭포의 물을 받아들일 만한 넓은 공간이 있어야만 한다.

심원법을 가지고 폭포 위의 누각을 그렸다. 이것은 산 앞에서 산

▌산중턱 부근의 소나무　　▌게 발톱 가지(부분)

의 뒤를 엿보는 공간 투시법으로, 내려 본다고 하여 부감(俯瞰) 이라고 한다. 그림의 우측에 있는 누각, 그리고 아래로 쏟아지는 폭포, 계곡, 그물을 던져 고기를 잡는 어부가 서로 조화를 이루고 있다.

　산중턱 부근에 소나무가 서 있다. 해조(蟹爪) 기법을 사용하였다. 나무 가지를 게의 발톱과 같이 그린다고 하여 붙여진 이름이다. 이른 봄 아직 나뭇잎이 나오지 않은 가지는 딱딱하고 날카롭다. 반면에 권운준법(卷雲皴法)을 사용하여 산등성이나 바위를 뭉게구름처럼 꿈틀대도록 묘사하였다.

　산 정산 부근은 고원법을 사용하여 표현하였다. 산 아래에서 산 위를 올려보는 방법이다. 산세가 사람을 압도하고 있다. 최고봉까지 사람이 과연 올라갈 수 있을까? 까마득하여 새조차 날아오르지 못할 것 같다. 쉽사리 사람의 발길을 허용하지 않을 기세를 가지고 있으니, 이것은 아래에 있는 계수와 완전 대조를 이룬다.

　산 정상 부근에 '건륭어람지보'(乾隆御覽之寶, 건륭이 감상한 보물)라는 인장이 찍혀 있다. 봉우리 우측 옆으로 건륭어제(乾隆御題) 시가 붙어 있다.

▌산 정산 부근

▌최고봉 부근

나무잎이 마침내 피어나고 계곡의 얼음이 풀렸으며, 樹才發葉溪開凍
누각의 최상층에는 신선이 산다.　　　　　　　　樓閣仙居最上層
버드나무와 복숭아에 의지하여 여기저기 장식하지 않아도,

不藉柳桃閑點綴
봄 산은 어느새 기운이 모락모락 오르는 것 같다.　春山早見氣如蒸
己卯春月御題

　건륭 24년 1759년 봄, 황제 자신이 쓴 것이다. 이 그림을 보고 초봄
이 막 다가옴을 실감했다고 묘사했다.

　그림의 아래 좌측으로 일엽편주와 4인 가족이 보인다. 고기잡이
나갔다가 돌아오는 가장을 아내와 아이들이 마중하는 장면이다. 이
들의 표정은 보이지 않지만 보는 사람으로 하여금 더 이상 아무 욕심

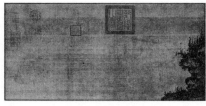
▌건륭어람지보(乾隆御覽之寶)

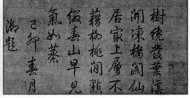
▌건륭어제(乾隆御題)

 아래 좌측　　　　　　　　　　　　　 일엽편주와 4인 가족

이 없도록 만든다. 저들이 지금 돌아가는 공간은 분명 사람이 살만한 공간[可居]일 것이다.

　좌측 산 중턱으로 선비가 짐꾼 2명을 대동하고 올라가고 있다. 이들이 가려는 곳은 폭포 위에 있는 건물(사찰 혹은 도관)일 것이다.

　평원법을 사용하여 넓고 평평한 공간을 펼쳐놓았다. 이처럼 산수는 언제나 웅장한 것만이 있는 것이 아니라, 부드럽고 평평한 대지를 품기도 한다.

　그림 좌측 중간에 壬子季 (郭)熙畵라는 낙관이 보인다.

좌측 중턱　　　　　　　　　 평원(平遠)　　　　　　　 낙관

곽희는 삼원법(三遠法)을 다음과 같이 설명했다.

> 산은 삼원을 가지고 있다. 산 아래에서 산꼭대기를 우러러 보는 것
> 을 고원이라고 하고, 산 앞에서 산의 뒤를 엿보는 것을 심원이라고
> 하며, 가까운 산에서 먼 산을 조망하는 것을 평원이라고 한다. 고원
> 의 색은 청명하고, 심원의 색은 매우 어두우며, 평원의 색은 밝기도
> 하고 어둡기도 하다. 고원의 기세는 우뚝하고, 심원의 의도는 중첩
> 에 있으며, 평원은 충만하면서 가물가물 아득하게 만들려는 의도를
> 가지고 있다.[9]

《임천고치(林泉高致)》에 나오는 산수화 이론이다. 곽희는 자신의 삼
원법을 가지고 창작에 임했고, 후에 그의 아들 곽사(郭思)가 정리하여
출판한 책이다.

고원은 올려 보는 앙시(仰視)이고, 심원은 내려 보는 부시(俯視)이
며, 평원은 눈높이로 보는 평시(平視)이다. 이것은 다각적인 시각을
말하며, 초점투시법의 한계를 극복하였다. 삼원법은 중국 산수화의
최고 경지를 말해주는 지표이다. 시간과 공간의 한계성을 돌파하고
사람의 시선을 무한한 공간으로 나아가도록 하였다.

곽희는 이 책에서 산수화를 그리기 위해 해야 할 것들을 다음과
같이 제시하였다. 자연경관을 철저하게 관찰하라. 산수자연은 사시,
아침저녁, 비가 올 때와 개일 때 모두 다르기 때문에 그 변화를 제대

---

9 《林泉高致》山有三遠: 自山下而仰山顚謂之高遠; 自山前而窺山後謂 之深遠; 自近
山而望遠 山謂之平遠. 高遠之色淸明, 深遠之色重晦, 平遠之色有明有晦. 高遠之勢
突兀, 深遠之意重疊, 平遠之意冲融而縹縹緲緲.

로 파악하라고 하였다. 특히 자연 산수의 예술 형상을 어떻게 발견하고 창조할 것인가를 강구하라고 하였다.

또한 대상을 직접 눈으로 관찰하라고 했다. 꽃을 그리려면 꽃을 단지에 넣고 꽃의 사면을 살펴야 하고, 대나무를 그리려는 사람은 대나무를 흰 벽에 대고 달빛으로 그 형태를 파악해야 한다고 하였다.

그는 그의 경험을 토대로 하여 다음과 같은 실천 강령을 만들었다.

산의 형태를 면면이 보아라.	山形面面看
산의 형태를 걸어서 이동하면서 보아라.	山形步步移
소양을 늘려라	所養擴充
자세히 관찰하라	所覽淳熟
경험을 많이 쌓아라	所經衆多
정수를 취하라	所取精粹

곽희는 산수를 매우 좋아하였지만, 속세를 완전히 떠나 은거하지는 않았다. 그래서 〈조춘도〉 속의 산수는 사람이 살만하고, 유람할 만하고[可游] 바라볼 만[可望]한 공간이다.

2. 〈천리강산도(千里江山圖)〉의 이보환경(移步換景)

이 그림은 북송 궁정화가 왕희맹(王希孟, 1096~1117)이 그린 것이다. 대략 송 휘종(徽宗) 정화(政和) 3년(1113년) 시기에 그린 작품으로, 비단에 채색한 것이며, 세로 51. 5cm, 가로 1191. 5cm이다. 이 그림은 현재 고궁박물원이 소장하고 있다. 전하는 말에 의하면, 강희맹은 송 휘종 조길의 지도를 받았고, 18살 때 이 그림을 그렸다고 한다.

강희맹은 이 그림을 통하여 '인간과 자연'의 문제를 표현했다. 살만 하고[可居], 구경할 만하다고[可望], 유람할 만한[可游] 공간을 묘사하려고 하였다.

이 그림은 고원, 평원, 심원법을 두루 사용하였다. "큰 것을 통하여 작은 것을 본다(以大觀小)."는 산수법칙(심괄이《夢溪筆談·書畫》에서 제시한 산점투시법(散點透視法))을 따랐다. 이 방법을 동원하면 구경하는 사람은 걸음마다 달라지는 경치를 감상하고(이보환경(移步換景)), 점점 아름다운 경치로 들어갈 수 있다(점입가경(漸入佳境)).

화가는 산, 누정, 초가집과 사람을 의상화(意象化)했다. 큰 산은 통치자를 상징하고 올망졸망한 산봉우리는 관료, 아래 들판과 건물 및 다리는 백성이라고 여겼다. 이처럼 그는 자연이 국가 권력의 질서를 상징한다고 여겼다.

이 점에 관해 곽희도《임천고치》에서 이렇게 말하였다.

"큰 산은 여러 산의 주인처럼 당당하다. 언덕과 계곡이 차례대로 산을 포진하고 있다. 멀고 가깝고 크고 작은 것의 우두머리이다. 그 모습은 마치 대군이 찬란하게 태양을 맞이하고 백관들이 분주하게 달

천리강산도

려 조회에 참석하듯 하며, 나약하거나 등을 돌리는 자세를 취하지 않는다.[10]

이어서 그는 또 이렇게 말하였다.

"산수화는 먼저 큰 산을 파악하고 주봉이라 이름을 붙인다. 주봉이 이미 정해지면 바로 가까운 것, 먼 것, 작은 것, 큰 것의 순서를 정한다. 여기에서 하나의 경치가 주인 노릇하기 때문에 주봉이라 부르는데, 마치 군신의 상하 관계와 같다.[11]

10 《林泉高致》大山堂堂爲衆山之主, 所以分布以次岡阜林壑, 爲遠近大小之宗主也. 其象若大君赫然當陽, 而百辟奔走朝會, 無偃蹇背卻之勢也."

11 《林泉高致》山水先理會大山, 名爲主峰. 主峰已定, 方作以次, 近者, 遠者, 小者, 大者. 以其一境主之於此, 故曰主峰, 如君臣上下也."

북송 말기 한졸(韓拙, 한림도서원 대조) 역시 《산수순전집(山水純全集)》
에서 이렇게 말하였다.

> "산은 주인과 손님, 높고 낮은 순서, 음양(陰陽)과 역순(逆順)의 형식
> 을 가지고 있다. 주봉은 뭇 산의 가운데 있고 높고 크다. 웅장한 기운
> 과 후덕함을 가지고 있으며, 그 옆에서 봉우리를 에워쌓으며 보좌하
> 는 것이 악(岳)이다. 큰 것은 존귀하고 작은 것은 비천하다. 크고 작
> 은 언덕이 앞에서 조아리는 것은 순응하는 것이고, 그렇게 하지 않
> 는 것은 반역하는 것이다.[12]

〈천리강산도〉는 이처럼 당시 어화원이 정한 산수화의 규칙에 맞
추어 그린 것이다. 산수를 윤리적 관계, 봉건질서 관계로 표현했다
고 할 수 있다.

이 그림에는 건륭제의 어제시가 붙어 있다.

건륭어제시(乾隆御題詩)

천리강산의 끝이 없이 보이고, 생동감이 뚝뚝 떨어지는 신묘한 운필
이로다.

북송화원의 둘도 없는 작품이고, 삼당의 화법(三唐法)에 결코 많지
않았던 준법이로다.

---

12 《山水純全集》山有主客尊卑之序, 陰陽逆順之儀. 主者, 衆山中高而大者是也. 有雄
氣敦厚, 旁有輔峰圍者, 岳也. 大者尊也, 小者卑也. 大小岡阜, 朝揖于前者順也, 無此
者逆也."

건륭어제시(乾隆御題詩)

당시 왕(왕선, 王詵)과 조(조천리, 趙千里)를 놀라게 할 만하였고, 이미 한 방에 있었던 군신이 놀랐다.

어찌 자신이 인재 양성하여 이 시대의 황제를 누가 보좌 할까를 생각하지 않았던가?[13]

이 시를 보면, 건륭은 송휘종 시대를 비판하고 있는 듯하다. 아름다운 강산을 보존하지 못했다는 이유이다.

그림에는 채경(蔡京)의 다음과 같은 발문이 붙어 있다

---

13 〈千里江山圖·乾隆御題詩〉 江山千里望無垠, 元氣淋漓運以神. 北宋院誠鮮二本, 三唐法總弗多皴. 可驚當世王和趙, 已訝一堂君若臣. 曷不自思作人者, 尔時調鼎作何人.

■ 채경(蔡京)의 발문

정화 3년 윤4월 1일, 황제가 이 그림을 하사하셨다. 희맹의 나이 18살
이었는데, 옛날에 화학(畫學)의 학생이었고, 궁궐의 문서고로 불려
들어왔다. 여러 차례 그림을 올렸지만 아주 뛰어나지 못했다. 왕이
그 사람의 본성으로 보아 가르칠만하다는 것을 알고 마침내 그를 가
르쳤고 친히 법을 전수하였다. 반년도 넘지 않아 마침내 이 그림을
올렸다. 왕이 이 그림을 칭찬하면서 나에게 하사하면서 "세상의 뛰
어난 인재가 만들어낸 작품이로다!"라고 말씀하셨다.[14]

이 해는 서기 1113년이다. 당시는 북송 말기로서 패망의 그림자가
조금씩 드리우고 있었다. 그런데 위태롭고 암울한 현실에 비하면,
그림속의 국토는 편안하고 고요하며 아름답다. 그토록 아름다운 천
리강산을 영구히 보존하고 부국강병을 통하여 잃어버린 땅을 회복
하려는 의지를 담으려고 했던가? 그림만 보아서는 송 휘종의 진실은
알 수 없다.

---

14 〈千里江山圖・蔡京〉政和三年閏四月一日賜. 希孟年十八歲, 昔在畫學爲生徒, 召
入禁中文書庫, 數以畫獻, 未甚工. 上知其性可教, 遂誨論之, 親授其法, 不逾半歲, 乃
以此圖進. 上嘉之, 因以賜臣京, 謂"天下士在作之而已."

┃교량과 교각 누각 ┃평원산수의 모습

┃주택 ┃산길 ┃농가

┃사찰 ┃촌락 ┃물가의 마을

이 그림은 '인간과 사회', '인간과 자연'의 조화 문제를 담아냈다. 그림에는 수목, 언덕과 물가, 정자와 누각, 가정집, 교량, 사람과 가축 등 천태만상이 등장한다. 산간의 주택, 정원, 서원, 사찰, 여관, 주점, 그리고 물건을 운반하는 사람, 친구를 방문하는 사람, 노새를 몰거나 말을 타기도 하고, 길을 걷거나 혹은 쉬는 사람, 경치를 구경하는 사람, 또한 고깃배, 화물선, 여객선, 유람선, 배 위의 노와 장대, 그

물던지기, 조용히 앉아있기, 물 건너기 등 다양한 모습이 담겨있다. 이것처럼 이 그림은 세상은 하나가 아니라 여럿으로 구성되어 있음을 보여주고 있다. 그래서 이 그림은 개인과 집단의 조화, 더 나아가 인간의 자연에 대한 순응의 이치를 담았다고 할 수 있다.

이 그림 속 산수는 인간이 살면서 걷고, 보고, 유람할만한 공간을 모두 갖추고 있다. '주거(居)' 환경은 인간이 만물과 조화하려는 노력에서 나온다. 바로 《장자(莊子)》가 말한 "사물의 법칙에 따라 마음껏 노닐다(乘物以游心)."는 이치와 통한다. 인간은 마음의 자유를 얻기 위해서는 먼저 자연의 법칙을 따라야 한다는 것이다.

③ 청명상하도(淸明上河圖): 북송 말기 도성의 풍경

〈청명상하도〉는 북송 말기 장택단(張擇端, 대략 1085~1145)이 변경(汴京, 東京, 오늘날 하남성 河南 개봉(開封))의 도시풍경을 그린 것이다. 폭 24.8cm 길이 528.7cm이고, 비단에 채색한 것이다. 산점투시구도법(散點透視構圖法)을 사용하였다. 북송 시대 도성인 변경의 814명의 사람, 60여 필의 가축, 28척의 배, 8량의 수레, 8대의 가마, 30여 동의 주택, 170여 그루의 나무, 교량, 누각 등 건축물을 그렸다. 그림은 변경을 흐르는 변하(汴河)를 중심으로 3개 부분으로 나눌 수 있다. 이 그림은 북경 고궁박물원이 소장하고 있다.

바이두(百度)의 백과(百科)의 설명에 근거하여, 그림의 각 부분을 글로 옮겨 보기로 하자.

▌청명상하도(5단)

1) 농촌풍경

개울가 큰 길로 낙타(털 난 낙타 5마리) 대열이 동북쪽에서 변경으로 진입하고 있다. 이 대열의 앞에는 마부가, 그 뒤로 낙타부가 따라간다. 작은 다리 옆으로 작은 배가 나무에 묶여 있다. 나무 숲 속으로 농가의 마당이 보인다. 높은 나무 가지에 참새가 집을 지었다. 탈곡기

▌교외지역

▌짐을 적재한 노새

▌숲 속의 농가

가 밀 타작 중이다. 몇 마리 양이 우리 속에 있고, 그 옆 닭장에 닭들이 모이를 먹고 있다. 농축업의 면모를 파악할 수 있다.

2) 농업과 상업의 결합 부분

우측 상단으로 신부를 맞이하는 대열이 북쪽에서 다가오고 있다. 그 뒤로 신랑이 탄 붉은 말이 있고, 그 말 뒤로 혼수를 멘 짐꾼, 말 앞에 신부의 화장품 가방을 안고 있는 사람이 보인다. 신부는 제일 앞의 가마에 앉아 있다. 가마 뒤로 어떤 사람이 물고기를 안고 따라간다. 찻집 옆 농가에 두 마리 소가 있다. 멀리 벼논에 비료를 주는 농부가 보이고, 남쪽 집에서 두 식구가 외출을 준비하고 있다. 짐꾼이 외출에 필요한 물건을 메고 동남쪽으로 서서히 걸어가고 있다.

▋신랑 신부의 행렬

3) 부둣가

몇 개의 점포를 지나 시 중심으로 가는 간선도로가 나있다. 그 길로 번화한 점포가 펼쳐져 있고, 풍경이 아름다운 화물 부두와 여관이 즐비하게 늘어져 있다. 사통팔달한 대로가 남쪽 항만과 연결되어 있다. 몇 개의 배가 정박하여, 순서대로 화물을 선적하고 있다. 부두 노무자들은 양식을 담은 마대를 내리고, 선창 안의 사람은 선적을 돕고 있다.

4) 변하의 홍교 부둣가

변하는 북송 시대 조운 교통의 요지이고, 상업 유통의 중심지이었다.

▋부둣가

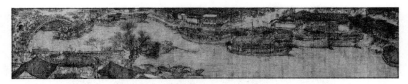

▌변하와 홍교

사람과 상선이 운집하고 있다. 찻집에서 휴식하는 사람, 점을 보는 사람, 식당에서 식사하는 사람이 보인다. '왕가지마점(王家紙馬店)'에서는 제사용품을 판매하고 있다. 물 위에 배가 앞뒤로 붙어 있다. 밧줄을 당기는 사람, 노를 젓는 뱃사공, 화물을 가득 채운 배가 물을 거슬러 올라가고 있다.

5) 부둣가 배들의 움직임

화물선이 물을 거슬러 올라가고 있다. 배의 우현에 서있는 수부들이 배가 서로 충돌할까 주시하고 있다. 배 한 척이 부두에 정박하여 시시각각 배의 움직임을 주목하고 있다. 언덕에 정박 중인 배에서 선부가 몸을 돌려 밧줄을 거두는 동료를 부르고 있다. 물가의 길을 따라 걷다 보면 배 한 척에서 8명이 노를 젓고 있는 모습을 볼 수 있다. 유속이 매우 빠르다. 한 명의 조타수가 전방의 상황을 엄밀하게 주시하고 있다. 전면에 배 한 척이 언덕에 접근하기 위해 분주하게 움직이고, 여객 부두에서는 20여 명이 부지런히 일을 하고 있다. 배의 꼭대기에서는 몇 명의 선원이 돛을 내리고 있고, 어떤 선원은 홍교에서 내린 밧줄을 받고 있으며, 뱃머리를 부두로 끌고 가서 돌에 묶으려고 하고 있다. 여객선의 모습은 매우 양호하다. 선원은 각자의 임무에 바쁘고 매우 노련해 보인다. 부두에서 여러 사람이 여객선을 향해 손짓하거나 가족

▌부둣가

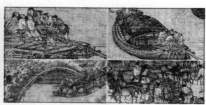

▌부둣가의 여러 장면

▌배와 배의 충돌

▌홍교부근

▌배가 다리를 통과하는 장면

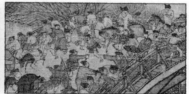

▌문관과 무관의 갈등

혹은 친구를 부른다. 어떤 사람들은 높은 홍교에 서서 부르고 있다. 그 곁의 조그만 배에서 손을 휘두르고 있는데, 이것은 호객행위로 보인다. 홍교는 무지개 모양이다. 변하 유역의 큰 배들이 순조롭게 지나가도록 설계되었다. 다리는 넓고 견고하여 화물을 가득 실은 수레도 안전하게 지나갈 수 있다. 이 나무다리는 급류를 견디기 용이하다. 나무를 가로로 연결하여 큰 화물을 운반해도 문제가 없도록 만들었다. 큰 배가 그 다리 밑을 건너려고 한다. 뱃사공이 대나무 장대로 지탱하고, 몇 사람은 서둘러 돛대를 내려 배가 다리에 걸리지 않도록 하고 있다.

▌가게 거리

옆에 있는 배에서 어떤 사람이 손가락질을 하며 크게 소리치고 있다. 배의 안팎에 있는 사람들은 배가 무사히 다리를 지나갈 수 있을까 걱정하며 구경하고 있다. 다리 위에 있는 사람들은 머리를 빼고 이 배가 지나는 광경을 골똘히 바라보고 있다. 다리 머리에는 칼 가게, 음식점, 각종 잡화점이 있다. 가게 주인 2명이 막 손님을 부르고 있다.

6) 상업구역

홍교의 병목 거리이다. 왕래하는 사람이 많다. 길을 점유하고 장사하는 사람, 가판대를 설치하고 음식물을 판매하거나, 가위와 칼, 자물쇠를 팔고 있다. 팔려는 물건이 눈에 잘 띄게 하기 위해 가판대를 기울여 설계하였다. 다리 아래의 배가 물을 거슬러 올라가 거의 정박하려는 듯, 뱃머리의 선원은 물길을 탐색하고 있다. 다리 아래 하상에 설치된 큰 돌의 위치를 확인하고, 다른 배와 부딪치지 않고

▌향료와 화장품 가게

정박할 수 있도록 한다. 상류의 멀지 않은 곳에 몇 척의 배가 언덕에 정박하고 있다. 뱃길의 가운데로 두 척의 배가 지나간다. 뱃사공의 합창이 공중에 퍼진다.

7) 높은 누각의 중심지역

높은 누각을 중심으로 양쪽으로 건물이 즐비하다. 찻집, 술집, 휴게소, 정육점, 사당, 관공서 등이 있다. 주단, 보석, 향료, 지전 등을 파는 전문 가게도 있다. 진료소, 마차 수리점, 점쟁이 집, 이발미용실

▌금전거래소

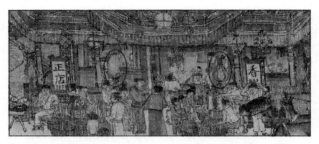
▌술집과 기생집

이 보인다. 큰 상점은 깃발을 걸어 손님을 부르고, 시장 거리에는 사람들의 어깨가 부딪칠 정도로 많이 지나간다. 장사꾼, 거리를 구경하는 신사, 말을 탄 관리, 잡상인, 가마에 앉은 큰 집안 사람들, 등에 바랑을 멘 행각 스님, 길을 묻는 외지 사람, 이야기를 듣고 있는 골목 꼬마, 주점에서 호탕하게 술을 마시는 부호 자식, 성문 주변에서 빌어먹는 장애인이 있다. 교통수단으로는 가마, 낙타, 우마차, 인력거, 수레가 있다.

8) 부두와 성문의 중간 지대

부두와 성문의 중간지대는 장사가 잘 되는 곳이다. 여러 해 동안 주점이 활황을 이루고 있다. 각 점포마다 간판이 즐비하고, 각종 수레와 노새가 쉴 틈이 없이 움직이고 있다. 목공은 노새 마차를 제작하고 있고, 주인은 노새를 불러 물건을 싣고 있다. 한 여인이 가마를 불러 타고 가려고 한다. 성으로 들어오려면 반드시 지나야 하는 골목에 점쟁이가 판을 벌리고 있다. 도랑을 넘어가는 작은 다리에 많은 노동자들이 모여 있다. 쉬는 사람, 졸고 있는 사람, 누워서 잠자는 사람, 물건 운반을 대행하는 사람, 광장에서 일하는 사람이 보인다. 가마 하나가 출발하고, 다른 가마가 대기하고 있다. 작은

▌빵집, 이야기꾼, 수리점, 야채가게

▌시향 음료 가게

▌면도하기

▌거지와 서생들

다리 위 가판대의 장사꾼이 물건을 다 팔고 귀가를 준비한다. 몇 마리 털 난 노새, 아이를 안고 있는 부인, 그 곁에는 살찐 큰 돼지가 누워 있다. 호성하 대교에서 장사꾼이 가판대에 물건을 놓고 판매하고 있다. 물건 산 사람이 멀리 가지 않았는데 점원은 또 다른 손님을 맞이하고 있다. 다리 위로 행인들이 쉼 없이 왕래하고 있다. 다리 양쪽 난간에 서서 강물과 물고기 잡는 모습을 구경하고 있다. 어떤 사람은 몸을 반 정도 일으키고 말 탄 사람을 부르며, 거의 모든 행인들을 잡아두겠다는 식이다. 뒤에 있는 사람들은 그의 움직임

▌성문부근

▌점쟁이집

▌꽃을사는여인

▌외출하는 관리

▌성안 생활

▌진료소

▌길을 묻는 사람

▌낙타

▌노새

▌배에서 빨래하기

▌선창에서 잠자기

▌날뛰는 말　　　　　　　　　　　▌날뛰는 말에 놀란 아이

▌생수 사기

을 눈여겨보고 있다. 성문이 웅장하고 높다. 몇 필의 낙타가 서서히 걸어 성 밖으로 나간다. 서역 상인들이 실크로드를 경유하여 여기까지 와서 장사하고 있다. 방앗간에서 기름을 배달하고 있다. 여관 앞에서 손님들이 즐겁게 대화하고, 안에도 많은 사람이 들어있다. 큰 상인이 묵고 있는 듯하다. 한 점포는 수리 중이다. 의식주에 필요한 것이 모두 구비되어 있다. 넓은 비단 집에 비단이 가득하고, 식수 배달이 성업 중이다. 성 안에 작은 진료소에서 의사가 외과 수술하고 있는데, 그는 내과, 산부인과도 보고 있다. 의장대가 길을 열고 문관은 위풍당당 가마에 앉아 있다. 말에 탄 기마병, 뒤에 한 사람이 큰 칼을 들고 있다.

　이 그림을 통해 북송 말기 변경에서 살아가는 사람들의 매우 평화롭고 분주한 모습을 발견할 수 있다. 그러나 이 시기 북송은 이미 외적의 침입이 임박하여 폭풍 전야와 같은 상태였다. 북송의 마지막 수도의 두 얼굴이다.

일반 백성은 아무 것도 몰랐다. 통치자는 날마다 검은 구름이 몰려오고 있다는 것을 알았을 것이다. 휘종은 찬란한 이 모습이 그림으로나마 남아있길 바랐던가? 화가는 말이 없고 그저 그림만 남아있다.

변경은 중세 도시의 최고 정점에 있었다. 산수화가 최고로 발달한 시대에 화가는 도리어 복잡한 도시의 풍경을 이렇게 다양하게 펼쳐 보였다.

4. 명청대 장강 하류 문예부흥의 두 가지 표상: 물길과 패트로니지(patronage), 소주지역을 중심으로

1) 장강 하류의 문예부흥과 문화후원

명 중엽(16세기)에 장강 하류지역은 상품경제가 일상생활로 침투하였으며, 사농공상의 계층이 동요하기 시작하였다. 명말에 이르러 휘주 출신 상인들이 사회의 전면으로 부상하기 시작했다. 휘상은 상인이면서 유학자를 겸하고, 유학을 버리고 상업을 추구하다가 다시 유학으로 귀의하곤 하였다.[15]

왕양명(王陽明)과 육구연(陸九淵)의 심학은 당시 상인 세력에게 호응을 얻기 시작하였다. 태주학파(泰州學派)인 왕간(王艮)의 '백성의 일용

---

15 明後期廣州市場的轉型與珠江三角洲社會變遷, 葉顯恩, 《明史研究专刊》第12期, 台北, 1998年.

생활이 바로 진리이다(百姓日用卽道)'라는 주장은 일상생활을 개괄적으로 설명하는 유행어가 되었다. 이지(李贄)는 의식 등 삶의 기본욕구와 물질과 정신적인 욕망, 사리사욕의 추구는 천리(天理)에 합당하다고 하였다.

이상과 같이 계층의 변화와 새로운 문화사상이 유행함에 따라 실용적인 지식에 대한 관심과 과학적 정신이 높아졌고, 문화의 각 방면에서 자유롭고 독창적인 정신이 나타나기 시작하였다. 예술분야에서는 전통에 도전하는 창의적인 작품들이 나왔고, 자의식이 강한 낭만적인 문학이 크게 발전하였다.

유럽의 르네상스 시대를 이끌었던 인문정신은 종교 교리의 정신적 억압상태를 해방시키고, 자유로운 탐구와 비판력을 자극했으며, 또한 인간의 사고와 창의력의 가능성에 대한 새로운 자신감을 불러일으켰다.[16] 15세기 이탈리아 도시의 상인들과 금융업자들은 예술가와 계약관계를 맺고 예술작품을 주문하거나, 궁전과 교회 및 수도원을 건축하는 등의 후원을 통하여 자신들의 학습, 신앙심, 취미를 세상에 보여주고자 하였다. 우리는 이들을 패트론(Patron)이라고 부른다. 이러한 인문정신의 대두와 패트론의 활동은 유럽의 문예부흥을 주도하는 두 가지 관건이었다.

유럽의 르네상스와 유사한 문예부흥의 기운이 명대 중기 이후부터 청말까지 중국의 장강 하류지역에서 나타났다. 계층 간의 변화, 상품생산과 상인의 등장, 상업자본의 문화에 대한 후원 등이 문화 부흥을 일으켰던 것이다.

상업자본의 문화에 대한 후원행위는 몇 개 단계를 거치며 변화하

16 《브리태니커백과사전》, http://www. britannica. co. kr 참조 요약.

였다.

첫 번째 단계는 명대 중기로서, 성화(成化, 1465~1487), 홍치(弘治, 1488~1505), 정덕(正德, 1506~1521), 가정(嘉靖, 1522~1566)이 이르는 시기이다. 강남지역은 이 시기에 계층 간의 변화의 징후가 뚜렷하게 나타났다. 여전히 황실이 막강한 힘을 가지고 예술가들을 후원하였지만, 문인사대부의 후원이 시작되었다. 사대부 문인과 상인은 계층 간의 경계를 넘나들었다. 이와 동시에 지주계층 문인들이 문화예술의 새로운 향유층이 되었다. 더 나아가 부유한 상인들이 서화를 수장하면서 예술적 후원자로 등장하였다.

두 번째 단계는 명말청초(明末淸初)이다. 명 융경(隆慶, 1567~1572) · 만력(萬曆, 1573~1619) · 태창(泰昌, 1620) · 천계(天啓, 1621~1628) · 숭정(崇禎, 1629~1644)에서 청(淸) 순치(順治, 1644~1661)까지를 이 시기로 보고 있다. 이 시기는 토지제도(지주제)와 부역제도의 변화, 사회계층의 변화, 상품생산의 전개 등이 동시에 진행되었다.

당시 강남지방의 도시에서 직물업이 발달함에 따라 농촌의 소농민도 직물업에 참여하였다. 그 결과 농촌의 직물업도 활황을 이루었다. 이에 따라 강남의 도시와 농촌에 외래인구가 집중되었다. 강남지방에서 대도시와 함께 중소도시도 따라서 발전하였다. 소농민이나 전문 수공업자는 대상인이나 고리대금업자의 농단에도 불구하고 서서히 자립해갔다.

명말청초에 이르러 휘주 출신 상인들이 중국 경제의 전면으로 부상하기 시작했다. 휘상들은 문화상품에 직접적으로 투자하는 방식으로 상인, 문인사대부, 화가 등을 후원하였다.

그 다음 단계는 청대 중기로서 강희 · 옹정 · 건륭 3대 시기이다.

당시 가장 번성했던 도시는 양주(揚州)로서, 정치 경제, 문화 예술이 전례 없이 발전하였다. 이 지역의 예술 발전은 염업의 흥성과 밀접한 관계가 있다. 명나라 중기부터 전국의 염상들이 양주로 모여들기 시작하였고, 강희에서 건륭 시대까지 양주의 염업이 극성을 이루었다. 이러한 경제적 번영은 상업의 중심지뿐만 아니라 문화 중심지로 발전할 수 있는 든든한 기반이 되었다. 또한 염상의 막대한 상업자본은 양주를 문화의 소비도시로 변화시켰다.

양주 염상들은 화가들을 경제적으로 후원하였다. 염상들은 문화예술에 대한 후원을 통하여 자신들의 사회적 지위를 확보하였고, 이에 따라 상업자본과 예술의 관계가 더욱 긴밀해졌다.

마지막 단계는 청말 민초 시기로서 광서에서 민국 초기까지 약 5, 60년을 말한다. 당시 상해 상인들은 양주 염상의 예술 후원을 계승하였다. 아편전쟁 후 상해는 해외 무역으로 상공업이 발달하여 새로운 그림 시장이 형성되었고, 절강성 일대의 화가들이 운집하였다. 청말 민초 상해지역 예술단체에 대한 후원, 근대자본의 조직적인 후원 형태로 나타났다.[17]

이상을 요약하면, 장강 하류 삼각주지역에 형성된 '江南'지역 문화는 남송 이후 줄곧 중국의 경제발전과 함께 성장하였고, 특히 16세기 중엽에 이르러 예술과 문학 분야에서 새로운 전기를 맞이하였다.

그리고 황실의 후원으로부터 사대부간의 후원으로, 그리고 상업자본과 문화단체의 후원으로 전환되는 과정에서 강남지방은 문화예술의 중심지가 되었다.

---

17 권석환《중국의 강남예술가와 그 페트론들》, 이담, 2009. 155쪽.

2) 소주지역의 수장가와 물길의 시각적 재현

명 중기 이후 소주지역에서는 물길을 따라 상품 시장이 형성되었고, 문화후원자들의 활동이 활발하였다. 상인들은 물길에 의해 형성된 시진(市鎭)을 통해 상업자본을 축적하였고, 축적한 부를 문화 활동에 투자하여 자신들의 신분을 사회적으로 실현하는 한편 상업 활동의 원만한 진행과 이윤의 극대화를 시도했다.

(1) 소주지역 직업화가와 수장가(收藏家)의 활동

명대 중기는 절파(浙派)[18]와 오문파(吳門派)의 화풍(畵風)이 병존하거나 교체하는 시기였다. 가정(嘉靖) 이후 절파가 점점 쇠락한 반면 소주의 심주(沈周, 1427~1509)·문징명(文徵明, 1470~1559)을 대표로 하는 오문파는 명 중후기 화단에 영향을 주었고 거의 1세기 동안 유지되었다.

소주지역은 각 가정마다 방직을 통하여 부를 창출하였다. 사대부가조차도 예외가 아니었다. 이러한 과정에서 사대부의 의식과 생활 태도는 점점 상인들과 섞이기 시작했고 이것은 명대 중기 이후 문화 예술의 풍격에 영향을 주었다. 소주지역의 이러한 경제 발전에 따라 실내 가구 디자인과 배치, 그리고 아름답고 화려한 원림 건축 등으로 인하여 주변 환경이 변화하였다. 이에 따라 심미적 취미가 이전 시대와 판이하게 달라졌다. 따라서 오문화파의 화풍에는 생활환경의 변

---

18 절파(浙派): 절강성 출신의 화가 戴進에 의해 시작되었고, 吳偉를 거치면서 하나의 화파로 형성되었다. 동기창의《畵禪室隨筆》에서 '절파'는 대진의 화풍을 가리키는 것이었으나, 청초 이후에 江夏派라 불리던 오위를 하나로 묶어 절파라 통칭하였다. 오위의 자유분방함과 역동적인 화풍은 후에 '狂態邪學'이라고 불리는 부당한 대우를 받았고, 회화사에서도 미미하게 다루었다.

화와 현실성이 묻어 있다.[19] 소주 출신으로 명 중기 직업화가였던 주신(周臣)은 당인(唐寅)과 구영(仇英)을 길러냈다. 주신은 문인들의 생활을 그리기도 했지만, 도시의 소외계층인 거지, 장님과 절름발이, 공연 장면 등을 다루기도 하였다. 당인은 당시의 수장가 항원변(項元汴)과 항원기(項元淇) 형제의 눈에 띠어 명대 사대 화가의 반열에 들 수 있었다.

15세기 초 소주 등지에서는 대토지를 기반으로 부를 축적한 지주 출신의 지식인 집단이 등장하였다. 심주·유각(劉珏, 1410~1472)·오관(吳寬, 1436~1504)·도목(都穆, 1458~1525)·문징명·문가(文嘉, 1501~1583)·왕세정(王世貞, 1526~1590)·항원변(1525~1590) 등이 그들이다. 이들은 당시 소주지역의 문화 권력을 형성하고 예술가들의 미적 기준을 결정하였다. 경제적으로 부유한 문인들이 가난한 문인들을 후원한 셈이다.

당인과 왕총(王寵)은 상인 출신 화가였다. 그들의 활동으로 인하여 문인과 상인의 경계가 모호해졌다. 게다가 전통 문인 출신 화가 역시 상업적 태도가 이전 시대보다 매우 과감해졌다. 당시 소주지역 문화 권력을 장악하였던 문징명은 평생 동안 수많은 묘지명(墓誌銘)을 창작하였는데, 자신의 아주 가까운 측근 외에 지방 관료나 상인들에게는 반드시 대가를 받았고, 대가가 적으면 주랑(朱朗)과 같은 제자들에게 대필하도록 하였다. 이것으로 사대부 문인들의 상업자본을 대하는 관념이 변화되었음을 알 수 있다.

당시 화단의 분위기가 바뀌면서 서화를 수장하거나 감상하는 방식도 달라졌다. 명 중 후기에 개인 수장가가 급증하였는데, 대표적인

19 《吳門畵派的繪畵藝術》, 張繼馨 등저 北京燕山出版社, 2000.12. 24쪽.

사람으로 문징명, 하량준(何良俊, 1506~1573), 왕도곤(汪道昆), 항독수(項篤壽), 항원변, 왕세정, 장축(張丑, 1577~1643) 등을 들 수 있다. 15세기부터 16세기 중반까지 약 1세기 동안 문화 후원자와 수장가가 활발하게 활동하였다. 그리고 후원자는 사대부 문인과 상인이 상호 혼재된 상태에 있었다. 그리고 후원자들이 지은 수장에 대한 기록은 후원에 관한 이론의 기초가 되었다.

이상의 사실로 볼 때, 명 중기 이후는 문화에 대한 관념과 취미가 이전 시대와 확연히 변화하였고, 이러한 변화에 따라 소주지역의 오문화파가 예술계에 등장하였던 것이다. 지주계층 문인들이 문화예술의 새로운 향유층으로 부각되었으며, 더 나아가 부유한 상인들이 수장가와 후원자로 활동하였다.

(2) 물길의 사실적 재현, 실경도의 유행

소주는 본래 물의 도시이다. 경항대운하가 도시를 남북으로 종단하면서 외성하(外城河)와 서로 연결되어 있었다. 명청 시대에 이르러 대운하가 확장되고 조운 제도가 갖추어지면서 내하의 운행과 해상으로 이어지면서 교통이 매우 편리해졌다. 물길을 따라 시장이 조성되었기 때문에 전국의 상인들이 소주로 몰려들었고, 도시의 경제가 부유해지기 시작하였다. 게다가 강남의 수려한 자연환경과 고상한 인문환경이 전국의 인재를 유인하는 요소가 되었다.

소주는 물길이 주요 교통망이고, 300여 개의 교량이 육로와 보조를 맞추고 있다. 그래서 소주의 도로는 "물길과 육로가 나란히 가고, 물과 길이 서로 바라본다(水陸平行, 河街相望)."라고 하였고, 민가건축은 '앞이 길이고 뒤가 물(前街後河)'인 형태를 띠고 있다.

▌〈無款南游圖道里圖卷〉(蘇州府) 청, 78. 5×1783. 6

▌東莊圖(부분)

▌東莊圖(부분)

〈무관남유도도리도권(無款南游圖道里圖卷)〉(소주부(蘇州府))을 보면, 물길이 완전히 도시를 둥글게 포위하며 돌고 있음을 알 수 있다. 그 물길을 따라 수많은 배들이 왕래하였다.

명대 중기 소주지역을 중심으로 형성되었던 오문화파들은 소주 주변의 산수자연을 직접 유람하고 그것을 사실적으로 묘사하였다. 예를 들면, 심주의 〈소주산수전도〉·〈호구십이경도책(虎丘十二景圖册)〉·〈동장도책(東莊圖册)〉·〈오문십이경(吳門十二景)〉·〈호구도책(虎丘圖册)〉,

▌문징명의 〈졸정원도〉

문징명의 〈졸정원도책(拙政園圖冊)〉·〈석호청승(石湖淸勝)〉·〈진상재(眞賞齋)〉·〈호계초당(滸溪草堂)〉, 당인의 〈남유도(南游圖)〉, 문가(文嘉)의 〈곡수원도(曲水園圖)〉·〈이동기유도책(二洞紀游圖冊)〉, 전곡(錢穀)의 〈구지도(求志園)〉·〈호구전산도(虎丘前山圖)〉·〈혜산자천(惠山煮泉)〉, 문백인(文伯仁)의 〈금릉십팔경(金陵十八景)〉 등이다. 이것을 보면, 명 중기 소주 지역에서 실경도가 매우 유행하였음을 알 수 있다.

가장 대표적인 것은 심주의 〈동장도책〉과 문징명의 〈졸정원도〉이다. 동장은 소주의 봉문(葑門)에 있는 장원식 원림이었다. 봉문은 소주성 동쪽에 위치하고 있는데, 주변의 많은 수당(水塘)으로 구성되었다. 동장은 심주의 친구 오관(吳寬)의 아버지 오맹융(吳孟融)이 살던 장원이다. 심주가 친구의 부탁을 받고 이 원림을 24폭(명 만력 시기에 3폭이 유실되어 지금은 21폭만이 남아 있다.)을 그렸다. 물길에 따라 조성된 강남 원림의 모습을 생생하게 표현하였다.

졸정원은 명나라 가정 시기에 어사 왕헌신(王献臣)이 소주에 조성한 것이다. 왕헌신은 이 이전부터 있었던 원림을 새롭게 경영하기 위해 문징명에게 〈졸정원도〉를 부탁하였다. 현재 졸정원은 문징명의 화의에 기초한 것이다. 결국 이 실경도는 원림의 설계도 역할을 하였다고 할 수 있다.

왕세정은 주천구(周天球), 왕곡상(王穀祥), 문가(文嘉), 장봉익(張鳳翼), 장헌익(張憲翼), 황희수(黃姬水), 막시룡(莫是龍) 등의 문인들과 교류하는 한편, 전곡과 그의 제자 장복(張復), 육치(陸治), 우구(尤求) 등도 실경도를 그리도록 하였다. 그들은 왕세정이 북경으로 부임하는 긴 여정을 그림으로 남겼다. 왕세정은 태창에서 양주에 이르는 구간에는 전곡과 동행하였으며, 양주에서 북경에 이르는 구간은 장복과 동행했다. 이 동행의 결과가 《수정도(水程圖)》3卷으로 탄생했다. 장복은 뒤에 왕세정을 위해 무석(無錫)의 양계(梁溪)에 있는 〈앙계이십경〉을 그렸다.

오문화파 외에도 궁정화가들도 강남지역의 물길을 묘사하였는데, 이것이 바로 〈강희남순도(康熙南巡圖)〉[20]로서 강남지역의 화려함을 여실하게 부각시켰다.

강희제는 1664부터 1707년까지 24년 동안 동남지역을 6차례 남순하였는데, 이 그림은 제2차 남순(1689년)을 묘사한 것이다. 북경에서

---

20 〈강희남순도〉: 비단 채색, 12권(卷), 각권67.8×1555~2612.5cm. 이 그림은 청나라 황궁에 보관되었다가 후에 산실되었다. 지금은 제1, 9, 10, 11, 12권이 故宮博物院에 소장되어 있고, 미국과 프랑스 그리고 캐나다의 박물관과 개인이 분산 소장하고 있다.

┃〈康熙南巡圖(소주 盤門)〉

출발하여 남순 행렬이 지나는 연도의 산천과 명승고적을 그렸고, 각
권마다 강희제가 등장한다. 북경에서 산동성을 통과하여 강소성에
당도한 뒤, 강을 따라 소주·남경·항주를 지나 가장 멀리 전당강(錢
塘江)과 소흥(紹興)에 이르는 여정이다. 강희제는 남순의 과정을 기록
하고 화가를 모집하여 묘사하도록 명령하였다. 제1차 남순의 제3년
차에 강희제는 어사 송준업(宋駿業)과 자신의 스승 왕시민(王時敏, 1592~
1680)의 제8째 아들, 그리고 왕시민의 손자 왕원기(王原祁, 1642~1715) 등
의 추천을 받아 양진(楊晋, 1644~1728)을 궁정화가로 불러 이 그림의 집
단 창작을 주관하도록 하였다. 이 그림 제작에 가장 깊이 관여한 사
람은 강남 소주 상숙(常熟) 출신인 왕훈(王翬, 1632~1717)이다. 그는 왕
시민·왕감(王鑑)의 화풍과 직접적인 관련성이 있으며, 동원(董源)·거
연(巨然)·범관(范寬)·왕몽(王蒙)·황공망(黃公望) 등의 산수화 기법을
사용하였다. 또한 심주·문징명·동기창의 오문파 산수화로부터 화
의를 취하였다.

　당시 남순은 만주족과 한족 간의 모순을 해결하고, 통치계급과 피
통치자간의 조화, 강남 사대부 포섭 등의 목적을 가지고 있었다. 강

▌반문의 현재 모습

희제는 이 그림을 통해 태평성대, 강남 도시의 번성, 수려한 자연경
관과 인문경관을 과시하였다. 이 그림을 통해 당시 소주지역의 물길
에 따라 형성된 풍속과 농상업의 흥성을 여실히 알 수 있다.

앞의 그림은 소주의 반문(盤門) 부분에 대한 묘사이다. 반문은 소주
서남쪽 출입문으로, 교통의 요지이며 군사 요새였다. 성 밖으로 대운
하가 지나가고, 오문교(吳門橋)가 물 위에 걸려 있다. 반문은 물과 육
지를 가르는 두 개의 문으로 되어 있다. 물길을 따라 수많은 배들이
정박하고, 각종 물건을 실은 배들이 연락부절 움직이고 있다. 육로와
다리, 그리고 시장에는 사람들이 운집하여 있다. 배에서 물건을 싣
고 부리는 장면이 매우 분주하면서도 활기가 넘친다.

다시 소주 서북쪽 호서관(滸墅關)을 보자. 호서관은 남양산(南陽山)
동북쪽 산기슭의 경항대운하의 양쪽 언덕에 있다. 명나라 선덕(宣
德) 4년(1429)에는 호부에서 초관(鈔關)을 설치하였고 '오중제일대진

▌〈康熙南巡圖(소주 호서관(滸墅關))〉

(吳中第一大鎭)’으로 불렸다. 호서관은 운하에 붙어있어 장강과 통하고 바다로 쉽게 들어갈 수 있는 이점을 가지고 있었다.[21] 그래서 북쪽에서 오는 면화, 소맥 등과 남쪽 민남(閩南)과 광동에서 들어오는 해산물, 그리고 항주 방향에서 오는 비단과 면직물 및 수공업품이 모두 여기를 지나게 되었다. 그래서 이곳에 상인이 운집하고 무역이 번성하였다.[22] 명 정덕(正德) 당시에는 호서관에서 관세를 징수하였는데, 명나라의 가장 중요한 세관이 되었다. 청대에는 이곳이 전국에서 가장 번화한 시진(市鎭)이었다.[23]

이제 소주성안 관전가(觀前街)로 가보자. 이곳은 소주성에서 가장 번화했던 곳으로 현묘관(玄妙觀) 앞길을 말한다. 이곳은 수많은 상점과 민가가 밀집되어 있다. 당시 소주의 번성함을 알 수 있는 그림이다.

청 건륭 시기에 나온 〈고소번화도(姑蘇繁華圖)〉를 보면 소주의 번화

21 嘉靖《滸墅關志》卷16《藝文》 “上接瓜埠, 中通大江, 下匯吳會巨浸, 以入于海.”
22 道光《滸墅關志》卷11《物產》 “每日千百成群, 凡四方商賈皆販于此, 而賓旅過關者, 亦必買焉.”
23 道光《滸墅關志》文祥序: “商旅之淵藪, 澤梁之雄鉅.”

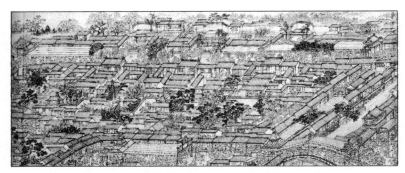

▌康熙南巡圖(소주 성안의 번화가)

한 모습이 여실히 나타나 있다. 〈고소번화도〉는 청 건륭 24년(1759년) 소주 출신 궁정화가 서양(徐揚)이 24년 동안의 공력을 들여 그린 그림이다. 《성세자생도(盛世滋生圖)》라고도 하며, 당시 소주지역의 시정의 풍경을 통해 건륭 황제 당시의 흥성함을 찬양한 것이다. 현재 요녕성 박물관에 소장되어 있다. 이 그림은 영암산(靈巖山)에서 출발, 목독진(木瀆鎭)을 지나 동쪽으로 산과 호수를 넘어 소주성으로 들어와 반문·서문(胥門)·창문(閶門)을 통과하여 호구(虎丘)에서 끝난다. 그림 속에는 대략 사람 12,000명, 건축물 2140 여 동, 50개의 교량, 여객과 화물선 400여척, 상점 간판 200 개가 등장한다. 건륭 당시 강남의 산천과 전원 성곽, 시진, 가게 등이 모두 나타나 있다. 18세기 소주의 수려하고 풍요로운 도시의 면모를 알 수 있다.

　이상과 같이 오문화파가 그린 오문지역의 실경도나 소주 출신 궁정화가의 〈강희남순도〉〈고소번화도〉에는 모두 강남지역에 대한 자아의식이 잘 나타나 있다고 할 수 있다. 자기가 태어나고 살고 있는 주위를 사실적으로 묘사한다는 것은 자신의 공간에 대한 자호감(自豪心)의 발로이다. 이는 또한 명청 강남 문예부흥의 표상이라고 할 수 있다.

| 고소번화도

5. 마무리

이상에서 명청대 강남지역의 문예부흥의 문화사상적 배경, 문화
후원의 전개 과정, 그리고 소주지역의 수장가들의 활동, 그리고 물
길에 대한 시각적 재현 등에 대하여 알아보았다. 16세기 중엽 이후부
터 양명학과 같은 새로운 사상이 유행하고, 사회계층의 근본적인 변
화에 따라 상인이 부상하고 사대부와의 계층 혼재에 따라 다양한 문
화 부흥의 길이 열렸다. 명청대에 강남에서는 황실이 예술을 후원하
던 것으로부터 사대부 혹은 상인계층의 후원으로 전환되었고 이것
이 강남지방의 문예부흥을 가속화시켰다. 명청대에 소주지역은 물
길에 의해 형성된 시진을 통해 상업자본이 축적되었고, 상인들은 축

적한 부를 문화 활동에 투자하여 문예부흥을 촉진시켰다. 또한 명청대 소주지역의 민간화가와 궁정화들은 자신들의 공간을 직접 밟으며 느낀 경관을 사실적으로 화폭에 담아 실경의 세계를 열었다. 특히 물길에 따라 번성한 도시의 면모를 묘사함으로써 강남의 '번화(繁華)'와 '성세(聖世)'를 찬양하면서도 자신의 공간에 대한 자신감을 표현하였다.

제5장

폄적의 공간

1. 굴원(屈原)의 멱라강

굴원(屈原, 기원전 340~?)의 영혼이 잠들어 있는 멱라강(汨羅江)을 찾아가 보자. 멱라강변에 가면 조국 초(楚)나라의 정치적 위기를 걱정하다가 죽은 굴원의 넋을 기리는 굴자사(屈子祠)를 만날 수 있다. 필자는 여러 차례 호남 땅을 방문하고도 굴자사를 그냥 지나쳐서 그동안 못내 미련이 남았던 터였다. 마치 선생님이 내주신 숙제를 제때에 하지 못해 안절부절 못하는 초등학생 같은 느낌이었다. 그래서 무슨 일이 있어도 이번에는 꼭 찾아가겠다고 작심하였다.

우리나라 일반 여행자들은 호남성에 대해 아는 것은 장가계(張家界) 정도이다. 중세 사대부의 우환의식(憂患意識)이 담겨 있는 악양루와 동정호가 있고, 상부인(湘夫人)의 피맺힌 원한이 남아있는 군산(君山), 동아시아 경관 문화의 시작을 알린 소상팔경, 〈구운몽〉의 성진이 팔선녀와 노닐던 남악 형산(衡山), 동아시아인들의 유토피아였던 무릉도원(武陵桃源) 등등이 호남 땅에 있다는 사실을 모르는 경우가 많다. 그러다 보니 궁벽진 멱라시에 위치한 굴자사는 더 말할 것도 없다. 이곳 지리에 밝다는 현지 버스 기사조차 길을 찾는데 한나절이 걸렸으니!

호남성 장사시(長沙市)에서 악양시(岳陽市) 방향으로 1시간가량 달리다 보면 동정호(洞庭湖) 동쪽에 위치한 멱라시에 도착할 수 있다. 이 도시를 동서로 관통하는 강이 바로 멱라강인데, 상강(湘江)과 합류하여 동정호로 흘러든다. 굴원은 "중국의 위대한 애국시인"이며, "세계 4대 문화 명인"이라는 요란한 구호에도 불구하고, 우리 일행을 제외하고 이곳을 찾는 사람은 거의 없었다. 멱라시에서 굴자사까지는

┃독성정(獨醒亭): 세상 사람들이 모두 취해 있는데, 나 홀로 깨어있다는 굴원의 고독한 심정을 기념하기 위해 세운 정자. 근대 대표적인 작가 모순(茅盾)이 쓴 편액이 걸려있어 이 정자가 더욱 빛난다.

┃굴자사 산문: 양 옆과 가운데에 굴원의 생애와 그의 초사 내용을 부조한 17폭의 그림이 이채롭다

10여 ㎞에 불과했다. 버스기사는 지나는 동네마다 차를 세우고 길을 묻고, 전진과 후진을 여러 차례하며 좁은 시골길을 무려 1시간 이상 헤맸던 것 같다. 우여곡절 끝에 찾은 굴자사는 남쪽으로 가로 흐르는 멱라강을 바라보며 고즈넉하게 서 있었다.

이곳 굴자사는 한(漢)나라 말부터 있었다는 기록이 있지만, 현재 남아있는 것은 청나라 건륭 9년(서기 1754년)에 중건한 것이다. 1925년 굴자사의 서쪽으로 멱라중학(汨羅中學)을 지어 명라서원과 함께 일체를 이루었으나, 이 두 건물은 문화대혁명의 참화 속에 사라져버렸다. 마을 입구의 명산호(名山湖) 옆에 차를 세우고, 옥수(玉水)라는 작은 개울을 건너 도화동 언덕을 넘어서 한적한 길을 따라 200m정도 걸으면 독성정(獨醒亭)이 유람객을 반긴다. 세상 사람이 다 취해있을 때 나 홀로 깨어있어 외로웠던 굴원의 심정을 기념하기 위해 세운 것이다. 독성정을 지나 언덕 마당에 서면 좌로 굴자사 산문이고, 우로 멱라강이다. 산문 위에 17폭의 석회 부조 그림이 새겨져 있다. 굴원의 생애

와 〈구가(九歌)〉의 내용을 표현한 것이다. 중문에 들어서면 '광쟁일월(光爭日月)'이라 쓴 거대한 편액이 걸려있다. 사마천(司馬遷)이 《사기(史記)》에서 굴원을 칭송한 말이다. 굴원의 인품이 해와 달의 빛과 다툰다니, 참으로 엄청난 과장이다. 이것은 중청 처마 아래 걸린 '덕범천추(德範千秋)' 편액과 짝을 이룬다. 이 편액은 서예가 이탁(李鐸)이 쓴 것인데 굴원의 '인품이 천추(千秋)의 모범이 된다'는 뜻이다. 이 중청에는 신감(神龕)이 설치되어 있는데, 검은색 바탕에 금색으로 '고초삼려대부굴원지신위(故楚三閭大夫屈原之神位)'라고 쓰인 위패가 유람객의 마음을 숙연하게 만든다.

굴원은 초나라의 부국강병과 중원의 대통일이라는 정치적 이상을 가지고 있었다. 그 구체적인 방안으로, 신분 귀천을 가리지 않고 현명하고 능력 있는 인재를 널리 받아들일 것을 건의하였다. 그러나 무능한 초나라 회왕(懷王)을 둘러싼 보수적 귀족집단의 농단과 공격, 친진파(親秦派)와 친제파(親齊派)간의 암투, 부패한 관리들의 음모로 인하여 정치적 실패를 맞이하였다. 굴원은 자신의 이상이 좌절되고 통치집단과의 갈등이 날카로워지자 고뇌가 점점 깊어갔다. 결국 형초지역의 남쪽으로 추방되어 오랫동안 산천을 떠돌게 되었다. 뜻을 이루지 못한 굴원은 그 울분을 극복하기 위해 노래를 불렀다. 이것이 〈초사(楚辭)〉라는 것이다. 초사(楚辭)는 형초(荊楚, 호남성과 호북성 일대)지역의 민가이다. 이 노래에는 초나라의 소리, 초나라의 지명, 초나라의 물산이 담겨있어 '초사'라고 부른다. 형초지역은 무풍(巫風)이 성행하여 무가가 유행하였다. 민간에서 제사를 지낼 때 반드시 무격(巫覡)을 불러 춤을 추고 노래를 부르게 하였다. 초사 중에 〈구가(九歌)〉는 당시 초나라 원상(沅湘) 일대에서 불려지던 제신곡(祭神曲)에서 나

'德範千秋' 편액: 굴원의 인격이 천
추에 길이 빛나고 만인의 모범이 되
었다는 의미를 가지고 있다.

중청에 걸려 있는 굴원의 초상화

광쟁일월(光爭日月): 굴원의 인품을 한 마디로 칭
송하였다. 그의 인품에서 나는 광채는 해와 달과
다툰다고 하였다.

온 것이다. 제단 위의 무당이 화려한 옷을 입고 신으로 분장한 뒤 음
악에 맞추어 춤을 추었다고 한다. 이러한 원시 무풍이 초사 창작에
직접적으로 영향을 주었다. 따라서 초사는 신화와 무풍적 색채가 짙
게 배어 있다. 초사의 작가는 대부분 형초지역 사람이었다. 〈이소(離
騷)〉 속의 시인 굴원은 환상 세계로 들어가 진리를 찾으려고 했다. 시
인은 캄캄한 어둠 속에서 앞으로 나아갈 길을 찾기 위해 멀고 먼 유
람을 떠났다. 비룡이 모는 요거(瑤車)를 타고, 구름과 무지개를 헤치
고 옥난(玉鸞)을 울리며 허공을 자유롭게 날아다녔다. 그러나 먼길 유
람 중에도 조국 초나라 땅이 눈에 어른거려 견딜 수가 없었다. 굴원
은 장기간의 유랑 생활 속에서도 조국을 사랑하는 마음을 간직하였

다. 그는 초사를 통해 초월의 세계를 여행하면서도 현실 생활로 돌아와 가슴속의 울분을 풀어내는 한편 국가를 그르치는 부패한 관료들을 공격하기도 하였다. 굴원은 자신의 이상을 지키고, 인격을 완성하며, 암흑 같은 현실에 대항하기 위해 죽음의 길을 선택하였다. 그는 결국은 멱라강에 투신자살하였다.

그가 지었다고 전해지는 〈어부〉를 감상하자.

굴원이 추방되어 물가를 떠돌고,

들판을 거닐며 노래를 불렀다.

그는 안색이 초췌하였고, 몸은 나뭇가지처럼 말랐다.

어부가 그를 발견하고 물었다.

"그대는 삼려대부(三閭大夫)가 아니오? 어찌 이 지경이 되었소!"

그러자 굴원이 말하였다.

"온 세상이 혼탁한데 나 홀로 맑고, 모든 사람들이 취해있는데 나 홀로 깨어있었기 때문에 추방을 당했던 것이다."

어부가 말하였다.

"성인(聖人)은 바깥 사물에 얽매이지 않고, 세속의 변화에 잘 적응했다고 합니다. 세상 사람들이 모두 혼탁하다면 어찌 함께 그 진흙을 풀어 흙탕물을 일으키지 않았소? 모든 사람들이 취해있으면 어찌 함께 그 술지게미와 탁주를 마시지 않았소? 어찌 그리 깊이 생각하고 깨끗하게 행동하여 스스로 추방을 당한단 말이요?"

굴원이 말하였다.

"나는 이런 말을 들었소. 머리를 새로 감은 사람은 반드시 갓을 털어야 하고, 목욕을 새로 한 사람은 반드시 옷을 털어야 한다고 하네. 어찌 깨끗한 몸에 외부의 더러운 물건을 뒤집어쓰겠는가! 상수(湘水)의 급류에 뛰어들어 고기밥이 될지언정, 어찌 깨끗한 몸에 세속의 먼지를 뒤집어쓰겠는가?"

어부는 빙그레 웃고, 뱃머리를 두드리며 노래 불렀다.

"창랑의 물이 맑으면 나의 갓 끈을 씻고

창랑의 물이 탁하면 나의 발을 닦으리"

그는 이렇게 노래하며 떠나고는 다시는 말을 하지 않았다.

屈原旣放. 游於江潭. 行吟澤畔. 顔色憔悴, 形容枯槁漁父見而問之曰 "子非三閭大夫與, 何故至於斯." 屈原曰擧世皆濁, 我獨淸. 衆人皆醉 我獨醒, 是以見放 漁父曰聖人不凝滯於物, 而能與世推移. 世人皆濁, 何不淈其泥 而揚其波 衆人皆醉, 何不餔其糟 而歠其醨, 何故深思高擧, 自令放爲屈原曰吾聞之, 新沐者必彈冠, 新浴者必振衣, 安能以身之察察, 受物之汶汶者乎. 寧赴湘流, 葬於魚腹中, 安能以皓皓之白, 而蒙世俗之塵埃乎漁父莞而笑, 鼓枻而去. 乃歌曰滄浪之水淸兮, 可以濯吾纓滄浪之水濁兮, 可以濯吾足遂去, 不復與言.

부패하고 불의한 집단과 타협하지 않고 내 자신의 길을 죽음으로 지키겠다는 시인의 마음이 사람들의 영혼을 울린다. 세상 돌아가는 대로 살 것이지, 튀는 행동을 하여 스스로 고통을 겪을 것이 무엔가 라는 충고를 듣는다. 굴원은 이 말에도 아랑곳하지 않고 멱라강의 고 기밥이 되었다. 우리 삶에 있어서, '세상과의 타협'과 '이상의 고수' 는 양립하기 어려운 것인가? 항상 숙제로 남아 있다.

굴자사 주변에 조성된 천문대(天問臺)·이소각(離騷閣)·사현루(思賢 樓)·초원(楚園)·굴원 비림·굴원고택·탁영교(濯纓橋)·소단(騷壇)

┃천문단(天問壇) 위에 서 있는 굴원상: 뒤로는 이
 소각(離騷閣)이 있고, 굴원은 마치 하늘에 진리
 를 묻고 있는 듯 고개를 들고 간절하게 서 있다.

등을 대충 돌아보고 멱라강가로 내려갔다. 멀리 흐르는 물결을 바라
보며 허공에 조그만 돌을 던져보았다. 본래 물에 손을 담그려고 갔던
것이 그만 나도 모르게 이런 행동이 나왔다. 세상에 대한 항변의 몸
짓도 아니었건만!

　우리의 버스는 왔던 육로를 버리고, 강물을 건너가기로 하였다.
바지선에 버스를 싣고 물을 건널 수가 있었다. 바지선 선착장에서 순
서를 기다리다가 어부를 발견하였다. 그들은 강에서 잡아 올린 잉어
를 떼어내고 있었다. 어부에게 말을 건네진 않았지만, 살이 오른 물
고기가 맛이 좋을 것 같다는 말을 하고 싶었다. 이들이 굴원에게 충

┃ 어부들이 고기를 잡아 정리하고 있다. 저들이 굴원에게 충고했던 어부의 후예들인가?

┃ 멱라강변의 고즈넉한 모습: 굴원의 영혼을 찾으러 갔지만, 그저 강물만 보고 왔다.

고했던 어부의 후예들인가! 이들에게도 굴원의 정신이 흐르고 있는가?

5분 후, 건너편 언덕을 오른 버스는 먼지를 일으키며 도화원으로 향했다.

2. 원결(元結)의 도주(道州)

1) 원결의 산수기명 창작

원결 (719-772)은 도주에서 폄적 생활을 하였다. 원결은 도주자사로 있을 때 〈한정기(寒亭記)〉(766년) · 〈구의산도기(九疑山圖記)〉(766) · 〈국포기(菊圃記)〉(766년), 그리고 〈모각기(茅閣記)〉(765년) · 〈광연정기(廣宴亭記)〉(763년) · 〈수정기(殊亭記)〉(763년)를 합하여 〈호남잡기(湖南雜記)〉[24]라

---

24 明代 《名山勝槪記》(《天下名山勝槪記》 혹은 《名山記》라고도 함) 卷三十 〈湖廣四中〉에서는 이 7편을 합하여 〈湖南雜記〉라고 불렀지만 실제로는 湖北지역을 묘사한 것도 포함되어 있다.

고 부르는 산수기를 남겼다. 그리고 〈이천명(異泉銘)〉(756)과 〈동애명병서(東崖銘幷序)〉(770)을 지었다.[25] '산수기명'은 산수의 아름다움을 묘사하거나 산수를 빌어 작가 자신의 감정이나 이상을 표현한 문장인데, 돌에 새겼다고 하여 '명'을 붙인 것이다. 이 명문들은 도주(道州)·기양(祁陽)·무창(武昌) 등지에 분포하고 있으며, 대부분 원결이 도주자사로 있을 때 혹은 은거 중 짓고 새긴 것이다.[26]

이상을 종합해 보면, 원결의 산수기명은 대체로 중국 호남성 영주(永州), 기양현(祁陽縣), 도현(道縣) 등 상강(湘江) 유역 및 호북성 일대의 산수를 묘사한 것이라고 할 수 있다.

모곤(茅坤)은 일찍이 원결이 "바위의 특이함을 빌어 마음속의 울분을 토로하였다."라고 하였는데, 이는 그의 산수기명 속에 특별한 우의가 담겨있다는 말이다.

청대 동성파 오여륜(吳汝綸)은 《동성오선생전서(桐城吳先生全書)》에서 "원결은 마음껏 산수를 노닐었으며, 실로 유종원의 앞길을 열어주었다. 문장이 그윽하고 정갈하며 향기롭고 깨끗하였으며, 스스로 의경과 재미를 이룩하였다."고 평가하였다.

또한 "원결이 산수기명에서 묘사한 지역이 도주 일대를 벗어나지 않고, 작품 간 순서에 따라 위치를 이동하면서 내재적인 관계를 맺어 여러 개의 작품이 시리즈로 연결되어 있다. 나누어 보면 각각의 작품은 독립된 한 폭의 정교한 산수화이고, 합해 보면 한 덩어리의 완전한 예술품이 된다. 원결이 이러한 시리즈 유기 형식을 처음 만들었

---

25 원결의 산수명은 〈次山銘敍〉라고 부르며, 《名山勝槪記》〈호남잡기〉의 뒤에 수록되어 있다.

26 熊禮滙, 〈論元結山水銘文的修辭策略和美學風格〉, 周口師範學院學報, 2006年 1期.

고, 나중에 유종원의 '영주팔기'가 이것을 계승하였다. 의식적인 창작을 통해 작품 간의 관계를 더욱 긴밀하게 하였으며 예술적으로 더욱 성숙하게 하였다. 만명 시대에 이르러 원굉도(袁宏道) 등 소품 유기의 대가들이 모두 이러한 시리즈 유기를 계승하였다. 이것은 실제적으로 유기의 '기' 문체 기능을 강화하고 발전시켰다."[27]고 하였다.

원결은 산문 창작 뿐 아니라 '오계(浯溪)'와 '우계(愚溪)' 등 호남지역 촌락 건설에 영향을 끼쳤다[28]는 주장에 비추어 볼 때, 원결이 어떻게 도주라는 공간을 장소화 했는가를 살펴볼 필요가 있다.

이런 관점에 의거하여 '공간'의 '장소'화라는 용어는 YI-Fu Tuan 이 《空間과 場所(Space and Place. The perspective of experience)》[29]에서 언급한 것이다. YI-Fu Tuan은 "사람들은 어떤 방식으로 공간과 장소에 의미를 부여하고 공간과 장소를 조직하는가?"라는 물음으로부터 출발하여, 분화되지 않은 '공간'에 가치를 부여할 때 '장소'가 된다고 규정하였다. '장소'는 정지이고 안전하며, '공간'은 움직임이고, 위협, 개방, 자유라고 정의하였다.

원결이 어떻게 궁벽하고 미지한 공간을 편안하고 친밀한 장소로 바꾸었고, 좌표를 확인하였으며, 더 나아가 공간에서 미적 세계를 획득하는 과정을 살펴보자.

---

27 梅新林·俞樟華 主編《中國游記文學史》, 學林出版社, 2004.
28 張官妹, 〈試論元結柳宗元的園林思想對湘南古村建的影響〉, 湖南科技學院學報, 2010.11.
29 YI-Fu Tuan, 정영철 역, 《空間과 場所(Space and Place. The perspective of experience)》, 泰林文化社, 1995.

2) 산수기명에 나타난 자연공간과 장소

원결은 자연공간에 이름 붙이기, 새기기, 경영하기, 기이하게 만들기를 통하여 공간을 장소화 하였다.

(1) 이름붙이기

원결은 종종 산수 공간에 이름을 붙였다. 원결과 관련성이 깊었던 산수공간은 오계(浯溪, 현재 호남성(湖南省) 영주시(永州市) 기양현(祁陽縣) 오계진(浯溪鎭))이다. 원결은 763년(44세) 도주자사가 되어 처음 오계와 인연을 맺었고, 765년에는 파직되어 호남관찰사의 치소였던 형주술직(衡州述職) 신분으로 다시 오계를 방문하였다. 766년에 다시 도주자사가 되었으며, 그 다음 해(767)부터 오계 일대를 기록하고 새기는 작업을 시작하였다. '오계'라고 이름을 붙이고 〈오계명〉을 지었으며, 이해 6월 오계가의 언덕을 '어대(峿臺)'라고 이름을 붙이고 〈어대명〉을 짓고 새겼다. 768년 4월 원결은 광서용관경략사(廣西容管經略使)로 부임하였지만 가족을 오계에 두고 혼자 갔다가 어머니상을 당해 관직을 사직하고 오계로 돌아와 은거하였다.

이상과 같이 원결이 오계와 인연을 맺은 기간은 대략 5년 정도였다. 그는 이 기간 동안 오계 일대의 자연공간에 이름 붙이기를 시도하였다. 그 정황을 표로 정리하면 다음과 같다.

[표] 원결의 자연공간의 이름 붙이기

새로 붙인 지명	본래 지명	명명의 의미	명명의 근거	지명 형식
右溪	없음	계곡이 도주의 오른쪽에 있기에	방위	산수
冰泉	없음	물이 달콤하고 시원한 것이 얼음과 같아서	성질	산수
五如石	없음	효천(洨泉)의 북쪽에 기이한 바위가 있는데, 전후좌우와 바위의 꼭대기가 모두 비슷해서	형태	산수
陽華巖	없음	바위가 햇빛을 처음 받는 곳에 있기에	위치	산수
浯溪	없음	(계수는) 세상에 불리는 이름이 없었지만, 내가 좋아한 까닭	감정 이입	산수
寒泉	없음	날씨가 더울 때 물이 아주 차갑기에	성질	산수
異泉	없음	추울 때 덥고 가물 때 홍수가 난 것은 기후가 달라졌기 때문이고, 가장 약한 것이 가장 단단한 것을 부수는 것은 사물이 달라졌기 때문이며, 가장 아래에 있는 것이 가장 높은 곳에 처한 것은 이치가 달라졌기 때문에	현상	산수
瀼溪	없음	양계는 겸양이라고 부를 수 있다. 겸양은 인격자의 길이니	품격	산수
抔樽	없음	움푹 파인 돌을 다듬어 술을 저장하기에	형태	산수
退谷	없음	관직에서 물러나 수양하고 농사짓거나 낚시질하면서 이 계곡에서 즐겨 노닐기에	행위	산수
抔湖	없음	부정(抔亭)에서 퇴곡(退谷)까지 유람할 때는 반드시 이 호수에서 배를 타는데, 호수가 부준(抔樽) 아래에 있기에	위치	산수
七泉	없음	샘의 구멍이 7개라서	형태	산수
澬泉	없음	물이 맑으면 흐리지 않고, 만물에 혜택이 미치기에	품격	산수
汸泉	없음	반듯함을 가지고 진리를 지키기에	품격	산수
潼泉	없음	정직(直)	품격	산수
浺泉	없음	충성(忠)	품격	산수
洨泉	없음	효도(孝)	품격	산수
漫泉	없음	스스로 낭만을 표방하고, 마음껏 마시고 취하고자	감정 이입	산수
東泉	없음	샘이 산의 동쪽에서 솟아나기에	위치	산수
宕樽	없음	산꼭대기에 움푹 파인 돌이 있는데 술 단지를 만들 수 있어서	형태	산수

이상의 표에서 보는 것과 같이, 원결은 본래 이름이 없던 산수에게 이름을 부여하였다. 이것은 대략 20개가량이 되는데, 대표적인 예로 오계를 들 수 있다. 오계는 본래 "세상에 불리는 이름이 없었지만, 내가 좋아한 까닭에 이름을 붙였다."고 하였다.

이름이 없는 것은 그저 개방된 '공간'일 뿐이다. 사람이 '정지'하여 주목하지 않았기 때문에 그저 '공간'으로 남을 수 밖에 없었다. 사실 원결이 거주했던 오계지역은 매우 궁벽하여 사람들의 주목을 받지 못했다. 주목을 받지 못한 것은 고사하고, 조양암(朝陽巖)처럼 사람들에게 무시당하기까지 하였다. 때문에 원결은 이곳을 황무지라고 불렀다.

원결의 이름 붙이기 방식을 대략 다섯 가지이다.

첫째, 조양암·동천(東泉)·양화암(陽華巖)·오여석(五如石)·우계(右溪)·와준(窊樽) 등처럼 대상의 위치·방위·형태 등 외형에 따라 붙였다. 그 중에서 조양암·동천·양화암은 모두 해가 뜨는 동쪽을 주목하였고, 이는 어두운 공간과의 대비라고 볼 수 있다. 와준과 부호(抔湖) 등은 '술'의 이미지를 자기고 있는데, 이는 척박하고 황량한 것과의 대비를 시도했다.

둘째, 퇴곡(退谷)처럼 산수자연 속의 생활을 기준으로 붙였다. 퇴곡은 '수양(修)'·'농사짓는 곳(耕)'·'낚시하는 곳(釣)'으로, 은일적 성격을 가진 장소라고 생각하였다.

셋째, 냉천(冰泉)·한천(寒泉)처럼 대상의 성질에 따라 지은 것이 있다. 원결이 거주했던 지역은 대부분 다습한 지역인데, '시원함'과 '차가움'을 통해 답답한 현실을 극복하려는 의지를 담았다고 할 수 있다.

넷째, 만천(漫泉)·오계는 대상을 자기화하거나, 나만이 이 산수를 독차지하겠다는 의지를 담은 이름이다.

마지막 방식은 수정(殊亭)·혜천(漁泉)·방천(汸泉)·직천(洦泉)·충천
(浊泉)·효천(淆泉) 등처럼 본래 글자에 물 수(水)를 붙여 도덕화·인
격화한 것이다.

이상에서 보는 바와 같이, 원결의 이름 붙이기는 산수자연을 도덕
적 대상으로 삼았던 고대의 방식을 계승하였음을 알 수 있다.[30] 그런
데 원결은 여기에서 그치지 않고 이름 붙이기를 통해 어둡고 답답한
공간을 바꾸려고 하였다. 공간의 성격을 규정하였으며, 다른 공간과
의 구획을 통해 자기화 혹은 개념화를 시도하였다.

(2) 새기기

원결은 산수기를 짓고 나서 이것을 공간속에 새기기를 시도하였
다. 〈한정기〉와 〈우계기〉를 보자.

> "오늘 가장 더울 때에 올랐으나 날씨가 추워지는 게 아닐까 할 정도
> 로 시원하며, 덥고 습기찬 지역에서 시원하고 편안하여, 이름을 '한
> 정'이라 합시다."라고 하였다. 한정을 위해 기문을 지어 정자 뒤에
> 새겼다.[31]

> 계곡이 도주의 오른쪽에 있기에 그 이름을 '우계'라 하였고, 바위 위
> 에 새겨 다음 사람이 알아보도록 하였다.[32]

---

30 도덕적 대상으로 삼았던 고대의 유습은 孔子의 '仁者樂山' '知者樂水'로부터 시작
   되었으며, 이것을 일반적으로 '比德'이라고 부른다.
31 元結 〈寒亭記〉《元次山集》"今大暑登之, 疑天時將寒, 炎蒸之地, 而淸涼可安, 不合
   命之曰'寒亭'歟" 乃爲寒亭作記, 刻之亭背.

위 인용문과 같이 원결은 바위 위에 명문을 새겼다. 새기는 이유를 "다음 사람이 알아보도록 하기" 위해서 라고 밝혔다.

명문은 본래 새겨 넣기를 위한 글이다. 공덕을 칭송하고 경계를 목적으로 삼았지만, 원결은 이러한 명문을 이용하여 산수를 장소화하는데 이용하였다.

원결의 새기기 상황은 다음 표를 보면 알 수 있다.

[표] 원결의 산수기명 새기기

명문명	내용	장소	목적
〈五如石銘并序〉	천만춘의 바위 위에 명문을 새겼다.	千萬春	
〈丹崖翁宅銘并序〉	절벽아래를 배회하고 마침내 이 명문을 새겼다.	崖下	
〈華陽巖銘并序〉	바위 아래 새겼다.	巖下	
〈浯溪銘并序〉	명문은 계곡 입구에 있다.	溪口	
〈廣吾廥銘〉	조그만 집 옆의 돌에 이 명문을 새겼다.	廥旁石	
〈峿臺銘并序〉	양지바른 절벽을 다듬으니 옥처럼 반들거리네. 명을 짓고 새겨서 후세 사람에게 분명하게 보여주리라.	陽崖	후세 사람에게 분명하게 보여주기 위해
〈異泉銘并序〉	샘가에 명문을 새겼다.	泉上	
〈瀼溪銘并序〉	양계 물가에 명문을 새겼다.	瀼溪濱	
〈退谷銘并序〉	계곡 입구에 명문을 새겼다.	谷口	
〈窊樽銘并序〉	술 단지 위에 명문을 새겨 뜻을 표현하였다.	樽上	
〈朝陽巖銘并序〉	이미 바위 아래 명문을 새겨 장차 후세 사람에 보여주려고 한다.	巖下	장차 후세 사람에게 보여주기 위해

---

32 元結〈右溪記〉《元次山集》: 爲溪在州右, 遂命之曰右溪, 刻銘石上, 彰示來者.

이상에서 보면, 원결은 '계곡 입구'·'양지 바른 절벽'·'샘가'·'양계 물가'·'바위 아래' 등에 명문을 새겼는데, 대부분 눈에 잘 띄는 곳이다. 이것은 관람자의 시선을 끌기 위한 것이다. 〈어대명병서〉·〈조양암명병서〉에서 "후세 사람에게 분명하게 보여주리"라고 언급한 것은, 이 장소를 후세와 공유하고, 자신의 의지가 영원히 지속되길 바라서였다.

이상과 같이 원결의 명문 새기기는 공간 속에 이름을 부여하는 것만이 아니라, 경험의 확산으로 이어졌다. 후대의 오계 비림경관이 바로 그것이다.

이런 점에서 보면, 원결은 산수자연의 이름붙이기를 통해 공간을 구획하였고, 그 구획의 좌표를 만들기 위해 새기기를 진행하였음을 알 수 있다.

(3) 경영하기

원결은 산수자연의 이름붙이기와 새기기 차원을 넘어, 오계 가에 만랑택(漫郞宅, 이것은 원결이 자신의 호를 만수(漫叟)라고 부른 데에서 기인한 명칭이다)에 '중당(中堂)'·'우당(右堂)'·'원가방(元家坊)', 광오경(廣吾頃), 승이정(勝異亭) 등의 건축물을 지었고, 또한 자신의 주거지와 오계를 연결하는 도향교(渡香橋)를 세웠다. 이것은 원결의 공간경영이다. 원결의 산수경영은 〈우계기〉를 보면 알 수 있다.

> "물길을 파서 흐르게 하고, 잡초를 제거하여 정자와 집을 짓게 하였다. 소나무와 계수나무에 향기로운 풀을 보태 심어 아름다운 경치를 돋보이게 만들었다.[33]

---

33 元結〈右溪記〉《元次山集》乃疏鑿蕪穢, 俾爲亭宇. 植松與桂, 兼之香草, 以裨形勝.

위 인용문에서 볼 수 있듯이, 원결은 물길을 파서 흐르게 했다고 말했다. 원림에서 물길 조성은 매우 중요하다. 《장물지(長物志) · 수석(水石)》에서 '물은 사람을 심원하게 만든다(水令人遠)'[34]라고 하였다. 사람들은 흐르는 물을 보면서 강호(江湖)의 심원한 의미를 터득할 수 있다고 여겼던 것이다. 원결 역시 물소리 듣기를 무척 좋아하여 〈수락설(水樂說)〉에서 이렇게 말하였다.

"내가 산속에서 가장 좋아하는 것은 물소리를 즐기는 것이다. 남쪽 바위에서 졸졸거리며 매달려 떨어지는 물소리를 즐겼는데, 오래 듣고 있으면 귀가 아주 편안해진다."[35]

원결은 물에 대한 시각적 아름다움 외에 청각적인 즐거움을 표현하였다. 물이 흐르는 곳에 머물러 있으면 마음의 안녕을 얻을 수 있다고 하였다.

또한 원결은 물길의 근원인 샘[泉]에 대하여 깊은 관심을 가지고 있었다. 원결은 〈칠천명병서(七泉銘幷序)〉에서 혜천(潓泉) · 방천(潓泉) · 직천(洭泉) · 충천(浺泉) · 효천(滰泉) · 만천(漫泉) · 동천(東泉) 등 일곱 개 샘이 청정하고 혼탁하지 않았다(〈潓泉銘幷序〉)고 하였다. 원결은 물이 더러운 것을 씻어내고 환경을 정화한다고 여겼다. 그리고 물의 추상적 기능 외에 만물에게 혜택을 미치는(〈潓泉銘幷序〉) 기능에 있다고 하면서 "다음에 오는 사람이 이 물을 마시고 느끼는 바가 있길 바란다

---

34 文震亨,《長物志 · 水石》: "石令人古, 水令人遠, 園林水石, 最不可無."
35 元結〈水樂說〉元子於山中尤所耽愛者有水樂. 水樂是南磳之懸水, 淙淙然, 聞之多久, 於耳尤便.

〈七泉銘幷序〉."라고 말했다. 칠천 외에도 한천(寒泉)·양천(瀁溪)·이천(異泉) 등을 통해 수경관(水景觀)을 묘사하였고, 주거지에서 물의 중요성을 강조하였다.

한편 그는 잡초 혹은 황무지를 개간하였다. 〈칠천명병서〉에서 "예로부터 황폐화되었는데, 물을 다스리고 나무를 관리하여 휴양지로 만들도록 하였다."라고 했다. 그는 이처럼 자연에 대한 적극적인 경영의 의지를 나타냈다.

화목의 식재 역시 원림 경영에 있어 필수불가결한 요소이다. 원결은 또한 개간지에 소나무와 계수나무, 그리고 향초를 심었다. 원림에 화목이 없으면, "전체적인 공간배치가 불가능하고, 예술미의 법칙인 조형미에 부합하지 못한다."[36]는 이치를 실천했던 것이다. 원결은 〈국포기(菊圃記)〉에서 국화 재배에 대한 자신의 생각을 피력하였다. 먼 지방에서 국화를 가져다가 사람들이 많이 다니는 앞마당 담 아래에 심었지만, 그 국화는 왕래하는 사람들에 의해 짓밟혀 죽고 말았다. 국화야말로 세속과 어울리지 않기 때문에 인적이 드문 곳에 심고 홀로 감상해야 한다고 믿었다. 그래서 사람의 왕래가 적은 휴식·조망 장소 근처에 밭을 조성하여 국화를 옮겨 심었다.[37] 이처럼 원결은 환경이 맞지 않으면 반드시 다른 장소를 마련하여 이식하고 돌봐야한다고 여겼던 것이다.

---

36 金學智,《中國園林美學》, 中國建築工學出版社, 2000. 197쪽.
37 〈菊圃記〉春陵俗不種菊, 前時自遠致之, 植於前庭墻下. 及再來也, 菊已無矣. 徘徊舊圃, 嗟嘆久之. 誰不知菊也, 方華可賞, 在藥品是良藥, 爲蔬菜是佳蔬. 縱須地趨走, 猶宜徙植修養, 而忍蹂踐至盡, 不愛惜乎? 於戱! 賢人君子自植其身, 不可不愼擇所處, 一旦遭人不愛重, 如此菊也, 悲傷奈何? 於是更爲之圃, 重畦植之. 其地近讌息之堂, 吏人不此奔走; 近登望之亭, 旌旄不此行列. 縱參歌妓, 菊非可惡之草; 使有酒徒, 菊爲助興之物. 爲之作記, 以托後人, 幷錄藥經, 列於記後.

원결은 "잡초더미를 베어내고, 산허리에 의지하고 있는 샘 가까이에 처음 정자와 집을 지었다."[38] 또한 상강 가로 흘러드는 오계 입구의 바위 옆에 '경(碩)'을 짓고, 문 앞에 특이한 나무와 성근 대나무를 심어 신선이 사는 영주(瀛洲)처럼 꾸몄다. 그는 여기서 살면서 "눈으로는 먼 산과 맑은 개천을 질리도록 즐겼다. 귀로는 물 흐르는 소리와 소나무 바람소리를 질리도록 즐겼다. 서리 내린 아침에 서늘한 햇살을 질리도록 즐겼다. 더울 때 시원한 바람을 질리도록 즐겼다."[39] 원결은 이처럼 시각적으로 '먼 산'과 '맑은 개천'을 즐기고, 청각적으로 '물소리'와 '소나무, 바람소리'를 즐겼으며, 촉각으로 '추운 날'과 '맑은 바람'을 즐길 수 있는 집을 경영하였다. 그래서 그는 이 집에서 "즐거운 마음으로 편안히 지내고, 세상에 대한 미련을 잊고 살게 되었다."

이상에서 본 바와 같이, 원결이 생각하였던 '아름다운 경지를 돋보이게 한다(以神形勝)'는 이치는 산수자연을 원래 상태로 두는 것이 아니라 경영하여 새로운 장소를 만든다는 의미를 가지고 있다. 원결은 황무지의 개간·정리, 수목 조성, 자연과의 합일되는 생활 거주지의 신축, 피정할 수 있는 누정의 경영, 더 나아가 이상적 건축 경지를 제시했다.

---

38 《元次山集》.〈述居〉中華書局1960年版, 76쪽.

39 〈廣吾碩銘并序〉"浯溪之口有異石焉, 高六十餘丈. 周回四十餘步, 西面在江口, 東望峿臺, 北面臨大淵, 南枕浯溪. 唐碩當乎石上, 異木夾户, 疏竹傍檐, 瀛州言無飫, 謂此可信. 若在碩上, 目所厭者遠山淸川, 耳所厭者水聲松吹, 霜朝厭者寒日, 方暑厭者淸風. 於戱! 厭, 不厭也; 厭, 猶愛也. 命曰廣吾碩, 旌獨有也. 銘曰功名之伍 貴得茅土; 林野之客, 所耽水石. 年將五十, 始有廣吾碩, 悰心自適, 與世忘情. 亭旁石上, 篆刻此銘."

(4) 기이(奇異)하게 만들기

그렇다면 원결은 장소에서 어떤 미학을 획득하였을까? 송대의 구양수(歐陽脩)는 《집고록발미(集古錄跋尾)》 卷七에서 원결의 산수명에 대하여 다음과 같이 평가한 바 있다.

> 원결은 명성을 좋아하는 선비였다. 자신이 한 일이 오로지 남들과 다르지 않을까 걱정하였다. 자신이 후세에 스스로 전해졌던 것 또한 기이하지 못해 남의 눈과 귀를 감동시킬 수 없을까를 애오라지 걱정하였는데, 그의 문장을 보면 알 수가 있다. 옛날 군자들은 진실로 소문이 나지 않는 것을 부끄럽게 생각했지만 원결처럼 급급해하지는 않았다.
> 次山喜名之士也, 其所有爲, 惟恐不異於人, 所以自傳於後世者, 亦惟恐不奇而無以動人之耳目也. 視其辭翰可以知矣. 古之君子誠恥於無聞, 然不如是之汲汲也.
>
> 원결은 기이함을 좋아한 선비였다. 자기가 사는 산수에 반드시 스스로 이름을 붙였는데, 오직 기이하지 않을까 걱정하였다.
> 元結好奇之士也, 其所居山水必自名之, 惟恐不奇.

이처럼 구양수는 원결이 '기(奇)'·'이(異)'하길 좋아했다고 평가하였다. 문장, 행동, 이름붙이기 모두 기이하지 않을까 걱정했다고 말했다. 사실 그가 붙인 오계·광오경·어대·양계·부준·부호·혜천·방천·직천·충천·효천·와준 등의 이름만 보아도 모두가 기이함 그 자체이다. 그는 산수를 묘사하면서 유독 '怪'·'奇' 두 글자를 많이 사용하였는데, 이를 정리하면 아래 표와 같다.

[표] 원결 산수기명에 나타난 기이(奇異) 의미

작품명	내용	산수	관건어
〈右溪記〉	물의 양 기슭은 모두 괴이한 바위이다. 비스듬히 박혀 있거나 평평하게 구비 구비 서려있는 것을 말로 표현할 수 없다.	계곡	怪
〈浯溪銘幷序〉	나는 그 특이함을 좋아하여 오계 언덕에 집을 지었다.	계곡	勝異
	물은 실제로 매우 괴이한데, 돌은 더욱 특이하다.	물, 돌	殊怪, 尤異
〈廣吾顩銘幷序〉	오계(浯溪) 동북쪽으로 20여 장(丈)을 가면 이상한 바위를 만난다.	돌	異
	광오경(廣吾顩)이 그 바위 가에 있는데, 이상한 나무가 눈 양옆에 서 있다.	나무	異
〈峿臺銘幷序〉	바위 꼭대기의 아주 특이한 곳에 전부 정자와 집을 지었다.	바위	勝異
	소나무와 대나무가 창문을 가리거나 비추는 경치가 그윽하고도 기이하였다.	송죽	幽奇
〈九疑山圖記〉	기이한 대나무와 여러 꽃이 보인다. 빛이 돌며 비추는 곳에 인가가 숨어 있는 것 같다.	대나무	異
〈七泉銘幷序〉	아주 괴이하고 서로 다르다.	샘	殊怪, 相異
	아주 다르다.	샘	殊異
〈異泉銘幷序〉	샘가에 명문을 새겨, 그 특이함을 나 홀로 널리 알리려는 뜻일 뿐이다.	샘	異
〈華陽巖幷序〉	화양암은 아주 특이하다.	바위	殊異
〈朝陽巖銘幷序〉	조양암은 괴이하여 표현하기 어렵다.	바위	怪異

이상의 표에서 본 바와 같이 원결은 계곡, 물, 돌, 나무, 대나무, 샘,

바위 등에 대한 느낌을 '怪'와 '異'로 표현하였다. 게다가 '勝(뛰어나
게)', '殊(특별히)' 등의 형용사를 사용하여 그 표현의 강도를 높였다.

중국의 예술비평서에서 '기(奇)', '기취(奇趣)', '괴기(怪奇)' 등은 자
주 등장하는 미학 용어이다. '정해진 격식을 벗어나 색다름을 표방
한다(脫去常格, 標奇立異)'는 의미를 담고 있다. 또한 고전 원림에도 '기
이한 과일과 특이한 나무(奇果異樹)' 혹은 '아름다운 벼와 이상한 풀(嘉
禾異草)'를 심어 꾸미기도 하였다. 그래서 김학지(金學智)는 '奇'를 일
종의 시각이면서, 일종의 가치이며, '기이한 꽃과 이상한 나무[奇花異
木]'는 흔히 볼 수 있는 것과 다른 기취미(奇趣美)를 가지고 있다. 그래
서 기이한 것을 좋아하는 사람들의 심미의식을 만족시킨다.[40]고 하
였다.

이런 관점에서 보면, 원결은 '奇'와 '異'한 공간을 좋아했음을 알 수
있다. 이것은 사회통념이 정한 길을 따르지 않겠다는 의지의 표출이
고, '특립(特立)'한 산수자연에 대한 애정의 표현이다. 또한 가치기준
에서 보면 인격정신과 도덕적 경지를 추구하는 것이라고 할 수 있다.

3) 결어

이상에서 원결이 산수기명에서 산수자연 공간과 장소를 경영했
는가에 대하여 알아보았다.

원결은 산수자연의 장소화에 적극적이었다. 이름 없는 산수자연
에 이름 붙이고, 바위에 새겨 경관을 조성하였다. 황무지를 개간하거
나 수목을 조성하고, 더 나아가 생활 거주지를 신축하고 누정을 경영
하였다. 자신의 경관에 대한 미학적 원칙을 실천하였고 자연과의 합

---

40 金學智,《中國園林美學》, 中國建築工學出版社, 2000. 217~219쪽.

일을 시도하였다. 또한 장소의 기특미를 추구하여 다른 공간과의 구분을 기획하였고, 사회적 통념이 정한 길을 추종하지 않겠다는 인격적 경지를 담아냈다.

이상과 같은 원결의 자연공간의 장소화는 위진 시대 사람들의 산수에 대한 심미적 세계를 뛰어넘는 것이다. 이는 중국 사대부의 공간과 자연에 대한 인식의 변화라고 할 수 있다. 이는 이후 유종원(柳宗元)의 "자연은 스스로 아름다워지는 것이 아니라 사람에 의해서 드러난다(物不自美, 因人而彰)."[41]는 관점으로 발전하였다. 또한 이것은 후대 중국의 경관문화와 원림사상의 하나가 되었다.

3. 유종원(柳宗元)의 영주(永州)

유종원은 영주사마(永州司馬)로 폄적(貶謫)되어 10년의 세월을 보냈다. 그는 이 땅의 산수를 유람하며 자연경관을 노래하였을 뿐만 아니라 그 속에서 시대를 만나지 못한 자신의 우울함을 극복하려고 하였다. 그가 이 과정에서 지은 대표적인 작품이 바로 영주지방의 여덟 군데의 경관을 읊은 〈영주팔기(永州八記)〉이다.

1) 산수자연 유람을 통한 사회와의 화해

〈영주팔기〉 중 첫 번째 작품인 〈시득서산연유기(始得西山宴游記)〉를 읽어보면, 그가 영주 폄적 후 산수를 통해 사회와 어떻게 화해를 도모했는지 알 수 있다.

---

41 柳宗元〈邕州馬退山茅亭記〉

나는 죄인의 몸이 되어 이곳 영주에서 살면서 항상 두려움에 덜덜 떨었다. 그래도 여유가 생기면 조용히 걷기도 하고 발길 닿는 대로 유람을 다녔다. 매일 무리들과 함께 높은 산에 올라가 보기도 하고, 깊은 숲에 들어가 보기도 하였다. 구불구불한 계곡이 끝나는 곳까지 거슬러 가기도 하고, 숨어있는 샘, 기이한 돌에 이르기까지 가보지 않은 곳이 없었다.

도착하면 풀을 제치고 앉아 술병을 기울여 마시고 취하였다. 취하면 서로 번갈아 베개 삼고 누었다. 누우면 꿈을 꾸는데, 느낀 것이 꿈속에서 나타났다. 꿈에서 깨면 일어나고, 일어나서는 집으로 돌아갔다. 나는 영주의 산수 중에서 특이한 곳은 모두 가보았지만, 서산처럼 괴이하고 특이한 곳은 미처 알지 못하였다.

금년 9월 28일, 법화사 서쪽 정자에 앉아 서산을 바라보고는 비로소 그것이 특이하다는 것을 알게 되었다. 마침내 하인을 시켜 상강(湘江)을 넘어 염계(染溪)를 따라 산꼭대기까지 자질구레한 잡목을 베고 뒤엉킨 풀을 태워버렸다. 산으로 기어올라가 털썩 주저앉아 마음껏 바라보니, 앉아 있는 자리 아래로 여러 주의 땅이 나타났다.

그 높고 낮은 기세가 볼록 솟은 듯 움푹 꺼진 듯, 개미 둑인 듯 구멍인 듯, 지척에 있는 것처럼 보이나 실은 천 리 길이라. 옹기종기 모여 있어 내 눈을 벗어나지 못하였다. 흰 물줄기가 푸른 산을 감돌고 있고, 그 밖으로는 하늘 끝과 닿아 있다. 사방 어딜 보아도 모양은 똑같았다. 우뚝 솟은 서산이 나즈막한 언덕 무리와 다르다는 것을 비로소 알게 되었다.

우주의 기운과 하나 되니 아득히 그 끝을 알 수가 없었다. 조물주와 함께 노니니 그 광활한 끝을 알 수 없었다. 잔을 당겨 술을 가득 부어

마시고 쓰러지듯 취하면 날이 저무는 것조차 모른다. 회색 저녁 빛
이 먼 곳에서 밀려와 아무 것도 보이지 않아도 여전히 돌아가고 싶
지 않았다. 정신은 또렷한데 육체는 풀어져 만물의 변화와 하나가
된다. 그러자 내가 이전에 노닐었던 적이 없다는 것을 비로소 알게
되었다. 진정한 유람이 비로소 시작되니, 이를 위하여 그 느낌을 글
로 쓰노라. 이 해는 원화(元和) 4년이다.

유종원은 왜 이곳에 노닌 적이 없고, 오늘에서야 진정한 유람을
시작했다고 했던가?

그는 진정한 유람이란 단순히 눈으로 보는 것에 그치는 것이 아니
라, 조물주, 그리고 우주의 기운과 하나가 되어야 한다고 했다. 비록
몸은 죄를 짓고 멀리 유배를 와서 매일 공포에 떨고 있는 신세이지
만, 높은 산에 오르고 깊은 숲에 들어가면 마음껏 자연과 교감할 수
있다고 했다. 오늘에서야 그는 시각적 범주를 넘어, 시공을 초월한
우주 세계로 무한히 확장하였다.

〈고무담서소구기(鈷鉧潭西小丘記)〉의 다음 대목도 역시 정신적 유람
을 강조하고 있다.

　　　자리를 깔고 누우니, 맑고 차가운 형상이 눈과 함께 어우러지고, 졸
　　　졸 흐르는 소리가 귀와 함께 어우러진다. 아득하면서도 텅 빈 것이
　　　정신과 어우러지며, 넓으면서 고요한 것이 마음과 어우러진다.

이상과 같이 유종원은 유람을 통해 자연의 기운과 하나가 되었다
고 하였다. 이것은 자연과의 합일을 의미하며, 자신을 압박했던 사

회와의 화해라고 할 수 있다.

2) 산수자연 경영하기

유종원은 영주 주변의 산수자연을 적극적으로 경영하려고 하였다.
〈고무담서소구기〉를 다시 읽기로 하자.

> 곧바로 농기구를 가지고 더러운 풀을 베어내고, 나쁜 나무를 잘라내
> 어 불을 질러 태웠다. 그러니 멋있는 나무가 서 있고, 아름다운 대나
> 무가 드러났으며, 기이한 돌이 나타났다. 그 안에서 보니 높은 산에
> 구름이 떠 있고, 시냇물이 흐르며 새와 짐승들이 즐겁게 뛰어 놀고
> 있었다. 그것들은 기쁜 마음으로 기교를 뽐내며 이 언덕 아래에 선
> 보이는 것 같았다.
> 아! 이토록 훌륭한 경관을 갖춘 언덕을 예(澧), 호(鎬), 악(鄠), 두(杜) 지
> 방에 갖다 놓으면 유람을 즐기는 사람들이 서로 사려고 하여, 하루아
> 침에 천금을 더 주고도 살 수 없을 것이다. 그러나 지금은 영주 땅에
> 버려져 농부와 어부들도 지나가며 우습게 본다. 4백원에 내 놓아도
> 몇 해가 지나도록 팔리지 않았다. 나와 심원(深源), 극기(克己)만이 좋
> 아하며 사들였다. 과연 (이 언덕이) 어울리는 사람을 만난 것일세! 이
> 언덕이 어울리는 사람을 만난 것을 축하하며 돌에 그 내용을 새긴다.

위 글을 보면, 유종원은 풀베기, 나무자르기, 불태우기 등을 시
도했음을 알 수 있다. 그리고 '고무담 서쪽 작은 언덕'을 직접 사서
빼어난 경관으로 경영하려는 의지를 보였다. 그가 이렇게 자연을
가공하고 경영한 것은 어떤 생각에서 비롯되었을까? 그는 〈옹주유

중승작마퇴산모정기(邕州柳中丞作馬退山茅亭記)〉에서 다음과 같이 말하였다.

무릇 아름다움은 스스로 아름다운 것이 아니며, 사람으로 인해서 드러나는 것이다. 난정(蘭亭)이 왕희지를 만나지 않았다면, 맑은 급류와 긴 대나무는 빈산의 잡초에 파묻버렸을 것이다. 이 정자는 궁벽진 민강(閩江)과 큰 산맥 사이에 끼여 있다. 경치가 아름답지만 인적이 드물다. 정자의 건축에 대하여 기록하지 않았다면, 아름다운 경치는 묻히게 될 것이다. 이는 숲에 대한 부끄러움을 남기는 것이라고 말할 수 있다.

그는 "아름다움은 스스로 아름다운 것이 아니며, 사람으로 인해서 드러나는 것이다(美不自美, 因人而彰)."라고 하면서 산수 경영의 중요성을 강조하였다.

〈우계시서(愚溪詩序)〉를 읽으면, 그 구체적인 경영 상황을 알 수 있다.

관수(灌水) 북쪽에 계수가 있다. 동쪽으로 흘러 소수(瀟水)로 들어간다. 어떤 사람은 "일찍이 염씨(冉氏)가 이곳에 살았기 때문에 이 계곡을 염계(冉溪)라고 불렀다."고 말한다. 어떤 사람은 "이 물로 염색을 할 수 있기 때문에 그 기능을 가지고 이름을 지어 그것을 염계(染溪)라 하였다."고 한다.
나는 바보 같이 죄를 짓고 소수 가로 귀양을 왔다. 이 계수를 좋아하여 2, 3리 들어가 보니 더욱 아름다운 곳이 나타났고 여기에 집을 지었다. 옛날에 우공곡(愚公谷)이 있었지만, 나는 지금 이 계곡에 집을 짓고도 아직 이름을 정하지 못하였다. 이 땅에 살고 있는 사람들이 이름을 가지고 아직도 옥신각신하고 있으니, 바꾸지 않을 수 없었다. 그래서 우계(愚溪)라고 고쳤다.

우계 가에 작은 언덕을 사서 우구(愚丘)이라고 불렀다. 우구에서 동북쪽으로 60보를 가면 샘이 나오는데, 그것을 또 사서 우천(愚泉)이라 불렀다. 우천은 구멍이 모두 6개이다. 산 아래 평지로 흘러가는데 아마도 물이 위로 솟아오르기 때문일 것이다. 이 물이 합류하여 구불구불 남쪽으로 내려가 우구(愚溝)가 되었다. 흙과 돌을 쌓아 좁은 곳을 막으니 우지(愚池)가 되었다. 우지의 동쪽은 우당(愚堂)이다. 그 남쪽은 우정(愚亭)이고, 연못 가운데는 우도(愚島)이다. 잘생긴 나무와 기이한 돌이 섞여 있어 모두 기이한 산수인데, 나 때문에 모두 바보라는 모욕을 당하였다.

물은 지혜로운 사람이 좋아하는 것인데, 지금 이 계수만 유독 바보라는 모욕을 당하는 것은 왜 일까? 아마 물 흐름이 아주 낮아 관개를 할 수 없고, 또 물살이 급하고 걸리는 돌이 많아 큰배가 들어갈 수 없으며, 교룡이 서리지 못하여 비구름을 일으키지 못하고, 세상에 도움을 주지 못하기 때문일 것이다. 나와 같으니 비록 바보라는 모욕을 당하여도 괜찮을 것이다.

〈중략〉

계수는 비록 세상에 도움을 주지 못하지만, 만물을 잘 비추어 주고, 물이 맑아 훤히 보이며 쨍하는 금속 악기 소리가 날 정도다. 바보로 하여금 이것을 좋아하여 떠나가지 못하게 할 수 있다. 나는 비록 세속과 영합하지 않고도 글을 가지고 스스로를 위로할 수 있다. (우계는) 만물을 말끔히 씻어낼 수 있으며, 여러 가지 모습을 모두 비추기

▌愚溪

▌愚亭과 愚溪詩序碑

때문에 숨을 수 없게 만든다. 바보 같은 글을 가지고 바보 계수를 노래하니, 둘은 거리낌 없이 하나가 되었다. 둘은 혼돈 속으로 함께 들어가 원기와 하나가 되어 보아도 보이지 않고 들어도 들리지 않는 공간에서 적막하고 고요하게 나 자신마저 잊었다. 그래서 〈팔우시(八愚詩)〉를 짓고 계수 돌 위에 기록하였다. 《柳河東全集》卷 24(원문 생략)

이 글은 유종원이 영주로 폄적된 후 원화(元和) 5년(810)에 지은 것이다. 그는 자신이 사는 주변의 자연물에 우계(愚溪)·우천(愚泉)·우구(愚溝)·우지(愚池)·'우도愚島'·'우당(愚堂)'·'우정(愚亭)'이라 이름을 붙였다. 이름만 붙인 것이 아니라 건물을 지어 장소를 만들었다.

'나(余)'('바보와 愚溪')는 '세상'과 충돌하였다. '나'는 왕숙문(王叔文) 등이 주도하는 혁신 정치에 가담하였다가 환관과 귀족들의 조직적인 반발세력에 밀려나 영주로 폄적되었다.

게다가 세상에 도움을 줄만한 능력도 갖추지 못하였다. 마치 "물흐름이 아주 낮아 관개를 할 수 없고, 또 물살이 급하고 걸리는 돌이 많아 큰 배가 들어올 수 없으며, 교룡이 서리지 못하여 비구름을 일으키지 못하고, 세상에 도움을 주지 못하는" 계수와 같다. 그러니 세상으로부터 바보라는 모욕을 당하는 것은 아주 당연하다.

그러나 계수는 "비록 세상에 도움을 주지 못하지만, 만물을 잘 비출 수 있는" 능력이 있다. 만물을 비출 수 있는 것은 아무나 가질 수 있는 능력이 아니라는 것이다. 튕기면 쨍하고 소리가 날 정도로 물이 맑아서 온갖 사물을 다 비출 수 있다. 이와 똑 같이 '나' 역시 "비록 세속과 영합하지 못했지만 글을 가지고 스스로를 위로할 수 있고, 만물을 말끔히 씻어낼 수 있으며, 여러 가지 모습을 모두 비출 수 없는" 특별한 능력을 가지고 있다. 세상에 물질적인 이익을 주지는 못하지만 문자지식을 가지고 우울한 마음을 풀 수 있을 뿐 아니라, 세상의 추악한 모습을 비판 할 수 있다고 여겼다. 이처럼 유종원은 자신과 같은 지식인이 세상에서 발휘할 수 있는 능력이 있음을 은연중에 드러냈다. 이 부분에서 '나'는 세상과의 대결에서 우위에 선다.

그러나 마지막 부분에 가면, '나'는 '세상'과의 화해를 도모했다. 그 방법은 본원으로 돌아가는 것이었다. '나'는 혼돈의 자연속으로 귀의였다.

그러면 유종원 산수 경영의 원칙은 무엇인가? 〈영주위사군신당기(永州韋使君新堂記)〉를 보자

교외와 도시 중간에 깊은 골짜기 · 높은 산 · 넓은 연못을 만들려면, 반드시 산에 있는 돌을 실어 날라야 하고 산골짜기 계곡을 흐르게 하며, 위험하고 험준한 곳을 오르면서 온 힘을 다해야 완성할 수 있다. 그러나 자연스런 모습을 만들 수 없다. 이곳의 백성이 편안하고, 이곳 지세에 따르며, 하늘이 준 본래의 것에 의거해야 합니다.

유종원은 "사람을 편안하게 할 것(逸人)" "지세를 따를 것(因地)" "자연스럽게 만들 것(全天)"을 제시하였다. 이것이 그의 산수 경영 철학이다.

　이상에서 굴원의 멱라강, 원결의 도주, 유종원의 영주 땅을 돌아보면 폄적의 공간을 살펴보았다. 세 곳 모두 호남성 소상강 유역에 있다. 굴원이 그 산천을 떠돌면서 울분을 토하다가 결국 멱라강에 투신 자살한 반면에 원결과 유종원은 이 땅으로 폄적되어 산수자연에 이름 붙이기, 가공하기, 경영하기, 유람하기를 통해 사회와의 갈등을 극복하였다.

중국의 산수 경영

제6장

城市山林:

원림의 산수 경영

1. 원림의 영역과 공간범위

1)

'정원'이니 '원림'(이 이하는 '원림'이라는 용어로 통일)이니 하는 것은, 조경학이나 건축학에서 다루는 분야였다. 그러나 주거환경의 중요성이 갈수록 높아지면서 원림은 생태학의 일부가 되었다. 또한 여행이 보편화되면서 원림은 중요한 관광자원이 되었고 중국의 원림은 황가원림(皇家園林)과 사가원림(私家園林)[42]이 이미 유네스코의 세계문화유산이 되었다.

원림문화는 문학과 관련이 깊다. 왕희지(王羲之)는 난정에서 흐른 물에 잔을 띄우고 시를 지으며 놀았다. 이것이 이른바 유상곡수(流觴曲水)이다. 따라서 난정은 술을 마시며 글을 지어 자신의 감정을 표현하는 장소였다. 백거이(白居易)의 〈여산초당기(廬山草堂記)〉[43]를 보면, 그가 중앙 정치무대에서 강주사마(江州司馬)로 강등되었을 때, 여기서 가까운 여산(廬山)에 직접 초당을 짓고 보낸 한적한 생활의 의미를 담은 글이다. 백거이는 뛰어난 산수 경영 전문가로서 전혀 손색이 없다. 그가 초당 주변 경관을 이토록 세밀하게 조성 할 수 있을까 탄복하게 만든다. 또한 '자연 경관이 쾌적하니 마음이 평화롭고, 육체가

---

42 중국의 원림은 크게 세 가지로 나눌 수 있다. 황족이 사용하던 궁궐의 정원인 황가원림(皇家園林), 개인 사대부들이나 상인 부호들이 소유하던 사가원림(私家園林), 그리고 불교 사원이나 도교의 도관(道觀)으로 이루어진 사관원림(寺觀園林)이 그것이다.

43 백거이(772-846): 자는 낙천(樂天), 만년에는 향산(香山)에 기거하며 스스로 호를 香山居士라 하였다. 唐 헌종 10년(815년) 강주사마(江州司馬)로 폄적되었을 때, 강서성 여산(廬山) 향로봉(香爐峰)과 유애사(遺愛寺) 사이에 초당을 짓고, 그곳에 사는 즐거움을 표현한 것이 〈여산초당기〉이다. 그는 '자연 경관이 쾌적하니 마음이 평화롭고, 육체가 편안하니 마음이 고요하다(外適內和, 體寧心恬)'라고 말하였다.

▌예포(藝圃): 명대 원림으로 소주시 서북쪽
문아농(文衙弄) 5호에 위치하고 있다. 주
택의 부속 화원 형식으로 문징명(文徵明)
의 증손자인 문진맹(文震孟)의 개인 주택
이었다. 대표적인 사가원림으로 세계문
화유산에 등록되어 있다. 이 사진은 예포
의 유어정(乳魚亭)의 모습이다. 저 노인들
이 옛 사부대들의 후예인가? 중국의 퇴직
노인들은 원림에 무료 입장한다

▌문원도(文苑圖): 비단에 채색. 세로 30. 4cm
가로 58. 5 cm 故宮博物院 소장.
문원(文苑)은, 문인들이 모여 시문을 짓고 읊
조리던 정원을 말한다. 시서화의 전형적인
모습을 보이고 있다. 오대 주문구(周文矩)
(송모본)가 그렸다고 전해진다.

편안하니 마음이 고요하다(外適內和, 體寧心恬)'라는 그의 공간인식이
후대 원림미학에 큰 영향을 미쳤다. 이처럼 중국 원림은 문학가들의
공간경영과 관련이 있다.

2)

'원(園)'자는 글자의 생김새를 보면, 담을 가지고 경계를 구획한 일
정한 장소(place)적 성격을 가지고 있다. 반면에 림(林)은 숲을 뜻하므
로, 울타리나 벽으로 경계를 구획하지 않은 개방된 공간(space)이다.
따라서 '원'이 인위적으로 만든 장소라면, '림'은 자연이 만들어 놓
은 공간이라고 할 수 있다. 따라서 '원림'이라는 명칭은, '문화적 장
소'와 '자연적 공간'이라는 의미를 함께 포괄한다. 중국의 원림을 보
면, 인공으로 만든 가산(假山), 인공으로 만든 연못, 인공으로 판 물길

등을 쉽게 찾아 볼 수 있다. 어떻게 하면 인간이 살고 있는 인위적인 공간 속에 자연의 산과 물을 똑같이 재현할 것인가를 궁리했다. 때문에 원림 조성은 인위적으로 가공하면서도 최대한 자연스런 모습으로 만드는 것이 관건이다. 예를 들어, 소주의 사자림(獅子林)⁴⁴은 가산이 전체 원림의 중요한 부분을 차지하고 있지만, 모두 기기묘묘한 모습이 가공하지 않은 자연 상태로 보인다. 사자림의 초기 주인이었던 천여선사(天如禪師, 원말의 고승)⁴⁵가 이런 말을 하였다 "사람들은 내가 도시 속에 살고 있다고 말하지만, 나는 산 속에 살고 있는 것 같다." 이 말은 아마도 사자림의 석가산이 얼마나 자연스러운가를 두고 한 말일 것이다. 그 외에 정자, 당실, 누각, 헌, 수사(水榭), 석방(石舫), 회랑, 산경(山徑) 등은 모두 '원' 안에 들어 있는 인공적인 구조물이다. 그러나 이 역시도 인공으로 조성한 자연 산수와 조화를 이루도록 하고 있다.

3)

황가원림을 제외하고, 대부분의 사가원림은 입구가 좁고 답답하다. 게다가 높은 담이 막아 밖에서 안이 보이지 않는다. 담의 높이가

---

44 사자림(獅子林): 강소성(江蘇省) 소주시(蘇州市) 동성(東城) 루문(婁門) 원림로(園林路), 졸정원(拙政園) 근처에 있다. 강남지방 원림 중에서 유일하게 원(元)나라 때에 만든 것이다. 소주의 4대 명원 중의 하나이고, 세계문화유산에 등록되어 있다. 소주의 다른 원림들이 대부분 문인이나 관료들의 개인 정원인 것에 비하여 이것은 사찰에서 출발하였다. 원나라 말기에 천여선사(天如禪師)가 사자사(獅子寺)를 짓고 수도하던 곳으로, 명대에 주인이 여러 번 바뀌면서, 청 건륭(乾隆) 시대에 이르러 불교 사원에서 개인 정원으로 바뀌었고, 오늘날과 같은 면모를 갖추기 시작했다.

45 천여선사: 보응국사(普應國師) 중봉(中峰)으로부터 불법을 터득한 원말의 고승. 천여선사는 원 지정(至正) 2년(1342년)에 천목산(天目山)의 사자암(獅子岩)에서 자신의 제자를 거느리고 소주 땅에 와서 사자사를 짓고 스승의 불법을 계승했다.

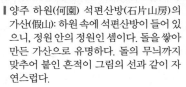

┃양주 하원(何園) 석편산방(石片山房)의 가산(假山): 하원 속에 석편산방이 들어 있으니, 정원 안의 정원인 셈이다. 돌을 쌓아 만든 가산으로 유명하다. 돌의 무늬까지 맞추어 붙인 흔적이 그림의 선과 같이 자연스럽다.

┃망사원 전춘이 창에 비친 화초: 전춘(殿春)이란, 작약이 활짝 피는 늦은 봄을 말한다. 서재 앞에 아름다운 꽃이 저토록 피어 있으니!

건물의 처마와 나란한 경우가 많다. 비좁은 입구로 들어가도 동선을 직선으로 만들지 않아 한 눈에 볼 수 없다. 그리고 또 곡경(曲徑: 구불구불한 길)과 긴 복도(長廊)를 가지고 공간을 분할하거나 차단한다. 탁 트인 전망을 제일 조건으로 하는 우리와는 전혀 다르다.

그러나 '원'은 결코 독립적이고 폐쇄된 공간이 아니다. '림'과 연계되어 있기 때문이다. '원림'의 담과 벽이 가지고 있는 본질적인 용도는 공간을 구획하고 분리하는 것이지만, 반드시 밖의 공간과 상호 소통하도록 설계하였다. 누창(漏窓)·동문(洞門)·공창(空窓) 등이 이러한 역할을 한다. 누창은 담이나 벽면의 한 부분을 뚫어 만든 것으로 여기를 통해 밖의 경관을 볼 수 있다. 둥근 원 모양, 네 잎 크로바 모양, 화병 모양, 격자문 모양, 마름모꼴 모양 등 다양하다. 이것은 단조로운 벽면에 변화를 주기도 하지만, 공간을 분할한 듯 하면서도 안 한 듯한 느낌을 주기도 한다. 더욱 중요한 것은 안과 밖을 소통시키는 역할을 한다. 더 나아가 누창으로 인하여 새로운 공간과 경관이 생긴다는 점이다. 소주 망사원(網師園)⁴⁶ 전춘이(殿春簃)도 이와 같아 창에 비친 꽃과 나무는, 마치 한 폭의 그림 같은 멋진 아름다움을 연출한다.

사자림은 화병 모양의 누창으로 유명하다. 화창 사이로 대나무가 보이듯 말 듯, 갑자기 숨었다가 갑자기 나타나는 모습이 매우 특이하다. 관람자는 자신의 걸음걸이마다 색다른 경관을 구경할 수 있다. 동문(洞門)은 담과 회랑, 그리고 정자 등의 창살이 없는 문구멍을 말한다. 공창 역시 창살이 없는 빈 문으로 월동(月洞)이라고도 한다. 이것들은 출입, 채광과 통풍 외에 석봉(石峰), 대나무 숲, 파초 등의 경관을 담을 수 있다. 그 속에 담긴 경관은 액자 속에 담긴 그림과 같다고 할 수 있다. 이것들을 대경(對景)이라고 한다. 차경(借景, borrowed views)은 하나의 경관이 별개의 다른 경관을 빌어 새로운 경관을 만들어 내는 것을 말한다. 차경의 대표적인 것으로는, 종종 졸정원 담장 너머 북사탑(北寺塔)을 예로 들곤 한다.

차경으로 인하여 멀리 북사탑이 졸정원 안으로 들어왔다. 작은 것 속에서 큰 것을 볼 수 있고(小中見大), 적은 것 속에서 많은 것을 볼 수

---

46 망사원(網師園): 소주시 봉문(葑門) 십전가(十全街)와 활가마두(闊家馬頭) 사이에 있다. 세계문화유산 중의 하나이다. 약 4,000㎡ 규모로 가운데 연못이 원림의 중심을 이루고 있고, 연못의 남쪽에 화청(花廳)과 거실이 있다. 뒤로는 오봉서실(五峰書室), 집허재(集虛齋), 간송독화헌(看松讀畵軒) 등이 위치하고 있다. 본래 이 원림에는 만권당(萬卷堂) 있었다. 만권당은 송나라 순희(淳熙) 시기에 양주 사람 사정지(史正志)가 정치를 은퇴를 하고 소주로 내려와 '어은(漁隱)'이라는 정원을 조성하면서 지은 건물이다. '어은'이란 뜻은, "오호(五湖)에 배를 띄우고, 어부처럼 숨어 늙어 죽을 것이다(泛舟五湖, 漁隱終老)."라는 구절에서 따온 곳이다. 그 이후 청나라 건륭 30년, 송종원(宋宗元)이 정치를 은퇴하고, 이곳을 사들여 별장을 만들었다. 그는 자신의 호를 '망사(網師)'라고 부르고 원림의 이름으로 삼았다. '망사'라고 한 데는 이런 이야기에서 연유한다. 어느 날 송종원의 외아들이 물이 빠졌는데 어부가 이를 구해주자, 송종원이 이 은혜를 생각하여 그 어부를 평생 봉양하였다고 한다. '망사'는 어부를 존칭하는 말이다.

▌졸정원(拙政園) 건너편 북사탑: 졸정원은 명대에 조성된 것이지만, 삼국시대 吳나라 때부터 조금씩 확장되어 오늘날의 면모를 가지게 되었다. 멀리 사반정(四半亭) 뒤의 북사탑이 마치 졸정원을 위해 존재하는 것 같다. 이곳을 별유동천(別有洞天)이라고 부르니 그 의미가 심장하다

▌창에 비친 양주(揚州) 개원(个園) 포산루(抱山樓)의 호천자춘(壺天自春): 개원은 청나라 가경(嘉慶)시기에 소금장수 황응태(黃應泰)가 주택 정원으로 꾸민 것으로 주인이 대나무를 좋아하여 대나무 모양의 '个'자를 가지고 이름을 지었다. 정원 안에 봄의 경관(春景), 여름의 경관(夏景), 가을의 경관(秋景), 겨울의 경관(冬景)을 구현하였다. 의우헌(宜雨軒) 뒷 창문을 통하여 보이는 호천자춘(壺天自春: 별천지에 봄이 저절로 오다)의 편액이 매우 아름답다.

있으며(少中見多), 비어 있는 것 속에 채워진 것이 있고(虛中有實), 채워진 것 속에 비어 있는 것이 있기(實中有虛) 때문이다. 이것을 일반적으로 허실상생의 미학이라고 부르는데, 심지어는 물속에 비친 그림자를 빌어 경관을 창출하기도 한다. 그래서 원림의 경관은 무궁무진하다.

이렇게 볼 때, 원림은 폐쇄와 개방, 분할과 통합, 감춰져 있는 것과 나타나 있는 것이 교묘하게 결합하여 관람자의 심미적 쾌감을 고조시킨다고 할 수 있다. 강남 원림은 선이 굵고 윤곽이 뚜렷한 미인보다는, 부드럽고 오목조목한 이목구비를 가진 여인과 같다. 비단으로 얼굴을 살짝 가리고 나무잎 사이를 사뿐사뿐 거니는 모습과 같다고 할 수 있을까?

중국의 원림이 문화적 소양을 담지 않은, 그저 호화스런 건축물

┃물속에 거꾸로 비친 그림자(水中倒影之虛): 양주 하원의 조그만 연못에 거꾸로
비친 그림자가 가산과 어울려 새로운 아름다움을 연출하고 있다.

과 현란한 장식품으로 치장한 장소에 불과했다면, 그 문화적 가치
는 아주 초라했을 것이다. 반면에 문화적 소양만을 강조하느라 훌
륭한 건축물을 배제했더라면 이 또한 공허한 문화에 불과하였을
것이다.

2. 중국 원림의 양식과 조성기법

소주와 북경이 각각 중국 원림의 남북방 풍격을 대표한다. 원림은
지역의 자연조건에 맞도록 조성해야 한다. 그래야만이 인공과 자연
환경이 유기적으로 결합하고, 산수를 더욱 아름답게 만들 수 있다.
원림의 양식은 건축적인 측면에서 보면 궁궐이나 일반 주택과 공통

▌누창(漏窓)을 통해본 졸정원의 경관: 누창
은 강남 원림의 대표적인 기법 중의 하나
이다.

▌고진(古鎭) 주장(周莊)의 물길: 소주와 상해
사이에 있는 水鄕으로, 물 위의 도원경이라고
할 만큼 자연 풍광이 아름답다. 조그만 물길
을 따라, 비단, 쌀, 수공예품, 차의 집산지가 형
성되었고, 이를 이용하여 부를 축적한 대상인
들이 저택과 정원을 꾸미고 살았다

점이 많다. 그러나 원림은 관람이란 필요성 때문에 공간 투시, 다양
한 형체, 정교한 조형, 간결한 장식, 소박한 색조를 특색으로 한다.
그리고 기타 건축과 달리 누창(漏窓), 문동(門洞), 창동(窓洞), 화가(花
街), 포지(鋪地) 등 여러 가지 양식을 가지고 있다.

원림이 발달함에 따라 원림 조성의 전문가와 이론가가 등장하였
다. 예를 들어, 명대의 계성(計成, 1582~1642) · 주병신(周秉臣) · 장련(張
漣) · 엽조(葉洮) · 이어(李漁) · 과유양(戈裕良) 등이 바로 그들이다. 그
들 가운데의 일부분은 높은 문화 예술적 소양을 가지고 원림 건설과
시공에 참여하였다. 때문에 원림 예술의 수준을 높일 수 있었다. 그
중에서 주목해야하는 사람은 바로 계성이다. 그는 원림 조성의 경험
을 기초로 하여《원야(園冶)》라는 전문 저서를 지었다. 이것은 중국
의 고대 원림 방면의 가장 체계적인 저술이라고 할 수 있다. 장련과
이어는 돌을 쌓는[疊山] 기법에서 일가견을 가졌던 사람이다. 과유량
은 소주의 환수산장(環秀山莊)과 상숙(常熟)의 연곡(燕谷) 가산을 조성

▌양주 수서호(痩西湖) 긴 언덕의 봄 버들(長堤春柳): 수서호는 항주(杭州)의
서호(西湖)보다 작고 아담하다고 하여 붙여진 이름이다. 그러나 서호보다 오
묘하고 아름답다. 청나라 건륭 황제가 6번이나 강남을 내려가자 양주 일대의
소금장수들이 왕의 총애를 얻기 위해 정원을 조성하기 시작하였다. 그래서
수서호 주변 특히 소금산(小金山)에서 오정교(五亭橋), 백탑(白塔) 일대에는
수십 개의 원림이 군락을 이루었다.

하였다.

　이렇게 보면 명청대에는 원림 조성 기법이 발달했음을 알 수 있다.
공간과 주변 환경을 처리하는 기법이 다양했는데, 적은 것으로 큰 것
을 이긴다(以少勝大), 걸음을 따라 전개한다(逐步展開), 사람을 아름다
운 곳으로 끌어들인다(引人入勝), 걸음을 옮기면서 경관을 다르게 한
다(步異景異), 여운이 그치지 않다(餘意不盡)는 등등이 있었다. 산을 의
지하고 물을 가까이 한다(依山就水), 다른 경관을 교묘하게 이용한다
(巧於因借), 여러 가지 경관을 모아 훌륭한 경관을 만든다(集仿名勝), 정
원 속에 또 정원을 만든다(園中有園), 주요한 것과 부차적인 것이 서로
어울리도록 한다(主次相成), 대비와 변화를 준다(對比變化) 등의 다양한

수법을 사용 하였다. 따라서 중국은 작은 원림이든 큰 원림이든 이러한 기법을 통해 정취를 표현했다. 원림은 인공이지만, 자연보다 높은 예술적 경지를 달성하려고 노력했다고 할 수 있다.

3. 중국 원림의 발자취

1) 귀족의 산수정원 시기

삼국시대 위(魏)나라에서 시작하여 수(隋)나라가 중원을 통일하는 6세기 중반까지를 위진남북조 시대라고 부르다. 이 시기는 정치적으로 국가 간의 전쟁, 통치 집단의 내홍, 계층 간의 상호 살육이 지속되었던 시기이지만, 문화적·예술적으로 이전과 완전히 다른 색깔과 풍격을 가지고 있었다.

이 시기, 지식인 그룹을 형성한 사족(士族)계층은 이전과 다른 인생관을 가지고 있었다. 그들은 현실에 대한 비관과 실망에 빠져 소극적이며 퇴폐적인 사상을 가지고 있었다. 노장철학의 영향을 많이 받았다. 그래서 지식인들은 현학적인 이치에 빠져있었고, 현실 생활에 아랑곳하지 않는 풍조가 만연하였다. 이것을 이른바 청담(淸談) 풍조라고 한다. 이러한 현학과 청담 풍조는 지식인의 가치에 대한 근본적인 인식 변화, 그리고 사상적 혁명을 몰고 왔다. 이러한 이유 때문에 춘추전국시대에 이어 위진남북조를 제2의 '사상적 돌파'의 시기로 규정하기도 한다. 이러한 사상적 돌파는 기존 문화에 신선한 충격과 함께 자양분을 제공하였다.

문화의 변화는 사족계층으로 하여금 산수자연을 새롭게 인식하도록 만들었다. 산수에 은거하여 고아한 품성을 도야하는가 하면 자신의 감정을 산수에 기탁하기도 하였다. 그들에게 있어서 자연은 공포의 대상이 아니라, 돌아갈 공간이었다. 이것을 한 마디로 말하여 자연미(自然美)의 발견이라고 한다.

동진(東晉)의 왕실이 남경으로 천도함에 따라 중원의 선비들도 정권을 따라 대거 강남으로 이주하였다. 그들은 강남의 빼어난 산수와 아름다운 환경 속에서 한적하고 편안한 생활을 보낼 수 있었다. 그래서 대자연의 아름다움을 만끽하고, 그 아름다움을 노래 부르는 사람들이 나타났다. 산수 시문은 이러한 자연문화의 변화에 따라 탄생하였다. 왕희지의 〈난정집서(蘭亭集序)〉, 도연명(陶淵明)의 〈귀원전거(歸園田居)〉, 〈도화원기(桃花源記)〉, 사령운(謝靈運)의 〈산거부(山居賦)〉가 바로 자연미를 노래한 대표적인 작품들이다. 잠시 〈귀원전거〉를 읽어보자.

어려서부터 세속의 소리에 적응하지 못했고	少無適俗韻
천성적으로 언덕과 산을 좋아하였다.	性本愛丘山
먼지 그물 같은 벼슬길에 잘못 걸려	誤落塵網中
어느새 30년이 흘렀구나.	一去三十年
조롱에 갇힌 새는 이전의 숲을 그리워하고	羈鳥戀舊林
연못의 고기는 옛 연못을 생각한다네.	池魚思故淵
남쪽 들판의 황량한 밭을 개간하고	開荒南畝際
소박한 마음을 지키려고 전원으로 돌아왔다.	守拙歸園田
사방 10여 무(畝)의 집터에	方宅十餘畝
8, 9칸짜리 초가집을 지었네.	草屋八九間

느릅과 버드나무가 뒷 처마에 그늘을 드리우고	榆柳蔭後簷
복숭아와 오얏나무는 대청 앞에 늘어졌네.	桃李羅堂前
멀리 가물가물 사람 사는 마을 보이고	曖曖遠人村
동네에서는 모락모락 연기 피어오른다.	依依墟里烟
깊숙한 골목에서 개가 짖고	狗吠深巷中
뽕나무 꼭대기에서 닭이 운다.	鷄鳴桑樹顚
집 뜨락에 잡동사니 없고	戶庭無塵雜
텅 빈방은 널찍하여 한가롭다.	虛室有餘閒
오랫동안 새장 속에 살다가	久在樊籠裏
다시 자연으로 돌아왔구나.	復得返自然

이 시를 읽으면 전원의 평화로운 모습이 눈앞에 아련히 떠오른다. 도연명은 전원 산수의 모습만을 그린 것이 아니다. 〈도화원기〉에서는 전쟁과 살육이 없는, 정치권력과 명예도 아랑곳하지 않는 이상세계를 묘사했다. 전체적인 구조는 어부가 이상세계를 찾아갔다가 다시 돌아오는 과정으로 이루어져 있다. 허상과 현실 공간은 분리할 수 없다는 인식을 나타냈다.

전원과 산수를 좋아하는 사회적 풍조와 사상적 변화는 원림 문화의 새로운 변화를 가져왔다. 원림은 더 이상 사냥과 오락의 장소에 머무르지 않았다.

당시 강남의 건강(建康)·회계·오군(吳郡) 등 사족이 모여 사는 곳에 개인 저택 정원과 교외 별장이 생겨났다. 당시 수도였던 건강에도 정원이 많아졌다. 강남 원림의 또 다른 형식은 난정에서 볼 수 있다. 왕희지가 진 목제(晉 穆帝, 353년) 3월 삼짇날 당시의 42명의 명사들과

明 張鵬〈淵明醉歸圖〉: 廣東省博物館 소장. 술에 취
에 시동의 부축을 받으며 집으로 귀가하는 도연명
을 그린 그림이다. 시동의 손에는 국화가 들려있다.

절강성 소흥 난저(蘭渚)의 정자에 모여 곡수연(曲水宴)을 베풀었다. 이
모임 후에 지은 것이 〈난정집서(蘭亭集序)〉이다.

영화(永和) 9년 계축(癸丑) 늦은 봄, 회계군(會稽郡) 산음(山陰) 땅의 난
정(蘭亭)에서 모였다. 물가에서 액막이 제사를 지내기 위해서였다.
수많은 현인들이 모두 나왔고, 젊은이와 늙은이가 함께 모였다. 이
곳은 산이 높고 고개가 험준하며, 숲이 무성하고 대나무는 키가 컸
다. 또 맑은 물이 급하게 정자(亭子)의 좌우를 비추면서 에워싸고 흘
렀다. 이 물을 끌어들여 구불구불한 도랑을 만들고, 여기에 술잔을
띄운 뒤 차례로 줄지어 둘러앉았다. 비록 거문고나 피리 같은 성대
한 음악은 없지만, 술 한 잔에 시 한 수로도 마음속의 그윽한 정을 마

음껏 펼칠 수 있었다.

이날 하늘은 맑고 공기가 신선한데, 부드러운 바람까지 불어 더욱 상쾌하였다. 고개를 우러러 광활한 우주를 바라보고, 고개를 숙여 번성하는 만물을 살폈다. 눈이 움직이는 끝까지 마음을 활짝 열어 놓고, 마음껏 보고 들으니, 참으로 즐거웠다.

무릇 사람이 함께 어울려 사는 세상은 순간적으로 지나간다. 어떤 사람은 마음속에 품은 감정을 벗과 함께 한 방에 마주앉아 이야기하는가 하면, 또 어떤 사람은 자연 속에 감정을 싣고 거리낌 없이 정신 세계에서 노닐기도 한다. 이처럼 사람들은 취향이 천차만별이어서 느긋하고 조급한 차이가 있지만, 기쁜 일을 만나 잠시나마 자기 뜻 대로 되거나 스스로 흡족함을 느끼면 장차 노인이 된다는 사실을 잊고 산다. 그러나 일에 싫증을 느끼거나 사안에 따라 생각이 달라지면 감정이 얽매이게 된다. 그러면 이전의 즐거웠던 일이 고개를 올렸다 내리는 순간 과거의 흔적처럼 사라진다. 그러니 감회가 생기지 않을 수 있겠는가. 하물며 목숨이 길건 짧건 모두가 자연의 조화에 따라 끝내는 죽음에 이르는 것을!

옛 사람이 "죽고 사는 것은 매우 큰 일이로다!"라고 하였으니, 이 어찌 가슴 아픈 일이 아니겠는가! 옛 사람들의 마음속에 일어나는 생 사에 대한 감정의 원인을 살펴보면, 모든 사람이 똑 같다는 것을 느 낀다. 옛 사람의 글을 대할 때마다 탄식하고 슬퍼하지 않을 때가 없 으니, 나 또한 왜 그런지 모르겠다. 살고 죽는 것이 똑같다는 말은 거 짓이요, 팽조(彭祖)와 같이 장수한 사람과 요절한 사람이 같다는 말 은 망발임을 잘 알고 있다. 후세 사람들이 지금 사람들을 볼 때도, 지 금 우리가 옛 사람들을 보는 것과 같을 터이니, 슬프도다!

그래서 이곳에 모인 사람들의 이름을 순서대로 적고 그들의 시들을 수록하였다. 비록 세상이 달라지고 세태가 변하겠지만 감정을 일으키는 이치는 같은 것이다. 후세에 이 글을 읽는 사람도 이 글에서 느끼는 바가 있을 것이다.[47]

날씨가 쾌창하고 부드러운 바람이 부니 봄날 정자에 손님들이 모였다. 손님들은 흐르는 물에 잔을 띄워 한 잔 술에 시 한 수를 읊조리며 마음 속 깊은 곳에 담긴 그윽한 정을 풀어냈다. 잔치를 열고, 시문을 읊으며, 우주 대자연의 섭리를 터득하였다. 이 원림 속에는 자연을 사랑하는 마음, 영원한 것을 동경하는 인간의 애절한 소망, 유한(有限)한 인생에 대한 애상, 유한한 삶 속에 영원한 우주를 담으려는 의지가 고스란히 담겨있다. 이 원림에서 행한 유상곡수는 후대 사대부 아집, 원림 조성의 원형이 되었다.

동진과 남조에 이르러 제왕, 그리고 귀족들이 향유하던 원유도 산수자연의 미를 추구하는 방향으로 바뀌어가고 있었다. 사냥으로 성행하던 한(漢)나라의 원유는 위진 이후에 점점 사라지고 연못을 파고

---

47 永和九年歲在癸丑, 暮春之初, 會于會稽山陰之蘭亭 脩禊事也.
　　群賢畢至, 少長咸集, 此地有崇山峻嶺, 茂林脩竹, 又有淸流激湍, 暎帶左右. 引以爲流觴曲水, 列坐其次, 雖無絲竹管弦之盛, 一觴一詠, 亦足以暢敍幽情. 是日也, 天朗氣淸, 惠風和暢, 仰觀宇宙之大, 俯察品類之盛, 所以遊目騁懷, 足以極視聽之娛, 信可樂也.
　　夫人之相與, 俯仰一世, 或取諸懷抱, 悟言一室之內, 或因寄所託, 放浪形骸之外. 雖趣舍萬殊, 靜躁不同, 當其欣於所遇, 暫得於己, 快然自足, 曾不知老之將至. 及其所之旣惓, 情隨事遷 感慨係之矣. 向之所欣, 俛仰之間, 以爲陳迹, 猶不能不以之興懷 況脩短隨化, 終期於盡! 古人云 "死生亦大矣." 豈不痛哉!
　　每攬昔人興感之由, 若合一契, 未嘗不臨文嗟悼. 不能喩之於懷, 固知一死生爲虛誕, 齊彭殤爲妄作. 後之視今, 亦由今之視昔, 悲夫! 故列敍時人, 錄其所述, 雖世殊事異, 所以興懷, 其致一也, 後之攬者 亦將有感於斯文.

▍난정: 浙江省 紹興 南渚山
아래에 있다.
천고에 길이 전해지는 유
상곡수(流觴曲水) 문화가
탄생한 곳이다. 이 정자는
아지(鵝池)의 곡교를 지나
정면 있다. 정자 중간에 있
는 '蘭亭'비는 강희(康熙)
의 글씨를 새긴 것이다.

▍유상곡수: 구불구불 물길을 만들고 그 사이에 사람이 앉아
잔을 띄워 술을 마시며 시를 지었다.

가산을 쌓았으며, 누각이 대량으로 생겨났다.

북조도 남조 못지않게 원림이 번성하였다. 양현지(楊衒之)[48]는《낙
양가람기(洛陽伽藍記)》[49]에서 북위의 도성 낙양의 귀족 관료들이 지은
사찰에 대하여 기록하였다. 〈백마사〉 부분을 잠시 보자.

---

48 楊衒之(550~559): 北魏 北平人으로, 일찍이 무군부사마(撫軍府司馬)를 지냈다.

49 《洛陽伽藍記》: 洛陽의 佛寺를 기록한 책이다. 北魏의 통치자는 선비족(鮮卑族, 고
대 중국의 몽고 퉁구스계의 유목 민족)이다. 북위 孝文帝가 낙양으로 천도했다(494
년). 宣武帝는 불교를 믿었으며, 왕공대부들 대부분이 사택에 불사를 지었다. 이 시
기에 낙양에는 불사가 많아졌다. 永熙(北魏 孝文帝 연호, 532~534)시기에, 爾朱榮
의 亂으로 성이 파괴되었고, 많은 절들이 폐허가 되었다. 양현지는 東魏 武定 5년
(547년)에 낙양을 지나면서, 옛 흔적을 추적하는 한편 전해오는 말을 모아서 기록했
다. 이 책을 보면, 전란 전 낙양사(洛陽寺) 묘탑의 장엄하고 화려한 모습을 알 수 있
으며, 당시 부귀한 사람들의 불교 숭상을 짐작할 수 있다.

난정 앞에 있는 곡경(曲徑):
대나무 숲으로 에워 쌓여 있는 곡경이 유람객을 원림의 세계로 인도하고 있다.

불탑 앞의 능금나무와 포도는 다른 지방의 것과는 다르다. 나뭇가지와 잎이 무성하며, 씨앗 또한 매우 크다. 나림실(柰林實)은 무게가 7근(斤)이나 되며, 포도 과실은 대추보다 크다. 맛 또한 특별히 좋아 낙양에서 으뜸이다. 황제는 과실이 여물 때 항상 이곳에 와서 그것들을 찾았다. 어떤 때는 다시 그것을 궁녀에게 하사하였다. 궁녀는 그것을 얻으면 친척들에게 술과 음식거리로 대접하여 기묘한 맛을 즐겼다. 과실을 얻은 사람은 감히 즉시 먹지 않고 여러 집을 거쳤다. 낙양 사람들이 말하길 "백마사에는 달콤한 석류나무가 있는데, 이 과실 하나는 소 한 마리 값어치가 나간다."라고 하였다.

浮屠前, 柰林, 蒲萄異於餘處, 枝葉繁衍, 子實甚大. 柰林實重七斤, 蒲萄實偉於棗. 味幷殊美, 冠於中京. 帝至熟時, 常詣取之. 或復賜宮人. 宮人得之, 轉餉親戚, 以爲奇味. 得者不敢輒食, 乃歷數家. 京師語曰:

"白馬䶁榴, 一實直牛."

위의 기록을 보면, 당시 사찰 원림의 정취가 이전 제왕의 원유와 사뭇 다르다는 것을 알 수 있다. 원유 역시 당시 사상의 영향을 받아 자연미를 추구하는 방향으로 전환되었음을 짐작하게 한다.

이 시기에 이르러 원림에 새로운 변화가 생겼다. 유람의 성격을 지닌 교외 원림지역이 출현하였던 것이다. 물론 유람객이 귀족계층에 국한되었지만, 여러 사람들이 함께 누릴 수 있다는 점에서 제왕의 원유와는 다르다고 할 수 있을 것이다. 몇몇 도시에서는 성곽 위에나 혹은 경관이 뛰어난 곳에 누각을 지었는데, 이것은 전망과 휴식의 용도였다. 이러한 누각에 오르면 멀리 산과 물의 아름다움을 마음껏 바라볼 수 있었다. 은사들이나 불교 승려들이 속세를 피해 조용하게 쉴 수 있는 곳을 찾았고, 이것이 산림 풍경지역 개발의 시작이라고 할 수 있다.

남북조 시기의 원림은 한 마디로 귀족들의 산수 원림의 시기라고 할 수 있다. 귀족지식인들의 사상적 변화, 그리고 낭만적인 문화와 예술의 발달에 따라, 원림의 조성 사상과 방법이 마련되었다고 할 수 있다.

2) 사대부 원림의 시작

수나라가 이룩한 통일의 기초 위에 당나라가 대제국을 건설하였다. 당나라는 남북으로 나누어진 이질적인 문화를 통합하는 한편 주변 국가는 물론 멀리 서역까지 자국의 문화를 전파하였다. 그래서 건국 초기 당나라 국력이 강성했던 시절을 '장관지치(貞觀之治)'·개원지치(開元之治)'라고 부른다. 이렇게 당나라가 강력한 국가적 힘을 가지고, 주변 국가로의 문화발신국이 될 수 있었던 이유 중에 가장 핵심은 인재 선발에 있었다. 그 인재 선발은 다름 아니라 '과거제'를 말하는 것이다. 과거제는 새로운 계층의 등장을 가능하게 하였다. 문인 사대부가 과거를 통해 지배계급으로 부상하였기 때문이다. 이들은 한대처럼 유가만을 숭상하지 않았으며, 위진남북조 시대처럼 현학과 은일 사상에 빠지지도 않았다. 유교를 정통적 지위로 놓고 유불도 삼자를 통합하는 방향으로 나갔다. 따라서 당시 사대부 지식인들은 여러 학파를 두루 섭렵하여 시야가 넓었다. 이러한 기조 속에 시문·회화·공예·건축문화가 발전하였고, 개방적이고 거대한 기질이 나타나기 시작하였다.

원림 역시 이러한 문화적 변화에 따라 새로운 방향으로 발전하였고 예술 수준도 높아졌다. 가장 두드러진 변화로는 도시와 근교의 명승지가 생겨나기 시작한 점이다. 장안성의 동남쪽이 그 대표적인 곳이다. 이곳에는 자은사(慈恩寺)·행원(杏園)·낙유원(樂遊原)·곡강지(曲江池) 등 여러 명승지가 있었다. 이 남쪽에는 당나라 황제의 남원(南苑)인 부용원(芙蓉苑)이 있었다.

낙유원은 서안시 동남쪽으로 5㎞ 떨어진 곳으로, 당시 장안에서는 가장 높은 자리에 있었다. 때문에 이곳에 오르면 장안성과 그 주변을 조망하기 아주 좋았다. 낙유원의 남쪽에는 곡강지가 있었다. 이곳에는 본래 진(秦)나라 때 의춘원(宜春苑)이 있었고, 이 원 안에는 건축물이 즐비하였다. 한나라 때에는 이곳에 낙유묘(樂遊廟)를 세웠고, 당나라 때에 와서 이것을 확장하여 낙유원으로 만들었다. 두보를 비롯하여 당나라의 많은 시인 묵객들이 낙유원을 노래한 것으로 보아, 이

곳이 당시의 대표적인 유람지였음을 금방 알 수 있다. 여기서 두보의
〈낙유원가(樂遊園歌)〉한 토막을 보자.

푸른 봄 부용원에 물결이 일고,	靑春波浪芙蓉園
맑은 하늘 벼락 치듯 성안 길 의장대 떠들썩하네.	白日雷霆夾城仗
비가 개인날 성문을 열고 질탕지게 노니니,	閶闔晴開詄蕩蕩
곡강의 비취색 천막에는 고관의 명패가 달려 있네.	曲江翠幙排銀牓
물을 스치듯 낮게 돌며 춤추는 옷소매 펄럭이고	拂水低徊舞袖翻
푸른 구름 따라 맑고 깨끗한 곳으로 노래 소리 올라간다.	
	緣雲淸切歌聲上

두보는 푸른 봄날 고관대작들과 교외에서 가무를 즐기며 질탕하
게 노닐었다. 비록 시에 나타난 두보의 심정이 그다지 흔쾌한 것은
아니었지만, 이 시를 통하여 당시 낙유원 주변의 곡강(曲江)과 그 서
남쪽의 부용원의 놀이 문화의 일면을 알 수 있다. 장안 사람들은 봄
철이 되면 액막이 행사를 가졌고, 중양절이 되면 높은 곳에 올라가
주변 경관을 구경하던 풍습이 있었다. 이러한 풍속 행사가 모두 곡강
에서 이루어졌다고 한다. 특히 2월 초하루 '중화절(中和節)'과 3월 초
사흘 '상사절(上巳節)', 9월 9일 '중양절'에는 사람들이 이곳에 구름처
럼 모여들었다고 한다. 출세한 관리와 귀족, 서민, 장사치들이 모두
이곳에서 노닐었는데, 특히 과거에 급제한 수사(秀士)들이 여기에서
종종 잔치를 베풀었다고 한다. 황제 역시 부용원의 북루인 자운루(紫
雲樓)에 올라 이곳 풍광을 멀리 바라보았다. 이 곡강은 바로 두보가
'인생 칠십은 예부터 드물었다(人生七十古來稀).'《曲江》고 읊었던 곳이

기도 하다.

부용원은 장안 성의 동남쪽, 즉, 곡강 남쪽에 있다. 성을 끼고 있는 어도(御道)가 금원·대명궁 등과 서로 통해 있다.

당나라 때에는 수도 장안 이외에 주부(州府)가 있는 각 도시와 그 근교에 명승지가 발달하였다. 과거에 급제한 사대부들이 지방으로 발령을 받거나, 중앙 무대에서 활약을 하다가 정치적 문제로 인하여 지방으로 좌천되어 내려가면서, 각 지방의 주부의 문화적 환경이 조금씩 변화하기 시작하였다. 지방 문화의 시대가 시작된 것이다. 말하자면, 각 지방의 고유한 향토 문화와 중앙의 보편적인 문화의 결합이었다. 그 중에서 특히 주목해야 하는 것은, 문인사대부들이 각 지방에 누정이나 정원을 직접 건설하거나 기획하였다는 사실이다. 이것은 중국 원림 역사에 있어서 매우 중요한 현상이라 할 수 있다. '정(亭)'을 예로 들면, 본래 관료들의 업무 수행과 행정 명령의 전달, 그리고 여행자의 유숙을 위한 역관이었던 것이 위진남북조 이후에 그 기능이 확대되어 명승지의 유람 장소로 변화되었다. 당나라에 와서, '정'은 문인사대부들의 정치적 시름을 달래기 위한 휴식 공간, 자연을 감상하며 우주자연의 원리를 탐구하기 위한 관조 공간, 유람을 하며 시문을 논하거나 후학들에게 학문을 전수하는 강학 공간이 되었다.

예를 들면, 안진경은 호주자사(湖州刺史)를 지낼 때, 동남쪽에 있는 삽계백빈주(霅溪白蘋洲)를 개간하여 팔각정을 지었다. 백거이는 〈백빈주오정기〉에서 이곳이 다시 새로운 명승지로 변화하는 과정을 기술하였다. 당초 이곳에 있었던 연못이 메어지고 축조했던 누각이 무너지자, 몇 년 뒤 다시 연못 두 개를 파고 그 주변에 나무를 심었으며,

또 오정을 지어 주변을 아름답게 꾸몄다. 또한 백거이는 〈냉천정기
(冷泉亭記)〉에서 자신이 항주자사가 되기 전의 역대 군수들이 서호에
서부터 영은사(靈隱寺) 사이에 지은 정자에 대하여 기술하였다. 유종
원은 〈계주배중승작자가주정기(桂州裵中丞作訾家洲亭記)〉에서 계주의
이강(漓江)에 있던 자가주를 개간하고 정자를 짓는 과정을 묘사하였
다. 유종원은 또한 자신이 좌천되어 10년을 살았던 영주 주변 산천
에 이름을 붙이고 그 경관의 의미를 새롭게 발견하였다. 그는 영주
성 밖 교외의 산수풍경 개발에 적극적으로 참여하였다. 그는 여기에
서 그치지 않고 경관의 분류, 건설 원칙, 경관이 가지는 사회적 의미
등에 대하여 자신의 독특히 견해를 피력하였다. 이렇게 보면, 백거
이와 유종원 등은 중국 원림 역사에 있어서, 사가원림 및 문화경관
방면의 이론과 기능을 겸비한 사대부였다고 할 수 있을 것이다.

이외에도 이덕유(李德裕)는 성도(成都) 신번(新繁)의 동지(東池), 민성(閔
城)의 신지(新池), 영주(潁州)의 서호(西湖), 팽성(彭城)의 양춘정(陽春亭), 호
주(濠州)의 사망정(四望亭) 등을 경영하였다.

당시 각 지방의 원림문화와 관련하여 주목할 필요가 있는 것은 중
국 강남의 3대 누각으로 알려진 등왕각(滕王閣), 황학루(黃鶴樓), 악양
루(岳陽樓)이다. 이 누각들은 모두 성곽을 배경으로 하기 때문에, 높은
곳에서 물을 바라보기 좋은 곳에 있었다. 이곳에 오르면 시원하게 펼
쳐져 있는 장엄하고 아름다운 산천의 경관을 조망할 수 있다.

등왕각은 지금 강서성(江西省) 남창(南昌) 부근 공수(贛水) 동쪽 언
덕에 자리하고 있다. 당 현경(顯慶, BC 653년) 시기에 등왕(滕王) 이원
영(李元嬰)이 건설하였다. 이원영은 풍류를 좋아하고 산수자연의
아름다움을 사랑했던 인물로 알려져 있다. 그러나 등왕각은 이원

영보다는 왕발(王勃, 649 혹은 650~675 혹은 676년)의 〈등왕각서(滕王閣序)〉
로 인하여 천고에 빛나는 명승지가 되었다. 등왕각에서 1,300여 년
긴긴 역사 동안 유명한 문인이 수많은 시문을 지었지만 , 25살에
요절한 천재 시인 왕발의 경지를 뛰어 넘는 것은 없었다. 왕발은
14살에 과거에 급제하여 일찍 벼슬길에 나갔지만, 두 번이나 파직
을 당했으며, 그 천재성에 비해 항상 말직에 있었다. 결국은 귀양
지에 있던 아버지를 찾아가다 물에 빠져 죽고 말았다. 불우했던 천
재는 〈등왕각서(滕王閣序)〉에서 등왕각 앞에 펼쳐진 경관을 이렇게
읊었다.

> 짝 잃은 외기러기가 떨어지는 노을과 나란히 날고, 가을 강물은 긴
> 하늘이 함께 푸르구나
> 落霞與孤鶩齊飛, 秋水共長天一色

만약 정치권력을 지닌 황실의 정원이나 귀족들의 호화로운 누각
이었다면, 이러한 경지에 도달할 수 있었을까? 한유가 "강남에는 전
망이 좋은 곳이 많지만, 등왕각이 홀로 제일이다."[50](《신수등왕각기(新
修滕王閣記)》)라고 한 말도 이런 차원에서 이해해야 할 것이다.

황학루는 지금의 호북성 수도인 무한(武漢)에 있다. 장강과 한수가
만나는 곳에 구름을 뚫고 우뚝 솟아 있다. 당나라 시인 최호(崔灝)는
황학루에 올라 멀리 푸른 잔디 무성한 앵무주(鸚鵡洲)를 바라보며 이
렇게 읊었다.

---

[50] 韓愈 〈新修滕王閣記〉 江南多臨眺之美, 而滕王閣獨爲第一.

호남성 영주의 고무담: 유종원이 이곳 영주로 좌천되어 고무담 일대를 매입하여 정원을 조성한 것으로 알려져있다.

황학루: 명나라 安正文이 그린 황학루의 모습. 우측 상단에 황학을 탄 신선이 황학루로 돌아오고 있다

| 황학은 한 번 떠나 다시는 돌아오지 않고, | 黃鶴一去不復返 |
| 흰 구름은 천년동안 부질없이 흐른다 | 白雲千載空悠悠 |

이것이 바로 이백으로 하여금 붓을 던지게 만들었다는 〈황학루(黃鶴樓)〉 시이다. 동오(東吳) 시기에 창건하였지만 당나라 때에 더 유명해졌다. 천하 절경인 이곳에 시인 묵객이 술잔을 들고 바람과 구름을 마주하면서 시름을 달래고 시문을 논했기 때문이다. 잘 알려진 사실이지만 이백은 〈황학루에서 광릉으로 가는 맹호연을 전송하다(黃鶴樓送孟浩然之廣陵)〉라는 시를 지었다.

오랜 친구가 서쪽 황학루에서 이별하고	故人西辭黃鶴樓
안개 속 꽃이 피는 3월 양주(揚州)로 내려가네	煙花三月下揚州
외로운 배 그림자가 푸른 허공으로 사라지고	孤帆遠影碧空盡

오직 장강만이 하늘 끝으로 흐르고 있구나.　　　　　　唯見長江天際流

　참으로 '천하의 절창(絶唱)'이라는 평을 받기에 손색이 없다. 옛날 비문위(費文褘)가 신선이 되어 황학을 타고 이 누각에서 노닐었다는 전설로부터, 당대 시인 이백과 맹호연(孟浩然)의 아름다운 이별의 운율이 감도는 누각이다. 안개 속 꽃 피는 3월, 아득히 흐르는 장강에 두 사람의 모습이 아련하게 보이는 듯 하다. 이런 누각에 어찌 권력의 위세와 화려함이 있겠는가!

　악양루는 지금의 호남성 악양시에 위치하고 있다. 북으로는 무협(巫峽)과 통하고 동정호를 내려다볼 수 있으며, 남으로는 소상강에 미치고 있다. 당 개원(開元, 716년) 시기 장열(張說)이 악주(岳州) 태수로 있을 때 세운 것이다. 이백·두보·백거이 등이 모두 이곳의 풍광을 노래하였다. 그 중에서 백거이는 〈악양루를 노래하다(題岳陽樓)〉 시에서 이렇게 읊었다.

악양성 아래 동정호 물이 넘실넘실	岳陽城下水漫漫
홀로 아득한 누각에 올라 굽은 난간에 기대었네.	獨上危樓憑曲欄
파릇한 봄 언덕이 몽택(夢澤)까지 이어지고	春岸綠時連夢澤
저녁노을에 붉게 물든 곳 장안(長安)과 가깝구나	夕波紅處近長安
원숭이는 나무에 기어올라 어찌 슬피 우는가.	猿攀樹立啼何苦
기러기가 호수 가득 날아 배가 건너가기도 어렵구나.	雁點湖飛渡亦難
그림 병풍에 버금가는 이곳 경관을	此地唯堪畵圖障
화려한 대청에 펴고 귀인과 함께 구경하리.	華堂張與貴人看

▌악양루: 호남성 악양시에 있는 누각　　▌악양성 아래 펼쳐진 동정호

　시인은 악양루 앞에 펼쳐진 동정호의 호호탕탕한 모습을 보고, 멀리 장안이 그리워졌던 것이다. 원숭이 울음소리가 고통스런 심정을 일으키고, 장안으로 가고픈 마음을 달래기 위해 공연히 기러기를 탓하고 있다.

　송나라 때 범중엄은 이곳에 올라 특별한 감회에 젖었다. 당시 범중엄은 정적에게 밀려 참지정사의 직위를 박탈당하고 근주지주(鄧州知州)로 좌천된 처지였다. 그럼에도 불구하고 그는 악양루 앞에 섰다. 사계절 각각 변화하는 자연의 모습을 그리면서, 경관에 따라 일어나는 슬픔과 기쁜 감정을 억누르고 경세(經世)의 포부를 나타냈다. '세상 사람들의 근심 하기 앞서서 먼저 근심하고, 세상 사람들이 즐긴 뒤에 내가 즐긴다(先天下之憂而憂, 後天下之樂而樂)'라는 명언을 남겼다.

　이것을 보면 당대 사대부들의 누정에 대한 공간인식이 점점 확장되고 있음을 알 수 있다.

　이 외에도, 각 도시의 강변과 풍경이 아름다운 곳에 누각이 섰다. 자연을 조망하던 곳이 많아진 것이다. 예를 들어 면주(綿州)의 월왕루(越王樓), 하중(河中)의 관작루(鸛雀樓), 강주(江州)의 유루(庾樓), 의진(儀

眞)의 양자강루(揚子江樓), 동양(東陽)의 팔영루(八詠樓) 등이 있었다. 이 누각은 경관을 감상하거나 손님을 모아 잔치하는 장소로 사용되었다.

이처럼 당나라의 문인사대부들에 의해 원림이 새로운 공간으로 탄생하였다. 원림의 기능 역시 확대되었다. 거대하고 화려했던 원유나 이궁이 폐쇄 공간인 반면에 당나라 문인들이 경관을 감상하고 우울한 감정을 극복하며, 시문을 나누던 트인 공간으로 바뀌어갔던 것이다.

3) 송(宋)나라 원림: 원림의 보편화

송나라는 내부적 환란을 막는데 힘을 쏟느라 대외적으로 허약한 왕조 중의 하나였다. 그러나 상대적으로 문화와 수공업이 발전하였다. 당나라와 비교하면 정권 안에서의 문인사대부들의 지위는 높아졌고, 문화, 교육, 과학기술이 전례 없이 발전하였다. 원림 역시 당나라의 기초 위에서 한 발 더 나아가 지방 도시와 사회 심층으로 발전하여 갔다. 비록 모든 통치계층의 허약한 기질 때문에 당나라처럼 문학, 건축, 원림 등에 기백은 없었지만, 원림이 인간 생활과 광범위하게 결합하였다. 그리고 세밀하고 정교해졌다.

북송의 수도인 변량(汴梁)과 서경(西京)이었던 낙양(洛陽)에 원림이 가장 흥성하였다. 변량에는 황제의 정원[帝苑]이 9곳에 달하는데, 그중에서 가장 유명한 것은 바로 송 휘종 때 건립한 간악(艮嶽)이다. 풍수지리설에 따라 황성의 동북쪽에 건립하였다. 강남에서 기이한 돌과 꽃을 수집하여, 곡식 수송선을 동원하여 변량으로 운반하였다. 이것이 유명한 화석강(花石綱)이다.

남송의 수도 임안(臨安, 지금의 항주)은 산과 호수가 아름다운 곳이었다. 이곳 황실의 정원은 10여 곳에 달하였다. 기록에 의하면 개인 정원은 성의 안팎에 50여 곳이 있었다고 한다. 서호 주변으로는 크고 작은 원림과 수각(水閣), 양정(凉亭)이 셀 수 없이 많았다. 평강(平江, 지금의 소주)은 남송의 주요 도시 중의 하나였다. 당나라 때에는 이곳의 성안에 개인 정원이 2, 3곳이었는데, 송나라 때는 10여개로 늘었다. 변두리의 석호(石湖), 천지산(天池山), 효봉산(堯峰山), 동정동서산(洞庭東西山) 등 경관이 뛰어난 곳에 귀족 관리와 호족들이 별장과 원림을 조성하였다.

당시에 관공서에 경비용 원지(園池, 軍圃, 州圃) 조성이 유행하였다. 심지어는 외진 곳에 있던 군영에도 연못과 정자를 지어 휴식하거나 연회용으로 사용하였다. 관공서 원포(園圃)는 절기마다 민간인들에게 개방하여 '백성과 함께 즐긴다(與民同樂)'는 정신을 실천하였다.

항주 법혜원(法惠院)의 스님 법언(法言)은 동헌의 마당에 물을 대어 연못을 만들고, 돌을 쌓아 조그만 산을 만든 뒤, 산봉우리 위에 가루를 뿌려 눈이 날리는 것처럼 만들었다. 소식이 이것을 보고 좋아하여 '설재(雪齋)'·'설산(雪山)'·'설봉(雪峰)'이라 이름 붙였다(秦觀의 〈雪齋記〉, 소식의 〈雪齋·杭州僧法言作雪山於齋詩〉).

기이한 돌을 좋아한 것은, 송나라 사람이 당나라 사람에 못지않았다. 미불(米芾)은 무위주(無爲州) 지주를 역임할 때, 사면이 깎아지른 듯 한 거대한 돌을 발견하였다. 모습이 기이하고 특이하여 의관을 갖추고 절을 하였으며, '석장(石丈)'이라고 불렀다. 그는 기이한 돌을 평가하는 기준을 '수(瘦), 추(縐), 루(漏), 수(秀)' 네 자로 정하였는데, 후대 사람들이 이것을 근거로 삼았다.

송나라 때는 나무를 재배하고 접종하는 기술이 발전하였다. 그래서 나무와 꽃의 종류가 많아졌다. 낙양에서는 꽃 전문가를 화공(花工) '화원자(花園子)'라고 불렀다. 유명한 접종 기술자 동문 씨(東門氏)를 세칭 '문원자(門園子)'라고 하였다. 그는 부호를 위하여 전문적으로 접종을 하였는데 가장 뛰어난 것이 모란 품종 '요황(姚黃)'이었다. 그가 접종한 가지 하나가 오천 전이었다고 한다. 남송 시대에 항주에는 꽃과 나무의 품종이 매우 풍부하여, 접종한 산차화 한 그루에 열 가지색 꽃이 피었다(《몽량록(夢梁錄)》)고 한다. 〈십팔학사도〉 등의 그림을 보면, 송나라 시대에 분재와 분경(盆景)이 다양하였으며, 화분, 화분대의 형식과 아름다움을 추구했음을 알 수 있다.

송대 원림 건축의 특징은 조형이 수려하고 다양함에 있다. 송대의 〈황학루도〉와 〈등왕각도〉, 왕희맹의 〈천리강산도〉에 나오는 정자, 다리, 수각, 누각 등을 보면, 형식이 매우 풍부하고 다채로움을 알 수 있다. 문인 학사들은 정원을 좋아하여, 대부분 자신들이 설계하고 조성하였다. 예를 들어 구양수는 일찍이 배의 규격을 모방하여 관청 안에 '화방재(畵舫齋)'를 지었다(구양수의 〈화방재기〉참조). 육유(陸游)는 거처하는 곳에서 2칸짜리 집을 지었는데, 작은 배처럼 좁고 깊어서 '연정(烟艇)'이라 이름 붙이고, 자연 풍광에 대한 그리움을 실었다.(육유, 〈연정기〉참조) 이것들이 후대의 선청(船廳), 화방재, 석방(石舫)의 시작이었다.

4) 중국고대 원림의 흥성 시기: 명대

명나라는 초기에 주자학을 대대적으로 제창하였고, 문화적 통제로 인하여 문자옥(文字獄)이 빈번하게 발생하였다. 사상에 있어서 금지 분위기가 만연하였다.

명 태조 주원장(朱元璋)은 다음과 같이 관료의 저택 정원 건설을 규제하였다.

"집의 전후좌우에 많은 땅을 점유하고 정자나 객사를 짓거나, 연못을 파서 놀며 구경해서는 안 된다."(《明史・興服志》)

이런 조치 때문에 명 중엽 이전에는 큰 저택이 없었다. 이 시기를 지나 금지령이 점점 느슨해지자 사치스런 풍조가 점점 일어났다. 각지의 저택에 규제를 무시하고, 화려한 원림을 꾸미기 시작하였던 것이다. 강남의 유명한 원림인 소주의 졸정원(拙政園), 무석(無錫)의 기창원(寄暢園), 남경(南京)의 첨원(瞻園)이 모두 이 시기에 조성된 것이다.

그래서 원림 조성은 점점 활기를 띄었다. 지금 북경 대학가인 해정구(海淀區)에 명 만력 때 이위(李偉)는 청화원(淸華園)을 조성하였고, 미망종(米萬鍾)은 작원(勺園)을 경영하였다. 청화원은 지금 청화대학으로 바뀌었고, 작원은 북경대학의 초대소가 되었다. 지금도 그 명칭을 그대로 사용하고 있다. 명대의 정원이 근대 대학으로 들어온 셈이다. 이것을 보면, 캠퍼스의 교육환경 조성과 원림은 관련성이 매우 깊음을 알 수 있다. 당시 남경도 원림 조성이 북경 못지 않았다. 명말의 문장가 왕세정(王世貞)은 《유금릉제원기(遊金陵諸園記)》에서 남경의 원림 36개를 소개하였다. 금릉은 지금의 남경이다. 왕세정이 구경한 곳이 36개였으니 그 외에도 많았을 것이다. 지금은 10여 개가 남아 있는데, 대표적인 것이 첨원이다. 원림의 도시인 소주는 두말할 것이 없다. 소주와 그 교외지역인 태창(太倉) 등지에 원림 조성이 매우 보편화되었다. 황면지(黃勉之)는 《오풍록(吳風錄)》에서 다음과 같이 말하

였다.

지금 오중(吳中)의 부자들은 경쟁적으로 호수의 돌을 가져다가 기이
한 산봉우리를 쌓고 어두운 동굴을 만들고……골목의 하층민들도
역시 자그마한 화분으로 섬을 만들어 즐기고 있다.

至今吳中富家競以湖石築峙奇峰陰洞 …… 雖閭閻下戶, 亦飾小小盆
島爲玩

여기서 말하는 '호수의 돌'은 소주 옆에 있는 태호(太湖) 물속에 있

는 것으로, 태호석이라고 부른다. 진흙이 쌓여 생긴 돌인데, 구멍이
나 있고 기이한 모양을 하고 있어 정원석으로 각광을 받았다. 이것을
가지고 만든 산을 석가산(石假山)이라고 한다. 소주지방의 정원 조성
에서 석가산이 없어서는 안되었다. 왕세정은 《루동원림지(婁東園林志)》
에서 태창지역의 유명한 정원 10여 곳을 기록하였다. 태창은 본래 황
궁의 곡식을 저장하던 곳이었기 때문에 부호들이 많이 모여 있었다.
그리고 장서가들이 이곳에 모여 있었기 때문에 문화 지식인들과의
왕래가 빈번하였다. 이런 연유로 이 지역에는 원림 조성이 활발하였
다. 루동(婁東)은 지금 태창 부근의 향진(鄕鎭)이다. 지금 태창시인민
정부의 빈관이 바로 '루동빈관(婁東賓館)'이다. 루동빈관에는 지금도

석가산이 남아 있다. 당시 절강성 소흥(紹興)에는 원림과 정자가 192개나 있었다는 기록이 있다. 이처럼 명말에 강남 지역에 원림이 번성했음을 알 수 있다.

5) 중국 전통 원림의 마지막 단계(청대 중후반)

청나라 건륭제는 여섯 번이나 강남지방으로 내려갔다. 황제가 내려가자 그 지방의 관원과 부호들이 행궁과 원림을 건설하여 황제에게 헌상하였다. 물론 그들이 정원을 바친 것은 황제의 총애를 사서 경제적 이익을 얻기 위함이었다. 따라서 경항대운하를 비롯하여 실핏줄처럼 이어진 물길을 따라 원림 조성의 분위기는 점점 고조되었다. 그 중에서 가장 전형적인 곳이 바로 양주(揚州)이었다. 당시 양주는 소금의 집산지였다. 소금장수들이 막대한 부를 축적하였고, 그 부를 동원하여 경관이 빼어난 수서호(瘦西湖) 주변에 원림을 조성하였던 것이다. 수서호는 길다란 타원형을 이루고 있다. 비록 서호보다 규모는 작지만 물길 양쪽에 길게 늘어선 버드나무 등 각종 수목이 아름답기로 유명하다. 그래서 당시의 양주의 성안과 수서호 가에는 원림이 수십 개에 달했다. 서북쪽 청령사(天寧寺) 행궁에서 평산당(平山堂)까지 10리 물길을 따라 양쪽 언덕에는 누각과 정자가 즐비하였던 것이다. 뱃길에 따라 원림이 이어져있다. 소금산(小金山)─오정교(五亭橋)─백탑(白塔)으로 이어지는 일대가 이 원림의 중심지였다.

한 시기에 이렇게 많이, 그것도 연합적으로 원림군이 조성된 것은 역사적으로 전무후무하다. 소금장수들이 몰락하자 수서호 10리 안의 건축물이 급격하게 퇴락하였다. 기록에 의하면 도광제(道光帝) 시기에 이르러 누대가 황폐해지고 손님의 발길이 뚝 끊겼다고 하며,

▋양주 수서호 경관의 핵심을 차지하고 있는
오정교(五亭橋): 건륭 23년(1757) 순염어사
(巡鹽御史) 고항(高恒)이 건설한 것이다.
이 다리는 연성사(蓮性寺) 북쪽에 있고, 다
리 위에 5개의 정자가 금색 연꽃이 모인 것
과 같다고 하여 연화교(蓮花橋)라고 부른
다. 다리와 정자 건축의 높은 경지를 보여
주고 있다.

▋소주 졸정원: 원향정(遠香亭)에서 북쪽으
로 바라본 설향운울정(雪香雲蔚亭)

수목은 나무꾼의 손길을 막을 수 없게 되었다고 한다.

청대 중엽 이후, 대외 무역 항구 도시인 광주(廣州)에 원림 건축이
발달하였다. 순덕(順德)의 청휘원(淸暉園), 번우(番禺)의 여음산방(餘蔭山
房), 동완(東莞)의 가원(可園), 불산(佛山)의 양원(梁園)을 월중사대명원
(粤中四大名園)이라고 부른다. 만청 시기 영남(嶺南) 원림들은 서구적인
건축기법과 장식의 영향을 받았다.

청 강희제 당시 운남(雲南) 곤명(昆明)의 전지(滇池)에 대관루(大觀樓)
가 섰다. 이곳은 당시 도시 근교의 유람지역이었다. 건륭 때에는 곤
명의 서산(西山)에 용문(龍門) 터널이 생겼다. 이곳에 올라가면 전지의
전체 모습을 바라 볼 수 있다. 대관루의 기둥에 걸려 있는 장련(長聯)
은 중국 원림사에서 중요한 가치를 지닌다.

대만의 원림은 내륙과 복건지역의 영향을 받았다. 청나라 중엽 이
후 정원 조성이 점점 흥성하였다. 청나라 도광과 함풍 시기에 대남

▌양주 평산당(平山堂)의 황석 가산(黃石假山): 평산당은 大明寺 서측에 있는 것으로 본래는 송나라 경력(慶曆) 8년(1048년)구양수가 양주태수로 있을 때 지은 원림이 었으나, 청나라 강희 당시에 증건한 것이다. 남쪽으로 보이는 강남의 여러 산이 堂 앞에서 가지런히 나와 절을 하는 것 같다고 하여 붙여진 이름이다. 〈遠山來與此堂 平〉라는 편액이 달려 있다. 황석으로 만든 가산의 기법이 뛰어나다.

(臺南)에 자춘원(紫春園), 귀원(歸園), 신죽잠원(新竹潛園), 북곽원(北郭園) 등 부호와 신사들이 건립한 개인 정원이 출현하였다. 그 중에서 잠원 의 규모가 가장 크다. 이 원림은 환경에 어울리도록 구상하였고 각 건축물을 적당하게 배치하였다. 누창과 매화가 이 정원의 특징인데, '잠원의 매화 구경'이 당시의 명물이었다. 동치와 광서 시기에 새워 진 판교림본원정원(板橋林本源庭園, 임가화원(林家花園)이라고도 부르다)은 대북시 근교의 판교진(板橋鎮)에 있었다. 임가(林家)는 대만의 부호로 서, 시인 묵객과 뛰어난 조경가가 설계한 작은 정원이다. 대만은 기 온이 온난하고 물을 구하기 비교적 쉬우며 꽃과 나무가 무성하기 때 문에 원림 조성에 유리한 조건을 가지고 있었다.

4. 강남지역의 사가원림(私家園林)

중국의 원림은 앞에서 말한 바와 같이 대략 사가원림, 황가원림, 기념원림, 사묘원림, 명승원림으로 나눌 수 있다.[51] 이것은 주로 용도에 따라 분류한 것이다. 원림은 용도에 따라서 그 풍격과 분포도 각각 다르게 나타난다. 원림은 양식에 따라 크게 사가원림과 황가원림으로 분류한다.

이 중에서 사가원림이 가장 많고 광범위하게 분포하고 있으며, 예술적 수준도 높다. 사가원림이란, 개인 소유의 원림을 말한다. 사가원림은 규모가 작은 것이 특징이지만, 주인의 사회적 지위와 예술적인 취향에 따라 각각 형식이 조금씩 다르다. 사가원림은 황가 원림을 모방하여 넓은 면적에 많은 구조물을 배치하여 다양한 경관을 연출하는 귀족의 화원이 있고, 화려한 조각과 단청으로 마음껏 치장한 거상들의 화원도 있으며, 시정(詩情)과 화의(畵意)가 넘치는 문인들의 소박한 원림도 있다. 이것 외에도 일반 대중들이 주택 주변의 빈 공간에 나무와 꽃을 심고 돌을 배치하여 만든 작은 원림도 있다. 그중에서 예술적 가치가 높은 것으로 문인 원림을 꼽을 수 있다. 문인 원림이라고 하여 주인이 모두 시인 묵객만은 아니다. 중앙 정계에서 물러나 은거하는 관리, 과거에 낙방하여 장사꾼으로 전업한 유고(儒賈), 퇴락하고 궁핍한 관료들도 포괄한다.

1) 사가원림의 특징

그러면 사가원림의 특징은 무엇일까? 첫째 사가원림은 규모가 작

---

51 《中國園林鑑賞辭典》, 陳從周 主編, 華東師範大學出版社, 2001.1.

다는 것이다. 거대한 규모를 자랑하는 황가원림과 비교해 보면 금방 알 수 있다. 이것들은 대부분 주택과 연결되어 있는 것이 특징이지만, 경관이 좋은 명승지에 지은 별장식 원림도 있다. 전자를 택방원(宅旁園)이라고 하고, 후자를 산수원(山水園) 혹은 별서(別墅)라고 부른다. 전자든 후자든 모두 규모가 크지 않다. 규모가 작아도 그 속에 무한한 경관을 담을 수 있다. 이것을 이른바 '작은 것 속에서 큰 것을 본다(小中見大)'는 것이다. 작은 공간 속에 사대부의 무한한 세계를 담았기 때문이다. "서너 걸음으로도 천하를 두루 걸을 수 있다(三五步, 行遍天下)."고 하지 않았는가!

두 번째 특징은, 사가원림이 서권기(書卷氣)가 풍부하다는 점이다. 문인사대부들은 문학적 소양과 자신들의 세계관에 의해 원림을 경영하였다. 즉, 예술 창작과 같은 원림을 변화와 리듬감을 가지도록 경영하였던 것이다. 원림 속의 가산과 연못, 나무와 풀, 정자와 수사 등은 서로 어울리도록 배치하였다. 구불구불한 것, 곧은 것, 드러난 것, 숨은 것이 서로 호응하여 하나의 리듬감과 변화를 가진 예술 작품처럼 만든다는 의미이다. 게다가 문인사대부는 원림의 각 건물에 편액과 주련 등을 걸어 문학적 분위기를 더욱 돋보이게 하였다.

세 번째 특징은, 아취와 졸박(拙朴)의 미학을 추구하였다는 점이다. 적은 것이 많은 것보다 우세하고, 간단한 것이 번잡한 것을 이기는 미학을 추구했다는 의미이다. 황가원림처럼 화려한 색채를 쓰지 않고, 그저 검은 기와에 흰 벽으로 원림을 장식하였다. 편액이나 영련(楹聯)도 나무를 사용하고, 그 내용도 원림의 규모에 어울리도록 아주 소박한 의미를 담아냈다.

네 번째 특징은, 완상(玩賞) 기능과 주거 기능을 함께 가지고 있다는 점이다. 생활 속에서 아름다운 자연 경관을 동시에 즐기기 위한 것이었다. 중세 문인사대부들은 위진남북조 시대의 귀족과 달리 국가 사회에 대한 우환의식과 책임감이 강하여 좀처럼 세속적 삶을 포기하지 않았다. 즉, 처세와 출세를 자유롭게 넘나드는 인생관을 가지고 있었다. 따라서 산수자연의 아름다움에 대한 탐닉과 세속적 욕망에 대하여 균형적인 시각을 가질 수 있었던 것이다. 그래서 원림을 '도시 속에 있는 산림(城市山林)'이라고 부르며, 원림 안에 연못, 산, 숲, 샘 등의 산수임천(山水林泉)을 조성하면서도 청당서재(廳堂書齋) 등의 주거 공간을 배치하였던 것이다.

다섯 번째 특징은, 개성이 뚜렷하다는 점이다. 사가원림의 주인은 풍부한 심미관에 근거하여 경관의 주제와 개성을 두드러지게 나타냈다. 어떤 원림은 원경(遠景)을 강조하고, 어떤 것은 물의 경관을 두드러지게 한다거나, 어떤 것은 대나무·목단 등과 나무를 가지고 운치를 더하기도 하며, 어떤 것은 고아한 건축물 위주로 조성하였다.

2) 사가원림의 분포

사가원림은 주로 강남지방에 널리 분포하고 있다. 세계문화유산에 등록되어 있는 소주의 9개 원림인 졸정원(拙政園)·유원(留園)·사자림(獅子林)·창랑정(滄浪亭)·우원(耦園)·예포(藝圃)·퇴사원(退思園)·망사원(網師園)·환수산장(環秀山莊), 그리고 양주의 개원(个園)·하원(何園)·편석산방(片石山房), 남경의 첨원(瞻園)·후원(煦園), 상해의 예원(預園), 무석의 기창원(寄暢園)·우공곡(愚公谷), 항주의 곽장(郭莊), 소흥의 심원(沈園) 등이 대부분 강소성과 절강성 일대에 분포하고 있다.

▌부장(鳧莊): 수서호 오정교의 동쪽에 있다. 푸른 물이 주변을 에워싸고 있어 마치 물오리가 물결 위에 떠 있는 모습과 같다고 하여 붙여진 이름이다. 1921년 이 곳의 陳氏가 건축한 것이다.

심지어는 청대 북경의 황가원림 속에도 남방 사가원림을 조성한 경우도 있다. 대표적인 것으로 북경 이화원의 해취원(諧趣園)과 소주가(蘇州街)그리고 승덕 피서산장의 원림이 있다.

3) 중국 강남 수향과 원림 문화

강남지방의 원림은 작은 산수와 건축이 조화를 이루며 완벽한 종합예술을 구현하였다. 특히 명청대는 중국원림이 최고로 발전한 시기로서 독창적이고 완벽한 원림건축이 곳곳에 생겨났다. 많은 문인화가들은 그곳을 탐방하여 원림의 주인과 교류를 하였다. 그들을 위하여 저작활동이나 생활을 후원하였다. 문인화가는 그 보답으로 원림을 위해 시문(詩文)을 짓고 그림을 그려주기도 하였다. 나아가

원림을 중심으로 뜻을 같이 하는 문인화가들은 시사(詩社)를 조직하기도 하고 한편으로는 아집(雅集)을 개최하고 단체를 결성하기도 하였다. 따라서 강남 원림은 중세 사대부 문화의 총체를 보전하고 있다고 할 수 있다.

제7장

산수자연의 경점화와 득도화

1. 소상팔경(瀟湘八景)과 유종원(柳宗元)의 영주산수(永州山水) 체험

1) 서론

중국에서 '팔경(八景)'의 출현은 산수문화의 새로운 획을 긋는 매우 중요한 사건 중의 하나였다. 팔경이 자연공간에 장소성을 부여하는 역할을 했을 뿐 아니라, 산수시와 산수화의 새로운 장르를 낳았고, 더 나아가 인문지리의 새로운 영역을 개척했기 때문이다.

이러한 팔경이 언제 출현했는가에 대하여 여러 가지 학설이 있지만[52] 대략적으로 북송 말기(대략 11세기)에 활동했던 산수화가 송적(宋迪, 약 1015~1080)으로부터 시작되었다는 설이 유력하다. 그가 소상(瀟湘) 지역에 8개의 경점을 설정하고 이를 그림으로 묘사하였으며 거기에 시를 붙인 것이 바로 〈소상팔경도〉이다. 이것이 중국을 비롯한 동아시아 팔경의 시작이라는 것이다. 비록 그 그림은 현재 전해지지 않고 북송 말기까지도 호사가들 사이의 소문에 불과하지만, 심괄(沈括, 1031~1095)을 포함한 곽약허(郭若虛, 약 11세기), 미불(米芾, 1051~1107),

---

[52] 朱靖宇는 남제(南齊, 479~502년) 후기에 심약(沈約, 441~513년)이 현창루(玄暢樓)를 짓고 이곳에서 "秋月·春風·衰草·落桐·夜鶴·曉鴻·朝市·山東"의 주제로 팔영시를 읊었다고 주장하였다(朱靖宇, 〈八景의 源流〉, 북경: 北京觀察, 北京政協, 1994). 高雲龍 역시 소식(蘇軾, 1037~1101년)이 〈건주팔경도시(虔州八境圖詩)〉를 썼는데, 건주팔경이 심약의 팔영루에서 시작되었다고 주장하였다(日本葛飾北齋風景版畵與中國瀟湘"八景"畵題, 艺术百家, 2009(2): 85-92). 鄧穎賢·劉業은 〈八景文化起源與發展研究〉(廣州: 廣州園林, 2011)에서 이상의 두 학설을 소개하는 한편, 오대 말 북송초의 李成(919~967)이 〈소상팔경도〉를 그렸고, 북송 원풍(元豊) 3년(1080) 米芾(1051~1107)이 이 그림을 구해 〈瀟湘八景圖詩幷序〉를 썼다고 주장하였다. 이성이 〈소상팔경도〉를 그렸다는 주장에 대하여, 전경원은 18세기 출판된 《湖南通志》에 실린 米芾의 〈瀟湘八景圖詩幷序〉를 근거로 李成이 최초로 〈소상팔경도〉를 그렸다고 주장하였다(전경원, 《소상팔경, 동아시아의 시와 그림》, 서울: 건국대학교출판부, 2007).

그리고 이들보다 조금 늦게 증민행(曾敏行, 1118~1175) 등이 남긴 개인적인 여러 기록[53]과 관방에서 편집한《선화화보(宣和畵譜, 1119~1125)·山水》등이 모두 송적의 그림을 인정하였다. 특히 동시대 활약했던 소식(1037~1101)은 직접 송적이 그린 〈소상만경도〉를 보고 〈송복고화소상만경도삼수(宋復古畵瀟湘晩景圖三首)〉[54]를 지었다. 때문에 송적이 〈소상팔경도〉 류의 작품을 그렸고, 이것이 산수화의 한 장르로서 당시에 이미 유행했던 것은 사실이었던 것 같다.

그리고 이 그림은 중국 산수화의 정점에 있었던 북송 말기에 출현하였고, 더욱이 '평원산수(平遠山水)'라는 점에서 학술계의 주목을 받았다. '평원산수'는 고원산수(高遠山水)[55]와 표현기법이 다르다. Alfreda Murck의 말을 빌자면, 상하 질서를 추구하던 '고원산수'와 달리 '평원산수'는 수평 질서에 대한 자각이란 점에서 그림 속에 중요한 정치적 상징이 함축되어 있다고 한다. 즉, 〈소상팔경도〉가 1070년

---

53 심괄(沈括1031~1095)이《몽계필담(夢溪筆談)·서화(書畵)》(胡道静,《夢溪筆談校證》, 上海: 上海人民出版社, 2011)에서 송적의 그림을 평가하면서 다음과 같이 언급하였다.《夢溪筆談校證》: 度支員外郎宋迪, 工畵, 尤善爲平遠山水, 其得意者, 有平沙雁落, 遠浦歸帆, 山市晴嵐, 江天暮雪, 洞庭秋月, 瀟湘夜雨, 烟寺晩鐘, 漁村落照, 謂之八景, 好事者多傳之. 심괄과 비슷한 시기에 나온 서화 관련 서적, 예를 들어 郭若虛(대략 12세기 중기)가 편집한《圖畵見聞志》에 「八景圖」를 언급하였고, 그리고 조금 늦게 나온《宣和畵譜(1119~1125)·山水》, 그리고 曾敏行(1118~1175)이 지은《獨醒雜志·卷九》모두〈소상팔경도〉를 언급하고 있다.

54 《蘇軾詩集》卷28. 아프레다 머크 지음, 우재호 박세욱 옮김,《중국의 시와 그림 그리고 정치-그 미묘한 예술》(경산: 영남대학교 출판부, 2015, 148~151쪽 재인용. 그러나〈소상팔경도〉와〈소상만경도〉는 다른 그림으로 보아야 한다고 여기는 사람도 있다.

55 평원산수(平遠山水)는 북송 시대 곽희(郭熙, 약1000~약1080)가《임천고치(林泉高致)》에서 제시한 삼원(三遠: 高遠, 深遠, 平遠) 중의 하나이다. 郭熙,《林泉高致》(북경: 中華書局, 2010).: 山有三遠: 自山下而仰山顚, 謂之'高遠'; 自山前而窺山後, 謂之'深遠'; 自近山而望遠山, 謂之'平遠'. 高遠之色淸明, 深遠之色重晦, 平遠之色有明有晦. 高遠之勢突兀, 深遠之意重疊, 平遠之意冲融而縹縹緲緲.

대에서 1080년대 초 사이, 낙양(洛陽)으로 폄적된 구당파사대부들의 정치적 우의(寓意)와 상징을 담아냈다고 하였다. 衣若芬 역시 송적의 〈소상팔경도〉가 팔경 문화의 시작이라는 가정에서 산수미학의 중요한 논제로서 다루었다.[56]

그럼에도 불구하고 산수화로서의 〈소상팔경도〉가 어떤 과정을 거쳐 출현했는가의 문제에 대하여 그동안 논의가 활발하지 못하였다. 소상지역은 송적보다 이전 시대에 이미 산수시화(山水詩畫)가 하나의 장르로서 확고한 위치를 차지하고 있었다는 점에서 보면, 〈소상팔경도〉가 북송 시대 말기에 갑자기 등장했다고 보기는 어렵다. 따라서 소상팔경의 출현은 북송 이전 시대에 이 지역에서 유사한 산수체험을 했던 사람들로부터 직접적으로 영향을 받았을 것이라는 가설이 가능할 것이다.

소상팔경의 출현 과정을 파악하기 위해서는 몇 가지 논점이 필요하다.

첫째, 팔경은 자연공간을 8개의 특정 구역으로 설정하고 거기에 이름을 붙인 것이다. 이는 산수자연에 대한 전유화(專有化)의 행위라고 할 수 있다. 따라서 송적 이전에 소상지역에서 자연공간을 8개 구역으로 설정하고 이름을 부여했던 전례가 있는지를 찾아볼 필요가 있다.

둘째, 소상팔경은 '소상'이란 지역뿐만 아니라 그것의 역사적 요

---

56 Alfreda Murck, 《宋代詩畫中的政治隱情(Poetry and Painting in Song China: The Subtle Art of Dissent)》(북경: 中華書局, 2009). (이 책의 국내 번역서로는 아프레다 머크 지음, 우재호 박세욱 옮김, 《중국의 시와 그림 그리고 정치—그 미묘한 예술》(경산: 영남대학교 출판부, 2015)이 있다.) 衣若芬, 〈漂流與回歸—宋代題"瀟湘"山水畫詩的抒情底蘊〉(대만: 中國文哲研究集刊 第21期, 2002). Alfreda Murck, 기타 연구 자료는 참고문헌에 열거하였다.

소를 함께 포괄하고 있다. 소상팔경의 이름은 대체로 4자로 구성되는데, 앞의 두 글자는 장소를, 뒤의 두 글자는 시간을 의미한다. 따라서 소상팔경은 시간과 공간에 대한 동시적 표현이라고 할 수 있다. 소상지역은 춘추전국시대 이래 초(楚)지역의 신화 전설 등 구비 전승 이야기, 시문, 그리고 상징과 이미지 등을 축적하고 있다. 따라서 소상팔경의 전개과정을 탐구하기 위해서는 지역의 시간과 공간이 축적된 인문지리를 파악하는 것이 필요하다. 따라서 송대 이전에 누가 소상지역의 인문지리를 체험했는가를 추적해야만 한다.

셋째, 앞서 〈소상팔경도〉를 평원산수화라고 했는데, 이 지역에서 이전 시대에 누가 평원산수의 의경을 표현했는가를 파악할 필요가 있다.

이상에서 언급한 바와 같이, 본 논문은 북송 이전 소상팔경의 전개과정을 '자연공간의 전유화', 소상지역의 '인문지리적 체험', '평원산수적 의경 표현'이라는 세 가지 논점을 통해 규명하려고 한다.

2) 소상팔경과 유종원의 영주지역 전유화

고대 중국인은 산수자연을 보고 공포를 느끼거나, 숭배 혹은 수양의 대상으로 삼았다. 위진남북조 시대에 이르러 산수자연은 노닐고 감상하는 대상으로 변화하였다. 그래서 이 시기에 중국의 산수문화가 시작되었던 것이다. 앞서 말한 바와 같이, 당대(唐代)에 이르러 문인사대부들은 산수자연을 유람하고 감상하는데 그치지 않고 가공하고 경영하는 공간으로 인식하기 시작하였다. 그들은 산수자연에 나무와 화초를 심고, 계곡을 준설하거나 건물을 배치하여 장소로 만들었다. 예를 들면 왕유(王維, 701-761)는 남전(藍田)에서 망천별서(輞川別

墅)를 직접 경영하였고, 주변 산수자연을 두루 섭렵하였으며 시문과 그림으로 이것을 묘사하였다.[57] 백거이(白居易, 772~846) 역시 여산초당 (廬山草堂)과 이도리택방(履道里宅房) 등을 짓고 그 주변 경관을 관리 경영하였다. 유종원은 영주 우계 가에서 살면서 경관을 조성하였으며, 영주지역 산천을 두루 유람하였다. 이처럼 그들은 원유(遠遊)보다는 자신의 생활 주거지 가까이를 유람하였고, 그 장소에 머물며 노닐 수 있는 물리적 환경을 조성하였다.[58]

그러면 당시 소상팔경지역은 어떠했을까? 원결(719-772)은 도주자사로 폄적되어 자신의 생활 거주지 주변의 오계(浯溪, 현재 호남성 영주시 기양현(祁陽縣) 오계진(浯溪鎭))를 경영하였다. 오계는 본래 "세상 사람들이 부르는 이름이 없었지만, 내가 좋아한 까닭에 내 스스로 이름을 붙였다."[59]고 하였다. 자신만이 이 계곡을 전유하겠다는 의미로 이름을 붙이고 이를 위해 〈오계명(浯溪銘)〉을 지었으며, 이것을 바위에 새겼다. 이처럼 이름 붙이기, 새기기 등은 장소를 만들고 구획의 좌표를 설정하는 것이니, 산수자연의 전유화라고 할 수 있다. 그가 이렇게 전유화한 것은 대략 20군데 가량이었다.

원결보다 조금 늦게 유종원이 영주지역으로 폄적되었다. 유종원은 영주로 폄적된 지 5년 후(810년)에 염계(冉溪) 동쪽으로 이사하였다. 그는 "물 수위가 낮아 논밭에 물을 댈 수 없고, 또 물살이 급해 큰 배가 들어오지 못하며, 교룡이 서리지 못하여 비구름을 일으키지 못하

---

57 《宣和畫譜》卷十(杭州: 浙江人民出版社, 2002): 其卜築輞川, 亦在圖畵中, 是其胸次所存, 無適而不瀟麗, 移志之於畵, 過人宜矣.

58 梅新林·俞樟華 主編, 《中國游記文學史》(上海: 學林出版社, 2004).

59 元結, 《唐元次山文集》(四部叢刊初編本), 〈浯溪銘〉 世無名稱者也; 爲自愛之故, 自命曰浯溪.

는, 세상에 도움이 되지 않는" 염계가 자신을 닮았다고 여겼다. 마치 세상의 이치에 어긋나는 행동을 하였고, 세상에 적응하지 못했으며, 죄를 짓고 좌천되어 세상에 도움을 주지 못하는 자신과 비슷했기 때문이다. 그래서 자신을 닮은 염계를 우계(愚溪)로 바꾸고, 우계의 8개 경관을 만들었다.

유종원은 8개의 지점에 자의대로 '바보'라는 이름을 붙였다. 그리고는 8군데 모두가 기이한 경관임에도 불구하고 자신이 이름을 붙였기 때문에 바보가 되었다며 동정을 표시하였다. 이처럼 자연공간에 이름을 붙이고 그것에 감정을 이입하는 것은 모두 전유화의 일환이다. 이것은 자신의 회재불우한 감정을 바보에게 투영하고 그 속에 정치적 우의를 담기 위한 것이었다.

유종원은 염계를 '우계(愚溪)로 전유화하고 그 주변을 경영하는 한편 그 범위를 영주지역 일대로 확대하였다. 그는 809년에서 814년까지 영주지역 산수를 두루 다녔다. 거닐다(行)→노닐다(游)→앉다(坐)→취하다(醉)→눕다(臥)→꿈꾸다(夢)→깨다(覺)→일어나다(起)→돌아가다(歸) 등의 동작을 통해 높은 산을 오르고, 깊은 숲으로 들어갔으며, 계곡, 샘, 괴석을 두루 찾아다녔다.[60] 그중에서도 유종원은 서산(西山), 고무담(鈷鉧潭), 고무담서소구(鈷鉧潭西小丘), 소구서소석담(小丘西小石潭), 원가갈(袁家渴), 석간(石澗), 소석성산(小石城山) 등 8개 구역을 특정하였다. 그리고는 이렇게 말했다.

---

60 柳宗元, 《柳宗元文集》〈始得西山宴游記〉(北京: 中央民族大學出版社, 2002): 漫漫而游. 與其徒上高山, 入深林, 窮回溪, 幽泉怪石, 無遠不到. 到則披草而坐, 傾壺而醉. 醉則更相枕以臥, 臥而夢. 意有所極, 夢亦同趣. 覺而起, 起而歸, 以爲凡是州之山水有異態者. 皆我有也, 而未始知西山之怪特.

영주의 산수 중에 기이한 곳을 모두 <u>내 소유</u>로 하였다.[61]

영주 사람들이 아직 유람하지 않은 곳을 내가 찾았으나 감히 <u>나의</u>
<u>전유물</u>로 만들지 못하였다.[62]

이상의 인용문을 보면, 유종원은 영주지역 산수자연을 '我', '專',
즉, 내가 전유하려는 의지를 명확하게 밝혔음을 알 수 있다.

유종원이 영주지역에서 전유한 공간은 팔우처럼 8곳이었다. 그는
이에 대하여 〈영주팔기〉를 통해 기록하고 새겼다.

글로 기록하고, <u>돌에 새긴 것</u>은 이 언덕과의 만남을 축하하기 위해
서이다.[63]

아직도 전하는 사람이 없는 것이 애석하여 그 모든 것을 낱낱이 기
록하여 다른 사람에 주고, 그 <u>북쪽에 새겨</u> 후대의 호사가들이 쉽게
찾을 수 있도록 하였다.[64]

위의 인용문을 보면, 유종원은 경관을 낱낱이 기록하고 돌에 새겨
후대의 호사가들에게 조망을 제공하려 했음을 알 수 있다. 그래서
유종원의 〈영주팔기〉는 단순히 정보의 나열에 그치지 않고 물, 산,

---

61 柳宗元〈始得西山宴游記〉: 州之山水有異態者, 皆我有也.
62 柳宗元〈袁家渴記〉: 永之人未嘗游焉, 余得之, 不敢專也.
63 柳宗元〈鈷鉧潭西小丘記〉: 文以志 書于石, 所以賀玆丘之遭也.
64 柳宗元〈石渠記〉惜其未始有傳焉者, 故累記其所屬, 遺之其人, 書之其陽, 俾後好事
   者求之得以易.

계곡, 언덕, 돌다리, 저수지마다 가지고 있는 경관의 특징에 대한 생동적으로 묘사하고, 각 경관의 구체적인 지리적 위치, 각 경관의 지점 간의 관련성, 초목의 크기, 조망 지점 등에 대한 상세하게 기록하였다.

이러한 상세한 기록과 생동적 묘사는 공간을 장소로 만들어 전유화 하는데 그치지 않고, 후세 호사가에게 지리정보를 전달하기 충분하였다.

이상에서 본 바와 같이 유종원은 영주지역의 경관을 8개 구획으로 설정하고, 좌표를 만들었으며, 기록하고 새겼다. 이것은 모두 전유화의 행위로서, 송대의 〈소상팔경도〉의 출현에 영향을 주었을 것으로 판단된다.

3) 소상팔경과 인문지리적 체험

(1) 소상지역과 〈소상팔경도〉의 '평원산수'

앞에서 언급한 바와 같이, 심괄이 《몽계필담》을 통해 처음으로 송적이 〈소상팔경도〉를 그렸다고 말했지만 사실 심괄은 물론 송적 자신도 '瀟湘'이란 말을 언급하지 않았다. 다만 '소상야우(瀟湘夜雨)'나 '동정추월(洞庭秋月)' 등을 통해 지역을 유추한 것이고, 게다가 호사가들이 전하는 말이라는 점에서 그 신뢰성이 그다지 높지 않았다.

그러나 《몽계필담》의 내용이 전언에 그친다고 보기는 어렵다. 이 책은 심괄이 정치적 실의를 맞은 뒤, 북송 원우(元祐) 3년(1088)경에 윤주(潤州, 오늘날 江蘇省 鎭江)의 몽계원(夢溪園)으로 은거하여 주변 사람들과 나눈 대화의 내용을 기록한 것으로[65], 비록 필담 형식이지만 천문 역법을 비

---

65 李裕民, 《關于沈括著作的幾個問題》(杭州: 沈括硏究, 浙江人民出版社, 1985)

롯한 과학 지식, 역사 문화 예술 등 인문학, 군사 법률 등 사회제도 등을
구체적으로 제시한 점으로 보아 객관적 사실에 가깝다고 볼 수 있다.

또한 송적이 왕안석(王安石, 1021~1086)의 변법을 반대했다가 소상지
역으로 폄적되었고, 가우(嘉祐) 8년(1063) 영주부(永州府) 담산암(淡山巖)
에 이름을 새겼으며, 가우(1056~1063)시기에 장사(長沙)의 팔경대(八景
臺)에서 팔경도를 그렸다는 기록[66]에 근거해 보면, 그가 폄적지인 소
상지역의 실경을 두루 유람했을 가능성이 높다.

이상의 사실에 근거하여 볼 때, 송적이 과연 소상팔경의 실경을 묘
사했는가에 대한 문제는 논의가 필요하다. 현재 중국 호남지역에서
는 송적을 비롯한 여러 사람들이 그린 〈소상팔경도〉의 실제 지점을
아래의 표와 같다고 밝히고 있다.

[표] 〈소상팔경의 실경〉 〈추정〉

표제	실경
소상야우(瀟湘夜雨)	영주시(永州市) 동쪽, 소수와 상수가 만나는 곳
연사모종(煙寺暮鐘)	형양현(衡陽縣) 현성(縣城) 북쪽 청량사(淸凉寺)
산시청람(山市淸嵐)	상담시(湘潭市) 소산(昭山)
평사낙안(平沙落雁)	형양시(衡陽市) 회안봉(回雁峰)
어촌석조(漁村夕照)	도원현(桃源縣) 도화원 무릉계(武陵溪) 백린주(白鱗洲)
원포귀범(遠浦歸帆)	상음현(湘陰縣) 강가
강천모설(江天暮雪)	장사시(長沙市) 귤자주(橘子洲)
동정추월(洞庭秋月)	악양시(岳陽市) 동정호(洞庭湖)

66 冉毅는 〈宋迪其人及瀟湘八景圖之詩畵創意〉에서 《宣和畵譜》·《夢溪筆談》·《畵
   史》·《獨醒雜志》·《圖繪寶鑑》·《佩文齋書畵譜》를 근거로 하여 송적의 행적을 열
   거하였다. 〈瀟湘八景-詩歌與繪畵中展現的日本化形態〉(長沙: 岳麓書社, 2006)

위의 표에 나타난 실경이 〈소상팔경도〉의 실제 장소라고 말할 수 있는 근거는 없다. 누가 처음 이렇게 밝혔는지도 정확하지 않다. 그런데 '바이두'[67]를 비롯한 주요 웹 자료와 팔경 소개 책자에 널리 퍼져있다. 그 진위 문제는 여기서 논하지는 않겠다. 아마도 송적보다 늦게 소상팔경을 그린 왕홍(王洪 남송 紹興시기, 1160년경), 하규(夏珪 12세기말에서 13세기 중반의 화가)와 옥간(玉澗, 생졸연대 미상)의 〈소상팔경도〉를 보고 추적했을 가능성이 높다.

사실 〈소상팔경도〉 중에서 실제 지명은 '소상(瀟湘)'과 '동정(洞庭)' 두 군데 뿐이고, 나머지는 구체적인 장소를 찾기 어렵다. 송대 등춘(鄧椿)은, '소상야우(瀟湘夜雨)와 연사모종(煙寺暮鐘)은 밤이라 보이지 않거나 소리가 담긴 경관이므로 그려내기 어려웠다고 했다. 그리고 송적이 그림을 먼저 그리고 명칭을 붙였을 것이며, 따라서 소상팔경은 실경이 아닐 것이라고 하였다.[68] 그렇다면 소상팔경의 실경을 확인하는 것은 애초부터 무리가 있다고 할 것이며, '연사'·'강천'·'어촌'·'산시'·'평사'는 고유한 장소라기보다는 일반적인 장소일 가능성이 높다.

그럼 송적의 〈소상팔경도〉는 실경이 아니라 심상의 경관일까? 그렇다고 할 수 없다. 이 문제를 규명하려면 먼저 소상지역의 지리 정보를 파악해야한다.

소상은 지리적으로 '상강(湘江)'만을 지칭하기도 하고, 소수(瀟水)와 상강의 두 물줄기가 호남성 영주(永州)지역에서 합류하여 동정호(洞庭湖)로 들어가는 유역을 말하기도 한다. 소상은 때로 형산(衡山)과 무

67 http://baike. baidu. com/item/瀟湘八景
68 鄧椿,《畵繼》권6(아프레다 머크 지음, 우재호 박세욱 옮김. 451쪽 재인용)

릉도원(武陵桃源) 등을 포괄하기도 하여, 행정구역인 호남성 전체를 '湘'이라고 줄여 부르기도 한다. 소상팔경에 대하여 직접 시를 붙인 것으로 알려진 송대의 미불은 〈소상팔경도시병서(瀟湘八景圖詩幷序)〉에서 〈소상팔경도〉의 경관을 동정호 이남의 소수와 상수의 유역으로 한정해야 한다고 하였다.[69] 〈소상팔경도〉에 한정하여 지리적 정보를 말한다면, 미불의 견해가 합리적이라고 생각한다. 왜냐하면 미불은 직접 그림을 보고 그 위에 시를 붙였고, 그 의경을 소상하게 설명하였기 때문이다.

그럼 여기서 소상의 지리적인 특징이 잘 나타나 있는 소수와 상강이 합류하는 영주지역으로 좁혀보자. 이곳은 소상팔경의 핵심으로 볼 수 있는 '소상야우'의 현장이다. 당대의 원결은 오늘날 호남성의 영주(永州), 기양현(祁陽縣), 도현(道縣) 등의 상강 유역으로 폄적되었고, 앞서 언급한 바와 같이 지역의 산수에 이름을 붙였다. 그런데 이것은 계곡, 샘, 호수 등 모두 물과 관련이 있다. 따라서 영주지역의 지리적 특징은 습지 위주임을 짐작할 수 있다.

유종원은 〈우계대(愚溪對)〉에서 영주는 "왕이 있는 수도로부터 3천 리 떨어져 있는 궁벽지고 가려진 곳이며 피어오르는 안개와 짝을 이루고, 조개와 함께 산다."고 하였다.[70] 이것으로 보아, 이 지역은 안개

---

69 米芾 〈瀟湘八景圖序〉: 瀟水出道州, 湘水出全州, 至永州而合流焉. 自湖而南, 皆二水所經, 至湘陰始與沅之水會, 又至洞庭, 與巴江之水合, 故湖之南皆可以瀟湘名水. 若湖之北, 則漢沔湯湯, 不得謂之瀟湘. 瀟湘之景可得聞乎? 洞庭南來, 浩淼沉碧, 叠嶂層巖, 綿衍千里. 際以天宇之虛碧, 襍以烟霞之吞吐, 風帆沙鳥, 出没往來. 水竹雲林, 映帶左右. 朝昏之氣不同, 四時之候不一. 此瀟湘之大觀也! 若夫以八景之極致則具列如左.

70 柳宗元 〈愚溪對〉: 今汝之托也, 遠王都三千餘里, 側僻回隱, 蒸郁之與曹, 螺蚌之與居.

가 많고 어패류가 사는 습지임을 알 수 있다.

그리고 유종원은 〈원가갈기(袁家渴記)〉에서 이 지역에서 자라는 식물에 대하여 다음과 같이 언급하였다.

> 물에서 나온 조그만 산은 온통 아름다운 바위로 이루어져 있다. 그 위로는 푸른 잡목이 우거져 겨울 여름 가릴 것 없이 언제나 울창하였다. 강 옆으로는 바위동굴들이 많고, 그 아래쪽은 하얀 조약돌이 널려 있다. 여기의 수종은 단풍나무·남나무·석남·편나무·저나무·예장나무·유자나무이고, 풀은 난초와 지초가 자라고 있었다. 또 기이한 꽃과 서로 몸을 꼬며 자란 칡이 물가의 돌에 붙어산다.[71]

이 글은 이 지역에 자라는 식물로서 단풍나무·남나무·석남·편나무·저나무·예장나무·유자나무 등을 열거하였다. 이 식물들은 모두 여름과 겨울을 가리지 않고 늘 푸른 상록수이다. 또한 난초와 지초를 언급했는데, 이는 물가의 습지 식물이다. 소상팔경 중 '煙寺'와 '山市' 외에 6개 경관 즉, '瀟湘'·'洞庭'·'江天'·'遠浦'·'漁村'·'平沙'이 모두 저지대 평지인 점을 감안하면, 위의 글에서 나온 식물은 소상팔경과 어울린다고 할 수 있다.

이제 소상팔경의 지리적 특징을 전체 소상지역으로 넓혀보자. 범중엄(范仲淹)의 〈악양루기(岳陽樓記)〉, 그리고 앞서 언급한 미불의 〈소

---

71 柳宗元〈袁家渴記〉有小山出水中, 山皆美石, 上生青叢, 冬夏常蔚然. 其旁多巖洞, 其下多白礫. 其樹多楓·楠·石楠·梗·櫧·樟·柚. 草則蘭芷, 又有異卉, 類合歡而蔓生, 轇轕水石.

상팔경도시병서〉에는 소상지역의 풍광이 잘 나타나 있다.

전자는 북송 경력(慶曆) 6년(1046)에 쓴 것이고, 후자는 북송 원풍(元豊) 3년(1080)에 쓴 것이니, 창작 시기만을 놓고 보면 후자가 전자를 모방했을 가능성이 높다. 다만 전자는 동정호와 악양루 주변을 집중적으로 묘사한 반면 후자는 소상지역 전체를 묘사한 점이 좀 다를 뿐, 사용한 어휘와 의경은 매우 유사하다.

전체적으로 소상지역의 수계가 지니는 특징이 잘 나타나있다. 즉, 모래에서 노니는 새(沙鳥), 모래위의 기러기(沙鷗), 비단고기(錦鱗), 자고새(鷓鴣), 물고기와 새우(魚蝦) 등의 동물이 노닐고, 수죽(水竹), 운림(雲林), 지란(芷蘭), 마름(菱芡), 연꽃과 창포(荷蒲), 갈대(蘆葦) 등의 식물이 자라며, 강가에 핀 구름(江雲), 장맛비(淫雨), 저녁노을(落霞), 안개(烟霞), 피어나는 구름(雲飛), 넓게 퍼진 안개(長烟)등으로 이루어진 기상, 일엽편주, 돛단 배에서 들리는 어부들의 노래, 물고기 회 등을 먹는 풍속, 호호탕탕하고 끝없이 펼쳐진 물길, 수없이 변화하는 기상으로 인하여, 어둑어둑하고, 쓸쓸하며, 넓디넓고, 창망하며, 스산한 정취가 나타난다고 하였다.

이상에서 당송 시대의 원결, 유종원, 범중엄, 미불 등의 시문에서 표현한 지역의 지리적 특징을 살펴보았다. 모두 곽희가 말한 '평원산수'의 풍광에 가깝다. 곽희의 그림이 〈추산평원(秋山平遠)〉·〈과석평원(窠石平遠)〉·〈수색평원(樹色平遠)〉이고, 그리고 소식의 그림이 〈추산평원〉으로 모두 '평원'을 표방하였다. 이것으로 보아 송적의 〈소상팔경도〉 역시 당시 유행했던 '평원산수'의 의경을 표현했을 가능성이 높다. 그래서 〈소상팔경도〉는 소상지역의 작은 산과 구릉, 하류와 평원을 주로 묘사했고, 안개가 산수를 덮는 경관이 주를 이루었을 것이다. 그 의경은 곽희의 표현처럼 요활(遼闊)한 느낌이 들거나 물길이 길게 이어져 창망(蒼茫)한 분위기가 나타났을 것이다.

이상을 정리하면, 〈소상팔경도〉는 소상지역의 실경을 묘사한 것이며, 당대의 원결과 유종원의 소상지역에 대한 인문지리적 체험이 북송의 범중엄과 미불, 송적, 곽희 등으로 이어졌으리라 본다.

(2) 〈소상팔경도〉의 인문지리와 유종원의 회재불우(懷才不遇)

그렇다면 '소상'에 담긴 인문지리적 함의는 어떤가? 그것은 시대에 따라 변화하였고 매우 복잡한 양상을 띤다.

Alfreda Murck은 '소상'지역의 문학적 이미지와 모티프는 '원(怨)'에 있다고 하였다. 그 근거로 '상비(湘妃)'로부터 유종원까지의 신화전설, 시가, 산문 등 문학 작품 속에 축적된 '원(怨)'의 의상(意象)을 들었다[72]. 그의 말을 요약하면, 소상팔경에는 지역 문학의 우울 · 방랑 · 원혼적 이미지가 반영되어 있다는 것이다.

그는 또 당송시대 역사 문화와 정치적 환경의 각도, 즉, 지식인의 유방(流放) 혹은 폄적 문화적 관점에서 소상팔경을 해석하였고[73] 소상산수에는 굴원 · 두보의 시에 반영된 정치적 우의가 담겨 있다고 하였다.

이처럼 Alfreda Murck은 소상팔경에 구당파 사대부의 실각과 두보 시의 '소상원(瀟湘怨)'의 이미지가 담겨있고, 송적은 〈소상팔경도〉

---

72 Alfreda Murck, 《宋代詩畵中的政治隱情(Poetry and Painting in Song China: The Subtle Art of Dissent)》(북경: 中華書局, 2009).

73 Alfreda Murck, 〈소상팔경과 북송의 유방문화(瀟湘八景與北宋的流放文化)〉(뉴욕: 宋元研究, 第26期, 1996)와 Alfreda Murck, 〈畵可以怨否. 瀟湘八景與北宋適遷詩畵〉(오사카: 臺灣大學 美术史研究 四期, 1997)에서 비슷한 논의를 하였다.

를 통하여 자신의 울분과 불평을 표현했다고 주장하였다.

이에 대하여 의약분(衣若芬)은 소상산수(瀟湘山水)·소상문학(瀟湘文學)·소상산수화(瀟湘山水畵)·소상산수화시(瀟湘山水畵詩)에 담긴 이미지에는 '한별사귀(恨別思歸)'와 '화미자득(和美自得)'이 담겨 있다고 지적하였다. '한별사귀'의 이미지는 굴원의 〈이소〉'애정(哀郢)' 시에서 따온 것으로, Alfreda Murck이 말한 '원'의 이미지와 상통한다. '화미자득'은 소상산수로부터 아름다움의 추구로서, 이것이 도화원 전설과 만나 '어은적(漁隱的)' 색채를 띠게 되었다고 하였다. 당나라 시대 소상 산수의 아름다움을 노래한 시문과 정신적 자유를 추구한 사상이 '소상'으로 하여금 '현실도피적 경지[出世之境]'를 함유하도록 했다는 것이다. 결국 이 두 가지의 이미지가 소상의 산수화에 나타났다는 주장이다.

이상에서 보면, Alfreda Murck은 소상팔경에 대하여 정치적 각도에서 접근하였고, 의약분은 여기에 미학적 관점을 보탠 것이라 할 수 있다. 두 사람의 견해는 타당하지만 보충할 부분이 있다.

소상지역의 '怨'의 이미지는 오랫동안 축적된 관념이다. 상비(湘妃)의 신화 전설은 이 지역에 지속적으로 전승되었다가 남조 시대에 이르러 임방(任昉)이 《술이기(述異記)》에서 기록하였다.[74] 상비는 남편 순(舜)이 순수 중에 창오(蒼梧)에서 죽자, 애통하여 흘린 눈물이 대나무의 얼룩이 되었고, 이것이 이른바 소상반죽이 되었다고 했다.

당송 시대에 이르러 시인 묵객들은 상비의 '원'을 굴원과 연결시켰다. 유우석(劉禹錫, 772~842)은 민가를 지어 다음과 같이 노래하였다.

---

74 《述異記》: 舜南巡, 葬于蒼梧. 堯二女娥皇·女英淚下沾竹, 文悉爲之斑.

〈소상신(瀟湘神)·반죽지(斑竹枝)〉

唐 劉禹錫

반죽의 가지, 반죽의 가지마다　　　　　　　斑竹枝, 斑竹枝,

점점이 눈물 자국, 그리움이 묻어있다.　　　涙痕點點寄相思

초나라 방랑객 굴원은 애원의 가야금 가락 듣고픈 데

　　　　　　　　　　　　　　　　　　　楚客欲聽瑤瑟怨,

소상의 깊은 밤에 밝은 달이 떠오르는구나.　瀟湘深夜月明時.

　위에서 인용한 시로부터 당대에 상비의 애원이 구전되어 왔고, 유우석이 이 지역 대중들의 '애원'을 반영하였음을 알 수 있다. 그 애원의 이미지는 초나라 산천을 떠돌던 '초객(楚客)' 굴원과 닿아 있다. 당송 시대 시인들은 '초객'이란 단어를 널리 사용하였고, 굴원을 떠올리며 "뼈를 깎고 마음을 찌르는 고통을 느낀다."[75]고 노래하였다. 애국충정을 품었던 굴원이었지만 대신들의 질시와 비방을 받아 추방되었고, 원상(沅湘) 유역을 떠돌다가 멱라강(汨羅江)에서 죽음을 맞이하였으니, 그에 대한 애도의 감정이 시인 묵객들을 격동시켰을 것이다. 그래서 굴원의 〈이소〉와 〈구가(九歌)〉 등의 초사를 조국에 대한 사랑과 울분으로 해석하였다. 또한 한대의 가의(賈誼)와 유종원은 각각 〈조굴원부(弔屈原賦)〉와 〈조굴원문(弔屈原文)〉을 통해 작가 자신의 폄

---

75 '楚客': 대신들의 비방을 받아 초나라 조정으로부터 추방되어 타향을 떠돌았던 屈原을 지칭하는데, 아래의 예와 같이 당송 시대의 여러 시에서 등장한다(www.wapbaike. com 참조).
　唐, 李白〈愁陽春賦〉: 明妃玉塞, 楚客楓林, 試登高而望遠, 痛切骨而傷心.
　唐, 李商隱〈九日〉: 不學漢臣栽苜蓿, 空敎楚客咏江蘺.
　宋, 賀鑄,〈海陵西樓寓目〉: 王孫莫顧漳濱卧, 漁父何知楚客才.

적으로 인한 억울한 심정을 투영하였다.

이 지역의 '원'의 이미지는 유방(流放) 이미지와 결합하여 지속적으로 축적되었다. 소상지역의 '원'과 '유방' 이미지 위에 동진 시대에 이르러 도연명이 만든 도화원의 이미지가 보태졌다. 도연명은 〈도화원기〉를 통하여 전쟁과 약탈이 없고 부귀공명을 돌아보지 않는 이상 세계를 꿈꾸었다. 이런 점에서 소상지역은 본원적 생명으로의 회귀 공간이라는 새로운 이미지가 더해진 것이다.

이러한 소상지역의 이미지는 이 지역의 당대 사대부에게 영향을 주었다. 원결은 도주로 폄적되어 살면서 생활 주변의 산수자연을 노닐면서 자신의 억울한 감정을 풀었다. 유종원은 폄적지 영주를 오랑캐의 땅이라고 여겼다.[76] 그가 영주에서 지은 〈영주팔기〉나 〈우계시서〉 등 산수기를 보면, 이곳에서 10년을 살면서 사회의 관심을 받지 못하고 철저하게 외면당한 조그만 언덕이나 냇물에 자신의 모습을 투영하였고, 회재불우한 자신의 심정을 토로하였다. 그러면서도 자신과 '우계'는 비록 세상에 도움을 주지 못하지만 만물을 비출 수 있는 능력을 가지고 있어, 세상의 거울이 될 수 있다며 항변하였다. 그는 비록 세속에 영합하지 못했지만 글을 가지고 스스로를 위로하고 추악한 세상을 비판하고 계도할 수 있다고 생각하였던 것이다. 원결과 유종원으로 인해 소상은 폄적의 정치적 우의가 더욱 강화되었다고 볼 수 있다.

이렇게 본다면, 소상지역에 오랫동안 축적되었던 '원', '유방', '회귀'의 이미지 위에 원결과 유종원의 회재불우한 심경이 보태졌고, 이는 〈소상팔경도〉에 담긴 정치적 우의와 상통한다고 할 수 있다.

---

76 〈小石城山記〉: 又怪其不爲之中州, 而列是夷狄.

4) 〈소상팔경도〉의 평원산수와 유종원의 〈영주팔기〉의 경지

송적이 생존했던 북종 중기는 산수화의 대가 곽희(郭熙, 약 1000~약 1090), 소식(蘇軾, 1037~1101), 왕선(王詵, 1036~?) 등이 활동하였고, 《임천고치》·《도화견문록》·《화사》 등의 산수화론이 유행하였다. 이러한 분위기에서 나온 〈소상팔경도〉의 '평원산수'는 어떤 것인가?

'평원'의 화의에 대하여 곽희는 '충융(沖融)·표묘(縹緲)'에 있다고 하였다. 이것은 담백하면서도 아득한 경지를 말한다. 산수화에서 이러한 경지는 '지척만리(咫尺萬里)'로 구현되곤 하였다. 이것은 일찍이 남제(南齊)시대 소분(蕭賁)의 '지척만리의 아득함(咫尺萬里之遙)'에서 시작되었다.[77] 동진(東晉) 시대의 종병(宗炳, 375~443)은 이것을 〈화산수서(畵山水序)〉에서 '천인수척(千仞數尺)'이라고 표현하였다. 종병은 "산수는 물질이면서도 영혼을 가지고 있다."고 말하면서 산수를 정신적 혹은 미학적 대상으로 파악하였다. 그리고 까마득히 높고 아득하게 펼쳐진 산천을 몇 자의 화폭에 담을 수 있을까에 대하여 궁리하였다. 산수자연을 눈과 마음을 통하여 철저하게 관찰해야만(應目會心) 그 거대한 형체와 아득한 거리, 그리고 보이지 않는 영혼을 눈앞의 화폭에 담을 수 있다[78]고 하였다.

이 개념은 송대의 《선화화보》〈산수서론(山水敍論)〉에 이르러 '지척

---

77 李亮은 《南史》 "于扇上圖山水, 咫尺之內, 便覺萬里爲遙"를 인용하여 남제 시대의 蕭賁이 '萬里咫尺之遙'를 제일 먼저 제시하였고, 이것이 동진 시대의 宗炳, 당대 張彦遠, 송대의 郭熙의 三遠으로 이어졌다고 하였다. 《書畵同源與山水文化》(북경: 中華書局, 2004, 229~232쪽)

78 俞劍華, 《中國畵論類編》(북경: 人民美術出版社, 1957), 〈畵山水序〉: 聖人含道暎物, 賢者澄懷味像, 至于山水質有而趣靈, ……竪竪劃三寸, 當千仞之高; 橫墨數尺, 體百里之迴. 是以觀畵圖者, 徒患類之不巧, 不以制小而累其似, 此自然之勢. 如是, 則嵩華之秀, 玄牝之靈, 皆可得之于一圖矣. 夫以應目會心爲理者, 類之成巧, 則目亦同應, 心亦俱會. 應會感神, 神超理得.

만리(咫尺萬里)'가 되었다.

> 산천의 영혼과 바다와 땅의 포용력, 그리고 조물주의 신통력과 음양
> 의 어둠과 빛, 만 리 먼 곳을 지척에서 볼 수 있다. 가슴 속에 있는 산
> 수가 제 스스로 여러 모습으로 드러나지 않으면, 반드시 이러한 경
> 지를 알 수가 없다.
> 岳鎭川靈, 海涵地負, 至于造化之神秀, 陰陽之明晦, 萬里之遠, 可得之
> 于咫尺間, 非其胸中自有丘壑, 發而見諸形容, 未必知此.

위 글은 산수자연의 신비로움과 거대한 변화, 어둠과 빛, 그리고
아득히 먼 경관을 어떻게 하면 조그만 화폭에 담을 수 있을까를 강구
하였다. 마음속에서 터득한 자연 경관이 저절로 밖으로 나올 수 있도
록 해야 그 경지를 표현할 수 있다고 하였다.

유종원은 〈시득서산연유기〉에서 이러한 '지척만리' 개념을 다음
과 같이 묘사하였다.

> 그 높고 낮은 기세는 볼록 솟은 듯, 움푹 꺼진 듯, 마치 개미 둑인 듯,
> 구멍인 듯, 천 리 먼 곳을 지척에서 보는 것과 같이 옹기종기 모여 내
> 눈을 벗어나지 못한다. 하얀 물줄기가 푸른 산을 휘감고, 그 너머 하
> 늘 끝에 닿아 있다. 사방 어딜 보아도 모양은 똑같다.
> 其高下之勢, 岈然洼然, 若垤若穴, 尺寸千里, 攢蹙累積, 莫得遁隱. 縈
> 靑繚白, 外與天際, 四望如一.

유종원은 아득히 먼 산을 자신의 눈앞으로 끌어 당겨 자세하게

관찰하였다. 볼록 솟은 듯, 움푹 꺼진 듯한 산, 그리고 개미 둑이나 구멍 같이 현미경으로 보듯이 관찰하였다. 천 리 먼 길을 지척에서 보는 것과 같았다. 그래서 '척촌천리(尺寸千里)'라고 했다. 이어서 유종원은 산천을 자신의 눈으로부터 멀리 밖으로 밀어내어 조망하였다. 푸른 산을 휘감고 도는 물줄기가 하늘 끝과 이어지는 원경을 발견하였다. 마치 평원산수화의 화제와 같이 아득한 경지를 묘사하였다.

유종원은 〈소석담기(小石潭記)〉에서 영주 산수를 회화적으로 접근하였다. 그는 대나무 숲 사이로 패옥이 부딪치는 것 같이 들리는 물소리, 돌이 깔려 있는 연못의 바닥, 모래톱과 작은 섬, 울퉁불퉁한 바위, 그 주변의 푸른 나무와 새파란 덩굴, 물속에 드리워진 물고기 그림자, 북두칠성이나 뱀처럼 굽어져 있는 물길, 들쑥날쑥한 언덕을 눈앞에 펼쳐놓았다. 이처럼 유종원의 산수묘사는 문학적 연상이 아니라 시각적인 작용의 결과였다. 그 묘사는 곽희가 말한 '충융'한 화의와 유사하다.

여기서 다시 〈고무담서소구기(鈷鉧潭西小丘記)〉의 표현을 보기로 하자.

> 그 안에서 바라보니, 높은 산에 구름이 떠 있고, 시냇물이 흐르며, 새와 짐승들이 즐겁게 뛰어 놀고 있었다. 그것들은 기쁜 마음으로 기교를 뽐내며, 이 언덕 아래에 선보이는 것 같았다. 자리를 깔고 누우니, 맑고 차가운 형상은 눈과 함께 어우러지고, 졸졸 흐르는 소리는 귀와 함께 어우러진다. 아득하면서도 텅 빈 것이 정신과 어우러지며, 넓으면서 고요한 것이 마음과 어우러진다.
>
> 由其中以望, 則山之高, 雲之浮, 溪之流, 鳥獸之遨遊, 舉熙熙然廻巧獻

技, 以效茲丘之下. 枕席而臥, 則清冷之狀與目謀 ; 瀯瀯之聲與耳謀;
悠然而虛者與神謀; 淵然而靜者與心謀.

유종원은 눈으로 높은 산, 떠가는 구름, 흐르는 시냇물, 새와 짐승의 즐거운 놀이를 보았다. 그리고 귀를 통해 졸졸 흐르는 물소리를 즐겼다. 그는 마침내 시각과 청각을 버리고 아득한 허공의 넓고 고요한 세계로 들어갔다.

위에 인용한 문장에서 '아득하면서도 텅 빈 것이 정신과 어우러지며(虛與神謀)', '넓으면서 고요한 것이 마음과 어우러진다(靜與心謀)'고 한 것은 시각과 청각을 넘어서는 의경이다. 아득한 경지는 평원산수의 의경과 상통한다. 이것은 또한 미학에서 말하는 '허실상생'과 '실중사허(實中寫虛)'로서, 중국 산수화에서 말하는 최고의 경지이다.

〈시득서산연유기(始得西山宴游記)〉는 그 경지를 한걸음 더 나아갔다.

"우주의 기운과 하나 되니 아득히 그 끝을 알 수가 없다. 조물주와 함께 노니니 그 광활한 끝을 알 수 없다. …… 정신은 또렷한데 육체는 풀어져 만물의 변화와 하나가 된다. 그러자 내가 이전에 노닐었던 적이 없다는 것을 비로소 알게 되었다."
悠悠乎與顥氣俱, 而莫得其涯; 洋洋乎與造物者遊, 而不知其所窮,
…… 心凝形釋, 與萬化冥合, 然後知吾嚮之未始遊, 遊於是乎始,

유종원은 산수자연을 눈으로 보지 않고 우주의 기운을 느끼고 그것과 하나가 되는 경지를 만났다. 유종원은 이러한 경지를 '만물과 합일하는(與萬化冥合)' 경지라고 하였는데, 이것이 바로 예술적 세계와의 만남이다. 이는 〈소상팔경도〉의 평원산수가 정경을 넘어 의미 밖의 오묘함을 추구하는 것과 상통한다고 할 수 있다.

5) 마무리

이상에서 북송 말기의 소상팔경이 어떤 과정으로 출현하였는가를 고찰하였다.

〈소상팔경도〉가 출현한 것은 소상지역의 '자연공간의 전유화(專有化)', 소상지역의 '인문지리적 체험', '평원산수적 의경 표현'과 관계가 있다.

소상지역에 폄적된 유종원은 산수자연을 8개 구역으로 설정하고, 이름을 붙였으며, 〈우계기(愚溪記)〉와 〈영주팔기(永州八記)〉를 통하여 기록하고, 새기기를 시도하였다. 이것은 바로 팔경에서 말하는 산수자연의 전유화로 이어졌을 것이라고 본다.

궁벽지고 안개가 많으며, 습지로 이루어진 평야인 영주지역에 대한 유종원의 인문지리적인 체험은 송적의 〈소상팔경도〉가 묘사한 작은 산과 구릉, 하류와 평원, 안개가 깔린 산수경관, 요활(遼闊)하고 창망(蒼茫)한 분위기로 이어졌다.

그리고 소상지역에 오랫동안 축적된 '원(怨)'·'유방(流放)'의 이미지 위에 유종원의 회재불우한 심경이 보태졌고, 이것은 〈소상팔경도〉 속에 담긴 정치적 우의와 일맥상통한다.

유종원이 〈영주팔기〉에서 제기한 '척촌천리(尺寸千里)'는 작가가 광대한 산수자연을 어떻게 눈앞에 펼쳐두고 마음으로 터득할 것인가에서 출발하여, 화가가 아득히 먼 산수자연을 어떻게 조그만 화폭에 여실히 담을 수 있는가의 문제로 귀결된다. 이것은 '지척천리'의 화론이며, 평원산수의 의경이다. 또한 유종원은 정신을 통해 산수자연의 '아득하면서도 텅 비고, 넓으면서 고요한 경지'와 만나려고 하였는데, 이는 회재불우의 감정을 극복하는 방법인 동시에 〈소상팔경도〉처럼 정치적 우울함을 극복하는 해법이 되었다.

따라서 유종원의 '팔우'와 '팔기'는 영주를 넘어 소상지역으로 확산되었고 결국은 송적의 〈소상팔경도〉와 만났다고 할 수 있다.

2. 북경팔경(北京八景)과 명초(明初) 문인의 산수 경영

1) 들어가기

'북경팔경'은 명대 영락제(永樂帝, 1403~1424) 당시에 한림원 학사 호광(胡廣)과 추집(鄒緝) 등이 조성하였고, 〈북경팔경도시(北京八景圖詩)〉(그림)[79]와 《북경팔경시집(北京八景詩集)》(시집)[80]을 남겼다.

북경팔경은 명대에 있어 새로운 제도(帝都) 건설과 동북아 국제정세의 새로운 질서 개편이라는 의미가 있고, 더 나아가 그 자체는 하

---

79 〈北京八景圖〉(紙本 8폭 卷 세로 42.1×가로 2006.5)는 그림과 시의 합권 형식으로, 현재 中國國家博物館에 소장되어 있다. 王紱이 그린 것으로 전해진다.

80 이 책의 서문과 시는 孫承澤 撰《春明夢餘錄》卷六十五〈名蹟二〉卷三十七: 孫承澤 撰《天府廣記》卷37〈名迹〉, 호광의 문집인《胡文穆集》과 英廉《欽定日下舊聞考》(淸 英廉等 奉敕 編, 淸乾隆五十三年(1788年)武英殿刻本) 卷八〈形勝〉에 수록되어 있다. 그러나《胡文穆集》《欽定日下舊聞考》에 수록된 문장은 부분적으로 생략된 부분이 있다.
《北京八景詩集》은 조선시대에 출간되었는데 현재 3종의 소장본이 있다. 韓國國立中央圖書館과 成均館大學尊經閣의 소장본은《北京八景詩集》, 서울대학교 奎章閣의 소장본은《北京八景圖詩》이다. 3종의 소장본은 목판본으로 판식과 판각은 동일하다. 다만 존경각본에는 任從善의〈跋文〉이 붙어있다.

나의 도시경관이면서 동시에 문학, 예술, 역사 등 다양한 문화적인 가치를 지닌다.

그러나 그 중요성에 비해 이에 관한 연구는 그다지 활발하지 못하였다. 그동안의 연구 결과를 정리하면 대략 3가지 분야로 나눌 수 있다. 첫째 북경팔경의 조성 연대와 명칭에 관한 것, 둘째《북경팔경시집》의 출판 경위와 유통에 관한 것, 셋째〈북경팔경도〉를 그린 화가와 그 예술적 의미에 관한 것으로 나눌 수 있다.

먼저 북경팔경의 조성 연대와 명칭에 관한 연구를 살펴보자. 대부분의 학자들은 북경팔경이 '연산팔경(燕山八景)' 혹은 '연경팔경(燕京八景)'을 계승했다는 전제 하에 그 조성 년대를 금장종(金章宗, 1168~1208) 당시《명창유사(明昌遺事)》의 기록에 근거하고 있다.[81] 그러나 이홍빈(李鴻斌)은《고금도서집성(古今圖書集成)》과《사고전서(四庫全書)》, 그리고 여러 지방지를 근거로 연산팔경의 처음 시작은 원나라 초라고 주장하였다.[82] 그의 주장에 따르면, 원(元) 진부(陳孚, 1259~1309)의〈영신경팔경(詠神京八景)〉(1292년)이 연산팔경을 노래한 최초의 작품이며, 진력(陳櫟, 1242~1334년)의 문집에 실린《정우집(定宇集)》권4〈연경팔경부고평(燕山八景賦考評)〉이 연산팔경에 대한 최초의 평론이라고 하였다. 이상과 같이 주장이 다른 것은 결국《명창유사》가 실제 전하지 않은 데에서 기인한다고 생각한다.

81 王義文,〈乾隆與燕京八景〉,《北京園林》, 1989(1), 29~31쪽.
　　王義文,〈乾隆與燕京八景(下)〉,《北京園林》, 1989(2), 5~37쪽.
　　張必忠,〈乾隆詠燕京八景〉,《紫禁城》, 1990(5), 35~36쪽.
　　秦元璇,〈"燕京八景"古今談〉,《中國園林》, 1993(4), 23~27쪽.
　　魏崇武,〈說"燕京八景"〉,《中國典籍與文化》, 1996(2), 84~90쪽.
　　李鴻斌,〈燕山八景起始考〉,《北京聯合大學學報》, 2002(1), 97~100쪽.
82 李鴻斌,〈燕山八景起始考〉,《北京聯合大學學報》, 2002(1), 97~100쪽.

다음으로《북경팔경시집》의 출판 경위와 유통에 관한 연구는 다음과 같다. 김호는《북경팔경시집》의 간행과정, 편찬 동기, 더 나아가 이 책의 중국에서의 유통 상황과 조선에서의 간행과 보존 등 문헌적 가치를 광범위하게 연구하였다. 특히 국립중앙도서관본, 규장각본, 존경각본 등 조선본 3종의《북경팔경시집》은 모두 동일판본(다만 존경각본만 임종선(任從善)의 발문이 있음)이고, 현재 한국에만 유일하게 보존되어 있다는 점도 아울러 밝혔다.[83] 그러나 여기에 수록된 시, 저자, 역사적 배경, 작품의 내용에 대해서는 다른 연구로 미루었다.

의약분(衣若芬)은 조선본《북경팔경시집》에 근거하여《석거보급속편(石渠寶笈續篇)》의 오류를 수정해야 한다고 주장하였다.[84]《석거보급속편》에서는 북경팔경시를 지은 문인은 7명(胡廣, 金幼孜, 曾棨, 林環, 梁潛, 王洪, 楊榮)이라고 하였으나,《북경팔경시집》을 근거로 지은이는 모두 13명(胡廣, 鄒緝, 胡儼, 楊榮, 金幼孜, 曾棨, 林環, 梁潛, 王洪, 王英, 王直, 王孟端[王紱], 許鳴鶴)이어야 한다고 지적하였다. 그리고 이 시집의 출판과 유통 과정을 언급하면서 명초 강서 출신 장광계(張光啓)가 판각한 판본과 천일각(天一閣)의 소장본 등을 소개하였다. 그리고 지금 중국에는 이 시집이 남아있지 않기 때문에 현존 유일한 조선본의 중요성을 강조하였다.

다음으로〈북경팔경도〉를 그린 화가와 그 예술적 의미에 관한 연구는 다음과 같다.〈북경팔경도〉는 왕불(王紱, 1362~1416년)이 그린 8폭

---

83 김호,〈조선간본(朝鮮刊本)『북경팔경시집(北京八景詩集)』연구 – 한국본(韓國本) 중국고적의 문헌가치를 겸하여 논함〉,《한문교육연구》, 58집 2005, 697~723쪽.

84 衣若芬,〈帝都勝遊 朝鮮本《北京八景詩集》對《石渠寶笈續編》的補充與修正〉,《紫禁城》, 2015(9), 92~99쪽.

의 그림에 추집, 호엄, 김유자, 증계, 임환, 양잠, 왕홍, 왕영 등이 지은
시를 붙여 합권 한 것이다. 사수청(史樹青)은 그림의 크기(42.1×2006.1),
낙관, 인장, 그림과 시의 배치(8개 경점마다 시를 붙임), 중국역사박물관
(현재의 중국국가박물관) 소장에 대하여 설명하고 8개 경점에 대하여 간
단히 소개하였다.[85] Kathlyn Liscomb과 李若晴 등은 이 그림 속에 담
긴 정치적 함의를 밝혔다.[86]

한편 양양(楊揚)은《사고전서제요 · 집부 · 총집류존목》〈연산팔경도
시〉,《석거보급속편 · 乾淸宮》,《호문목집(胡文穆集)》,《양문민집(楊文敏
集)》,《천부광기(天府廣記)》,《일하구문고(日下舊聞考)》 등에 수록된《북
경팔경시》참여 시인의 수, 시의 수량, 팔경의 배열, 팔경의 표제 등
에서 차이가 있다고 지적하였다. 그리고 한편으로는 이 시집은 단순
히 개인의 감정을 표현한 것이 아니라, 당시 영락제의 천도와 정치적
성공을 기원하는 성격을 가졌다고 강조하였다. 그리고 〈북경팔경
도〉의 진경(眞景)과 사실주의 기법, 그리고 이것을 그린 화가가 왕불
인지 여부에 대하여 문제를 제기하였다.[87]

기타 연구로는 최근 안장리가 청 고종(高宗)의《淸高宗御製詩文集》
에 수록된〈연산팔경시〉를 소개한 것[88]을 들 수 있다.

이상에서 북경팔경에 대한 선행연구를 살펴보았다. 전반적으로
연구가 활발하지 못하였지만 나름의 성과를 거두었다고 볼 수 있다.

---

85 史樹青,〈王紱北京八景圖研究〉,《文物》, 1981(5), 78~85쪽.

86 Liscomb Kathlyn,〈The Eight Views of Beijing: Politics in Literati Art〉,《Artibus
   Asiae》, 1988(49:1/2), pp.127~152: 李若晴,〈燕雲入畫──《北京八景圖》考析〉,《新美
   術》, 2009(6), 27~35쪽.

87 楊揚,〈中國國家博物館藏《北京八景圖卷》再議〉,《書畫世界》, 2015(5), 4~15쪽.

88 안장리,《조선왕실의 팔경문학》, 세창출판사, 2017.

북경팔경에 대한 위치와 유래 등에 관한 기본 지식, 북경팔경의 설정과 표제의 변화 과정, 〈북경팔경도시〉에 참여한 문인과 화가에 대한 고찰, 더 나아가 팔경의 역사 문화적 의미를 이해하는 데 도움이 된다.

그러나 북경팔경을 조성하고 〈북경팔경도시〉와 《북경팔경시집》에 참여하였던 문인들과 그들이 남긴 시에 관한 연구는 아직 전면적으로 진행되지 못하였다.

따라서 명초 《북경팔경시집》에 참여했던 문인들이 어떤 문화적 배경을 가지고 있었고 그들이 어떤 문학적 성과를 이루었는가를 살펴려고 한다. 먼저 북경 건설과 북경팔경이 어떤 관계가 있고, 참여 문인들의 당시 출신지와 관직이 북경팔경의 조성과 어떤 관계가 있었으며, 더 나아가 문인들은 《북경팔경시》를 통해 무엇을 표현하려고 했는가를 고찰해보고자 한다.

2) 제도(帝都) 건설과 북경팔경을 통한 산수 경영

북경팔경은 금대(金代)부터 시작되었고, 명대에 이를 모방 계승한 것이다. 그 모방 계승 관계를 파악하려면 먼저 북경팔경의 경점과 표제의 변화를 파악해야 한다. 다음은 북경팔경의 경점 변화를 시대 순으로 도표화 한 것이다.

〈燕山八景〉(金代章宗(1168 - 1208)《明昌遺事》)							
太液秋風	瓊島春陰	道陵夕照	薊門飛雨	西山積雪	玉泉垂虹	盧溝曉月	居庸疊翠
陳孚(元1259- 1309)〈咏神京八景〉(1392)《觀光稿》							
太液秋風	瓊島春陰	金臺夕照	薊門飛雨	西山晴雪	玉泉垂虹	盧溝曉月	居庸疊翠
陳櫟(1242-1334)〈燕山八景賦〉							
太液秋風	瓊島春陰	金臺夕照	薊門驟雨	西山晴雪	玉泉垂虹	盧溝曉月	居庸疊翠
冯子振《鸚鵡・燕南八景》(1302)							
太液畔秋風緊處	仰看棱臺飛雨	道陵前夕照苍茫	薊門東直下金臺	步落月問倚闌父	玉泉邊一派西山	盧溝清絶霜晨住	疊翠望居庸去
《大元大一統志》〈燕山八景〉(1303)							
太液秋風	瓊島春陰	道陵夕照	薊門飛雨	西山積雪	玉泉垂虹	盧溝曉月	居庸疊翠
鮮于必仁(대략1321-1323에 활동)〈雙調折桂令〉〈燕山八景〉《全元散曲》							
太液秋風	瓊島春陰	金臺夕照	薊門飛雨	西山晴雪	玉泉垂虹	盧溝曉月	居庸疊翠
《洪武北平圖經》〈燕山八景〉《永樂大典》							
太液秋風	瓊島春陰	道陵夕照	薊門飛雨	西山霽雪	玉泉垂虹	盧溝曉月	居庸疊翠
《北京八景圖詩序》(明 永樂12년)《寰宇通志》							
太液晴波	瓊島春雲	金臺夕照	薊門烟樹	西山霽雪	玉泉垂虹	盧溝曉月	居庸疊翠
清 康熙《宛平縣志》〈燕山八景詩〉							
太液晴波	瓊島春雲	道陵夕照	薊門烟樹	西山霽雪	玉泉流虹	盧溝曉月	居庸疊翠
清乾隆〈御制燕山八景〉・〈御制燕山八景景疊舊作韻〉《乾隆大清一统志》〈燕京八景〉條							
太液秋風	瓊島春陰	金臺夕照	薊門烟樹	西山晴雪	玉泉趵突	盧溝曉月	居庸疊翠

이상의 표에서 보는 바와 같이, 팔경의 명칭은 '연산팔경'・'연경팔경'・'燕南八景'・'神京八景' 등으로 쓰였고, 명초에만 '북경팔경'이란 명칭을 사용하였음을 알 수 있다. 금대의 '연산팔경'으로부터 명초까지 3백여 년이 지나는 동안 경점은 오직 한 군데 바뀌었는데, 바로 '道陵'에서 '金臺'로의 변화이다. 그리고 각 경점마다 약간의 표제어가 변화하였다. 예를 들어 '태액추풍(太液秋風)'이 '태액청파(太液晴波)'로, '서산적설(西山積雪)'이 '서산제설(西山霽雪)'로, '기문비우(薊門

飛雨'가 '기문연우(薊門烟樹)'로 바뀌었다. 이것은 호광이 〈북경팔경도 시서〉에서 "북경팔경이 금대《명창유사》에 수록된 〈연산팔경〉에서 비롯되었고, 이를 모방하여 한두 군데 경점의 표제를 고쳤다."[89]라고 언급한 것도 같은 맥락이다.

그러나 명초의 북경팔경에서 주목해야 하는 것은 경점과 표제의 변화가 아닌 당시 문인들의 팔경에 대한 시각의 변화이다. 그 변화를 세 가지로 나누어 설명할 수 있다.

첫째, 북경팔경의 조성은 북경천도와 제도(帝都)로서의 권위를 높이는 산수 경영의 일환이었다는 점이다. 북경 천도는 영락제가 영왕 (燕王)으로 책봉된 이래 거의 20여년 노력의 결과였다. 그는 건문(建文) 4년(1402)부터 해진(解縉), 황준(黃淮), 호광(胡廣), 양영(楊榮), 양사기(楊士奇), 김유자(金幼孜), 호엄(胡儼) 등을 문연각으로 입직시키는 등 인재를 모으기 시작하였다. 영락 원년(1403) 北平을 北京으로 여기고 이 지역의 직제를 개편하는 작업을 시작하였다. 영락 2년에는 진사 출신 중에서 증계 등을 한림원 서길사(庶吉士)로 선발하여 심도 있는 독서의 기회를 열어주었다. 영락 14년 11월 문무대신을 모아 북경 건설에 대하여 논의하였다. 영락 18년(1420) 가을, 북경을 수도로 삼았고, 그 해 11월에 북경으로 천도하였으며 교묘(郊廟)와 궁전을 완성하였다.[90]

북경천도 건설에는 수많은 공정이 필요했다. 이것은 천도 다음 해인 영락 19년 북경 왕궁의 삼전(三殿)에 화재가 발생하면서 천도에 따른 폐해가 공론화되었다. 천도의 공정을 위해 100만 명 이상을 동원

---

89 胡廣〈北京八景圖詩序〉地志載明昌遺事有燕山八景, 前代士大夫間嘗賦詠, 往往見於簡冊. ……遂命日北京八景. 間更其題一二…….

90 《明史·成祖本紀》第五-第七.

하였고, 과도하게 물자를 투입하였으며, 이로 인해 물가가 급등하였다. 농사인력이 부족하였고, 매판 세력과 탐관오리가 등장하였으며, 민심이 심하게 동요하고 백성들이 기아에 허덕였다는 것이다. 그래서 영락제를 보위하고 따랐던 추집조차 남경으로의 재천도를 주장하기도 하였다.[91]

당시 문인들은 수많은 시문에서 대통일 국가와 태평성태를 이루었다고 했지만, 사실 정국 상황은 여전히 혼란 상태였다. 국내적으로는 권력 투쟁 직후인데다 대외적으로는 북방 몽고족의 침입에 대비하고 '북정(北征)'을 여러 차례 시도해야 했다.

한마디로 말하면, 당시 황실과 대신들에게 '태평성세'는 희망일 뿐이었다. 영락제는 오랜 전쟁과 정난(靖難)으로 흔들린 왕권을 강화하고 북경천도로 인한 민심 이탈을 막아야 했다. 여기에 필요했던 것이 산수 경영이었다. 북경팔경을 통하여 북경 산수의 아름다움을 구가하고 안정적인 국정의 기틀을 만들겠다는 의지가 필요했던 것이다.

영락 12년(1414) 이전부터 진행했던 북경팔경의 조성과 〈북경팔경도시〉 작업[92]이 바로 산수 경영의 하나였다. 양영이 〈황도대일통부유서(皇都大一統賦有序)〉에서 '제도의 장려함(帝都之壯麗)'을 구가한 것처럼[93] 〈제북경팔경권후(題北京八景卷後)〉에서 북경팔경을 통하여 "제도

---

91 《明史・列傳五十二》鄒緝條.

92 胡廣〈北京八景圖詩序〉의 마지막 부분에 "永樂十二年歲次甲午十月日長至, 翰林學士兼左春坊大學士, 奉政大夫, 廬陵胡廣撰"라고 한 것으로 보아, 영락 12년(1414년)에 북경팔경 설정, 이에 대한 시문 창작과 서화 창작 작업이 이미 완성되었던 것 같다.

93 《楊文敏集》卷八《欽定四庫全書》集部六 玆帝都之壯麗又豈可以同年而語哉 廼歲庚子告成厥功 辛丑正旦 方春和融 聖皇御朝萬方 會同百辟卿士 肅肅雍雍 東西南朔

의 아름다움(帝都之勝)"을 노래하겠다고 했다.[94] 호광이 〈북경팔경도
시서〉에서 북경팔경을 통하여 "왕권의 신성함을 노래하겠다(詠歌聖
化)."[95]한 것도 같은 맥락으로 보인다.

둘째, 북경팔경이 정치지리학적 접근에 의해 이루어졌다는 점을
들 수 있다. 북경팔경 조성에 적극적으로 참여했던 양영의 예를 들 수
있다. 그는 어려서부터 산천 형세와 군사지리에 밝았고 서북쪽으로
는 옥문관(玉門關), 북쪽으로는 사막지역, 서쪽으로는 화림(和林, Qara-
qorum)지역까지 두루 다니며 "만방을 통치하고 만세토록 반석처럼 굳
건한 땅"을 찾았다.[96] 호광은 '웅장한 산천을 살펴보고, 명승고적을
답사'[97]하고 나서 북경팔경을 발견하였다고 하였다. 더 나아가 자신
들이 '태평지세(太平之世)'와 '대일통문명지운(大一統文明之運)'을 만난
것과 같이 북경의 산천초목 역시 '우주 하늘 빛'의 혜택을 받았다고
여겼다. 그리고 나서 자신이 이렇게 북경 산천을 바라보는 것은 이전
사람들과 다르다고 강조하였다.[98]

罔不奉從 戴白之叟 垂髫之童 且欣且抃 拜舞呼嵩 仰祝聖壽萬福來崇慶 此皇都佳氣
鬱葱 擴基圖於萬世偉壯觀於九重真帝王悠久之業據山河表裏之雄.

94 楊榮〈題北京八景卷後〉有若余輩之非薄 叨承國家眷遇之厚 樂其職於優游 得以歌
詠帝都之勝於無窮者皆上賜也 然則觀於是者 豈無感發興起 以自奮於明時者哉.

95 〈北京八景圖詩序〉乃寫八景圖, 并集諸作實各圖之後, 表為一卷. 蔵於篋笥. 他時歸
老, 南方優游江村林屋之下, 擊壤鼓腹, 詠歌聖化, 時展而觀之, 撫其景, 誦其詩. 豈無
歐陽子所謂 玉堂天上之思與, 夫平生交遊 出處之感耶.

96 楊榮,〈題北京八景卷後〉, 循歷兩京, 又得屢承上命奉使西北, 由江淮道大梁雒邑踰
關中以達玉門關之外 及侍皇上 兩奉出塞 北至極漠 西抵和林 觀兩京之地 王氣所鍾
實爲天下形勝之最 東南西北 道里適均直足以控制萬方 而爲聖子神孫萬世磐石之
基也.

97 胡廣〈北京八景圖詩序〉竊嘗自惟承乏詞林 以文字爲職 乃獨適侍萬乘覽山川之雄
歷古蹟之勝, 於所謂八景者 得之獨先且多 儒者之榮 孰有踰於此者.

98 胡廣,〈北京八景圖詩序〉吾輩幸生太平之世, 當大一統文明之運 爲聖天子侍從之
臣 以所業而從遊 於此 縱觀神京 爵葱佳麗 山川草木 衣被雲漢昭回之光 (而)昔之與

셋째, 북경팔경은 아집(雅集)을 통한 집단 조성일 가능성이 높다. 추집이 모임을 주창하고 대각문인들이 참여하여 시와 〈북경팔경도〉를 남겼다. 이것은 명초에 크게 유행했던 아집 형식을 이용한 것이다. 한 사람이 행사를 주창하고 참여자를 초청하여 경점과 아집 장면을 그림으로 그리고 여기에 각각 시를 붙여 合卷으로 남기는 것은 전통 아집의 전형적인 진행 방식이기 때문이다. '행원아집(杏園雅集)'을 예로 들면, 양영이 왕직, 왕영, 양사기 등 당시 대각문인들을 초대하여 시와 〈행원아집도〉를 남겼다. 양영은 〈행원아집도후서〉에서 직무 중에 휴가를 얻어 모임을 개최하고 그 장면을 그림으로 남기는 것은 '태평성대[太平之盛]'를 기록하기 위한 것이라고 하였다. 이것은 당대 향산구로(香山九老)와 송대 낙사십이기영(洛社十二耆英)들과 같은 사적인 아집과 다르다고 하였다.[99] 명초의 대각대신들은 이처럼 휴식과 놀이 성격이 강한 아집(同年會를 포함하여)조차 국가의 태평성세와 국가의 功業을 완성하기 위한 모임으로 여겼던 것이다. 따라서 《북경팔경시집》역시 국가 공업 완성을 위한 아집의 결과물임을 알 수 있다.

이상에서 본 바와 같이, 명초 북경팔경은 비록 이전 시대의 팔경을 모방한 것이지만, 북경천도와 제도 건설에 필요한 산수 경영의 일환이었고, 정치지리적 접근의 산물이었으며, 문인사대부가 국가 공업(功業) 완성의 수단이었음을 알 수 있다.

今又豈可同觀哉.

99 楊榮, 〈杏園雅集圖後序〉《楊文敏集》卷十四《欽定四庫全書》集部六.
今聖天子嗣位, 海內晏安, 民物康阜, 而近職朔望休沐, 聿循舊章. 予數人者得遂其所適, 是皆皇上之賜, 圖其事以紀太平之盛, 蓋亦宜也. 昔唐之香山九老, 宋之洛社十二耆英, 俱以年德高邁, 致政閒居, 得優游詩酒之樂, 後世圖之, 以爲美談. 彼固成於休退之餘, 此則出於任職之暇, 其適同而其迹殊也.

3) 《북경팔경시》 문인의 출신과 한림원

그렇다면 이러한 국가사업에 참여한 문인 집단은 누구인가?

호광의 〈북경팔경도시서〉와 양영의 〈제북경팔경권후〉에서 밝힌 북경팔경에 참여한 문인은 모두 13명이다.

총 13명 중 장소성(江蘇省) 출신인 왕불, 절강 출신 왕홍, 복건 출신 임환과 양영을 제외하고, 9명이 강서성 출신이다. 복건성은 강서성에 인접하고 있어 상호 관련성이 매우 깊은 지역이다.

게다가 강서성 출신 9명 중에서 호광, 증계, 왕직, 양잠, 김유자, 추집, 허한 등 7명이 모두 길안(吉安, 吉水, 廬陵) 출신이라는 점에 주목할 필요가 있다. 길안은 강서성의 중부에 위치하고, 이 성에서 가장 오래된 도시 중의 하나이다. 길안은 송대 여릉(廬陵) 출신인 구양수 이래 수많은 문장가를 배출하였고, '중국 최다 진사 3천명 (三千進士冠華夏)', '한 집안에 진사 9명(一門九進士)', '5리 안에 장원이 3명(五里三狀)' 이라는 말처럼 그야말로 과거의 고장이다. 과거에서 장원을 얻을 사람의 수가 많을 뿐 아니라, 명 건문 2년(1400) 경신과(庚辰科)와 영악 2년(1404) 갑신과(甲申科) 중 정갑(鼎甲) 3명이 모두 길안 사람이었다는 기록이 있다.[100]

이러한 지역의 정황으로 볼 때, 명대 초기 과거를 통해 배출된 관리가 내각으로 대거 진입했을 가능성이 높다. 북경팔경에 참여한 7명은 대략 같은 시기 동향 출신인 양사기(1366~1444), 그리고 해진(解縉, 1369~1415)과 관련성이 있는 것으로 보인다. 먼저 양사기는 양영(楊榮), 양부(楊溥)와 함께 '삼양(三楊)'으로 불리던 명대 초기 명신이었고, 한림편수관, 한림학사로서 활약하였다.[101] 특히 해진은 호광, 김유자,

---

100 https://baike.baidu.com 〈吉安〉條참조.

호엄 등과 함께《명사·열전35》에 合傳된 것으로 보아 상호 관련성이 매우 긴밀했음을 짐작할 수 있다.

해진이 호광과 밀접한 관계임을 알 수 있는 또 하나의 일화가 있다. 두 사람이 함께 영락제의 잔치에 참가하였을 때, 영락제가 "그대 두 사람은 고향이 같고, 오랫동안 함께 공부하였으며, 벼슬도 함께 하였습니다. 해진에게 아들이 있고, 호광도 딸을 낳을 수 있으니 아내로 맞이할 수 있습니다."라고 말하였다.[102] 이것을 보면 두 사람은 동향, 동학, 동관, 그리고 사돈 관계로서 매우 가까운 사이였음을 알 수 있다.

또한 강서 출신 7명은 모두 한림원 출신이고 영락제 호종관원이었으며, 대부분《영락대전》편찬에 참여하였다는 공통점을 가지고 있었다. 이들의 학문 경향은 그들이 편찬한 서적을 보면 짐작할 수 있는데, 김유자는 황제의 명을 받고 호광, 양영 등과 함께《오경》·《사서》·《성리대전》을 편찬하여 유학 경전을 정비하였다.[103] 호엄은《태조실록》·《영락대전》·《천하도지(天下圖志)》등 조정의 '대제작(大制作)'에 참여하였다. 이러한 편찬 작업은 명나라 초기 50여 년 동안 전쟁과 혼란을 극복하기 위한 것이었다. 안으로는 예악을 부흥시키고 밖으로 변방의 수비에 힘써야 했다. 그래서 호엄과 같은 공경대부와 문학지사 그리고 관각의 원로대신들이 조정을 위하여 편찬 작업에 참여하였던 것이다.[104]

---

101 《明史·列傳三十六》참조.

102 《明史·列傳三十五》縉初與胡廣同侍成祖宴. 帝曰「爾二人生同里, 長同學, 仕同官. 縉有子, 廣可以女妻之」廣頓首曰「臣妻方娠, 未卜男女.」帝笑曰「定女矣」已而果生女, 遂約婚.

103 《明史·列傳三十五》: 十二年, 命與廣榮等纂《五經》《四書》《性理大典》.

104 《明史·列傳三十五》: 當是時, 海內混一, 垂五十年. 帝方內興禮樂, 外懷要荒, 公卿大夫彬彬多文學之士, 儼館閣宿儒, 朝廷大著作多出其手, 重修《太祖實錄》《永樂大

이상에서 보면 북경팔경에 참여했던 문인들의 출신지역은 대부분 강서이고, 이들은 대부분 한림원에서 조정의 '대제작'에 종사하였음을 알 수 있다.

4) 《북경팔경시》에 나타난 문인의 가송성덕(歌頌聖德)

'팔경'은 때로는 미적대상이면서도 때로는 정치사회적 대상이었다. 경관의 아름다움을 노래하거나 묘사하는 것은 팔경을 미적대상으로 삼는 것이고, 경관을 통해 가슴속의 은원(恩怨)과 애락을 담으려는 것은 팔경을 정치사회적 대상으로 삼은 것이다. 그런데 정치사회적 함의를 담는 태도는 대략 두 가지이다. 하나는 현실정치에 대한 비판적 태도이고, 또 하나는 국가공덕에 대한 찬양적 태도이다.

그렇다면, 명초 《북경팔경시집》에 참여했던 문인들의 태도는 어떠했는가?

이것은 당시 여러 문인들의 언어와 문체로부터 그 맥락을 파악할 수 있다. 당시 문인들은 "태평성세를 칭송하다(歌頌升平)."라던가, 당시 황제의 공덕을 '신공성적(神功聖德)'이라고 표현했다. 그 예시는 영락제가 주원장의 비명을 〈대명효릉신공성덕비(大明孝陵神功聖德碑)〉라고 한 것을 보면 그 일단을 알 수 있다. 그 비문의 앞부분은 다음과 같다.

> 돌아가신 아버님을 추앙하옵나이다. 큰 성인의 인격을 갖추시고 훌륭한 세상을 다스릴 기운으로 하늘의 명을 받들어 중화 문명의 전통을 바로 세우시고 자손 억만대 융성할 기초를 개척하셨나이다. 이

典)《天下圖志》皆充總裁官, 居國學二十餘年, 以身率敎, 動有師法.

소자 체는 그 대업을 계승하느라 불철주야 애를 쓰고 있고, 그 업적을 본받아 널리 발전시키고자 끝이 없이 생각하고 있사옵니다.

仰惟皇考, 備大聖之德, 當亨嘉之運, 受上天之成命, 正中夏文明之統, 開子孫萬億世隆平之基, 予小子棣恭承鴻業, 夙夜靡寧, 圖效顯揚, 思惟罔極.

위 문장은 역락제가 명태조의 위대한 창업, 그리고 자손만대 융성시킬 기틀을 계승하여 국가를 더욱 공고히 하겠다는 의지를 담았다.

당시 대각문인들은 영락제와 같은 '성군이 재위에 계시어' '태평성세'[105]를 이루고 '대화합의 세상'[106]을 만나게 되었다고 칭송하였다. 이것이 이른바 '위대한 은덕을 노래한다(歌頌聖德)'는 것이다.[107] 당시의 이런 문장을 중국산문사에서는 '대각체'라고 불렀고, '성세지문(盛世之文)'・'치세지음(治世之音)'이라고 지칭하였다.[108]

그럼《북경팔경시집》은 북경팔경을 어떻게 노래했는가? 먼저〈거용첩취(居庸疊翠)〉를 인용하여 살펴보기로 하자.

---

105 楊士奇《東里文集卷》之一〈務勤堂記〉"今幸遇聖明在位, 吾與存誠皆見于太平之世."

106 楊士奇《東里文集》卷之八〈龍潭十景序〉國家龍興削平僭亂以安天下而然後天下之人皆得休養生息以樂於泰和之世而實始定鼎乎是則於今瞻望橋陵於鐘山五雲之表而仰惟神功聖德如天地之盛大豈獨餘與用文者之不忘凡天下之人孰能一日而忘也則餘於序此詩安得不推其大而不能忘者言之哉謹書其卷後永樂壬寅十月朔序.

107 楊榮《楊文敏集》〈文敏集序〉"國朝既定海宇, 萬邦恊和, 地平天成, 陰陽順序, 純厚清淑之氣, 鍾美而爲人, 於是英偉豪傑之士, 相繼而出, 既以其學贊經綸興事功, 而致雍熙之治矣, 復發爲文章, 敷闡洪猷獻藻飾治具以鳴太平之盛, 自洪武至永樂, 蓋文明極盛之時也……. 間爲文章, 歌頌聖德, 施之詔誥典册以申命行事, 與凡官署民居所以是政教道性情而欲其載其實, 敍述其故, ……. 渢渢乎聖傳于天下."

108 中國散文史(下)제3장, 郭豫衡, 上海古籍出版社, 2000, 57~85쪽.

〈거용첩취〉 증계

겹겹의 관문이 깊숙이 가두고 흰 구름을 거두니	重關深鎖白雲收
하늘 끝 봉우리들이 검은색이 흐른다.	天際諸峰黛色流
북쪽 변방에 누워 아득한 사막과 관통하고	北枕龍沙通絶漠
남쪽 궁궐을 호위하며 신성한 땅을 튼튼하게 만든다.	
	南臨鳳闕壯神州
안개 피어 얼핏 보니 새벽에 수많은 바위가 나타나고	
	烟生睥睨千岩曉
이슬이 연꽃을 적시니 수많은 산골짜기에 가을이 왔다.	
	露濕芙蓉萬壑秋
황제의 신성한 기운이 저절로 오채 색과 어우러지고	王氣自應成五彩
용의 무늬가 언제나 태양 가에 떠있구나.	龍文長傍日邊浮

　거용관은 북경팔경 중에서 가장 북쪽에 위치하고 있다. 이 관문은 험준한 지세를 이용하여 북방 이민족의 남하를 막는 중요한 군사 시설이다. 거용관이 북쪽 변방지역과 소통하고 남쪽 궁궐을 호위하여 튼튼한 왕조를 만드는데 일조했다고 생각했다. 그러자 신성한 기운을 가진 황제가 나타나 여러 세력들을 융합시켜 찬란한 발전을 이룩했다고 찬미하였다. 이것은 당시 대각문인들의 '치세지음'과 거의 일치한다.

　이어서 〈옥천수홍〉에 대하여 추집은 시의 서문에서 옥천은 "완평현(宛平縣)에서 북서쪽으로 30리 떨어진 산"에 위치하고 있는데, 이 산에는 3개의 샘이 있다고 했다. 샘물은 "구슬이 부딪치는 소리가 나

▌ 王紱《北京八景圖》卷之〈居庸疊翠〉, 明, 종이에 수묵, 42. 1×2006. 5㎝, 중국국가박물관 소장

고, 흰 명주와 같이 하얀색이다. 맑고 깊은 물이 넘실거리고, 삼라만
상을 비추니 그 끝을 헤아릴 수 없다."고 묘사하였다. 그리고 물맛은
아주 달고 맑으며, 금 장종의 피서지였다는 사실을 환기시켰다. 끝으
로 샘물이 마치 뱀이 지나듯이 구불구불 흐르고 그 물줄기가 무지개
가 걸쳐있는 것 같다고 하여 '옥천수홍'이라 부른다고 설명하였다.[109]
이어서 스스로 〈옥천수홍〉을 다음과 같이 노래하였다.

병풍 같은 푸른 봉우리의 구름에 잠긴 바위에서 옥 같은 샘물이 솟
아나니   碧嶂雲岩噴玉泉

평온한 물은 폭포수가 걸려있는 듯하구나.   平流寧似瀑流懸

멀리 보니 흰 명주 같은 샘물이 가을 골짜기를 환하게 밝히는데,

遙看素練明秋壑

놀랍게도 비갠 뒤의 무지개가 푸른 냇물을 마시려한다.

却訝晴虹飮碧川

---

109 〈玉泉垂虹〉玉泉在宛平縣西北三十里. 山有石洞三. 一在山之西南, 其下有泉, 深淺
莫測. 一在山之陽, 泉自山而出, 鳴若雜佩, 色如素練, 泓澂百頃, 鑑形萬象, 莫可擬
極. 一在山之根, 有泉涌出, 其味甘冽, 洞門刻玉泉二字, 山有觀音閣, 又南有石巖名
呂公洞, 其上有金時芙蓉殿廢址, 相傳以為章宗避暑處, 以玆山之泉, 逶迤曲折蜿蜒
然, 其流若虹, 故曰玉泉垂虹.

날리는 물방울이 숲을 쓸고 가니 공기가 푸릇푸릇 축축해지고

飛沫拂林空翠濕

튀어 오르는 물결이 바위를 적시며 진주 방울이 둥글게 부서진다.

跳波濺石碎珠圓

전하는 말에 산 정상의 부용전(芙蓉殿)이   傳聞絶頂芙蓉殿

아직도 명창(明昌)이 피서 갔던 시절을 기록하고 있단다.

猶記明昌避暑年

위 시에서 보듯 추집이 노래한 〈옥천수홍(玉泉垂虹)〉은 그저 서정적인 산수시이다. 병풍 같은 푸른 봉우리, 구름에 잠긴 바위에서 솟아나는 샘물, 흰 명주 같이 하얀 물결이 골짜기를 환하게 비추며 흐르니 마치 무지개가 드리운 듯하다. 그리고 숲은 쓸고 흐르는 물결이 바위를 적시고 진주방울처럼 부서지는 모습을 눈 앞에 펼쳐놓았다. 마지막 연에 이르러 조금은 역사적 감회에 젖었다.

그러나 추집의 시에 화답한 다른 시인들은 이와 완전히 달라졌다.

큰 바다는 항상 광활한 은혜의 물결을 비유하는데, 汪洋長比恩波濶

장구한 세월 동쪽으로 흘러 수많은 물줄기를 모으기 때문이로다.

(양영)   萬古東流會百川

샘물은 여기서 솟아 큰 바다로 돌아가며   源源自是歸滄海

은택의 물결을 보태 온 세상을 두루 적신다. (김유자)

添作恩波遍九埏

도성 곳곳을 윤택하게 두루 적시고	都城處處靄恩澤
다시 그 여파가 온 사방으로 함께 퍼진다. (왕직)	還有餘波四海同

황제의 은택이 천 리까지 뻗어나가	從知潤澤能千里
또 다시 푸른 바다의 만경창파가 되리라. (허명학)	更作滄溟万頃波

성스런 왕조의 은혜는 하늘만큼 넓고	聖朝靄澤如天廣
해마다 감로주를 빚어 풍년을 노래하네. (호광)	歲作甘露頌有年

이상에서 인용한 〈옥천수홍〉의 화답시에서 주목해야 할 시어들은 '은파(恩波)', '점택(霑澤)', '윤택(潤澤)', '감로(甘露)', '감택(甘澤)', '성택(聖澤)' 등이다. 옥천의 샘물은 모두 성조(聖朝)의 은혜와 같다고 믿었던 것이다. 그 은택이 천 리 밖까지 퍼져나가면서 여러 물결을 하나로 모으며 결국은 큰 바다에 이르듯이, 온 세상을 두루 적실 것이라고 노래하였다.

몇 구절의 시를 더 인용하기로 하자.

〈金臺夕照〉

주나라의 노래를 불러 황제를 칭송하고자	願歌周雅思皇詠
의관을 갖춘 여러 선비가 서울 장안에 가득하였다. (왕영)	
	多士衣冠盛鎬京

〈瓊島春雲〉

글을 지어 문왕의 교화를 함께 앙축하고	爲章共仰文王化

시경의 시를 가지고 태평을 노래하고자 한다. (왕홍)

願以周詩頌太平

〈瓊島春雲〉

맑은 시절에는 상서로운 징조가 많아짐을 알고　　知是淸時多瑞應

황제의 은덕을 노래하며 공적으로 화답하리라. (임환)

題歌聖德答華勳

〈太液晴波〉

예전에 주나라 사람들은 영묘한 연못을 노래 불러

周人自昔歌靈沼

임금께 받은 은혜에 시 한 수를 바치고자 했다. (양잠)

願沐恩波一獻詩

　위 시에서 인용한 시 중에서 '주아(周雅)'는 《시경》의 '아(雅)'를 말
한다. '아'는 본래 주(周) 왕실의 성군을 칭송하던 문체이다. 양잠이
〈경도춘운(瓊島春雲)〉 시에서 말한 '가영소(歌靈沼: 영소를 노래하다)' 역시
《시·대아·영대》 시를 말한다. "왕께서 연못에 계시니 물고기가 가
득 뛰어올랐다(王在靈沼, 于牣魚躍)."라는 구절은 제왕의 은택을 칭송한
것이다.

　이것을 보면 북경팔경의 시인들은 《시경》의 '아'처럼 명조의 태평
성세를 칭송하겠다는 의지를 가지고 있었고, 그들은 "황제의 은덕을
칭송하거나", "칭송의 시를 바치겠다."고 했던 것이다.

▌ 王紱,《北京八景圖》卷之〈金臺夕照〉, 明, 종이에 수묵, 42. 1×2006. 5cm, 중국국가박물관 소장

▌ 王紱,《北京八景圖》卷之〈薊門烟樹〉, 明, 종이에 수묵, 42. 1×2006. 5cm, 중국국가박물관 소장

▌ 王紱,《北京八景圖》卷之〈太液晴波〉, 明, 종이에 수묵, 42. 1×2006. 5cm, 중국국가박물관 소장

이어서 추집이 노래한 〈경도춘운〉을 더 보자.

이렇게 용이 되어 아름다운 기운을 탔으니　　　　自是成龍佳氣在
응당 난새(鸞鶴)를 따라 더불어 노닐어야 한다.　　應隨鸞鶴共徘徊

위에서 인용한 추집의 시처럼 《북경팔경시집》은 신화전설과 도가
등과 관련된 어휘들을 두루 사용하였다. 예를 들면, 영주(瀛洲)・봉래
(蓬萊)・방장(方丈) 삼신산을 비롯하여, 봉소(鳳沼)・용지(龍池)・난학
(鸞鶴)・봉문(鳳文)・용채(龍彩)・난여(鑾輿)・경운(卿雲) 등 상서로운 동

물과 관련된 장소와 사물, 경포(瓊圃)·인간별(人間別)·부상(扶桑)·요소(瑤水)·영소(靈沼) 등 상서로운 공간, 옥전(玉殿)·금경(金莖)·부용전(芙蓉殿) 등 선가(仙家)와 같은 장소 등이다. 북경팔경이 '신경(神京)' '옥경(玉京)'에 어울리는 상서로운 경승임을 주장하는 표현들이다.

이상과 같이, 북경팔경 시인들은 당시 많은 대각문인들처럼 경관을 통해 명 황조의 태평성세를 적극적으로 칭송하였다.

5) 마무리

이상에서 명초 북경팔경에 참여했던 문인들이 출신지와 관직을 파악하여 그들의 문학적 성격을 살펴보았으며, 《북경팔경시집》에 나타난 문학적 표현방식에 대하여 고찰하였다.

북경팔경에 참여하였던 문인들은 대부분 강서성 출신으로서 한림원에 종사하였으며, 국가 경영의 이념을 제공하였고 이를 제도화하는 '대제작'에 참여하였다는 공통점을 가지고 있다.

명초 북경팔경은 비록 이전 시대의 팔경을 모방한 것이지만, 북경천도와 帝都 건설에 필요한 산수 경영의 일환이었다. 또한 북경팔경을 정치 지리학적 관점에서 접근하여 권력의 안녕과 산수의 아름다움을 비의적인 관계로 파악하였다. 더 나가 당시 문인들은 경관의 설정과 묘사 역시 국가 공업(功業)을 완성하는 수단으로 삼았다.

북경팔경의 문인들은 경관을 통하여 왕조의 업적을 찬양하고, 왕조의 은택에 감사하며, 국가 권력이 영구하길 칭송하였다.

▌무이구곡

▌무이구곡〈무이산지(武夷山志)〉

▌무이구곡의 경관(景觀, 第五曲)

▌무이구곡

3. 감흥과 득도의 공간: 무이구곡

　무이구곡은 무이산맥(武夷山脈)의 주봉인 구곡계에 있는 아홉 구비 계곡을 말한다.

　복건성 무이산시(武夷山市)에 위치하고 있다. 무이산은 36개의 봉우리와 99개의 바위로 이루어져 있고, 아홉 구비 계곡이 그 사이를 15리 굽이굽이 흘러 내려간다. 전체의 길이는 9.5㎞, 면적은 8.5㎢에 달한다.

┃ 주자(朱子)   ┃ 무이정사(武夷精舍)자양서원(紫陽書院)

　제1곡 하류인 무이궁(武夷宮)에서 배를 타고 거슬러 올라가 제9곡이 있는 제운봉(齊雲峰) 아래의 성촌진(星村鎭)에 도착한다. 산은 물을 끼고 돌고, 물은 산을 감고 돌기 때문에 각 계곡마다 서로 다른 풍광을 가지고 있다.

　주자(朱子)는 남송 순희(淳熙) 10년(1183년) 무이산 오곡의 대은병봉(大隱屛峰) 아래에 무이정사(武夷精舍)를 짓고 학문을 연마하고 저술 활동을 하였으며, 동지들과 시문을 논하였다. 이때〈무이도가(武夷櫂(棹)歌)〉를 지었다. 이것은 서시(序詩)를 포함하여 모두 10수이다.

　　　서시(序詩)

　　　무이산 위로 무이군의 정령이 어려 있고,　　　　武夷山上有仙靈

　　　산 아래로 찬 물줄기는 굽이굽이 맑게 흐르는구나.　山下寒流曲曲淸

　　　그 중에 기묘한 절경을 찾고자　　　　　　　　欲識个 中奇絶處

　　　노 젓는 소리 서너 마디 한가로이 들으며 가네.　　櫂歌閑聽兩三聲

▌제1곡

▌대왕봉(大王峯)

제1곡

제1곡의 시냇가에서 낚싯배에 오르니,　　　　　一曲溪邊上釣船

만정봉 그림자가 맑은 청천(晴川)에 잠겨 있네.　幔亭峰影蘸晴川

무지개다리 한번 끊어진 뒤 소식이 없고,　　　　虹橋一斷無消息

골짜기와 바위 봉우리마다 푸르스름한 안개를 가두고 있다.

　　　　　　　　　　　　　　　　　　　　　萬壑千巖鎖翠煙

　　제1곡은 무이궁 앞 넓은 냇물로 구곡계의 최하류이다. 제1곡 옆으로 대왕봉(大王峰), 만정봉(幔亭峰), 사자봉(獅子峰)과 관음암(觀音岩)이 있다. 만정봉(幔亭峰)은 전설 속 무이군(武夷君)이 마을 사람들을 초청하여 연회를 베풀었던 곳이다. 연회가 열리기 전에 무지개가 공중에 뜨고, 연회가 끝나면 무지개다리가 날아가 버렸다고 한다.

제2곡

제2곡에 우뚝 솟은 옥녀봉,　　　　　　　　　二曲亭亭玉女峰

꽃을 꽂고 물가에서 누굴 위해 단장하나.　　　插花臨水爲誰容

▌제2곡

▌옥녀봉(玉女峯)

도인은 더 이상 양대에서의 사랑의 꿈을 꾸지 않고.　道人不作陽臺夢

흥에 겨워 앞산으로 들어가니 푸르름이 겹겹일세.　興入前山翠幾重

양대(陽臺)는 송옥(宋玉)이 지은 《고당부서(高唐賦序)》에서 나오는 장소이다.

초양왕(楚襄王)이 고당(高唐)을 유람하고 있는데, 꿈 속에 한 여인이 나타났다. 자신을 무산(巫山)의 여인이라고 하면서 고대(高臺) 아래에서 산다고 하였다.(楚襄王嘗游高唐, 夢一妇人來會, 自云巫山之女, 在高臺之下) 이 이후 남녀가 만나 즐기는 장소를 양대(陽臺)라고 불렀다.

제3곡

제3곡에서 그대는 가학선(架壑船)을 보았는가.　　三曲君看架壑船

노 젓기를 그친 지 몇 해인지 모르겠네.　　　　　不知停棹幾何年

뽕밭이 바다로 바뀐 것이 이제 얼마쯤인가.　　　桑田海水今如許

물거품 같고 바람 앞의 등불 같이 가련한 우리 인생이구나

　　　　　　　　　　　　　　　　　　　　　泡沫風燈敢自憐

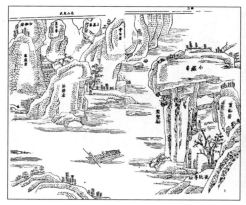

▌제3곡

▌제3곡 가학선관(架壑船棺)

　가학선(架壑船)은 가학선관(架壑船棺)을 말한다. 배 모양의 관에 시신을 넣고 절벽에 매달아 천국으로 가도록 하는 장례 방식이다. 이 지역 장례풍습의 일종이다.

　제4곡
　제4곡의 동서에 우뚝 솟은 대장봉(大藏峯)과 선조대(仙釣臺)에

四曲東西兩石巖

바위 꽃 이슬 머금고 푸르게 드리웠다.　　　巖花垂露碧氍毹

금계 울어 새벽을 알려도 보이는 사람 없고,　金鷄叫罷無人見

공산엔 달빛 가득하고 와룡담(臥龍潭)엔 물결만 넘실넘실.

月滿空山水滿潭

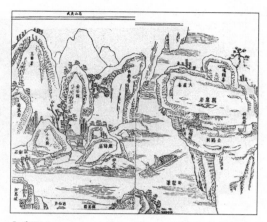

▌제4곡

제5곡

제5곡의 은병봉은 높고 구름은 깊은데,	五曲山高雲氣深
언제나 안개비에 평림 나루터는 어둑어둑.	長時煙雨暗平林
숲 속의 나그네는 알아보는 이 없고,	林間有客無人識
어라차! 노 젓는 소리에 만고의 수심이 어려 있구나.	
	欸乃聲中萬古心

▌제5곡 대은병봉

▌대은병(大隱屏)

▌천유봉(天游峰)

■ 제6곡

■ 선장봉(仙掌峰)과 벽립만인(壁立萬仞)

제6곡

제6곡의 창병봉이 푸른 물굽이를 둘러싸고,	六曲蒼屛繞碧灣
초가집의 사립문은 온종일 닫혀 있다.	茆茨終日掩柴關
나그네가 삿대로 미니 바위 꽃이 떨어지는데,	客來倚棹巖花落
원숭이와 새는 놀라지도 않고 봄빛만 한가롭다.	猿鳥不驚春意閑

제7곡

제7곡에서 배를 몰아 푸른 여울에 올라,	七曲移舟上碧灘
은병봉과 선장봉을 다시 돌아본다.	隱屛仙掌更回看
도리어 어젯밤 봉우리에 내린 비가 가련하니	却憐昨夜峰頭雨
쏟아지는 샘물이 보태져 얼마나 춥던가.	添得飛泉幾道寒

제8곡

제8곡에 바람 불어 안개가 열리려 하니,	八曲風煙勢欲開
고루암 앞에 물결이 굽이쳐 휘돈다.	鼓樓巖下水濚洄
이곳에 좋은 경치가 없다고 말하지 말라.	莫言此處無佳景
여기부터 유람객들이 올라가려 하지 않느니.	自是遊人不上來

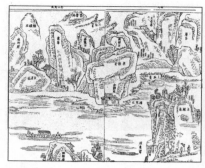

▌제7곡

▌제8곡

제9곡

제9곡에 다다르니 눈앞이 탁 트이고,　　　　　　九曲將窮眼豁然

뽕나무 삼나무에 비이슬 내리는 평천이 보인다.　桑麻雨露見平川

뱃사공은 다시 무릉도원 가는 길을 찾지만,　　　漁郞更覓桃源路

이곳 말고 인간 세상에 별천지가 있으랴.　　　　除是人間別有天

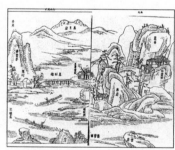

▌제9곡

▌성촌진(星村鎭)

　무이구곡은 동아시아 구곡 문화의 발상지이다. 구곡은 사대부의
산수체험과 심미대상이면서 자연지도의 체득 공간이었다.

▌죽벌유람　　　　　　　　　　　▌무이구곡 죽벌(竹筏) 유람

　　남송 이후 중국의 시인들은 〈무이도가〉를 주자학적 관점을 그대로 수용하지 않고, 도교적 전설이 담긴 서정시로 인식하기도 하였다.

　　조선의 사림파들은 이 시를 두 가지 관점에서 파악하였다. 고봉(高峰) 기대승(奇大升)과 율곡 이이 등은 〈무이도가〉를 '인물기흥(因物起興: 자연사물을 보고 감흥을 일으키다)'의 시, 즉, 무이구곡의 자연풍광을 보고 일어나는 감흥을 노래한 것으로 이해하였다. 반면에 하서파는 시를 '입도차제(入道次第: 진리로 들어가는 순서)'의 시, 즉, 도학의 묘리(妙理)를 찾아가는 노래라고 여겼다.

　　무이구곡에는 주자(朱子) 등 중국 도학자들의 학문자세와 고결한 인품이 담겨 있다. 그리고 구곡은 또한 세상의 번민과 갈등으로부터 초탈 선비들의 안빈낙도 정신을 간직하고 있다. 따라서 구곡은 인성교육의 도량, 체력단련의 장소, 자연의 아름다움을 감상하는 공간으로서 의미가 있다.

제8장

산수기(山水記)의 공간미학

1. 자연공간과 문화지리의 관계

동아시아의 근대는 서구 제국주의의 팽창으로부터 시작되었다. 서구 제국주의자들에게 있어서 지리적 환경은, 곧 문화적 지배이데올로기 확산과 상품거래 시장으로서만이 존재가치가 있었다. 따라서 당시 그들에게 지리학 및 지질학 등은 매우 각광받는 학문이었고, 중국을 비롯한 동아시아에 대한 서구열강의 팽창과 시장개척의 좋은 도구였다.

이처럼 제국주의 목적에 충실하였던 지리학이 새로운 세기를 맞이하여 큰 변화를 맞이하고 있다. 지표상의 인간활동과 자연환경과의 관계를 연구하는 문화지리학(culture geograpy)이 각광을 받고 있다. 문화지리학은 인간 활동의 여러 가지 양상이 자연환경 뿐 아니라 사회환경으로부터 영향을 받는다는 전제에서 출발한다. 이제 지리적 환경은, 상품시장 개척과 실용적 필요를 위한 것이기보다는 정보적 가치나 문화상품을 담는 공간으로 인식되기 시작하였다.

최근 급속한 경제성장으로 생활의 여유를 찾게 된 중국인에게 여행문화가 큰 인기를 끌고 있고, 녹생성장. 생태보호, 자연미의 재발견, 인문경관의 중요성에 대한 자각 등으로 인하여 인문지리학이 주목을 받고 있다. 이런 점에 비추어 볼 때, 동아시아적 지리관념에 대하여 새롭게 인식할 필요가 있다.

자연 공간에 대한 해석은 세계에 대한 인식이라 할 수 있다. 전통 문인지식인의 공간인식이 잘 반영되어 있는 산수기는 세계에 대한 새로운 패러다임을 구축하는 이론적 기초가 될 것이다.

산수기는 '유기'·'대각누정기'·'원림기'를 포괄한다. 문인지식인

은 산수기 창작을 통하여 산수자연의 경영, 현실 문제 극복, 그리고
자연과의 화해를 도모하였다.

2. 산수기의 창작배경

산수기에 나타난 공간인식을 파악하기 위해서는 그 창작 배경을
먼저 알아야 한다. 산수기에 나타난 문인들의 사상과 개념이 무엇이
고, 그것이 장소적으로 어떻게 구체화되었는가를 파악하는 것이다.

《상서・우공(禹貢)》은 과학과 정치적 관계를 규명하기 위하여 지리
를 탐구한 것이고,《주역》은 과학과 철학적 관계 속에서 천문 지리를
파악한 것이다. 또한《산해경》・《사기・하거서(河渠書)》・《한서・구혁
지(溝洫志)》등은 지리 과학적 사고 위에 인문학적 사고를 통합한 인문
지리서이다. 후대의 수많은 방지(方志), 도경(圖經), 일록(日錄), 풍토기,
유기 역시 이러한 중국의 지리학적 전통을 계승한 것들이다. 이상과
같은 인문지리적 기초 위에 동한 이후 중국인들의 자연공간에 대한
인식이 일변하기 시작하였다. 그들은 자연을 미학적 관점으로 파악
하기 시작하였고, 그 과정에서 '산수기'라는 새로운 문학 장르가 탄
생하였다. 마제백(馬第伯)의 〈봉선의기(封禪儀記)〉, 동진 여산제도인(廬
山諸道人)의 〈유석문시서(游石門詩序)〉, 도연명의 〈유사천시서(游斜川詩
序)〉, 제(齊) 도홍경(陶弘景)의 〈답사중서서(答謝中書書)〉, 양(梁) 오균(吳均)
의 〈여송원사서(與宋元思書)〉는 모두 자연경관의 아름다움을 묘사한
것들이다.《수경주(水經注)》는 자연과학적 지식 위에 신화와 민가, 그
리고 산수경관 등 다양한 세계를 기록하였다. 산수자연을 경외의 대

상이거나 윤리적 대상으로 인식하였던 이전 시대 사람들과 달랐다. 일부 귀족들은 혼란한 세계를 피해 산수자연으로 은거하였고, 또한 자연을 통해 위안을 받았다. 한편으로는 산수자연을 삶의 터전으로 삼고 그 속에서의 노동을 즐거움으로 여겼다. 그러나 그들은 산수자연을 현실적 삶을 피하여 귀의할 대상으로 인식할 뿐, 그것을 통해 세계를 인식하거나 현실을 극복하는 공간으로 삼지는 못하였다. 따라서 공간에 대한 새로운 인식은 당송시대에 이르러서야 가능하였다.

당나라는 중국을 통일한 뒤 중앙집권을 강화하기 위하여 지방의 토지, 물산, 풍속을 장악하려는 정책을 펼쳤고, 문인 지식인들은 자신들의 계층이 가진 교양과 지식을 중앙 정부 뿐 아니라 지방에까지 전파하려고 노력하였다. 양자의 이러한 목적이 맞아 떨어져 각 지방의 지리적 정보를 담는 작업을 대대적으로 진행하였다. 이것이 바로 각 지방의 연혁, 위치, 산천, 하천, 호수, 인구, 마을 등을 기록한 방지이다. 방지의 편찬은 산수기의 급속한 발전을 촉진하였다. 이런 면에서, 인문지리학이 당송 산수기의 문화적인 배경으로 작용하였다고 할 수 있다.

당 중기 이후, 유불도 삼교는 통합의 길을 걸었다. 당시 문인지식인들은 조그만 내심 세계 속에 갇혀있었지만, 또 한편으로는 광활한 천지와 소통할 수 있는 지식과 교양을 가지고 있었다. 따라서 당시 문인지식인들의 공간인식은 유교의 우주관을 확장한 것이라 할 수 있을 것이다. 과거제에 의해 선발된 인재들이 지배계급으로 부상하게 되었는데, 이들의 사상적 특징은 한 나라처럼 유가만을 숭상하지 않았으며, 위진남북조 시대처럼 현학과 은일 사상에 빠지지도 않았다. 유교를 정통적 지위로 놓고 유불도 삼자를 통합하는 방향으로 나가게 되었다. 따라서 당시 문인지식인들은 여러 학파를 두루 섭렵하여 시야가 넓었고 생각이 적극적이었다. 송대에 이르러 우주론을 새롭게 마련한 신유교가 등장하였고, 문인지식인의 이러한 내적 성찰과 우주관이 산수기에 반영되었다.

이러한 변화에 따라 경관문화가 새로운 방향으로 발전하기 시작하였다. 가장 두드러진 변화로는 도시와 그 근교에 명승지가 생겨나기 시작한 점을 들 수 있다. 과거에 급제한 사대부들이 지방으로 발령을 받거나, 중앙 정치무대에 활약을 하다가 정치적 문제로 인하여 지방으로 좌천되어 가면서, 각 지방의 주부(州府)와 부근의 문화적 환경을 변화시켰다.

그 중에서 특히 주목해야 하는 것은, 문인사대부들이 각 지방에 누정이나 원림을 직접 건설하거나 기획하였다는 사실이다. 이것은 중국 경관 역사에 있어서 매우 중요한 현상이라 할 수 있다.

이처럼 산수자연은 문인사대부들에 의해서 새로운 공간으로 탄생하였다. 산수자연의 기능 역시 확대되었다. 당송의 문인지식인들은 산수자연을 단순히 변화하는 시간 속의 것으로 인식하지 않고, 장소로 인식하기 시작하였다는 것이다.

3. 산수기의 공간인식

산수기를 범박하게 정의하면, '산수자연'이라는 공간을 기록한 글이라고 할 수 있다. 좀 더 부여하자면, 산수자연을 바라보게 된 배경

혹은 동기, 산수자연을 보고 생기는 미적 경관, 산수자연을 통하여 터득한 이념, 산수자연으로부터 발생하는 감정에 대한 기술이라고 할 수 있다.

'산수자연'은 바로 산수기의 표현 대상이다. 그래서 보이는 광경 즉, 경관이 없으면, 산수기는 성립되지 않는다고 할 수 있다. 당송 산수기 속에는 '偉觀'·'奇觀'[110] '勝絕之景'·'景勝'[111]이란 표현이 자주 등장하는 것도 같은 문맥에서 이해해야 한다. 따라서 산수기에 있어서 경관묘사가 1차적인 관건이다.

경관에 대한 이해는 공간에 대한 이해이다. 이는 곧 세계에 대한 인식이다. 산수기에 있어서 세계에 대한 인식방법을 기본적으로 1) 체험 2) 조망 3) 조형으로 분류할 수 있다. 그리고 이 세 가지가 어떻게 작용하느냐에 따라 1) 유기 2) 누각대정기 3) 원림기의 장르적 핵심이 결정된다고 할 수 있다.

1) 遊記─체험적 대상으로서의 산수

당송 시대 문인사대부들은 이전 사람들보다 유람과 기이한 것을 좋아하였다. 중앙정계에 있다가 지방으로 파견된 관리, 정치적 사건으로 인하여 지방으로 폄적된 사대부가 늘어나면서 유람이 시작되었다. 유기에는 그들의 유람 동기가 다양하게 반영되어 있다. 하급 관청 순시, 혹은 어명에 의한 파견, 폄적, 공무 중의 여가, 친구 및 뜻이 같은 주변의 사람과의 소요 활동, 친구의 내방과 방문, 부임하는 자의 배웅 등 다양한 기회를 이용하여 유람을 떠났다. 그러나 교통의

---

110 張栻, 〈南岳游山唱酬序〉.
111 柳開, 〈游天平山記〉.

불편, 지리적 정보의 부재, 험난한 지세, 맹수의 출현 등으로 인하여 산천 유람은 용이하지 않았다. 그래도 그들은 꿈에서라도 산수 자연의 절경을 보고 싶어 했다.[112] 또한 왕안석은 〈유포선산기(游褒禪山記)〉[113]에서 유람할 만한 가치가 있는 산수자연은 도시에서 멀고 험한 곳에 있다고 하였다. 그것을 찾으려면 의지가 가장 중요하고, 그 다음으로 힘이 있어야 하며, 또 나태하지 않아야 하고, 유람에 대한 정보와 도구가 필요하다고 하였다. 소식의 〈석종산기(石鐘山記)〉[114]와 장민(張緡)의 〈유옥화산기(游玉華山記)〉[115]도 같은 생각을 담았다. 이것을 보면, 유기는 기본적으로 아름다운 경관을 직접 찾아가는 과정에 대한 기술이라고 할 수 있다.

송(宋) 사강(謝絳)이 지은 〈유숭산기매전승서(游嵩山寄梅殿丞書)〉를 예로 들어 보면, 작자는 숭산을 유람하게 된 경위(어명에 따라 숭산에 제사를 지내기 위해 떠남)와 함께 유람을 떠난 사람(歐陽修, 楊子聰, 尹師魯, 王幾道 등), 유람의 구체적인 경로(建春門 → 嵩詩碑 → 子晉祠 → 登封 → 玉女窻 → 搗衣石 → 八仙壇 → 三醉石 → 峻極寺 → 封仙臺 → 金店 → 潁陽 石堂山 → 紫雲洞 → 彭婆鎮 → 香山 → 八節灘 → 長夏門) 등 숭산을 일주하는 대략 5박 6일의 여정

---

112 張栻, 〈南岳游山唱酬序〉 "夢寐衡岳之勝."
113 王安石 〈游褒禪山記〉 (전략) 夫夷以近, 則游者衆; 險以遠, 則至者少. 而世之奇偉瑰怪非常之觀, 常在於險遠, 而人之所罕至焉. 故非有志者不能至也. 有志矣, 不隨以止也, 然力不足者, 亦不能至也. 有志與力而又不隨以怠, 至於幽暗昏惑, 而無物以相之, 亦不能至也. 然力足以至焉而不至, 於人爲可譏, 而在己爲有悔; 盡吾志也而不能至者, 可以無悔矣. (후략)
114 蘇軾, 〈石鐘山記〉 士大夫終不肯以小舟夜泊絕壁之下, 故莫能知; 而漁工水師雖知而不能言, 此世所以不傳也.
115 張緡〈游玉華山記〉 夫山林泉石之樂, 奇偉之游, 常在乎窮僻之處, 而去人迹甚遠, 故必爲野僧方士與夫幽潛之人所據而有也. 然幽潛之人知好之而力不足以營之, 惟佛老之說可以動人, 故其徒常獨有力, 而危亭廣廈, 眺覽之娛, 莫不爲其所先也.

을 기술하였다. 꽃과 풀이 아직 남아 있었지만, 어떤 곳은 간혹 냉기가 뼈 속까지 스며든 가을의 유람이었다. 그리고 유람 중에 만난 사람, 석벽이나 비석에 새겨진 시와 관련된 이야기 등을 서술하였다. 석벽에 새겨진 글씨('神淸之洞')를 '웅장하고 오묘하다(雄妙)'고 평가하였고, 나이가 가장 젊은 구양수가 산행 중 가장 힘겨워했으며, 구양수와 양자충이 유행가를 부르고 왕기도가 통소를 불렀다고 기록하였다.

이 유기는 부분적으로 공간에 대한 인식을 표현하고 있지만, 시간의 흐름 속에서 눈으로 보이는 장면에 대하여 서술하였다. 즉, 유람 중에 체험한 정보를 알려주는 여행 안내적 성격을 지니고 있다.

한편 송대에는 목적이 없이 떠나는 만유 형식도 있었다. 소식에게 유람은 평범한 생활의 일부였다. 〈유사호(游沙湖)〉(1082年 黃州), 〈기승천사야유(記承天寺夜遊)〉(1083年 黃州), 〈백수기(白水記)〉(1094年 惠州) 등이 그것인데, 생활 속에서 유람을 통하여 정신적 해탈과 위안을 받으려고 하였다.

간혹 장효상(張孝祥)의 〈금사퇴간월기(金沙堆觀月記)〉처럼 유람의 조건을 제시하기도 하였다.

> 달은 중추(中秋)에 가장 밝다. 중추의 달을 구경하려면 물가가 가장 좋다. 물가의 경관을 보려면 혼자 가는 것이 좋다. 혼자 가되 또한 인적에서 멀리 떨어진 곳일수록 좋다. 그러나 중추에도 달을 볼 수 없을 때가 많고, 성곽이나 건물이 언제나 물가에 있을 수 있겠는가! 아마도 물가에 있는 성곽과 건물에 중추의 달이 뜰 수 있을 것이다. 그러나 인적과 멀리 떨어진 곳이 반드시 사방이 텅 비어 적막한 곳일

것이니, 정말 기이한 것을 좋아하는 선비라면 어찌 혼자 밤에 그 곳에 가서 짧은 시간동안만 구경하기를 바라겠는가? 지금 나의 금사퇴 유람이 위에서 말한 4가지 조건을 구비하고 있지 않은가?

8월 보름에 나는 동정호(洞庭湖)로 갔다. 하늘에는 구름 한 점 없고 달이 대낮처럼 밝았다. 금사퇴는 동정호와 청초호(靑草湖) 사이에 있다. 그 높이가 10仞쯤 되고 사방의 물은 가까운 것도 오히려 수백 리나 된다. 나는 그 아래에 배를 매고 동복(童僕)을 물리치고는 혼자 올랐다. 모래의 색깔은 순 황색이어서 달과 서로 빛을 다투었다. 물은 옥 쟁반 같고, 모래는 금이 쌓여 있는 듯 광채가 눈부셨다. 몸이 떨리고 눈이 어질어질했다. 낭풍(閬風)·요대(瑤臺)·광한궁(廣寒宮) 등의 궁궐을 직접 가보진 못했지만 아마 또한 이 정도일 것이다. 금사퇴는 중추절의 달, 물가의 경관, 혼자 찾아갈 것, 인적에서 멀리 있을 것 등 모든 조건을 갖추고 있다. 글을 적어서 금사퇴관월기(金沙堆觀月記)로 한다.[116]

이처럼 장효상은 금사퇴의 달구경하기를 추천하였다. 금사퇴에서 '중추절의 달(中秋之月)'이 아름다운 것은 물가에 있고, 인적과 떨어진 곳이기 때문이라고 했다. 장효상은 소상(瀟湘)지역의 달구경의

---

116 張孝祥,〈金沙堆觀月記〉

月極明於中秋, 觀中秋之月, 臨水勝 ; 臨水之觀, 宜獨往 ; 獨往之地, 去人遠者又勝也. 然中秋多無月, 城郭宮室安得皆臨水? 蓋有之矣 ; 若夫遠去人迹, 則必空曠幽絶之地, 誠有好奇之士, 亦安能獨行以夜而之空曠幽絶, 蘄頃刻之玩也哉! 今余之游金沙堆, 其具是四美者與?

蓋余以八月之望過洞庭, 天無纖雲, 月白如晝. 沙當洞庭·靑草之中, 其高十仞, 四環之水, 近者猶數百里. 余系船其下, 盡卻童隷而登焉. 沙之色正黃, 與月相奪 ; 水如玉盤, 沙如金積, 光采激射, 體寒目眩, 閬風, 瑤臺, 廣寒之宮, 雖未嘗身至其地, 當亦如是而止耳. 蓋中秋之月, 臨水之觀, 獨往而遠人, 於是爲備. 書以爲金沙堆觀月記.

조건으로 시간과 공간, 색의 조화, 유람자의 체험을 들었던 것이다.

한편 어떤 유기는 현실인식과 경관의 결합을 시도하였다. 원결(元結)의 〈호남잡기(湖南雜記)二則〉〈〈우계기〉〉를 인용해 보자.

> (전략)이 계곡이 만약 산야에 있었다면, 은사들이 유유자적하며 지내기 알맞은 곳이 되었을 것이다. 만약 사람 사는 세상 속에 있었다면 모두 도시 안에 있는 명승지가 되어 조용한 것을 좋아하는 사람들의 임정(林亭)이 되었을 것이다.
>
> 그러나 이곳에 주가 설치된 이래로 이것을 감상하고 사랑할 줄 아는 사람이 없었다. 이것을 생각하며 계곡을 배회하다 보니 마음이 울적해졌다. 그래서 잡초가 무성한 황무지를 말끔히 개간하여 정자와 집을 짓게 하였다. 소나무와 계수나무를 심고 향초(香草)를 보태어 더욱 아름다운 경관으로 만들었다. (후략)[117]

원결(719-772)은 도주자사 시절, 성의 서쪽으로 100여 보 떨어진 우계를 유람하고 이 글을 지었다. 각종 기이한 괴석으로 덮여 있는 양쪽 언덕, 돌에 부딪쳐 소용돌이치며 흐르는 계수, 물속에 투영된 나무 그림자 등 모두 직접 가서 보고 느낀 경관을 묘사한 뒤에 이와 같은 생각에 이르렀다. 이 점에 있어서 이 글은 '체험'에서 시작하여 현실 인식에 도달하였다. 우계가 그토록 뛰어난 경관임에도 불구하고 알아보는 사람이 없는 것이, 작가 자신의 현재 처지와 비슷하여 처참

---

117 〈右溪記〉〈전략〉 此溪若在山野, 則宜逸民退士之所遊; 處在人間, 可爲都邑之勝境, 靜者之林亭. 而置州以來, 無人賞愛. 徘徊溪上, 爲之悵然. 乃疏鑿蕪穢, 俾爲亭宇, 植松與桂, 兼之香草, 以裨形勝焉. (후략)

한 심경이 들었던 것이다. 그래서 작자는 풀이 무성하게 자라난 황무지를 개간하여 정자와 집을 짓고, 소나무와 향초를 심었다. 즉, 인위적인 가공을 통해 새로운 경관을 조성하겠다('以裨形勝')는 의지를 밝힌 것이다. 자신이 처한 고통을 산수 경영을 통하여 극복하려고 하였다.

반면에 어떤 유기는 허상 공간과의 만남을 시도하기도 한다. 다음의 인용을 잠시 보자.

> "나는 평소에 답답하고 우울했는데, 여기에 도착하여 깨끗이 풀어버려 찌꺼기조차 없어졌다. 내 처지를 생각해도 모호하여 알 수 없지만, 평범하고 속된 껍데기를 벗고 날개를 달고서 우주 밖을 날아가는 것 같았다. 참으로 통쾌했다."[118]

> "그 사이에 노닐고 있노라면, 진정으로 하늘의 문[閶闔]을 밀고 들어가 낭풍산(閬風山)에 올라 백교(伯僑)와 선문(羨門)을 따라 달리면서 훨훨 허공을 넘어 세상 바깥에서 노니는 듯 한 기분이 들었다."[119]

> "초목이 무성하고 흐르는 물이 꺽꺽거리며 슬피 우니 거의 인간 세상이 아닌 듯 하다."[120]

---

118 蘇舜欽〈蘇州洞庭山水月禪院記〉予生平病閔鬱塞, 至此噎然破散無復餘矣. 反復身世, 惘然莫知, 但如蛻解俗骨, 傅之羽翰, 飛出於八荒之外, 顧其快哉!
119 曾鞏,〈遊信州玉山小巖記〉游其閒, 眞若排閶闔, 登閬風, 追伯僑·羨門而與之馳騁, 翩翩然有超忽荒·爾煙外之意.
120 秦觀,〈龍井題名記〉草木深鬱, 流水激激悲鳴, 殆非人間有也.

"여러 사람들이 서로 돌아보고 놀라며 자신들이 어떠한 경관 속에 있는지도 모를 지경이었다. ……황홀하게 그 경관과 만난 듯하였다.[121]

이상은 모두 허상 공간과의 상상적 만남을 표현한 것이다. '문외(物外)'·'팔황지외(八荒之外)'·'초홀황(超忽荒)'·'비인간(非人間)'의 '황홀(恍惚)'한 경지를 표현하였다. 이것은 인간의 오감에 의해 지각되는 물리적 구성의 공간(꽃향기, 폭포소리 등)이 아니다. 심미적 판단에 의한 상상적 공간이다. 초월적이고 정신적 공간이다. 소동파가 〈적벽부〉[122]에서 제기한 유식논적 공간을 의미한다.

이상의 논의를 정리해 보면, 유기는 '와유(臥遊)'나 '몽유(夢遊)'처럼 간접 경험하는 것 외에, 거의 대부분이 직접 체험을 근거로 한다. 유기가 대각누정기, 방지, 일기, 원림기 등과 구별할 수 있는 것은 '체험'때문이다. 소철(蘇轍)의 〈무창구곡정기(武昌九曲亭記)〉나 구양수의 〈취옹정기(醉翁亭記)〉 등 일부 대각누정기가 직접 현장을 찾아 체험하는 형식을 하고 있지만, 유기처럼 여정의 체험을 중심에 두고 있지는 않다. 유기는 당나라 때에 이르면 단순히 산수자연의 아름다움을 묘사하는 것에 그치지 않고, 명승고적, 풍속, 인정, 사회 정치적 관점, 인생관, 우주관 등에 대하여 종합적인 체험을 서술하는 방향으로 나아갔다.

---

121 晁補之,〈新城游北山記〉三子相顧而驚, 不知身之在何境也. ……猶恍惚若有遇…….
122 蘇東坡,〈赤壁賦〉(전략)逝者如斯, 而未嘗往也. 盈虛者如彼, 而卒莫消長也. 蓋將自其變者而觀之, 則天地曾不能以一瞬. 自其不變者而觀之, 則物與我皆無盡也. 而又何羨乎? 且夫天地之間, 物各有主, 苟非吾之所有, 雖一毫而莫取. 惟江上之淸風, 與山間之明月, 耳得之而爲聲, 目遇之而成色. 取之無禁, 用之不竭, 是造物者之無盡藏也. (후략)

2) 대각누정기 – 조망적 대상으로서의 산수

대각누정기는 유기처럼 그 현장을 직접 보고 짓지 않아도 된다. 청탁자의 서신이나 인편을 통해 쓰기도 한다. 예를 들면, 구양수의 〈상주화금당기(相州畫錦堂記)〉·〈유미당기(有美堂記)〉 그리고 〈현산정기(峴山亭記)〉는 직접 그 현장을 가지 않고 지은 것이다.[123] 다른 사람이나 과거 인물이 경영했던 것을 기술하기도 하였다. 따라서 유기처럼 직접적인 체험을 근거로 할 필요가 없다.

중국 강남의 3대 누각으로 불리는 등왕각, 황학루, 악양루는 모두 당나라 때 성곽을 배경으로 세운 것이다. 그래서 높은 곳에서 멀리 바라보기 유리하다. 이곳에 오르면 시원하게 펼쳐지는 장엄하고 아름다운 산천의 경관을 조망할 수 있다. 이 외에도, 각 도시의 강변과 풍경이 아름다운 곳에 누각을 세우고 자연을 조망하던 곳은 많았다. 예를 들어 면주(綿州)의 월왕루(越王樓), 하중(河中)의 관작루(鸛雀樓), 강주(江州)의 유루(庾樓), 의진(儀眞)의 양자강루(揚子江樓), 동양(東陽)의 팔영루(八詠樓) 등이 그것이다. 이것을 보면, 대각누정은 기본적으로 조망적 태도를 보인다.

왕안석의 〈석문정기(石門亭記)〉를 예로 들어보자.

무릇 정자를 지은 뜻이 참으로 산을 좋아해서 인가? 아니면 유람과 조망을 좋아해서 인가? 또 여기에서 백성들의 근심과 고통을 묻기 위해서 인가? 또 여기에서 휴식을 취하며 한가로움을 즐기기 위해

---

123 〈相州畫錦堂記〉는 魏國公 韓琦의 부탁을 받고 지은 것이지만, 구양수는 직접 화금당에 오른 적은 없었다.("……余雖不獲登公之堂……") 〈有美堂記〉는 龍圖閣直學士 梅摯가 金陵에서 京師로 사람을 보내 6, 7차례에 걸친 부탁을 받고 지은 것이다. 그러나 이 역시 구양수는 유미당을 직접 보지는 않았다.

서 인가? 또 백성들이 가혹한 착취로 자빠지고 보호받지 못해 망하
는 것을 불쌍히 여겨서 인가?(후략)[124]

왕안석이 생각한 정자의 용도는 매우 종합적이다. 그가 생각하기
에 정자는 1) 산을 좋아하거나, 2) 유람과 조망을 위해서 3) 백성들의
고통과 근심을 묻기 위해서, 4) 한가롭게 휴식하기 위해서 5) 힘없는
사람들을 불쌍히 여기기 위해서 짓는다고 하였다. 이상을 대별해 보
면 1), 2), 4)는 산수자연을 유람하거나 조망하기 위한 것이고, 3), 5)
는 산수자연을 통하여 백성들의 고통을 걱정한다는 뜻이다.
　여기서의 핵심은 '조망'에 있다. 다음 문장이 그 예시이다.

　　정자 서편에는 돌들이 나뉘어 있어 멀리 바라볼 수 있었다
　　直亭之西, 石若掖分, 可以眺望.　　　　(柳宗元,〈永州崔中丞萬石亭記〉)

　　집의 서남쪽에 정자를 짓고 흐르는 강물의 아름다움을 바라보았다.
　　卽其廬之西南爲亭, 以覽觀江流之勝　　　　(蘇轍〈黃州快哉亭記〉)

　만석정에 서면 푸른 절벽과 첩첩이 이어진 산의 끝까지 '조망'할
수 있다고 하였고, 황주쾌재정에서는 '강물의 아름다움'을 구경하기
좋다고 말하였다. 쾌재정에 앉으면 남북으로 백 리, 동서로 삼십 리
가 보이고, 낮에는 배가 정자 앞에 오르내리는 모습을 감상할 수 있

124　王安石,〈石門亭記〉(전략) 夫所以作亭之意, 其直好山乎? 其亦好觀遊眺望乎? 其亦
　　于此間民之疾憂乎? 其亦燕閒以自休息于此乎? 其亦憐夫人之刻暴剝偄踣而無所
　　庇障且泯滅乎?(後略)

고, 눈만 들어도 충분히 볼 수 있다고 했다. 서쪽으로 무창(武昌)의 올
망졸망한 산에 초목이 줄지어 서있고, 안개가 걷히고 해가 뜨면 어부
와 나무꾼의 집을 손가락으로 셀 수 있을 정도라고 하였다.

이처럼 대각누정기는 '조망'을 통하여 산수의 아름다움을 인식한
다고 할 수 있다.

다시 유종원의 〈계주배중승작자가주정기(桂州裵中丞作些家洲亭記)〉를
예로 들어보자.

> 이 정자는 이산(灕山)과 용궁(龍宮)을 한 눈에 가득 담고 있다. 이전에
> 크게 보였던 것들이 이제는 모두 정자 안으로 들어왔다. 태양이 부
> 상(扶桑)에서 떠오르고, 구름이 창오산(蒼梧山)으로 날아간다. 바다
> 노을과 섬 안개가 유람지를 더욱 아름답게 만든다. 정자의 틈새로
> 달을 바라보는 난간이 구비 도는 계곡 위로 뻗어 있으며, 풍사(風榭)
> 가 대나무 숲 속에서 드러나 보인다. 낮에 매우 아름다운데 밤이 되
> 면 더욱 아름답다. 하늘에는 별들이 열을 지어 퍼져있고 큰 기운이
> 감싸며 돌면, 아득해지며 끊임없이 변화한다. 마치 안기(安期)나 선
> 문(羨門)과 더불어 속세 밖에 노니는 듯하다. 그러니 천하에 이름난
> 명승지가 어찌 굴복하고 양보하며 이 정자를 추앙하지 않을 수 있겠
> 는가?[125]

이 정자는 배중승이 간악한 무리와 흉사를 정리하고 그 기념으로

---

125 柳宗元, 〈桂州裵中丞作些家洲亭記〉 (전략) 苞灕山, 含龍宮, 昔之所大, 蓄在亭內. 日
出扶桑, 雲飛蒼梧, 海霞島霧, 來助游物. 其隙則抗月檻於回谿, 出風榭於篁中. 晝極
其美, 又益以夜. 列星下布, 顥氣廻合, 邃然萬變, 若與安期羨門接於物外. 則凡名觀
游於天下者, 有不屈伏退讓以推高是亭者乎? (후략)

지은 것이다. 그러나 유종원은 이 정자의 설립 배경에 대하여 강조하지 않고, 이 정자에 올라 천 리가 내려다보이는 멀리 이산과 용궁을 한 눈에 조망하였다.

이처럼 대각누정기에 표현된 경관은 유기처럼 시간적 움직임에 따라 파노라마처럼 변하는 것이 아니라 대부분 정적인 공간을 조망하는 경우가 많다. '조망'은 종종 '관조'나 '사색'과 연결되기도 한다.

유종원의 〈영주용흥사서헌기(永州龍興寺西軒記)〉를 예로 들면, 유종원은 영주 용흥사의 서헌에 앉아 장강의 경관을 조망하였다. 자리를 옮기거나 탁자를 옮기지 않아도 장관을 볼 수 있었다. 가려있고 어두운 서쪽 곁방의 서쪽 담을 뚫어 창을 내고 창 밖에 하나의 헌을 만들었다. 그러자 보이지 않는 것이 보였고, 그 결과 큰 경관을 발견하였다. 유종원은 경관을 발견하는 것에 그치지 않고 이것을 다시 진리의 깨달음으로 연계시켰다. 자연경관이 가려진 것으로부터 드러남에 따라, 혹견(惑見)이 진실한 지혜[眞智]로, 미혹이 올바른 깨달음[正覺]으로, 큰 어둠이 광명으로 각각 바뀌었다. 유종원은 더 나아가 어두움의 담을 뚫었고, 영혼을 비추는 창문을 열었으며, 사물과 조응하는 헌을 넓혔다. 산수자연의 아름다움을 발견하고 사물의 이치를 획득하였다.

이상과 같이 대각누정기는 조망을 통해 경관을 발견하고 사물과 우주에 대하여 철학적으로 사유하고, 정치나 사회 현상을 표현한다. 예를 들면, 유종원의 〈계주배중승작자가주정기〉, 범중엄의 〈악양루기〉, 구양수의 〈취옹정기〉, 왕안석의 〈유포선산기〉, 소순흠의 〈창랑정기〉, 소식의 〈석종산기〉, 소철의 〈무창구곡정기〉 등이 모두 '조망'하고 '관조'하며 '사색'에 들었다.

또한 어떤 대각누정기는 물리적 공간경영에 대하여 언급하였다. 소식은 〈능허대기(凌虛臺記)〉에서 네모진 연못을 파고 흙을 쌓아 대를 만들었다. 그러나 그는 자연의 지세를 이용할 것을 강조하였고, 역대 왕족이나 귀족들의 궁궐처럼 화려하거나 견고하게 짓지 말라고 하였다. 또한 〈초연대기(超然臺記)〉에서는 스스로 '원포(園圃)'를 경영하고, 집을 정비하였으며, 건물을 중수하였고, 성을 이용하여 쌓은 누대를 수리하였다. 〈희우정기(喜雨亭記)〉에서는 관사 수리, 정자 신축, 연못 파기, 물길 끌어들이기, 나무 심기 등 경관 경영에 대하여 기술하였다. 증공(曾鞏)은 〈사정당기(思政堂記)〉에서 정치를 생각하기 위하여 당을 짓고 문 앞에는 빼어난 원림, 시원한 누대, 쉬며 즐기는 정자, 평평한 밭, 오솔길을 조성하고 아름다운 꽃과 나무, 대나무와 향초를 심었다고 하였다.

이상에서 살펴본 바와 같이 대각누정기는 산수에 대한 '조망'을 기본으로 하며, 그리고 '관조'와 '사색'을 통해 '이치'와 '현실'을 터득하였다. 또한 대각누정기는 인위적 경관 경영과정을 기록하기도 하였다.

3) 원림기 – 조형적 대상으로서의 산수

당나라 이후, 문인지식인층의 형성과 함께 원림 조성에도 큰 변화가 생겼다. 황가원림보다는 사가원림이 많아지기 시작하였던 것이다. 송대 이격비(李格非)가 지은 〈제낙양명원기후(題洛陽名園記後)〉를 보면, 당 정원과 개원 시기에 공경귀족 외에도 사배부들이 낙양에 천여 개의 관각과 저택을 건설하였고, 연못을 파거나 대나무를 심었으며, 정자와 사당을 지었다는 사실을 알 수 있다. 예를 들어, 우승유(牛

僧孺)·배도(裴度)·백거이 등은 모두 낙양성 안에 원림과 저택을 소유하고 있었고, 어떤 사람들은 성 밖 풍경지역에 산장과 별장을 지었다. 우승유의 낙양 저택과 정원은 약 400여 무(畝, 약 3350아르)가 되었다고 한다. 이덕유의 평천장은 둘레가 40리이고, '작은 정원'을 추구했던 백거이의 낙양 이도방원(履道坊園)도 10무(畝, 약 66아르) 정도였다고 한다. 왕유(王維)의 망천별업(輞川別業), 이덕유(李德裕)의 평천장(平泉莊), 백거이의 여산초당(廬山草堂)도 당시의 원림 경영의 하나였다.

백거이의 〈여산초당기〉·〈지상편(池上篇)〉, 이덕유의 〈평천산거초목기(平泉山居草木記)〉, 소순흠의 〈창랑정기〉, 사마광(司馬光)의 〈독락원기(獨樂園記)〉, 주장문(朱長文)의 〈낙포기(樂圃記)〉, 이격비의 〈낙양명원기〉, 장호(張淏)의 〈간악기(艮岳記)〉, 홍매(洪邁)의 〈반주기(盤洲記)〉, 육유(陸游)의 〈남원기(南園記)〉, 풍다복(馮多福)의 〈연산원기(研山園記)〉, 주밀(周密)의 〈오흥원림기(吳興園林記)〉 등이 당송 시기 대표적인 원림기라고 할 수 있다.

그 중에서 주목할 사람은 백거이이다. 백거이는 강주사마(江州司馬)로 폄적되었을 때, 여산의 향로봉(香爐峰)과 유애사(遺愛寺) 사이에 초당을 지었다. 초가집 3칸, 돌계단, 나무 기둥, 대나무로 엮은 담, 실내에 4개 침대, 두 폭 병풍, 초당 앞의 평대(平臺), 그 앞의 연못 속에서는 금붕어와 흰 연꽃을 키웠다. 이 연못은 작은 길이 둘러있고 대나무 울타리가 에워싸고 있다. 집 주위에는 산대나무와 들꽃, 늙은 소나무와 삼나무, 그리고 그 옆으로 폭포와 샘물이 쏟아지도록 배치하였다.[126] 이 원림기에는 '화목지어(花木池魚)'와 '옥우(屋宇)' 등 원림 조성의

---

126 白居易, 〈廬山草堂記〉(전략) 明年春, 草堂成. 三間兩柱, 二室四牖, 廣袤豊殺, 一稱心力, 洞北戶, 來陰風, 防徂暑也, 敞南甍, 納陽日, 虞祁寒也. 木斲而已, 不加丹. 墙圬

구성 요소[127]에 대하여 서술하였다. 이 원림기에는 '지세에 맞도록 짓자(因地制宜)', '자연을 본받자(師法自然)'[128] 등의 개념을 설명하였다. 이것을 보면, 백거이의 〈여산초당기〉는 문인지식인들의 세계에 대한 '조형'

而已, 不加白, 砌階用石, 羃窓用紙, 竹簾紵幃, 率稱是焉. 堂中設木榻四, 素屏二, 漆琴一張, 儒道佛書各三兩卷. 樂天旣來爲主, 仰觀山, 俯聽泉, 旁睨竹樹雲石. 自辰及酉, 應接不暇. 俄而物誘氣隨, 外適內和, 一宿體寧, 再宿心恬. 三宿後頹然嗒然, 不知其然而然. 自問其故, 答曰是居也, 前有平地, 輪廣 十丈; 中有平臺, 半平地; 臺南有方池, 倍平臺. 環池多山竹野卉, 池中生白蓮, 白魚. 又南抵石澗, 夾澗有古松老杉, 大僅十人圍, 高不知幾百尺, 修柯戛雲, 低枝拂潭, 如幢豎, 如蓋張, 如龍蛇走. 松下多灌叢, 蘿蔦葉蔓, 駢織承翳, 日月光不到地, 盛夏風氣如八九月時. 下鋪白石, 爲出入道. 堂北五步, 據層崖積石, 嵌空垤坱, 雜木異草, 蓋覆其上, 綠陰蒙蒙, 朱實離離, 不識其名, 四時一色. 又有飛泉植茗, 就以烹燀. 好事者見, 可以銷永日. 堂東有瀑布, 水懸三尺. 瀉階隅, 落石渠, 昏曉如練色, 夜中如環珮琴筑聲. 堂西倚北崖石趾, 以剖竹架空, 引崖上泉, 脈分線懸, 自檐注砌, 累累如貫珠, 霏微如雨露, 滴瀝飄灑, 隨風遠去, 其四傍耳目, 杖屨可及者, 春有錦繡谷花, 夏有石門澗雲, 秋有虎溪月, 冬有爐峰雪. 陰晴顯晦, 昏旦含吐, 千變萬狀, 不可殫記. 覼縷而言, 故云甲廬山者. 噫! 凡人豊一屋, 華一簣, 而起居其間, 尙不免有驕穩之態, 今我爲是物主, 物至致知, 各以類至, 又安得不外適內和, 體寧心恬哉! 昔永·遠·宗·雷輩十八人, 同入此山, 老死不返, 去我千載, 我知其心以是哉! 矧予自思, 從幼迨老, 若白屋, 若朱門, 凡所止, 雖一日二日, 輒覆簣土爲臺, 聚拳石爲山, 環斗水爲池, 其喜山水病癖如此. (후략)

127 童寯은 《江南園林志》(中國建築工業出版社, 1984年第2판, 9쪽)에서 造園의 요소를 1) 花木池魚 2) 屋宇 3) 疊石을 들었다. 1)은 천연적인 것 2)는 인공적인 것 3)은 半천연 半인공적인 것으로 성격을 규정하였다. 백거이는 疊石 외에 원림의 여러 요소들에 대해 서술하였다.

128 원림을 경영하는 원리를 말한다. 격식이나 인위적인 조작을 가하지 않고 자연적인 지세를 이용하여 원림을 경영한다는 의미이다. 計成은 《園冶·興造論》에서 '因'에 대하여 다음과 같이 말하였다
원림은 인차(因借)를 교묘하게 잘 이용해야 하고, 그 중에서 체의(體宜)가 가장 중요하다……'인(因)'이란 원림 지세의 높낮이에 따라 지형의 단정함을 관찰하여 방해가 되는 나무가 있으면 가지를 치고, 물이 흐르고 있으면 바위로 물길을 막아 그위에 물이 흐르게 하는 등 상호간에 융화되고 보충이 되게 만드는 것을 말한다. 또 정자를 세우기 좋은 곳에는 정자를 세우고, 사(榭)를 세우기 좋은 곳에는 사를 세운다. 길의 경우에는 한쪽으로 치우치게 내도 무방하나 구불구불 곡절이 있도록 하는 것이 좋으니, 이것이 '정교하면서도 합당한 것(精而合宜)'이다. (園林巧於因借, 精在體宜. …… 因者, 隨基勢高下, 體形之端正, 礙木刪椏, 泉流石注, 互相借資. 宜亭斯亭, 宜榭斯榭, 不妨偏徑, 頓置婉轉, 斯爲精而合宜者也.)

적 인식을 단적으로 말해주고 있다.

또한 그가 지은 〈지상편〉에 의하면, 낙양 이도방의 택원(宅園)은 정원과 주택의 대지가 모두 75무인데, 주택이 3분의 1, 물이 5분의 1, 대나무가 9분의 1을 차지하며, 기타는 섬, 다리, 길, 나무가 있다고 하였다. 정원의 중심은 연못이고, 연못에는 세 개의 섬을 만들었으며, 섬 위에는 정자가 있고, 다리로 섬과 섬을 서로 통하도록 하였다. 이것은 아마도 신선사상에서 기초한 방지원도(方池圓島)의 삼신산(영주, 방장, 봉래) 개념과 유사한 듯 하다. 그리고 연못 언덕은 구불구불한 길로 에워 쌓여 있으며, 모두 대나무를 뚫고 지나간다. 연못 안에는 백련과 절요릉(折腰菱), 창포를 심었으며, 그 남쪽에는 서정(西亭)·소루(小樓)·유랑(遊廊)을 조성하였다. 여기서 술 모임을 갖기도 하고, 달을 기다리기도 하며, 또 샘물 소리를 들었다. 연못의 북쪽에는 서고가 있는데, 자제들이 독서하던 곳이다. 연못의 동쪽에는 곡간을 두어 집안의 양식을 저장하였다. 또한 서쪽 담 밖으로 흐르는 이수(伊水)의 물줄기를 정원으로 끌어 들여, 서루(西樓)의 작은 개울을 만들었다. 게다가 원림에는 태호석(太湖石) 2개, 천축석(天竺石) 2개, 청석(靑石) 3개, 석순(石筍) 여러 개를 배치하였고, 학 한 쌍을 길렀다.

이상을 보면 이 원림은 주거공간에 붙어 있는 택원(宅園)일 가능성이 높다. 그는 10년 이상 장기적으로 원림을 경영하였으며, 원림 조성 기술과 의지, 그리고 사대부의 고아한 정취를 모두 잘 나타냈다. 이는 동준(童寯)이 《강남원림지》에서 말한 원림 조성의 3대 경지 1) 조밀함의 적정성(疏密得宜) 2) 다양한 변화(曲折盡致) 3) 눈앞에 보이는 경관(眼前有景)을 모두 갖추었다고 할 수 있다.

송나라 경력 5년(1054년) 소순흠은 관직의 뜻을 버리고 조그만 배를 타고 남쪽으로 유람을 떠났다가 소주의 물가, 높은 언덕, "꽃과 큰 대나무가 섞여 있는 사이에 난 작은 길"을 얻어 정자를 지었다. 이것이 창랑정이다. 그는 〈창랑정기〉[129]에서 퇴은(退隱)을 통하여 해탈 하고픈 심정을 표현하였다. 이 글에서 그는 《초사·어부》의 의경과 어울리는 공간을 경영하겠다고 하였다. 따라서 창랑정은 어부의 의경을 담아 면수원(面水園) 형태를 조성하였으며, 다시 차경(借景) 기법을 사용하여 주변 경관을 안으로 끌어들였다.[130] 현재 소주 창랑정의 기둥에 붙어있는 "청풍명월은 본래 값을 매길 수 없고, 가까운 물과 먼 산 모두 감정을 가지고 있다(淸風明月本無價, 近水遠山皆有情)."는 대련 역시 이와 같은 조형적 세계를 반영한 것이다.

129 蘇舜欽〈滄浪亭記〉予始罪廢, 無所歸, 扁舟南遊, 旅于吳中. 始僦舍以處, 始盛夏蒸燠, 土居皆褊狹, 不能出氣. 思得高爽虛辟之地, 以舒所懷, 不可得也. 一日過郡學, 東顧草樹鬱然, 崇阜廣水, 不類乎城中. 并水得微徑于雜花修竹之間, 東趣數百步, 有棄地, 縱廣合五六十尋, 三向皆水也. 杠之南, 其地益闊, 旁無民居, 左右皆林木相?蔽, 訪諸舊老, 云"錢氏有國, 近戚孫承祐之池館也"坳隆勝勢, 遺意尙存, 予愛而徘徊, 遂以錢四萬得之. 構亭北碕, 號滄浪焉. 前竹後水, 水之陽又竹, 無窮極, 澄川翠干, 光影會合于軒戶之間, 尤與風月爲相宜. 予時榜小舟, 幅巾以往, 至則灑然忘其歸, 觸而浩歌, 踞而仰嘯, 野老不至, 魚鳥共樂, 形骸旣適, 則神不煩, 觀聽無邪, 則道以明, 返思向之汨汨榮辱之場, 日與錙銖利害相磨戛, 隔此眞趣, 不亦鄙哉! 人固動物耳, 情橫于內而性伏, 必外寓于物而後遣, 寓久則溺, 以爲當然, 非勝是而易之, 則悲而不開. 惟仕宦溺人爲至深, 古之才哲君子, 有一失而于死者多矣, 是未知所以自勝之道. 予旣廢而獲斯勝, 安于沖曠不與衆驅, 因之復能乎內外失得之源, 沃然有得笑傲萬古, 尙未能忘其所寓目, 用是以爲勝焉.

130 계성은 《園冶·興造論》에서 借景에 대하여 다음과 같이 말하였다.
원림은 교묘하게 형체와 기세를 이용하고, 크고 작은 것을 정교하게 해야 한다……'차용(借)'하는데 있어, 원림이 비록 안과 밖에 차이가 있지만 좋은 풍경을 얻을 수만 있다면 멀고 가까운데 얽매일 필요가 없다. 맑게 갠 산봉우리가 우뚝 솟아 빼어나면 사찰이 허공을 뚫고 눈을 볼 수 있는 데까지 미친다. 세속적인 것을 버리고 아름다운 것을 받아들인다. 그러면 집 옆의 조그만 땅까지 모두 아름다운 경관이 될 것이다. 이것이 이른바 교묘하면서 적정함을 얻는 것이다. (園林巧於因借, 精在體宜. ……借者, 園雖別內外, 得景則無拘遠近, 晴巒聳秀, 紺宇凌空, 極目所至, 俗則屛之, 嘉則收之, 不分町畽, 盡爲烟景, 斯所謂巧而得體者也.)

구양수는 시정신(施正臣) 등 3명과 함께 진주(眞州) 동원(東園)을 경영하였고, 〈진주동원기〉를 지어 원림 배치에 대하여 서술하였다. 동원의 넓이는 백무이고, 동원 앞을 흐르는 물, 그 옆으로 맑은 연못, 북쪽으로 높은 대(臺), 대 위에 있는 불운정(拂雲亭), 연못가의 징허각(澄虛閣), 연못 안에 있는 화방재(畫舫齋), 동원의 가운데에 있는 청연당(淸宴堂), 후원의 사빈포(射賓圃)의 배치에 대하여 설명하였다.[131] 이 원림기는 물·연못·대·당·각·재·포 등 원림의 기본적 배치에 대하여 묘사하였다. 그리고 무성한 가시, 허물어진 담, 새와 짐승만이 짹짹거리던 황량한 황무지가 무성한 꽃과 나무, 장엄하고 화려한 누대, 여행객들이 노래 부르는 장소로 만드는 과정[132]을 생생하게 서술하였다.

이상의 논의를 요약하면, 원림기는 세계에 대한 '조형적' 태도를 가진다고 할 수 있다.

4. 마무리

지금까지 산수기의 경관에 대한 시각적 태도를 알아 보았다. 당송

---

131 歐陽修, 〈眞州東園記〉園之廣百畝, 而流水橫其前, 淸池浸其右, 高臺起其北. 臺, 吾望以拂雲之情; 池, 吾俯以澄虛之閣; 水, 吾泛以畫舫之舟. 歙其中以爲淸宴之堂, 辟其後以爲射賓之圃.

132 歐陽修, 〈眞州東園記〉芙蕖芰荷之的歷, 幽蘭白芷之芬芳, 與夫佳花美木列植而交陰, 此前日之蒼烟白露而荊棘也. 高甍巨桷, 水光日景動搖而下上, 其寬閑深靚, 可以答遠響而生淸風, 此前日之頹垣斷塹而荒墟也; 嘉時令節, 州人士女嘯歌而管絃, 此前日之晦冥風雨鼪鼯鳥獸之嗥音也. 吾於是信有力焉, 凡圖之所載, 蓋其一二之略也. 若乃升于高而望江山之遠近, 嬉于水而逐魚鳥之浮沈, 其物象意趣登臨之樂, 覽者各自得焉.

대 문인지식인들은, 자연을 경외나 윤리적 대상으로 삼았던 이전과 달리 미적 대상 혹은 현실인식의 공간이 되기 시작하였다. 이런 면에서 볼 때, 당송 문인지식인들은 이전의 문인들보다 현실과 공간에 대한 인식을 확장하였으며, 자연미를 새로운 각도로 발견하였다. 문인 지식인들은 현실참여와 퇴은 간의 상호모순을 극복하거나, 고양된 현실인식, 고상한 인격, 이상적인 정신세계를 표현해야만 했다. 이런 과정에서 중국의 산수기는 대각누정기, 유기, 원림기로 문체의 범주가 확대되었다.

이상을 요약해 보자. 당송 산수기는 '유기'·'대각누정기'·'원림기'를 포괄하며, 공간인식 방식에 따라 분화했다. 당송 산수기는 '산수경관'을 대상으로 삼는다는 점에서 동일하며, 공간 인식의 방식에 따라 각각의 장르적 본질을 이룬다고 할 수 있다. 유기는 세계에 대한 '체험', 대각누정기는 세계에 대한 '조망', 원림기는 세계에 대한 '조형'을 주로 하면서도 다른 요소들을 동시에 지니고 있다.

제9장

전통사대부의 공간

1. 구양수(歐陽修)의 취옹정(醉翁亭)을 찾아서

"진정한 지식인은 과연 어떤 모습인가?"

왕후장상(王侯將相)처럼 국가 권력을 마음껏 휘두르는 사람을 말하는가? 죽림칠현(竹林七賢)처럼 산수지간에 숨어사는 은사인가? 공맹(孔孟)처럼 만고의 통치이념을 만든 대성인을 말하는가? 지식인을 한 마디로 잘라 말하기 어렵다. 그러나 과거 중국인들에게 지식인은 대중들이 가고자 하는 방향을 제시하고 이끄는 '지도자'라고 여겼다. 그래서 지도자의 길이 무엇인가를 언급한 책이 유독 많았다. 그 중에서 《대학(大學)》은 대중들과 가까이 지내야 한다며 지도자의 '친민(親民)'을 강조하였다. 그리고 《맹자》는 한 걸음 더 나아가 대중들과 즐거움을 함께 하라며 '여민동락(與民同樂)'을 주문하였다.

그런데 이것이 훌륭한 이념이긴 하지만 근엄한 정전에 담기고 보니 그 여운이 아쉬웠던지, 송나라 구양수(歐陽修, 1007-1072, 字는 永叔)는 그 이치를 수려한 글 속에 담아 광채를 보태었다. 이 글이 바로 만고의 명작인 〈취옹정기(醉翁亭記)〉이다. 취옹(醉翁)은 작가가 자기 자신을 부른 이름인데, 술 취한 노인이라는 뜻이다. 그러나 사실 이 글을 지었을 때 작가는 노인이 아니었다. 송나라 인종(仁宗)시기(1045년)에 저주 태수로 좌천되었을 때 쓴 것으로 보아, 당시 그의 나이는 마흔이 못 되었던 것 같다. 그런데 스스로를 노인이라고 부른 것은 왜 일까? 그 의미는 〈취옹정기〉를 읽어보면 알 수 있다.

〈취옹정기〉는 취옹정을 기록한 기문(記文)이다. 이 정자는 낭야산 개화선사(開化禪寺)의 지선(智仙) 스님이 축조한 것이다. 중앙 정치에서에서 시련을 겪고 궁벽한 이곳으로 좌천되어 온 구양수를 위해 지

▎양천(釀泉)

▎월동 위에 새겨진 편액, 유정익연(有亭翼然): 청대 문인 위농(慰農)이 쓴 것이다.

었다고 한다. 당시 구양수는 정치적 실의를 느끼고 동료들과 함께 음주와 오락에 빠져있었지만, 지도자로서 백성들에 대한 애정만은 차마 떨치지 못하였던 것 같다. 그 사랑을 올곧게 담은 글이 바로 이것이다.

남경(南京)에서 안휘성(安徽省)의 수도인 합비(合肥) 방향으로 약 1시간 여 달리면 저주시에 당도한다. 저주시에서 10여 분 지점에 낭야산(琅琊山)이 위치하고 있다. 산문을 지나 850m를 지나면 취옹정 풍경구에 도착한다. 산의 계곡을 따라 올라가면 물이 좀 담겨진 연못이 보인다. 필자가 이곳을 찾았을 때는 겨울이어서 연못이 바닥을 드러내고 있었다. 이것이 파리소(玻璃沼)이다. 이 물은 방지(方池)에서 흘러온 것이고, 방지는 양천(釀泉)의 샘물이 모여서 된 것이다. 양천은 글자의 뜻으로 보아, 술을 빚는데 사용한 샘물인 것 같다. 이 샘물은 사계절 17-18℃를 유지하며 단맛이 난다고 한다. 양천 위로 난 다리를 지나면 바로 중국 4대 정자로 불리는 그 유명한 취옹정 문 앞에 당도한다.

▋날개를 펼친 듯 서 있는 취옹정 모습

　정자 하나가 홀로 서 있는 우리와 달리 중국의 정자는 대부분 주변의 여러 부속 건물과 일체를 이루고 있다. 정자를 보기 위해서는 담으로 둘러싸여있는 문을 통과해야 한다. 당연히 정자가 밖에서 보이지 않도록 설계되었다. 대부분의 경우 입장권을 사도록 만들었다. 취옹정도 마찬가지이다. 중국인들의 상업주의 일단을 잘 보여주는 예이기도 하지만, 경관에 대한 심미적 태도도 우리와 다르다는 점을 이해해야 한다. 중국 사람들은 하나의 경관을 한 눈에 쏙 들어오도록 하지 않고, 담과 회랑, 그리고 다리를 이용하여 조금씩 보여 주다가 어느 순간에 정점에 다다르도록 만든다. 이것이 이른바 점입가경(漸入佳境)의 방식이다.

　월동문(月洞門) 위에 새겨진 '有亭翼然(날개를 펼친 듯 정자가 서 있다)' 이라는 글귀가 유람객을 반긴다. 문을 지나 동쪽 뜨락에 들어서면 드디어 취옹정을 만날 수 있다. 16개 기둥이 지붕을 지탱하고, 그 사이로 나무 난간이 배치되어 있다. 진정 날개를 펼친 듯 처마가 하늘을 향해 치켜 올라갔다. 중국 남방지역 정자의 전형적인 모습을 하고 있었다. 이제 〈취옹정기〉를 읽으면서 구양수의 공간으로 들어가 보자.

저주(滁州)는 온통 산으로 에워싸여 있다. 그 중에서도 서남쪽 여러 산봉우리의 숲과 골짜기가 특히 아름답다. 멀리 바라다 보이는 울창하며 깊고 수려한 곳이 낭야산(琅琊山)이다. 그 산으로 6, 7리 가면 졸졸 흐르는 물소리가 점점 가까이 들려온다. 양쪽 봉우리 사이에서 흘러나오는 것이 양천(釀泉)이다. 봉우리를 돌아서 구불구불 길을 돌아가면, 샘 위에 새가 날개를 펼친 듯 정자가 서 있다. 이것이 취옹정(醉翁亭)이다. 정자를 지은 사람이 누구인가? 이 산의 지선(智仙) 스님이다. 이 정자의 이름을 붙인 사람은 누구인가? 태수(太守)가 자신의 호를 따서 지었다. 태수는 여기에서 손님과 술을 마신다. 조금만 마셔도 금방 취하고, 나이 또한 제일 많아서 스스로 취옹(醉翁)이라 불렀다. 취옹의 뜻은 술에 있는 것이 아니라 산수에 있다. 산수의 즐거움을 마음으로 터득하고 그것을 술에 기탁한 것이다.

해가 떠오르면 숲 속에는 안개가 걷히고, 구름이 돌아오면 산과 계곡이 어두워진다. 스스로 어두웠다가 밝아지는 것이 산 속의 아침과 저녁이다. 봄에는 야생화가 피어 그윽한 향기가 퍼지고, 여름이면 아름다운 나무가 우거지고 그늘이 드리운다. 가을에는 바람이 높이 불고 서리가 깨끗하며, 겨울에 물이 마르면 돌이 드러난다. 이것이 산 속의 사계절이다. 아침에 놀러가서 저녁에 돌아오는데, 사철의 풍광이 저마다 다르기 때문에 즐거움 또한 끝이 없다.

사람들은 등에 짐을 지고 길을 가며 노래한다. 나그네는 나무 아래서 쉰다. 앞사람이 노래 부르면 뒷사람이 따라 부른다. 허리가 구부러진 노인, 어른의 손을 잡은 아이가 끊이지 않고 오고 가는 것이 저주 사람들의 놀이이다. 시냇가에서 고기를 잡는다. 물이 깊어 물고기가 통통하게 살쪄있다. 양천의 물로 술을 빚으니 샘물이 향기로워 술이 맑다. 산과 들에서 나는 고기안주와 채소들을 이것저것 섞어 앞에 펼쳐 놓고 태수가 잔치를 벌인다. 술 마시고 즐겁게 노는 잔치에는 성대한 음악이 없어도 된다. 투호 화살이 항아리에 명중하고, 바둑내기에서 이기면 술잔이 이리저리 뒤섞인다. 일어났다 앉았다 떠들썩하며 여러 손님들이 즐긴다. 창백한 백발노인이 사람들 사이에서 비틀거린다. 태수가 취한 것이다.

이미 서산에 석양이 걸리니 사람들의 그림자가 분주해진다. 태수가 돌아가니 손님들이 그를 뒤따른다. 나무 숲 그늘에서 새들이 여기저기 지저귄다. 놀던 사람들이 돌아가니 새들이 즐거워하는 것이다. 그러나 새들은 산림(山林)의 즐거움은 알지만 사람의 즐거움을 알지 못한다. 사람들은 태수를 따라 즐겁게 노는 것은 알지만, 태수가 자기들이 즐겁게 노는 것을 보고 즐거워한다는 것을 알지 못한다. 취하면 사람들과 함께 즐길 줄 알고, 깨어나면 글을 가지고 즐거움을 표현할 수 있는 사람이 태수다. 태수는 누구인가? 여릉 사람 구양수다.

環滁皆山也. 其西南諸峯, 林壑尤美. 望之蔚然而深秀者, 瑯琊也. 山行六七里, 漸聞水聲潺潺, 而瀉出於兩峯之間者, 釀泉也. 峯回路轉, 有亭翼然臨于泉上者, 醉翁亭也. 作亭者誰? 山之僧智仙也. 名之者誰? 太守自謂也. 太守與客來飮于此, 飮少輒醉, 而年又最高, 故自號曰醉翁也. 醉翁之意不在酒, 在乎山水之間也. 山水之樂, 得之心而寓之酒也. 若夫日出而林霏開, 雲歸而巖穴暝, 晦明變化者, 山間之朝暮也. 野芳發而幽香, 佳木秀而繁陰, 風霜高潔, 水落而石出者, 山間之四時也. 朝而往, 暮而歸, 四時之景不同, 而樂亦無窮也.

至於負者歌于途, 行者休于樹, 前者呼, 後者應, 傴僂提攜, 往來而不絶者, 滁人遊也. 臨溪而漁, 溪深而魚肥; 釀泉爲酒, 泉香而酒洌; 山肴野蔌, 雜然而前陳者, 太守宴也. 宴酣之樂, 非絲非竹; 射者中, 奕者勝, 觥籌交錯, 起坐而喧嘩者, 衆賓歡也. 蒼顔白髮, 頹然乎其間者, 太守醉也. 已而夕陽在山, 人影散亂, 太守歸而賓客從也. 樹林陰翳, 鳴聲上下, 遊人去而禽鳥樂也. 然而禽鳥知山林之樂, 而不知人之樂; 人知從太守遊而樂, 而不知太守之樂其樂也. 醉能同其樂, 醒能述以文者, 太守也. 太守謂誰? 廬陵歐陽修也.   《구양문충공문집(歐陽文忠公文集)》

그리 길지 않은 글이지만 막힘이 없고 많은 내용을 담아냈다. 자연이라는 아름다운 공간 속에서 일어나는 하루 그리고 사계절의 변화, 그곳에서 사는 저주지방 사람들의 태평스런 모습과 놀이, 그리고 저주 사람들에게 대한 지도자로서의 애정, 정치철학을 아주 자연스럽게 녹여냈다.

작가는 렌즈의 줌인 방법을 동원하였다. 저주지방→저주의 서남쪽 여러 산봉우리→낭야산→낭야산의 6·7리에 있는 양천→양천 가의 취옹정으로 포커스를 좁혔다. 이른바 '초점현경법(焦點顯景法)'을 사용한 것이다. 취옹정에 이르러서는 '취옹'의 뜻은 "술에 있는 것이 아니라 산수에 있다."고 했다. 술에 취하는 것이 아니라 산수의 아름다움에 취했다는 뜻이리라. 사시사철의 다양한 변화, 무진장한 산수의 아름다움 속에 작가가 있다.

작가는 저주의 백성들과 이 정자에서 여러 가지 놀이를 하며 잔치를 즐긴다. 혼자서 즐기는 것이 아니라 "백성과 더불어 즐긴다." 그

▌송나라 대문호 소동파의 편액 글씨 　　▌이현당(二賢堂)과 취옹정(醉翁亭) 석각

러면 "많은 손님들이 즐거워한다."는 것이다. "손님과 함께 마시다."
가 문득 "창백한 백발노인이 사람들 사이에서 비틀거린다."

　왁자지껄했던 숲 속의 잔치가 끝나고, 사람들이 귀가하자 놀이터
를 빼앗겼던 새와 짐승들이 제 세상을 만나 즐거워하고 있다. 그것들
이 인간의 즐거움을 어찌 알 것인가? 저수 사람들은 태수를 따라 즐
기고도 왜 태수가 즐거운 지를 모르는 것과 무엇이 다른가!

　나이 마흔도 안 되어 스스로를 늙은이라고 한 이유가 바로 여기에
있는 것이다. 술을 마시며 백성과 함께 즐길 줄 알고, 깨어나서는 글로
그 사실을 기록하니 그들의 지도자이면서 어른이기 때문일 것이다.

　1091년에는 대문호 소동파가 당시 저주 태수였던 왕조(王詔)의 부
탁으로 〈취옹정기〉를 비석에 새겼다. 구양수의 글에 소동파의 글씨
는 대문장가의 만남이라는 면에서 만고의 가치를 가진다. 취옹정이
처음 지어졌을 때는 달랑 정자 한 채 뿐이었다. 1095년이 되어 저주
사람들이 이 고장 태수를 지낸 왕우칭(王禹偁)과 구양수의 업적을 기
리기 위해 이현당(二賢堂)을 추가로 건립하였고, 이어서 1121년에는
이현당 서쪽으로 동취정(同醉亭)을 보탰으며, 명나라 때에 주변에 청
천정(聽泉亭)·의재정(意在亭)·영향정(影香亭)·고매정(古梅亭)·보송재

(寶宋齋)·풍공사(馮公祠) 등의 건물을 증축하여 오늘날에 이르고 있다. 역사적 인물에 대한 존중과 그것을 인문경관으로 부단히 확장하려는 중국인들의 태도를 주목해야 한다.

구양수는 〈취옹정기〉를 짓고 나서 다음의 시(제저주취옹정(題滁州醉翁亭))를 지었다. 앞의 글과 달리 이 시에는 그 어떤 거대담론도 거론하지 않고 그저 자연 속에 유유자적하는 시인으로만 남아있다.

마흔이면 아직 늙지 않았는데,	四十未有老
우연히 '술 취한 늙은이'라는 글을 지었네.	醉翁偶題篇
술에 취하면 모든 것을 잃고 마는데,	醉中遺萬物
어찌 내 나이인들 기억하랴	豈復記吾年
정자 아래 흐르는 물이	但愛亭下水
봉우리 사이에서 어지럽게 흘러나오는 것이 좋을 뿐이네.	來從亂峰間
물은 공중에서 떨어지는 듯 소리를 내며	聲如自空落
두 처마 앞을 향해 내달린다.	瀉向兩檐前
바위 아래 계곡으로 흘러든 물은	流入巖下溪
그윽한 샘물을 도와 졸졸 흐르게 만든다.	幽泉助涓涓
샘물 소리는 마구 말소리에 들어오지 않으니	響不亂入語
그 맑음 피리나 가야금 소리가 아니다	其清非管弦
어찌 가야금과 피리 소리보다 감미롭지 않으랴	豈不美絲竹
가야금과 피리는 번잡한 소리를 이겨내지 못한다.	絲竹不勝繁
그래서 자주 술을 들고	所以屢携酒
먼 길을 걸어 졸졸 흐르는 샘가로 왔다	遠步就潺湲
들새는 내가 취한 것을 엿보고	野鳥窺我醉

계곡은 나에게 잠을 자고 가라 한다.	溪云留我眠
산꽃은 그저 웃을 뿐	山花徒能笑
나의 말을 알아듣지 못한다.	不解與我言
바위 사이에서 부는 바람만이	唯有巖風來
나를 깨워 돌아가게 하네.	吹我還醒來

2. 소동파의 고향 미산(眉山) 삼소사(三蘇祠)를 찾아서

동아시아 문화를 움직였던 대표적인 인물에 대한 관심은 동아시아학을 이해하는 관건이라고 할 수 있다. 역사와 문화라는 것이 대중들이 만드는 것이라고 하지만, 그 큰 물줄기나 방향은 이른바 소수의 문화영웅들이 정하는 것이기 때문이다.

동아시아문화사의 최고 인물을 시대별로 꼽으라면 고대에는 공자(孔子), 중세에는 소동파(蘇東坡), 근대에는 노신(魯迅)을 꼽고 싶다. 이 세 인물은 그 어떤 사람보다 해당 문명의 최고봉일 뿐 아니라 그 다음 문명이 탄생하는데 초석이 된 인물들이다.

그 중에서 개인적으로 좋아하는 사람을 하나만 고르라고 한다면 소동파를 선택하겠다. 그는 공자 같은 성인이 아니라 지식인이기 때문에 가까이 하기 용이하다. 또한 노신 같은 투사가 아니고 풍류객이라서 멋있다. 소동파는 중세의 중심에 살았고, 문화의 품격을 최고의 경지에 올려놓은 장본인이다. 시, 문, 글씨, 그림, 사상 등 어떤 분야도 통달하지 않은 것이 없었다. 말하자면 문사철과 시서화를 모두 실천한 사람이다. 동아시아의 그 어떤 지식인도 그의 문화수준을 뛰

▐ 삼소의 원림

어넘지 못한다. 더욱이 그의 호방한 인품과 풍류, 산수자연을 통해
속세의 고난을 극복하는 방법은 동아시아의 문화수준을 맘껏 격상
시켰다고 할 수 있다.

그러나 필자가 소동파를 흠모하게 된 계기는 우연적이었다. 다름
아닌 필자의 아호 때문이다. 필자는 수년 전부터 '소봉(蘇峰)'이라는
아호를 사용하고 있었다. 이것은 경운서당의 주인 경운(景雲) 신철우
(申哲雨) 선생님께서 내려주신 것이다. 내가 선생님을 종유(從遊)하던
어느 날, 선생님께서 문득 필자에게 이 아호를 지어주셨다. 그리고
그 의미를 두 가지로 설명하셨다. 첫째, 중국문학을 전공하고 있던
필자에게 소동파의 필봉처럼 우뚝 솟아야 한다는 주문이었고, 둘째
는 필자가 부여의 부소산(扶蘇山) 아래에서 출생하였으니 당호로서
사용해도 된다고 하셨다. 한꺼번에 당호(堂號)와 학호(學號)를 동시에
얻었다. 참으로 과분한 아호지만, 선생님의 뜻에 따라 즐겨 쓰면서

▌삼소사의 소동파 석상

그 뜻을 저버리지 않으려고 노력하고 있다.

　소동파의 고향인 미산(眉山)을 찾은 것은 이미 20년 가까이 지난 2002년 7월 3일이었으니, 그 후 많이 변화하였을 것이다. 당시의 기억을 따라가 본다. 아미산과 낙산(樂山)을 답사하고, 성도(成都)로 이동하는 도중이었다. 미산은 민강(岷江)의 중류에 있고, 아미산의 북쪽에 있다고 하여 붙여진 지명이다. 지형적으로 보면, 민산으로부터 여러 봉우리가 겹겹이 이어져 3백 리를 뻗어 내려오다가 이곳에 이르러 갑자기 3개의 봉우리가 우뚝 솟아오른다. 그 중에서 두개의 봉우리가 정면으로 대치하는 형국을 하고 있다. 3개의 봉우리는 마치 소동파 삼부자(소순(蘇洵), 그의 아들 소식(蘇軾)·소철(蘇轍))가 송대의 수많은 문인 중에 우뚝 솟아오른 것과 같으며, 두 개의 봉우리가 대치하고 있는 것은 소동파와 그 동생 소철이 문명(文名)을 나란히 하고 있는 것처럼 보였다.

　미산은 온통 소씨 삼부자 때문에 먹고사는 도시 같아 보였다. 이들이 아니었다면 중국인들은 물론이고 외국 사람이 어찌 궁벽한 미산을 기억할 수 있었을까? 이 도시에 들어서면, 온통 삼소와 관련된 것들이 눈에 들어온다. 예를 들면, 술 이름이 '삼소(三蘇)', 인력거 회사 이름도 '소식(蘇軾)', 노래방도 '소식(三蘇)가라오케'이다. 우리 눈에 잠시 들어온 것이 이 정도니, 미산 사람들은 삼소와 함께 살고 있다고 해도 과언이 아니다. 과연 땅은 사람에 의해서 전해진다(地以人傳)라는 말이 실감났다.

이곳 미산에 가면 삼소를 기리는 삼소사(三蘇祠)가 있다. 삼소사는 관광을 즐기는 유람객들에게 널리 알려진 명소는 아니다. 때문에 우리를 태운 여행사의 버스 기사조차도 삼소사를 찾는 데 한참 애를 먹었다.

삼소사는 미산시 동파구(東坡區) 서남쪽 모퉁이에 위치하고 있다. 이곳에는 원래 소택고정(蘇宅古井), 세연지(洗硯池), 비정(碑亭), 목가산당(木假山堂) 등이 있었는데, 명나라 때 고택을 사당으로 바꾸었다. 그것도 나중에 전쟁으로 불타 없어졌고, 지금 남아 있는 삼소사는 청나라 강희 4년(1665)에 중수한 것이다. 이어서 운서루(雲嶼樓, 1875)와 파풍사(坡風榭, 1898)를 세워 전체 면적이 약 5만 6천여 평에 달한다. 규모가 꽤 큰 원림식 사당이다. 사천지방의 대표적인 전통 원림으로, 붉은 담이 사당을 에워싸고 있고, 고목과 푸른 대나무가 푸른 물에 아름답게 비친다.

삼소사에서 가장 주목할 건물은 목가산당(木假山堂)이다. 이 건물에 배치된 목가산 때문에 붙여진 이름이다. 목가산은 청 건륭시기(1754) 이곳 미주 지주였던 염원청(閻源淸)이 본래 있던 목가산방(木假山房)을 수리할 때 배치한 것이다. 이 건물에는 항주 사람 송봉기(宋鳳

▌삼소상의 목가산의 모습

起)가 쓴 '木假山堂'이라는 편액이 걸려있고, 그 아래에는 목가산이 늠름하게 서 있다. 지금의 목가산은 청 도광 12년(1832)에 미산서원의 주강(主講)이었던 이몽련(李夢蓮)이 민강 가에서 주워서 진열한 것이라고 한다. 검은색 나무뿌리인데, 재질이 단단하고 세 봉우리가 우뚝하다. 나무뿌리가 물에 씻기고 바람에 깎여 생긴 것이다.

〈목가산기(木假山記)〉를 쓴 소순은 본래 2개의 목가산을 가지고 있었다고 한다. 하나는 산골 노인이 가지고 있던 것을 담비 가죽옷과 바꾼 것인데, 미산의 자기 집 정원에 두었다고 한다. 또 하나는 소순이 두 아들을 데리고 소순 일가가 당시 송나라 수도 개봉(開封)으로 이사하는 도중 민강과 장강을 따라 내려와 장강 삼협에 이르렀을 때, 그 지역 양미구(楊美球)에게 얻은 것이다. 양미구는 소순에게 자기 아버지의 묘지명을 부탁하고 그 대가로 목가산을 선물로 주었다고 한다. 소순은 이 목가산을 개봉으로 가지고 가서 여러 사람들과 감상하였다고 한다. 지금 목가산당에 있는 것은 본래 소순이 가지고 있던 것이 아니다.

소순은 어릴 적에 공부에 뜻이 없었고, 27살이 되어서야 독서를 결심하였다. 두 차례의 과거시험에 떨어졌지만 구양수에게 발탁되어 벼슬길에 나섰다. 이런 기회로 인해 그의 두 아들까지 문명을 날리게 되었다. 사람의 만남은 참으로 운명적이다. 중국인들은 옛부터 인재를 나무(材木)에 비유하곤 하였다. 소순도 나무의 생장 과정을 가지고 곡절 많은 인생사를 비유하였다. 목가산이 되어 사람들의 사랑을 받는 것이 아주 다행이라고 여겼다. 소순은 목가산을 통하여 자신의 운명을 서술하였다. 자신은 비록 목가산처럼 은거하고 있지만, 세상을 만나면 이름이 알려질 것이라는 간절한 소망을 가지고 있었다. 또한 목가산의 세 봉우리에 삼부자의 고고한 기상과 품성을 투영하기도 하였다. 〈목가산기〉를 잠시 감상하기로 하자.

나무의 생명이란, 어떤 것은 싹이 나다가 죽기도 하고 어떤 것은 한 아름 되었다가 일찍 죽기도 한다. 다행히 크게 자라도 대들보 감으로 베어지고, 불행하면 바람에 뽑히거나 물에 쓸려 떠나려 간다. 그러면 어떤 것은 꺾이고 어떤 것은 썩어버린다. 다행히 꺾어지고 썩지 않는다고 해도 사람에게 재목으로 쓰이기도 하고, 도끼에 찍힐까 근심하게 된다. 가장 행복한 것은, 모래가 급히 휘도는 곳에 가라앉아 수백 년 알려지지 않는 동안 세찬 물살에 부딪치고 침식당한 나머지가 마치 산 모양처럼 되는 것이다.

우리 집에 세 개의 봉우리가 있다. 내가 매일 그것을 사모하니 아마도 운명이 그 안에 존재하는 것 같다. 또한 싹이 났다가 죽지 않고, 아름드리가 되어 죽지 않으며, 대들보가 되어도 베어지지 않고, 바람에 뽑혀 물에 떠내려가도 부서지거나 썩지 않으며, 사람에 의해서 재목으로 쓰이거나 도끼에 찍히지 않았고, 모래톱에 드러났지만 나무꾼과 농부의 땔감이 되지 않은 뒤에 이곳에 도착하게 된 것이니, 그 이치가 우연이 아닌 듯 하구나.

그러나 내가 그것을 사랑하는 것은 단지 그것이 산처럼 생겨서 그런 것이 아니라 또한 감정을 가지고 있기 때문이다. 그것을 사랑만 하는 것이 아니라 존경까지 한다. 가운데 봉우리를 보면, 듬직하고 도도하며, 의기가 반듯하고 진중하여 옆에 있는 두 봉우리를 굴복시키는 것 같다. 두 봉우리는 튼튼하면서 날카로워 범할 수 없을 만큼 늠름하다. 비록 가운데 봉우리에게 기세가 눌리지만, 험준하여 결코 아부할 뜻이 없다. 아! 존경할 만하구나! 감동할 만하구나![133]

이 글은 나무의 운명과 목가산의 모습과 기세를 서술하였다. 나무의 운명은 바로 소순이 걸었던 인생길이다. 세 봉우리의 품성과 절개는 소순의 도덕적 인격을 말해준다고 할 수 있다. 세 봉우리는 삼소

---

133 〈木假山記〉: 木之生, 或蘖而殤, 或拱而夭; 幸而至於任爲棟梁則伐, 不幸而爲風之所拔, 水之所漂, 或破折, 或腐; 幸而得不破折不腐, 則爲人之所材, 而有斧斤之患. 其最幸者, 漂沉汨沒於湍沙之間, 不知其幾百年; 而激射齧食之餘, 或髣髴於山者, 則爲好事者取去, 强之以爲山, 然後可以脫泥沙而遠斧斤. 而荒江之濆, 如此者幾何? 不爲好事者所見, 而爲樵夫野人所薪者, 何可勝數? 則其最幸者之中, 又有不幸者焉. 予家有三峯, 予每思之, 則疑其有數存乎其間. 且其蘖而不殤, 拱而不夭, 任爲棟梁而不伐, 風拔水漂而不破折不腐; 不破折不腐, 而不爲人所材, 以及於斧斤; 出於湍沙之間, 而不爲樵夫野人之所薪, 而後得至乎此; 則其理似不偶然也.
然予之愛之, 非徒愛其似山, 而又有所感焉; 非徒愛之, 而又有所敬焉. 予見中峯, 魁岸踞肆, 意氣端重, 若有以服其旁之二峯; 二峯者, 莊栗刻峭, 凜乎不可犯, 雖其勢服於中峰, 而岌然決無阿附意. 吁! 其可敬也夫! 其可以有所感夫!

를 비유하여, 굽히거나 아부하지 않는 절개를 나타내고 있다. 삼소
는 벼슬하는 동안 겪었던 정치적 험로, 거듭되는 부침에도 자신의
뜻을 굽히지 않았고 세상과 영합하지 않았다. 만약 소순이 구양수를
만나지 않았다면 세상에 묻혀버린 평범한 사람으로 늙어죽었을 것이
다. 소동파는 1057년 진사과에 급제하여 정계에 입문한 뒤, 지방 관
리를 두루 거치다가, 1079년(元豊 2년) 이른바 오대시안(烏臺詩案)에 연
루되어 형극의 길을 걷게 되었다. 황주(黃州), 그리고 혜주(惠州)로, 다
시 담주(儋州, 지금의 海南島)까지 좌천되어 정치적 유랑을 떠났다. 험난
한 길을 걸으면서도 가슴에는 언제나 우주와 같은 넓은 기상과 백성
을 사랑하는 마음으로 가득하였다. 그의 동생 소철 역시 형과 함께
진사과에 급제하였지만 왕안석 일파와의 갈등으로 굴곡이 많은 정
치 생활을 해야 했다. 그러나 그 역시 왕양담박(汪洋澹泊)한 풍격을 잃
지 않고 살았다.

목가산은 오늘도 삼소의 기상을 홀로 지키고 있다. 피풍사 북단 약
20m 부근에 소동파 조각상이 앉아 있다. 1982년 사천성의 유명한 조
각가 조수동(趙樹同)이 조각한 것이라고 한다. 서연지(瑞蓮池) 남단에
서서 북쪽을 바라보면 서연정(瑞蓮亭), 백파정(百坡亭), 피풍사(披風榭)
순서로 투시하여 마침내 동파 조각상에 초점이 모아진다. 경관적 차
원에서 보면 이 조각상은 집경(集景)의 의미를 지닌다. 마치 동파가
그윽한 표정을 지으며 원림 속에 정신적 즐거움을 찾고 있는 것 같았
다. 원림 안에는 쾌우정(快雨亭), 운서루(雲嶼樓), 포월정(抱月亭), 녹주정
(綠洲亭), 반담추수(半潭秋水), 선오(船塢), 세연지(洗硯池) 등이 있다. 이것
들이 사대부의 아취를 더욱 두드러지게 하였다.

제10장

공간과 텍스트:

편액(匾額)과 영련(楹聯)

편액과 영련은 문자가 만들어낸 경관으로서, 원림과 관련성이 깊다. 편액과 영련은 규모가 큰 원명원(圓明園)과 피서산장(避暑山莊)은 말할 것도 없고, 지방의 작은 원림, 내지는 명승지의 건물에 두루 달려 있다.

영련은 오대(五代) 후촉주(後蜀主) 맹창(孟昶)이 궁문(宮門)의 도부판(桃符板)에 글을 써서 붙인 것이 시작이라고 한다.[134] 송대에 이르러 건축물의 기둥에 걸었다.

편액과 영련은 건축물의 구성에서 보면 '虛'에 해당하지만 그 의미를 표현한다. 이것이 바로 원리미학에서 말하는 '허실상생'의 경지이다.

편액과 영련은 시인과 명사들이 짓고, 이것을 서예가들이 다양한 서체와 필법으로 재현한 것이다. 글을 짓고 쓰는 행위 외에 그것을 새기는 목각 예술이 더해진다. 이처럼 편액과 영련은 다단계의 재현 체계 속에 존재하므로, 문학미·건축미·서예미·조각미를 동시에 요구한다고 할 수 있다.

편액과 영련은 하나의 건축물에 붙어 있는 것으로서 일반적인 문학작품과 달리 건축물과 사람을 소통시키는 역할을 담당한다.

---

134 宋 張唐英《蜀檮杌》의 기록에 後蜀主 孟昶이 除夜에 학사 辛(幸)寅遜에게 宮門의 桃符板에 글을 써서 붙이도록 명령하였다고 한다. 그런데 그 글귀가 자기의 뜻에 맞지 않자 직접 "新年納餘慶, 佳節號長春"라는 글귀를 지었다고 한다.

▌浙江省 紹興 沈園 半壁亭의 匾額과 楹聯:
"莫因半壁忘全壁, 最愛詩園是沈園"
송대 陸游가 벽에 釵頭鳳詞를 썼다는 것에
서 유래한 것이다.

▌紹興 西園 冬瑞亭 편액과 영련
楓葉欲殘看愈好, 梅花未動意先香

1. 중국 영련(楹聯)에서의 시간과 공간의 관계

어떤 경관, 어떤 정자라도 글씨로 제목을 붙이지 않으면 쓸쓸하여
재미가 없다. 산수자연 상태로 두면 생기가 나지 않는다.

若干景致, 若干亭樹, 無字標題, 也覺寥落無趣, 任是花柳山水, 也斷

不能生色   《紅樓夢第17回》

(건물에게는) 반드시 개성이 있고 특출하며 글과 행동이 남보다 뛰어

난 사람이 있어야 한다. 그렇지 않으면 옥으로 만든 발이나 단청을

입힌 대들보는 한갓 술과 고기를 먹는 장소에 불과해진다.

必皆倜儻奇偉文行過人者, 否則珠簾畵棟, 徒酒肉場耳

錢大昕〈寒碧莊宴集序〉

동쪽 정원에서 술을 싣고 서쪽 정원에서 취하며   東園載酒西園醉

남쪽 밭두둑에서 꽃을 찾아 북쪽 두둑으로 돌아오네

南陌尋花北陌歸

〈蘇州 耦園의 客廳對聯〉

1) 영련이란?

이상에서 인용한 것은 모두 영련이다. 영련(楹聯)은 '대련(對聯)' 혹은 '주련(柱聯)'이라고 부른다. '聯'은 '連'과 의미가 통한다. 반드시 두 句 이상으로 짝수를 이루기 때문에 '대련'이라고 하였다. 《설문해자(說文解字)》에 "영은 기둥이다(楹, 柱也)."라고 하였다. '楹'은 고대 건축물의 앞 뒤 네 개의 기둥 중에서 앞의 두 개 기둥을 말한다. 그러므로 '주련'은 바로 건축물의 앞 기둥에 걸려있는 것을 말한다. 우측을 '상련(上聯)'이라 부르고, 좌측을 '하련(下聯)'이라고 한다. 주련의 글은 대칭을 기본으로 하고, 글자 수와 운율을 따진다.

영련에 대한 연구는 한국은 물론 중국에서도 활발하지 못하다. 그동안 영련을 모은 책이나 몇 편의 글이 있을 뿐이다. 영련에 대한 연구를 대략적으로 살펴보면, 첫 번째가 텍스트적 접근이다. 영련은 기본적으로 시사(詩詞)를 변용한 것이 가장 많기 때문이다. 영련을 산수시, 누정기, 유기, 원림기, 제화시 등과 함께 경관에 대한 글쓰기로 취급하였다. 둘째, 영련은 창작자의 삶과 자연에 대한 태도, 인생관을 담고 있기 때문에 누가 지었는지가 매우 중요하다. 셋째 문화경관적 접근이다. 영련은 석각, 편액과 함께 문화경관을 이루는 중요한 요소이기 때문이다. 다섯째로 예술적 차원의 접근이다. 영련은 글을 짓는 행위 외에도 그것을 예술적으로 표현하는 것과도 긴밀한 관계를 가지고 있다. 즉, 서예, 목각 예술과의 관련성에 대해서도 심도 있는 연구가 필요하다.

2) 영련의 종류

영련의 종류는 사람, 일, 지역, 시간의 특정한 조건에 따라 몇 가지로 나눌 수 있다. ㉠ 명승지에 대한 감상(名勝古跡聯), ㉡ 정원과 궁실에 대한 찬탄(居室園林店鋪聯) ㉢ 사람과 사건에 대한 축하(慶賀聯) ㉣ 인문(人文)과 물화(物華)에 대한 칭송 ㉤ 시대의 흥망성쇠, 개인적 처지에 대한 평론 및 교제(應酬題贈聯) ㉥ 새해맞이(春聯) 등으로 나눌 수 있다. 또한 주연용(周淵龍) 등은 영련의 종류에 대하여 《고금장련집주(古今長聯輯注)》에서 ① 사묘(祠廟) ② 승적(勝迹) ③ 취련(趣聯) ④ 애만(哀挽) ⑥ 제증(題贈)으로 나누었다.[135]

또한 글자 수에 따라 구분하기도 한다. 4자구, 5자구, 7자구로 이루어진 단련(短聯), 그리고 60자 이상의 장련(長聯)으로 구분할 수 있다. 대체로 긴 편폭으로는 장지동(張之洞)이 지은 〈악양군산굴원상비사련(岳陽君山屈原湘妃祀聯)〉(408자)이 있고, 가장 긴 것으로 종운방(鍾耘舫)이 지은 〈강진임강성루련(江津臨江城樓聯)〉(1612字)이 있다.

형식에 따라 감자련(嵌字聯), 첩자련(疊字聯), 해음련(諧音聯)으로 나눈다.

감자련은 경관의 이름을 문장 속에 배치하여 만든 대련을 말한다. 곽말약(郭沫若)이 사천(四川) 신도현(新都縣)의 양승암(楊升庵) 고거의 원림에 쓴 대련을 예로 들 수 있다.

계화 향기가 펄럭이니 　　　　　　　　　　　桂蕊飄饗,

아름답다 즐거운 땅이여 　　　　　　　　　　美哉樂土,

호수 경관이 색을 더하여 　　　　　　　　　　湖觀增色,

---

135 周淵龍 등 편저 《古今長聯輯注》(수정판), 湖南大學出版社, 1999.

인간세상을 바꾸어버렸다. 　　　　　　　　　　　換了人間

상련에 있는 '桂'자, 하련에 있는 '湖'로부터 이곳이 계호(桂湖)라는 것을 알 수 있다.

첩자련은 한 글자를 연속으로 사용하여, 어음의 중첩을 이용하여 대련의 예술적 효과를 높이는 방식이다. 항주 서호의 화신묘(花神廟, 현재의 湖山春社, 曲院風荷에 남아 있다)의 대련을 예로 들 수 있다.

　　　푸른 버드나무 붉은 복숭아꽃, 곳곳마다 앵무새와 제비가 춤을 춘다
　　　　　　　　　　　翠翠紅紅 處處鶯鶯燕燕
　　　바람 불고 비가 내리며, 해마다 아침저녁으로 노닐자.
　　　　　　　　　　　　　風風雨雨 年年暮暮朝朝

상련은 翠, 紅, 處, 鶯, 燕 5자를 중첩하였고, 하련은 風, 雨, 年, 暮, 朝 5자를 중첩하여 만들었다.

해음련은 같은 음과 가까운 음을 가지고 지은 대련을 말한다. 하북성(河北省) 진황도시(秦皇島市) 맹강녀묘(孟姜女廟)의 대련을 예로 들 수 있다.

　　　바닷물 조수가 아침마다 밀려오는데, 아침에 몰려왔다가 저녁에 물러간다.
　　　　　　　　　海水朝(潮), 朝朝朝(潮), 朝朝(潮)朝落
　　　뜬 구름이 퍼져 오래 지속되는데, 항상 퍼졌다가 항상 사라진다.
　　　　　　　浮雲長(漲), 長(常)長(常)長(漲), 長(常)長(漲)長(常)消

상련은 朝자를 7번 반복하였고, 하련은 長자를 7번 나열하였다.

영련은 시사(詩詞)를 변환한 것이지만, 본래의 시사와 다른 특수한 문학형식이다. 사부와 변문의 풍격을 가지고 있기도 하고, 시와 사곡처럼 운율을 가지고 있다.

3) 영련과 원림의 관계

영련은 원림, 특히 사가원림이나 강남 원림과 긴밀한 관계가 있다. 사가원림의 주인들은 높은 문학적 소양을 가지고 원림을 자신들의 세계관에 따라 경영하려고 하였다. 중국 사가원림은 비교적 서권기 (書卷氣)가 풍부하다. 사가원림 속 각 건물에 걸려 있는 편액과 영련 등은 사대부들의 청취와 사상을 더욱 돋보이게 한다. 졸정원 〈설향 운울정(雪香雲蔚亭)〉을 예로 들어 보면, 이 건물에는 두 개의 편액이 달려 있다. 하나는 처마 밑에 달린 "山花野鳥之間"[136]으로, 이 정자가 산꽃이 피어있고 들새가 우는 곳에 들어 있음을 표현하였다. 비록 자신이 도시 안에 있어도 산과 들 속에 살고 싶은 바람을 나타냈다고 할 수 있다. 또 하나는 정자 안에 걸려 있는 편액으로 "설향운울(雪香雲蔚)"[137]이다. 흰 눈 같은 매화 향기가 우거진 숲 속에 날린다는 의미이다. 정자에는 다음과 같은 영련이 달려 있다.

---

136 山花野鳥之間: 명나라 倪元璐가 짓고 쓴 것이다. 倪元璐의 자는 汝玉, 호는 鴻寶, 上虞人. 시문과 초서에 능했다.
137 雪香雲蔚: 하얀 매화 향기가 울창한 숲 속에 퍼진다는 의미로서, 상해의 서예가 錢君匋가 補書하였다. 이 정자는 물이 돌아가는 작은 섬 서쪽 모퉁이 흙 산 위에 있는데, 주변에는 대나무, 버들, 단풍, 소나무가 숲을 이루고 있고, 새가 날고, 계수가 졸졸거리는 것이 마치 들판에 온 것 같은 느낌을 받는다.

매미가 울수록 숲은 더욱 조용해지고,　　　　　　　蟬噪林愈靜

새가 울수록 산은 더욱 그윽해진다."　　　　　　　鳥鳴山更幽

이 영련은 공간을 철학적으로 해석하였다. 산과 숲은 본래 조용하다. 아무리 매미 소리와 새 소리가 소란스러워도 움직이지 않는다. 오히려 외적 환경에 아랑곳 하지 않고 내적 침잠에 빠진다.

영련은 경관에 대한 작가의 견해와 인식, 또한 철학 사상을 표현한다. 영련은 하나의 경관, 한 사람, 한 가지 일로부터 연상을 불러일으켜 높은 경지에 도달하도록 하는 작용을 일으킨다. 그러면서 영련 그 자체는 또한 예술 장식으로서 공간적 구성미와 서예적 예술미를 요구한다. 이것들이 원림 속에 있어 아름다운 문사와 어우러져 보는 사람들로 하여금 문학·예술적 쾌감을 느끼도록 한다.

4) 영련의 기능

편액과 영련은 관람자들을 경관 속으로 인도하기도 하고, 상상력을 자극하여 감상의 맛을 높여 주기도 한다. 예를 들어, 졸정원의 서쪽으로 가면 선면정(扇面亭)이라는 작은 정자가 있다. 본래는 물가에 있는 평범하고 아담한 정자이다. 그런데 정자 안에 '여수동좌헌(與誰同坐軒)'[138]이라는 편액이 붙어있다. 이 편액은 다음 글에서 온 것이다.

---

138 與誰同坐軒: 姚孟起가 예서로 썼다. 姚孟起는 자는 鳳生, 청나라 소주 사람. 글씨로 유명하였는데, 歐陽詢을 모범으로 삼았다. 예서는 陳鴻壽를 모방하였는데, 金農의 글씨처럼 회화적이다.

| 누구와 같이 앉아 있는가? | 與誰同坐 |
| 밝은 달과 맑은 바람, 그리고 나 | 明月清風我 |

소식이 지은 〈점강순(點絳脣)·한의호상(閑倚胡床)〉[139]의 한 구절이다. 그중에서 앞구 4글자를 따서 선명정의 편액으로 삼았다. 유람자는 이 영련을 보고 자연이 인간에게 준 무진장한 선물과 함께 철학적 깨달음을 향유할 수 있을 것이다. 또한 서서히 불어오는 밝은 바람과 밝은 달이 하늘과 물을 비추는 광경을 마음껏 느낄 수 있다. 이처럼 편액과 영련이 있는 것과 없는 것은 공간적 의미에 있어서 차이가 있다.

다시 소주의 〈창랑정〉[140]에 붙어 있는 영련을 예로 들어 보자.

| 맑은 바람과 밝은 달은 본래 값이 없고 | 清風明月本無價, |
| 가까이 있는 물과 먼 산은 모두 감정이 있다. | 近水遠山皆有情 |

공간과 경관은 인간이 어떤 눈으로 보느냐에 따라 무진장한 의미를 가질 수 있다. 창랑정이 주목을 받는 이유는, 사대부의 고졸한 정원이라는 점과, 하나의 정원이 주변의 자연 공간과 어우러져 무한한 의미를 창출한다는 점, 더욱이 이 원림에 가면 청풍명월을 만날 수

---

139 〈點絳脣·閑倚胡床〉: 詞閑倚胡床, 庾公樓外峰千朵, 與誰同坐, 明月清風我.
140 滄浪亭: 세계문화유산에 등록되어 있는 소주의 대표적인 私家園林 중의 하나이다. 송대 문인 蘇舜欽(1008-1048)이 공직에서 물러나 배를 타고 남쪽으로 정처 없이 가다가 소주에 이르러 문득 자신의 마음에 흡족한 곳을 발견하고, 이 땅을 구입하여 원림으로 꾸몄다고 한다. 그가 지은 〈滄浪亭記〉가 유명하다. 이 대련은 명나라 가경 시기에 살았던 梁章鉅가 모아 만든 集聯이다. 상련은 구양수의 장시 〈滄浪亭〉에서 따온 것이고, 하련은 소순흠의 〈過蘇州〉에서 뽑은 것이다.

있다는 점이기 때문이다. 맑은 바람과 밝은 달(淸風明月)은 누구의 소유가 아니기에 값이 있을 수 없다. 그러나 내 것으로 만들면 무진장한 값이 된다. 가까이에 있는 물과 산은 본래 감정이 없는 물질에 불과하다. 그러나 그것을 내 마음과 공간에 담아낼 수 있으면 그것은 감정을 가질 수 있는 것이다. 만약에 창랑정에 이 대련이 없다면 이 정자는 그저 언덕에 서 있는 건축물에 불과했을 것이다. 이곳에 온 사람은 이 영련과 함께 이 정자를 바라보게 될 것이다.

전대흔(錢大昕)은 〈한벽장연집서(寒碧莊宴集序)〉에서 이렇게 말하였다.

…… 때문에 한벽장(寒碧莊, 지금 蘇州의 留園)이라 이름 붙였다. 원림이 완성되자 손님과 친구들을 초대하여 시를 지으며 낙성을 하였다. 그리고 나에게 서문을 요청하였다. 나는 원림과 정자의 빼어남은, 반드시 유명 인사들의 술과 시를 빌어야 영원히 전해진다고 생각한다. 금곡원(金谷園)에 모인 옥골선풍의 풍류가 천고에 빛났던 것은, 주인과 손님이 모두 훌륭한 사람이었기 때문이다. 즉, 우리 오(吳)지방을 가지고 말하면, 벽강원(辟彊園)은 손님을 거절했지만 후대에 전해졌고, 임회원(任晦園)은 손님을 초청하였지만 역시 후대에 전해졌다. 주인과 손님의 뜻과 취향이 모두 같을 수 없지만, 반드시 개성이 있고 특출하며 글과 행동이 남보다 뛰어난 사람이어야 한다. 그렇지 않으면 옥으로 만든 발이나 단청을 입힌 대들보는 한갓 술과 고기를 먹는 장소에 불과하다. 어찌 숭상할 수 있겠는가?

……因名之曰寒碧莊(卽今蘇州留園), 旣成, 始招賓朋賦詩以落之, 而請序於予. 予惟園亭之勝, 必假名流觴詠, 乃能傳於不朽, 金谷玉山風流映千古, 唯其主賓之皆賢也. 卽以吾吳言之, 辟彊拒客而傳, 任晦延

客而亦傳. 主客之志趣或不盡同, 必皆倜儻奇偉文行過人者, 否則珠簾畫棟, 徒酒肉場耳, 曷足尚哉

시문이 존재하지 않는 원림은 "한갓 술과 고기를 먹는 장소에 불과하다."고 하였다. 문화가 배어있지 않은 공간은 원림이라고 할 수 없다는 뜻이다.

이상에서 알아본 편액과 영련의 기능을 요약하면 다음과 같다.

(1) 편액과 영련은 하나의 경관, 한 사람, 한 가지 일로부터 연상을 일으켜 공간을 풍성하게 만들었다.

(2) 문인들은 편액과 영련을 창작하여 그들의 공간적 의미를 표현하였다.

2. 장르의 경계, 새로운 문학 영역으로서의 영련

1) 영련의 문학적 재현

중국의 영련은 수량이 많을 뿐 아니라, 1천 5백 년 이상의 오랜 역사를 가지고 있다. 영련은 누(樓)·각(閣)·헌(軒)·관(館)·청(廳)·당(堂)·정(亭)·사(榭)는 물론이고, 왕궁, 사대부의 별서, 민간의 주택, 사원, 사당, 능원(陵園) 등 걸려있지 않은 곳이 없으며, 넓은 분포를 가지고 있다.[141] 게다가 오늘날에도 지속적으로 창작되고 있는 장르 중의 하나이다.[142]

---

[141] 중국 영련의 분포에 관해서는《中國名勝對聯大典》(常江, 國際文化出版公司, 1993년)의〈中國名聯楹聯的分布〉에서 인용한 통계표(별표)를 참고 하기 바란다.

[142] 중국에서 영련은 다양한 방식에 의해 현재에도 창작되고 있다. 각 명승지나 중요 사적마다 지속적으로 주련을 徵聯하고 있다. 예를 들어 망강루 공원에서는 공원 건설

유협(劉勰)이 《문심조룡》에서 사람의 육체와 사물이 모두 대칭으로 이루어진 것처럼 문장 역시 대우를 지어야 한다고 강조한 것[143] 역시 넓은 의미에서 영련의 성격을 규정한다.

먼저 영련의 창작에 관해 살펴볼 필요가 있다. 어떤 사람들은 영련은 결코 창작이 아니라고 생각한다. 게다가 다른 사람의 시, 사, 문의 명구를 따다가 붙인 영련은 경관에 맞도록 재구성한 것에 불과하다고 말한다.

그렇다면 아마산(峨眉山) 청음각(淸音閣)의 대문 영련을 보자.

봄가을에는 좋은 날이 많고   春秋多佳日

산수는 맑은 소리를 가지고 있구나.   山水有淸音

이 영련은 명나라 홍무(洪武) 시대의 광제(廣濟) 선사가 지은 것이다. 그런데 이 영련은 자신이 직접 창작한 것이 아니라, 아래 두 개의 시에서 한 구씩을 따서 만든 것이다.

상련(도연명 〈이거(移居)〉)

봄가을에는 좋은 날이 많으니   春秋多佳日

높은 곳에 올라 새로운 시를 읊조리자.   登高賦新詩

100주년 기념으로 주련을 모집하여 〈望江樓建成百年記念徵聯佳作選〉을 만들었다.(望江樓楹聯選讀, 張紹成 等 編著, 四川人民出版社, 2001 참고)

143 《文心雕龍··麗辭》"造化賦形, 肢體必雙. 神理爲用, 事不孤立" "體植必兩, 辭動有配. 左提右挈, 精味兼載"

하련(左思〈초은시(招隱詩)〉)

| 거문고와 피리가 어찌 필요하랴 | 何必絲與竹, |
| 산수가 맑은 소리를 가지고 있는 것을. | 山水有淸音 |

청음각은 아미산 우심령(牛心嶺) 아래에 있는데, 광제가 이곳에서 은거하면서 우심사(牛心寺)를 청음각으로 바꾸었다. 절 앞의 계곡에서 흑룡강(黑龍江)과 백룡강(白龍江)이 합수하고, 그 위를 쌍교(雙橋)가 지나간다. 이때 그 흐르는 물소리가 심산유곡에 퍼져 마치 가야금 소리 같이 맑게 들린다고 한다. 그래서 '만고유음(萬古流音)', '쌍교청음(雙橋淸音)'(아미산 팔경 중의 하나)이라 부른다.

광제의 영련이 비록 다른 사람의 시를 모아 만든 것이지만, 이것이 사원과 산수자연을 혼연일치시키고, 수려하고 그윽한 사원 원림의 의경을 새로 만들어냈다면, 이것이 문학 창작의 행위가 아니라고 말하기는 어려울 것이다.

다시 조박초(趙樸初)가 1980년에 지은 영련을 예로 들어보자.

| 유람객의 마음을 흐르는 물에 맡겨서 씻어내니, | 且任客心洗流水 |
| 굳이 손을 튕겨 맑은 소리를 들으랴. | 不勞揮手聽淸音 |

이 영련은 이백의 〈청촉승준탄금(聽蜀僧濬彈琴)〉 시에서 비롯된 것이다.

| 촉승이 가야금을 안고, | 蜀僧抱綠綺 |

서쪽 아미봉으로 내려 왔네.	西下峨眉峰
나를 위해 손을 튕겨 연주하니,	爲我一揮手
마치 계곡의 솔바람 소리 듣는 것 같네.	如聽萬壑松
유람객의 마음을 흐르는 물에 씻기고,	客心洗流水
가야금의 메아리가 종소리와 섞이네.	餘音入霜鐘
나도 모르는 사이 푸른 산이 저물고,	不覺碧山暮
가을 구름이 어둑어둑 여러 겹 쌓여있구나.	秋雲暗幾重

이 시는 이백이 아미산 백수사(白水寺, 지금의 萬年寺)의 주지 광준(廣濬)의 거문고 연주를 듣고 지은 것이다. 이백은 거문고 소리를 들으며《장자(莊子)·탕문편(湯問篇)》의 백아(伯牙)와 종자기(鍾子期)의 지음(知音) 고사를 연상하였다. 이백은 거문고 소리에 빠져 푸른 산이 어둑어둑해진 것을 모르고 있었다. 이렇게 보면, 조박초는 장자의 '志在流水'의 철학적 사유, 그리고 이백의 시의(詩意)으로부터 출발하여, 청음각의 수려한 아름다움, 계곡의 흐르는 맑은 물, 거기서 들리는 맑은 소리, 유람객의 마음으로 이어지는 의경을 만들어냈다. 따라서 이것은 문학적 재현이라고 할 수 있을 것이다. 조박초의 영련이 비록 집련이라 할지라도 선행 텍스트의 차용에 의한 창작 행위로서는 조금도 손색이 없다.

다음은 소주 망사원〈금실(琴室)〉영련을 예로 들어보자.

산 앞에서 지팡이 짚고 구름이 이는 것을 바라보고,	山前倚杖看雲起
소나무 아래 가야금을 가로 놓고 학이 돌아오길 기다린다.	

松下橫琴待鶴歸

이 대련은 청나라 심복(沈復, 1763~1807)이 지은 것이다. 속세를 떠난 도인의 삶을 담담하게 표현했다. 산 빛, 소나무 그림자, 나르는 학, 흰 구름을 감상하고 거문고를 타며 유유자적하는 장면이 눈 앞에 펼쳐지는 것 같다. 이 영련에는 시인의 감성과 경관이 적절하게 조화를 이루었다. 심복은 '도시 속의 산림(城市山林)'에서 소박한 꿈을 이루며 살고픈 염원을 담았다. 그런데, 상련은 왕유(王維)의 〈종남별업(終南別業)〉에서, 하련은 소동파의 〈방학정기(放鶴亭記)〉에서 따온 것이다. 이 영련에 나타난 '유연자득(悠然自得)'의 경지는 선행 텍스트의 미학적 차용으로, 단순한 집련을 넘어 순수한 창작의 경지에 이르렀다고 할 수 있다.

다시 하나의 영련을 예로 들어 보자.

〈상련〉

장강은 동으로 흐르고, 도도한 물결은 천고의 영웅은 삼켜버렸다. 문지방 밖은 청산이오, 청산 밖은 흰 구름이로다. 어느 곳이 당나라와 한나라의 궁궐이더냐?

大江東去, 浪淘盡千古英雄, 問檻外靑山. 山外白雲, 何處是唐宮漢闕

〈하련〉

조그만 정원에 봄이 돌아왔고, 주렴을 거두니 마당에 풍월이 가득하구나. 계곡 가의 푸른 물, 나무 옆에 꽃비가 내린다. 이 안에 요순의 세상이 있구나.

小院春回, 簾卷起一庭風月, 看溪邊綠水, 樹邊紅雨, 此中有舜日堯天

이 영련은 지금 남경의 첨원(瞻園)에 걸려 있다. 본래 이 영련은 한 번에 지은 것이 아니라 응대(應對)의 결과였다. 명나라 개국 공신인 서달(徐達)이 서포(西圃, 지금의 첨원)에서 기거하던 중 수려한 경관에 빠져 상련을 짓고, 이에 호응할 대구를 고심하다가 천금을 걸고 모집하였다. 몇 달 후에 한 서생이 대구를 지었보냈다. 이 영련은 '小'와 '大', '回'와 '去', '綠水'와 '紅雨', '靑山'과 '白雲', '한나라와 당나라 궁궐'과 '요순의 세상'이 짝을 이룬다. 마치 한 사람이 창작한 것처럼 절묘하다. 이상의 정황으로 보아, 영련은 시의 화운처럼 응대의 결과이기도 하다.

이상에서 영련은 집구, 의경의 모방, 재현, 혹은 응대의 방식을 통하여 지어진다는 것을 알 수 있다. 영련은 단순히 다른 사람의 글을 따다 만든 것이 아니라 건물의 구성 원리를 설명하고, 경관에 대한 해석이며, 새로운 의경을 만든다는 점에서 재창작이며 문학성이 매우 높다고 할 수 있다.

2) 영련과 장르적 변용

이제 한 걸음 더 나아가 영련이 어떤 장르간의 경계성과 변용, 더 나아가 장르적 고유성에 관하여 알아보자.

(1) 변려문의 변용

변려문은 한대에 발생하여 남조 양진(梁陳) 시대에 최고조에 이르렀던 문학양식이다. 그 특징은 문장이면서 대구와 운율을 강구한다는 점이다. 이런 점에서 영련은 "변문의 후예"라고 주장하는 사람들이 있다.

여기서 호남성 장사(長沙)에 있는 악록서원(岳麓書院)[144]의 영련을 예로 들어보자.

〈상련〉

강이 넓고 하늘이 높으니, 내 마음의 넓이를 알고,

江闊天高, 識此心之分量

제비 날고 물고기 뛰니, 유학이 널리 퍼진 것이 보이네.

鳶飛魚躍, 見斯道之流行

－明, 滄崖

〈하련〉

밝은 달이 침상에 다가오니, 상수와 하늘이 일색이요,

明月對床, 湘水楚天一色

춘풍이 소매로 돌아오니 청산녹수는 끝이 없다.

春風歸袂, 青山綠樹無邊

－明, 佚名

---

144 岳麓書院: 호남성 장사시 악록산 기슭에 있는 서원이다. 북송 開寶 9년(976년), 潭州 태수 朱洞이 창건하였으며, 天禧 2년 眞宗이 '岳麓書院' 편액을 하사하였다. 송대 4대 서원 중의 하나인데, 현재의 건물은 청대에 중수한 것이며, 1984년 다시 중수하였다. 남송 이학가인 張栻이 이 서원에서 湖湘學派를 형성하였고, 그 후 朱熹가 이 서원에 두 번 내려와 강학을 하여 생도가 천명을 넘었다. 명대에는 王守仁 등이 여기서 陽明學을 전파시켰다. 악록서원은 강당, 어서루(御書樓), 재사(齋舍), 문묘(文廟) 등의 건물이 고색창연하고 고아한 풍광을 가진 하나의 원림이면서 주변의 '유당연효(柳塘煙曉)'·'도오홍하(桃塢烘霞)'·'桐蔭別徑(동음별경)'·'風荷晚香(풍하만향)'·'曲澗鳴泉(곡간명천)'·'碧沼觀魚(벽소관어)'·'花墩坐月(화돈좌월)'·'竹林冬翠(죽림동취)'로 이루어진 '악록팔경(岳麓八景)'과 함께 풍부한 문화경관을 갖추고 있다.

위에 인용한 영련은 4, 6 변문 형식을 취하였고, 평측과 대구를 강구하였다. '此心'과 '斯道', '明月'과 '春風', '一色'과 '無邊'의 절묘한 대구, 명사, 동사, 형용사의 대비가 분명하게 나타나 있다. 이 영련은 강학, 장서, 제사를 통하여 교육과 학문 숭상이라는 서원의 본래 기능을 넘어, 호남 산천명승과 자연적 아취를 담아냈다.

이 영련은 유학의 교의를 전파하는 '천년학부(千年學府)'로서 뿐만 아니라, 이곳을 찾는 사람들로 하여금 공간에 대한 새로운 인식을 가능하게 하였다. 뿐만 아니라 예술적 쾌감을 극대화시키는 작용을 일으킨다고 할 수 있다.

악록서원의 장련[145] 하나를 더 예로 들어보자.

〈장사악록서원련(長沙岳麓書院聯)〉(66字) 淸, 曠魯之(생졸 미상)

〈상련〉

옳고 그름을 내 마음 속에서 살피고, 칭송과 비난은 사람들에게 맡겨두며, 얻고 잃는 것은 운수를 따르리라. 악록산 봉우리에 올라가 밝은 달과 맑은 바람을 대하니, 아득한 태극의 진리와 만날만 하구나.
是非審之于己, 毁譽聽之于人, 得失安之于數, 陟岳麓峰頭, 朗月淸風, 太極悠然可會

〈하련〉

임금과 부모의 은혜를 어찌 갚고, 백성의 생활을 어찌 일으켜 세울

---

145 영련은 글자 수에 따라 短聯과 長聯으로 나눌 수 있다. 대체적으로 4자구, 5자구, 7자구로 이루어진 것을 短聯, 60자 이상을 長聯이라고 한다.

것이며, 성현의 진리를 어찌 전달하나? 혁희대(赫曦臺)에 올라 상강(湘江)에 가로 걸친 구름을 바라보니, 이 문화(斯文: 유학)가 반드시 돌아갈 곳이 있구나.

君親恩何以酬, 民物命何以立, 聖賢道何以傳, 登赫曦臺上, 衡雲湘水, 斯文定有攸歸

이 영련은 지금 악록서원의 강당에 걸려있다. 역시 기본적인 4, 6문의 형식을 취하고, 중첩, 대구, 어법이 대칭을 이루고 있다. 이 영련은 언대(言對) 외에도 사대(事對)와 의대(意對)까지 추구하였다. 다만 '동사-之-于-대상'과 '명사-何-以-동사'의 반복이 비대칭적이며, 수식어-명사 형식(ABAB)으로 된 '朗月淸風'이 '衡雲湘水(상강에 가로 걸친 구름)'와 층위가 다르다. 이 영련은 변문의 글자와 구절이 서로 대구를 이루는 표현을 넘어서, 악록서원이 가지는 공간적 의미를 우주와 인간과의 경계, 자연과 문화의 경계, 도학과 자연의 경계로 확장하고 있다. 이 점에 있어서 영련은 변문의 변용이라고 할 수 있다.

다시 하나의 영련을 읽어보자.

〈정판교육십자수련(鄭板橋六十自壽聯)〉(104字)

〈상련〉

언제나 떠돌이 신세, 어찌 안락함을 말하랴? 주머니에 잔돈이 있고, 술 단지에 남은 술이 있으며, 솥에 남은 밥이 있기만 하면, 마음속으로 좋아하던 옛 글을 구해 마음껏 읊는다. 한껏 기분을 내면서, 체면을 따지지 않네. 오관의 영감이 다른 기관보다 발달하여, 환갑이 지낫지만 그래도 젊도다.

常如作客, 何問康寧. 但使囊有餘錢, 甕有餘釀, 釜有餘粮, 取數頁賞心
舊紙, 放浪吟哦. 興要闊, 皮要頑, 五官靈動勝千官, 過到六旬猶少.

〈하련〉

신선이 되려고 마음먹으면 헛되이 번뇌만 생기네. 귀로 세속의 소리
를 듣지 않고, 눈으로 세속의 물건을 보지 않으며, 가슴 속에 세속의
일을 담지 않으려네. 손 가는대로 새로 핀 꽃 몇 가지를 꺾어 멋대로
꽂아 보네. 늦게 자고, 일찍 일어나며, 하루를 맑고 한가롭게 지내니
이틀 산 것과 같아, 이미 백년 이상을 산 셈이로다.

定欲成仙, 空生煩惱. 只令耳無俗聲, 眼無俗物, 腦無俗事, 將幾枝隨意
新花, 縱橫穿插. 睡得遲, 起得早, 一日淸閑似兩日, 算來百歲已多.

정판교(鄭板橋)는 청대의 '양주팔괴(揚州八怪)' 중의 하나이고 시서
화에 모두 능통하였다. 이 영련은 회갑 되던 해에 자신이 직접 지은
일종의 수련(壽聯)이다. 이 영련은 대략 4, 6자를 기본으로 하고 7자구
를 섞었다. 작가는 물질 향락을 추구하지 않고, 명예와 지위를 부러
워하지 않으며, 오로지 시서화 창작에 전념하겠다는 고상한 정조를
표현하였다. '상심(賞心)'과 '수의(隨意)'를 중시한 산수자연의 생활,
'방랑(放浪)'과 '청한(淸閑)'을 추구한 자유로운 삶의 태도가 여실히 나
타나있다. 이 점에 있어서, 이 영련은 수식을 추구했던 변문의 형식
을 빌어서 작가의 고매한 이상과 풍부한 감정을 담아내었다고 할 수
있다. 이것은 변문의 변용을 넘어 새로운 의경의 창출이라고 말할 수
있다.

(2) 시(詩)의 변용

당나라에 이르러 율시가 발달하고 시판(詩板)이 유행하여 영련이 흥행할 수 있는 조건이 되었다.[146] 영련은 대칭을 기본으로 하고, 글자 수, 성조까지 따진다. 따라서 영련은 4언, 5언, 7언으로 자수를 따지고 사성과 대구를 추구하는 시와 형식적으로는 동일하다. 특히 상련과 하련이 모두 4언, 5언 혹은 7언의 단련인 경우 시와 다르지 않다. 따라서 어떤 사람들은 영련이 詩의 부산물이라고 주장하기도 한다. 여기서 사천(四川) 성도(成都)의 망강루(望江樓)[147] 영련을 인용해 보자.

〈상련〉

꽃 그림자는 늘 샛길을 어지럽히고　　　　　　花影常迷徑

〈하련〉

물결 빛이 탁금루(濯錦樓)까지 오르려 하네.　　　波光欲上樓

이 영련은 이서(李緖)가 탁금루를 위해 지은 것으로, 정련된 문자를 사용하여 형상을 풍부하게 만들었다. 짧은 두개의 구를 가지고 날씨

---

146 初唐에 이르러 沈佺期와 宋之問에 의해 律體가 형성되었다. 이들은 六朝 이래 聲律 방면의 창작 경험을 총괄하고 율시의 형식을 확립하였다.

147 望江樓 공원: 사천성 성도 四川大學 부근에 위치하고 있으며, 옆으로는 錦江이 흐르며, 唐代 여류 시인 薛濤를 기념하는 곳이다. 역대의 시인 묵객들이 이곳에 와서 수많은 시문과 영련을 남겼다. 崇麗閣을 중심으로, 설도가 물을 길어 만들었다는 詩箋(薛濤箋, 花箋)을 기념하기 위한 浣箋亭, 설도가 차를 마셨다는 茗碗樓가 있다. 1989년 망강루 공원 건설 100주년을 기념하여 이 공원에서 전국적인 徵聯 대회를 개최하였다. 사천성 내외의 영련 애호가가 새로운 영련을 제출하였고, 사천성 영련 학회 전문가들이 1, 2, 3등 작품 32폭을 선정하였으며, 따로 중국 영련학회와 각 지방의 영련학회 책임자가 18폭을 선정하여 영예장을 수여하였다.

가 화창한 망강루 주변의 경치를 생생하게 묘사하였다. 성률을 보면, 平仄平平仄, 平平仄仄平으로, 교차 대구의 요구에 부합하고 있다. 상련의 첫 번째 글자는 平과 仄이 모두 가능하므로, 성률의 법칙을 어기지 않았다. '欲'과 '常' 두 글자를 사용하여 형상을 아주 생동감 있게 하였으며, 그 경관을 직접 보지 않아도 그것의 미묘함을 느낄 수 있도록 하였다.

다시 망강루 영련을 하나 더 읽기로 하자.

〈상련〉

서한 문장은 사천이 가장 뛰어났고	西漢文章蜀擅長
천년 동안의 수많은 명사를 따져보니	數遙遙千載名流
이 이상 누가 더 오묘한 글을 지을까	更有何人搞墨妙

〈하련〉

남쪽 물길이 큰 강이 되어 흐르고	南條水道江爲大
강물이 도도히 흘러 바다로 드는 것을 보니	看滾滾白川放海
모든 물이 이곳에서 발원지로 거슬러 올라가야 하네.	
	都從此處溯源頭

이 영련은 대빈주(戴賓周)가 숭려각(崇麗閣)을 위해 지은 것이다. 이 대련의 3개 구는 7언구 형식을 취하면서도 제1구는 2/2/1/2, 제2구는 1/2/2/2, 제3구는 1/1/2/1/2로서, 읽는 사람이 오묘한 아취를 느끼도록 하였다. 언대(言對)뿐 아니라 사대(事對), 의대(意對), 반대(反對)까지 세밀하게 강구하여 7언 시의 극치를 이루었다. 이 영련은 형식적 변

화를 주어 단조로움을 피하였다.

　그러나 이 영련은 그저 5, 7언 시를 그대로 옮겨 놓은 것은 아니다. 우선 형식적으로 절구나 율시의 형식을 취하지 않고 운율을 강구하지도 않았다. 사천의 자연경관과 인문지리의 상호 관계를 밝히면서, 숭려각과 연계시켰다. 이를 통하여 사천의 유구한 문화전통을 찬양하고, 인걸들을 칭송하였다. 관조적 심미관을 통해 지리환경이나 지리경관을 집중적으로 표현한다는 점에서 시와 구성요소가 다르다고 할 수 있다.

　다시 망강루 영련을 예로 들어보자.

〈상련〉

설도정에 차가운 석양이 내릴 제,　　　　　　　　　古井冷斜陽

몇 그루 비파나무에게 묻노니,　　　　　　　　　　問幾樹枇杷

어느 곳이 여교서(女校書)[148]의 골목이더냐?　　何處是校書門巷

---

[148] 당나라 여류시인 薛濤를 가리키는 것이다. 설도의 자는 洪度, 長安 사람이다. 어려서 아버지를 따라 蜀으로 들어왔다. 아버지는 하층 관리였는데, 얼마되지 않아 죽었다. 어머니가 청상으로 가난한 탓에 樂籍에 빠져 樂妓가 되었다. 설도는 음률에 능통하여 시가를 잘 지었고, 사대부들과 즐겨 교류하였다. 韋皐, 元稹, 白居易, 杜牧 등 유명한 시인들이 그와 唱和를 나누었다. 그녀는 성도의 白花潭에서 살면서 직접 松花紙와 짙은 小彩紙를 만들어 음창할 때 제공하였고, 당시의 유명 인사들에게 선물로 주었는데, 사람들은 이것을 薛濤箋이라고 불렀다. 武元衡이 川西節度使를 맡은 뒤, 그녀를 불러 함께 술을 마시어 시를 지었고, 황제에게 주청하여 그녀를 校書郞에 제수하려고 하였다. 그러나 護軍의 저지로 뜻을 이루지 못하였다. 그 뒤로 사람들은 그를 '薛校書' 혹은 '女校書'라고 불렀다. 전하는 말에 의하면, 설도가 이곳에 吟詩樓를 세웠다고 하나, 누각을 없고 옛 우물만 남아있다. 설도의 묘는 망강루 공원 서쪽에 있고, 이 시인을 기념하기 위하여 후에 묘 주변에 복숭화와 푸른 대나무를 심었다.

〈하련〉

금강이 굽은 난간을 휘감아 돈다	大江橫曲檻
누각 하나 안개 서린 달빛을 차지하고는	占一樓烟月
두보초당과 견주려고 한다.	要平分工部草堂

이 영련은 청나라 오생휘(伍生輝)가 비파문항(枇杷門巷)을 위해 지은 것이다. 이곳은 설도가 살던 옛 집의 입구로서 비파가 심어져 골목길을 이루고 있다. 이 영련은 설도의 옛집이 어딘지 물으면서 사모의 정을 표현하였고, 아울러 망강루와 두보초당을 함께 거론함으로써 설도를 두보의 반열에 두려고 하였다. '冷'자를 사역동사로 사용하였으며, '橫'자 역시 동사로 사용하였다. '幾樹枇杷(몇 그루 비파나무)'·'一樓烟月(안개와 달 속의 한 누각)'은 망강루 공원의 정경을 읊은 것으로, 앞의 첫 구와 함께 아름다운 그림을 연상하도록 하였다. 결국 이 영련은 경관과 사람을 동시에 연상할 수 있도록 하였다. 이는 5, 7언구를 적절히 배합한 것과 깊은 관계가 있다. 이 점에서 시의 변용을 짐작케 한다.

(3) 사(詞)의 변용

일반적으로 영련은 사(詞)의 변용이라고 한다. 사는 '곡(曲)'·'잡곡(雜曲)'·'곡자(曲子)'·'곡사(曲詞)'·'곡자사(曲子詞)'·'악부(樂府)'·'시여(詩餘)'·'장단구(長短句)' 등 다양한 명칭을 가지고 있다. 이 명칭을 보면 본래 노래를 위한 것이었다. 나중에 음악보다는 가사가 두드러지면서 문학 장르가 된 것이다. 사는 이미 존재하는 곡보(曲譜)에 가사를 붙인 것이다. 그래서 1자, 2자, 3자, 4자, 5자, 7자 등 다양한 형식이 있다. 영련이 사를 변용하는 이유는 정해진 사률(詞律)에 대구와 평측을 맞추기 용이한 것도 있지만, 가장 중요한 것은 형식의 자유로움 때문이다. 여기서 소흥 난정의 영련을 예로 들어보자.

〔A〕〈난정(蘭亭)〉 영련

〈상련〉

이전에 이곳에 노닌 듯

나도 당시에 줄지어 앉아 술잔을 띄웠던 것 같네.

此地似曾游, 想當年列坐流觴未嘗無我.

〈하련〉

신선과의 인연을 미리 알기 어렵지만,

묻노니, 훗날 다시 수계(修禊)에 참가하여 그대를 만날 수 있는지요?

仙緣難逆料, 問異日重來修禊能否逢君

돌아가신 스승 서생옹(徐生翁) 선생이 손으로 쓴 옛 구를 기록하여,

정묘년 초봄에 심정암(沈定庵)이 쓰다.

錄先師徐生翁先生手書舊句, 丁卯初春沈定庵書

〔B〕〈난정(蘭亭)〉 영련

〈상련〉

성대한 모임이 끊이지 않으니, 마음껏 우주를 가슴에 품고 고금을 잊자꾸나.

盛會不殊 /放懷宇宙 /忘古今,

〈하련〉

가슴 속의 깊은 감정을 함께 풀고, 산림을 눈가는 대로 끝까지 바라

보며, 통쾌하게 술을 마시며 시를 읊자꾸나.

幽情共敍/極目山林/快咏觴

정묘년 중춘 3월 팔십 팔세 노인 주용촌이 쓰다.

歲在丁卯仲春三月, 八八老人周庸村

이상에서 인용한 〔A〕〔B〕는 소흥 난정에서 벌어졌던 유상곡수(流觴曲水)의 아집을 회고하는 한편 사대부의 산수의 삶에 대한 동경을 담아냈다. 〔A〕〔B〕의 영련은 사의 장단구를 자유롭게 운용하였다. 〔A〕의 '此地似曾游'와 '仙緣難逆料', 〔B〕의 '盛會不殊'와 '幽情共敍'가 완벽하게 대구를 이루지 않는 것 역시 사의 형식적 자유로움을 차용한 것이다. 이점에서 보면, 영련은 사의 변용이라고 말해도 무방하다.

다시 하나의 영련을 더 인용하도록 하자. 소주 이원(怡園)의 〈조월헌(鋤月軒)〉[149]의 영련을 예로 들어보자

〈상련〉

예부터 지금까지 연못과 누대는 얼마나 지어졌다가 무너졌던가? 과

---

149 怡園은 소주시 인민로343호에 있으며, 청말에 顧文彬이 지은 원림이다. '怡'는 '和悅, 愉快'의 의미를 담고 있다. 鋤月軒은 "달빛을 걸치고 호미로 땅을 파서 매화나무를 심는다."는 전원적 생활의 즐거움을 표현한 건물이다. '鋤月'은 陶淵明의 〈歸園田居〉 "晨興理荒穢, 帶月荷鋤歸", 宋 劉翰의 〈種梅〉에 "惆悵後庭風味薄, 自鋤明月種梅花", 元 薩都剌의 "今日歸來如昨夢, 自鋤明月種梅花" 시구에서 나온 것이다. 청나라 何紹基가 "自鋤明月種梅花"라고 쓴 횡액을 주인에게 선물하였고, 주인은 이원을 중수하면서 軒을 짓고 '鋤月'이라 이름 붙였다.

거의 영화가 연기처럼 사라지고, 이와 같은 정원에 바람과 달이 새롭게 들어왔구나. 어찌 인간사에 이리 슬픔과 기쁨이 교차하는가? 이처럼 좋은 날씨와 아름다운 경관을 만났으니, 대나무를 베어내고 샘을 찾으며 꽃을 구경하며 시구를 생각하세.

古今興廢幾池臺? 往日繁華, 煙雲忽過, 這般庭院, 風月新收, 人事底虧全? 趁茲美景良辰, 且安排剪竹尋泉, 看花索句

〈하련〉

예부터 천지는 좁쌀만 하다고 했네. 고향에서 고기 잡고 나무하며, 흰머리 날리며 밭에서 돌아오네. 평생을 강호에 살면서 창백한 얼굴을 물속에 비추어보네. 내 뜻을 광활한 공간에 두고, 이처럼 아침에 시를 읊고 저녁에 취한다. 게다가 얼음 속에 사는 누에가 더위를 말하는 것, 화염 속에 사는 쥐가 추위를 따지는 것을 어찌 알랴?

從來天地一稊米, 漁樵故里, 白髮歸耕, 湖海平生, 蒼顏照影. 我志在寥闊, 如此朝吟暮醉, 又何知氷蠶語熱, 火鼠論寒[150]?

이 영련은 신기질(辛棄疾)의 〈수조가두(水調歌頭)·목말취루출(木末翠樓出)〉, 〈심원춘(沁園春)·유미인혜(有美人兮)〉, 〈수용음(水龍吟)·가헌하필장빈(稼軒何必長貧)〉, 〈수조가두(水調歌頭)·아지재요활(我志在寥闊)〉, 〈초편(哨遍)·추수관(秋水觀)〉 등의 사에서 모아 만든 것이다. 화려한 과거가 허무하게 지나가고, 세상사의 길흉화복은 예측하기 어려우

---

150 氷蠶語熱, 火鼠論寒: 氷蠶과 火鼠는 신화 속에 나오는 동물이다. 氷蠶은 더위를 모르면서 더위를 따지고, 火鼠는 추위를 모르면서 추위를 논한다. 이 말은 세상의 일에 이러쿵저러쿵 따지고 싶지 않다는 뜻을 담고 있다.

며, 그리고 전원으로 돌아가 농사를 짓고 강호에 묻혀 살겠다는 인생 태도를 표현하였다.

이처럼 영련은 사의 형식과 유사해보이지만 다르다. 사가 주로 이별, 사랑, 향수 등의 정서를 묘사한다면, 영련은 경관 묘사를 중심으로 하고 서정을 담아낸다. 또한 영련이 사처럼 자유로운 형식을 가지고 있지만, 곡보에 맞추어 가사를 채우는 것과 달리 다양한 내용을 마음껏 표현할 수 있다는 장점을 가지고 있다. 게다가 이 영련이 도연명 〈귀원전거(歸園田居)〉의 "달빛을 대동하고 호미 메고 집으로 돌아간다(帶月荷鋤歸).", 송(宋) 유한(劉翰)과 원(元) 산도랄(薩都剌)의 "달빛 아래 호미로 매화를 심네(自鋤明月種梅花)." 등의 시구가 가지는 의경을 표현했다. 게다가 청나라 서예가 하소기(何紹基)가 쓴 편액이 보는 사람으로 하여금 욕심 없는 전원의 삶을 동경하도록 만든다. 이점에 있어서 영련은 사와 달리 경관의 보완이라고 할 수 있다.

(4) 산수기의 변용

산수기는 '산수자연'을 기록한 글이라고 할 수 있다. 좀 더 부연하자면, 산수자연을 보닐었던 동기, 산수자연을 보고 느끼는 아름다움, 산수자연을 통하여 터득한 이념, 산수자연으로부터 느낀 감정을 기록한 것이지만 '경관묘사'가 1차적인 관건이다. 결국 산수기는 경관을 어떻게 발견하고 이해하느냐에 따라 장르가 결정된다고 할 수 있다.

여기서 영련 하나를 예로 들어보자.

〈上海文明雅集園聯〉[151](90자)

王風(민국, 생졸 미상)

〈상련〉

이 좋은 계절 아름다운 경관에, 선남선녀, 머리 하얀 노인과 나이 어린 아이가 모였다. 거리낌 없이 모두가 나와서 앉았다. 퇴출과 승진에 대해 알지 못하고, 나라가 잘 다스려지는 지 소란스러운지 아랑곳 하지 않는다. 오로지 저 꽃이 오래 아름답고, 달이 오래 둥글며, 사람이 오래 살길 바란다.

際茲美景良辰, 聚集些紅男綠女, 白叟黃童, 無忌無猜, 都來坐坐, 黜陟不知, 理亂不聞. 惟願那花長好, 月長圓, 人長壽

〈하련〉

이 밝은 창문 깨끗한 책상을 빌어 대담하고 세심하며, 시정화의를 가진 사람이 모였네. 재미있는 담소를 마음껏 나누었다. 특이한 글을 함께 감상하고, 잘 모르는 뜻을 함께 분석하였다. 술이 항상 가득하고, 차가 항상 끓으며, 향이 항상 부드러운 것을 더 좋아하였다.

趁此明窓淨几, 搜羅點劒膽琴心, 詩情畵意, 有滋有味, 隨便談談, 奇文共賞, 疑義共析, 更喜是酒常滿, 茶常熱, 香常溫

이 영련은 원림에 걸려 있는 것이므로 원림기와 관련성이 있다. 원림기는 기본적으로 조형을 추구하기 때문에, 원림의 지리적 혹은

---

151 文明雅集園: 상해시 三馬路에 있던 옛 정원. 차와 술을 팔았으며, 문인들이 노닐던 곳이다.

입지적 위치, 건축물의 규모, 돌계단, 나무 기둥, 담, 연못, 회랑, 평대, 화목의 수종, 원림 주변의 경관 등 조성 원리를 설명하는 것이 보통이다. 그러나 이 영련은 원림기의 기본적 장치를 모두 생략하고, 속세의 삶보다 정원 안에서 자연을 완상하고 시서화를 즐기는 소박한 삶을 구가하는데 치중하였다.

다시 황학루 영련을 예로 들어보자.

〈무한황학루련(武漢黃鶴樓聯)〉(110字)

이련방(李聯芳, 청대 문인)

〈상련〉

수천 년 명승지 오랜 세월토록 전해오네. 외로운 봉황섬(鳳凰嶼)에 꽃다운 앵무주(鸚鵡洲), 고기가 튀어 노는 황학기(黃鶴磯), 멋드러진 청천각(晴川閣)을 바라보니, 아름답던 봄꽃과 가을 달이 패망한 나라의 산천에 떨어졌구나. 눈 가는 곳까지 바라보아도 이제나 저제나 근심이로다. 언제 최호(崔顥)의 시를 보고, 이태백이 붓을 꺾었던가?

數千年勝迹, 曠世傳來, 看鳳凰孤嶼, 鸚鵡芳洲, 黃鶴漁磯, 晴川杰閣, 好個春花秋月, 只落得剩水殘山. 極目古今愁, 是何時崔顥題詩, 青蓮擱筆.[152]

---

[152] 青蓮擱筆: 青蓮은 李白의 호. 이백이 황학루에 놀러와 최호(崔顥)의 시를 보고, 손을 거두며 붓을 꺾었다고 한다. 그리고 하는 말이 "눈앞에 경관이 있으나 말을 할 수 없고, 최호의 시가 머리 위에 있다."라고 했다고 한다.

〈하련〉

만리장강은 얼마나 많은 사람을 휩쓸어갔던가? 한구(漢口)에 지는
석양과 동정호의 만조, 운몽(雲夢)의 아침노을을 바라노니, 그 많던
주흥(酒興)과 운치가 저녁노을에 푸른 안개 속에 모두 남아 있구나!
하늘과 땅도 좁다던 호방한 기상도 어렴풋하게 들리는 피리 소리,
훨훨 나는 학의 그림자에 붙어있구나.

一萬里長江, 幾人淘盡? 望漢口夕陽, 洞庭遠張, 瀟湘夜雨, 雲夢朝霞,
許多酒興風情, 盡留下蒼煙晚照, 放懷天地窄, 都付與笛聲縹緲, 鶴影
蹁躚

이 영련은 누정기로 손색이 없다. 비록 누정기보다 편폭이 짧지만,
누정기의 기본적 요소를 모두 갖추고 있다. 누정 주변의 지리적 위
치, 주변 경관의 모습을 잘 표현하였으며, 중요한 것은 경관에 대한
'조망'을 통하여 현실을 인식하고 있다는 점이다. 다만 대구와 성률
을 강구하다 보니, 현실인식과 사념을 철저하게 담지 않은 채, 작자
의 서정이 어설프게 드러났다. 이제 다음 영련을 보자.

〈성도망가루련(成都望江樓聯)〉(212자)

종운방(鍾耘舫, 청말 문학가)

〈상련〉

층층 누각(崇麗閣) 홀로 동쪽 봉우리를 지탱하며, 가까운 물(白河)과
먼 산(蔥嶺山)을 거느리고 있다. 누각은 그림책을 펼쳐 보인 듯, 총령
산(蔥嶺山)의 눈(雪)을 한 곳으로 모으고, 백하(白河)의 안개를 흩트리

며, 단경산(丹景山)의 노을을 붉게 만들고, 청의강(青衣江)의 안개를 물들인다. 때로 시인들이 모여 옛날을 회상하고, 때로 열정적인 선비가 주변루(籌邊樓)를 건설하였다. 그토록 가련했던 화예부인(花蕊夫人)은 일찍이 봄날 규방의 거울을 묻어버렸다. 비파 골목(枇杷門巷)은 적막한데, 푸른 야생화 향기에 쌓인 무덤만이 덩그렇게 남아 있다. 이 풍광을 대하니 만감이 교차하며 모인다. 바보 같은 나비라고 비웃지만, 언제나 꿈의 세계에 취해있구나. 누각의 꼭대기에 올라 높이 소리를 질러본다. 묻노라, 묻노라, 묻노라. 이 강과 달은 누구의 소유란 말인가?

幾層樓獨撐東面峰, 統近水遙山, 供張畵譜, 聚葱嶺雪, 散白河烟, 烘丹景霞, 染青衣霧, 時而詩人弔古, 時而猛士籌邊. 最[153]可憐花蕊飄零, 早埋了春閨寶鏡, 枇杷寂寞, 空留着綠野[154]香墳, 對此茫茫, 百感交集, 笑憨蝴蝶, 總貪迷醉夢鄉中. 試從絶頂高呼. 問問問, 這半江月誰家之物?

〈하련〉

사천은 천년동안 여러 차례 정국이 바뀌었지만, 위대한 작품을 이룩했도다. 책 속에 등장하는 영웅들, 세상으로 뛰어나온 제갈량, 낙봉파에서 죽은 방통(龐統), 수천 군사를 양성한 이웅(李雄), 황제로 등극한 우물 안 개구리 공손술(公孫述). 갑자기 전란이 일어났다가, 홀연히 가무 소리가 들리네. 한탄과 근심을 뿌리고 다니는 것은, 차라리 장단가락을 부르는 것만 못하다. 굽은 난간 회랑에서 훈풍이 불

153 어떤 판본에는 '只'로 되어 있다.
154 어떤 판본에는 '野'로 되어 있다.

고 가랑비 내리는 것을 즐긴다. 아! 의지할 곳 없고 세상에 돌아갈 곳 없구나. 이리저리 뛰는 원숭이도 결국 천지의 덫에 걸려 죽는다. 높은 누각을 우러러 보았다가 고개를 숙였다. 보아라, 보아라, 보아라. 어느 구름이 나의 하늘에 떠있는가?

千年事屢換西川局, 盡鴻篇巨制, 裝演英雄, 躍岡上龍, 殞坡前鳳. 臥關下虎, 鳴井底蛙. 忽然鐵馬金戈, 忽然銀笙玉笛. 倒不如長歌短賦, 拋撒些綺[155]恨閑愁, 曲檻回廊, 消受得好風細雨. 嗟予戇戇, 四海無歸, 跳死猢猻, 終落在乾坤套裏. 且向危樓[156]俯首. 看看看 那一塊雲 是我的天?

이 영련은 한편의 누정기와 같다. 이 글을 지은 종운방(鍾耘舫)은 본명이 조분(祖芬)이고, 자가 운방이다. 원래 제목은 〈금성강루(錦城江樓)〉이다. 자신의 직접 붙인 주석을 보면, "동문 밖에 설도정(薛濤井) 언덕이 있는데, 당시 나는 화를 피해 이곳에 와서 노닐었다."라고 하였다. 이런 상황이고 보면, 이 영련은 당송 누정기의 창작배경과 유사하다고 할 수 있다. 문인지식인들이 현실정치에서 좌절하고, 정치적인 사건에 연루되거나 당쟁 등에 의해 중앙 정계에서 지방으로 폄적되었을 때 누정기를 자주 지었다는 점에서 그렇다. 이 영련의 작가는 금강 가에 있는 숭려각에 올라 주변 산수 경관을 바라보면서, 이곳과 연관된 역사 사건을 떠올렸다. 옛 것을 가지고 오늘날을 말하는 방식을 동원하여 자신의 비분강개한 심정을 토로하였다.

이 장련은 누정기처럼 '조망' '관조' 그리고 '사색'을 시도하였다.

---

155 어떤 판본에는 '閑'으로 되어 있다.
156 어떤 판본에는 '梯'로 되어 있다.

그러나 이 영련이 누정기와 다른 점은 배구(排句)를 강구한다는 점이다. 작자 자신이 언어 문자의 기교를 발휘하여 축약과 과장, 그리고 논리적 비약을 시도하였다. 게다가 '조망'·'관조'·'사색'이 철저하지 못하고, 비유나 서정에 치우친다는 점에서 다르다고 할 수 있다.

3) 영련의 장르적 고유성

이상에서 영련의 문학적 가능성을 피력하였다. 집구시(集句詩), 즉 시구를 모아 완성하는 것은 중국 시인들의 글쓰기의 관행이다. 현대적 창작 관념을 가지고 판단할 수는 없을 것이다. 그래서 영련은 선행 텍스트의 재현 행위라고 할 수 있다. 그러므로 영련은 하나의 경관으로부터 연상 작용을 불러일으키며, 예술적 쾌감을 극대화시킨다는 점에서 문학 작품일 수밖에 없다. 영련은 변문, 시, 사, 산수기 등을 변용한 것이다. 그러나 영련은 건축물의 장식 기능을 가지고 하나의 문화 경관을 안내하는 한편, 심미적 쾌감을 강화하기 위하여 대구와 성률을 강구하며, 문학작품으로서 새로운 의경을 창출한다는 면에서 독특한 장르적 고유성을 가지고 있다.

영련은 경관에 대한 글쓰기의 하나로서, 사대부의 삶과 자연에 대한 태도, 인생관을 담고 있을 뿐 아니라, 원림 등의 문화경관을 만들어냈다. 따라서 영련은 공간을 새롭게 해석하는 '문화경관'의 일부이면서 문학적 행위에 속한다.

3. 〈중국장련(中國 長聯)〉 소개

〈곤명전지대관루장련(昆明滇池大觀樓長聯)〉[157](180字)

손염(孫髯)

〈上聯〉(90字)

오백리 전지(滇池)가 눈 아래로 달려오는구나. 옷자락을 제치고 두건을 치켜세우며 싱글벙글 망망무제하고 공활한 풍광을 바라보네. 동쪽으로 금마산(金馬山)이 준마처럼 고개 쳐들고, 서쪽으로는 벽계산(碧鷄山)이 봉황처럼 춤을 춘다. 북쪽으로 장충산(長虫山)이 뱀처럼 꿈틀꿈틀 지나고, 남쪽으로 백학산(白鶴山)이 학처럼 날개를 펼치네. 고상한 시인 묵객이 어찌 이 명승지에 올라 구경하지 않았으리. 수면 위의 게 발톱과 소라 같은 모래톱이 흐트러진 여인의 트레머리

---

[157] 대관루: 운남성 곤명에 있다. 푸른 버드나무와 파란 곤명호 사이로 누각이 서 있는 것이 바로 대관루이다. 세상 사람들은 대관루를 '城垣第一名勝'이라고 극찬한다. 더욱이 대관루 앞에 손염(孫髯 1711-1775, 字 髯翁, 호 頤庵)의 장련이 있어, 악양루 · 황학루와 이름을 나란히 하게 되었다. 대관루 일대의 풍광은 昆明 老八景 중의 제1경인 '滇池夜月'이다. 전지는 滇中 고원에 있는 300㎢의 넓이를 가진 호수로서 '高原明珠'라고 불린다. 대관루는 전지 북쪽 호수 가에 있는데, 수려한 太華山(서산)과 물을 사이에 두고 마주 보고 있다. 그래서 近華浦라고도 부른다. 주변에 涌月亭, 澄碧堂, 華嚴閣, 催耕館, 水月寮, 溯洄軒, 會仙莊, 觀稼堂, 懷古廊, 豁襟樹, 浴蘭渚, 滌慮灣, 喚渡磯, 問津港, 送客島, 適意川, 懷別溪, 停舟舍, 聚漁樹 등의 경관과 함께 어우러져 시인 묵객들이 모였던 곳이다. 시가 있고, 술이 있고, 그림이 있는 공간이었던 것이다.
이 누각에 올라 사방을 바라보면 전지의 물결 빛이 호호탕탕하게 펼쳐지고, 버드나무 드리워진 뛰어난 경관이 연출된다. 몽롱한 경관이 사람들의 넋을 사로잡는다.
이 장련은 본래 명나라 陸樹堂이 행서로 썼다. 지금 대련은 근대 서예가 趙藩이 쓴 것이다. 이 영련은 '天下第一長聯', '古今第一聯', '天下第一聯', '古今長聯第一佳者', '海內第一聯' 등으로 불리는데, 이 영련으로 인하여 대관루가 강남 사대 명루 중의 하나가 되었다. 참고로 2층에 걸린 '拔浪千層'은 청 咸豊帝의 어필이다.

같네. 부평초와 갈대가 온 하늘땅을 덮고, 파랑새가 붉은 노을 위를 아로새기며 나네. 잊지 말자. 사방의 벼 향기, 만경의 맑은 모래, 여름의 부용화, 춘삼월의 버들이여!

五百里滇池奔來眼底, 披襟岸幘, 喜茫茫空闊無邊. 看 東驤神駿, 西翥靈儀, 北走蜿蜒, 南翔縞素. 高人韻士何妨選勝登臨, 趁蟹嶼螺洲, 梳裹就風鬟霧鬢, 更蘋天葦地, 點綴些翠羽丹霞. 莫孤負, 四圍香稻, 萬頃晴沙, 九夏芙蓉, 三春楊柳

〈下聯〉(90字)

수천 년 과거사가 마음에 사무쳐 술잔을 잡고 허공을 응시하네. 아, 도도했던 영웅 그 누가 살아있는가? 한무제(漢武帝)는 이곳에서 수군을 훈련시켰고, 당현종(唐玄宗)은 정복 기념으로 철주를 세웠으며, 송태조(宋太祖)는 옥도끼 들고 도상작전을 펼쳤고, 원 후빌라이는 가죽 주머니 타고 금사강 건너 이곳을 정복했네. 혼신의 노력을 기울여 이룩한 위대한 공적, 진주 같은 주렴과 화려한 기둥 누각이 저녁 비와 아침 구름에 사라지고 있네. 부서진 비석만이 푸른 연기 사이 낙조에게 넘겨주고 있네. 단지 얻은 것은 드문드문 몇 번의 종소리, 강 가운데 고깃배의 불빛, 두 줄 지어 가는 가을 기러기, 한 가닥 맑은 서리뿐이로다.

數千年往事注到心頭, 把酒凌虛, 嘆滾滾英雄誰在. 想 漢習樓船, 唐標鐵柱, 宋揮玉斧, 元跨革囊. 偉烈豊功費盡移山心力, 盡珠簾畫棟, 卷不及暮雨朝雲, 便斷碣殘碑, 都付與蒼煙落照. 只嬴得, 幾杵疏鐘, 半江漁火, 兩行秋雁, 一枕淸霜

∥玉龍雪山과 黑龍潭

〈여강오봉사련(麗江玉峰寺聯)〉[158](180자)

양감근(楊鑒勤, 생졸미상)

〈상련〉

수만리 금사강이 발아래를 뚫고 흐른다. 눈을 떠 멀리 바라보니 넓
고 넓어 종횡으로 끝이 없구나. 동으로 파촉과 붙어있고, 북으로 우
라산(烏拉山)을 사이에 두고 있으며, 남으로 월남에 접해 있고, 서쪽
으로 천축과 이웃하네. 예로부터 지금까지, 흥망성쇠에 괜스레 감개
무량해지네. 달이 밝고 바람이 맑은 밤, 그녀는 하얀 피부의 잘생긴
얼굴을 내미네. 아침 구름과 저녁 비가 장독을 품은 연무를 없애버

---

158 옥봉사: 운남성 麗江 納西族 자치현 북쪽 玉龍雪山 자락에 있다. 라마교 사원으로
청 乾隆 21년(1756)에 세워졌다. 절 안에 명대에 심은 山茶가 있는데, 이것을 '茶花
王'이라고 부른다. 玉龍雪山은 정상에는 만년설이 쌓여있는데, 마치 옥룡이 길게
누워있는 듯 하다고 하여 붙여진 이름이다.

린다. 오직 얻은 것은 만년설 쌓인 절벽에 선 고설대(古雪臺), 반쯤 휘어진 흑룡담, 사방의 꽃과 새여!

數萬里長江¹⁵⁹, 穿流脚下, 放眼遙觀. 洋洋手縱橫無際. 況東連巴蜀, 北距烏拉¹⁶⁰, 南接交趾¹⁶¹, 北毗天竺¹⁶². 今來古往, 空餘感慨興亡, 趁月白風淸, 露出她冰肌玉骨. 從朝雲暮雨, 消却了蠻烟瘴霧. 只贏得千載積雪, 一壁鐵臺¹⁶³, 半彎靈湖¹⁶⁴, 四圍花鳥

〈하련〉

하루의 풍경이 가슴 속에 환상처럼 남아있네. 고상한 마음으로 혼자 걸으며, 휘영청 밝은 달 굽어보고 쳐다보니 감정이 일어나네. 보라! 봄날 새벽이 붉은 빛을 삼키고, 저녁 햇빛이 물들인 노을을. 오후는 푸른빛을 토하고, 밤은 북두칠성을 빛나게 하네. 제비가 가고 기러기가 돌아오니, 더위가 자연스럽게 추위로 바뀌네. 용의 소리와 호랑이 울부짖음을 빌어 황제의 은덕과 신의 위력을 떨치네. 음산한 구름 걷힌듯 청백리와 탐관오리가 분명하게 밝혀지네. 게다가 삼위(三危)의 명승지, 오랫동안 전해져 오는 비석, 서한(西漢)의 북소리 울리는 선박, 장구한 산하여!

十二時景象¹⁶⁵, 幻在胸中, 高懷獨步, 皎皎然俯仰有情. 看春曉吞紅日,

---

159 長江: 여기서는 장강의 상류 金沙江을 말한다.
160 烏拉: 巴顔喀拉山의 남쪽 기슭.
161 交趾: 越南의 옛날 명칭.
162 天竺: 인도의 옛 명칭.
163 鐵臺: 玉龍雪山 위에 있는 古雪臺.
164 靈湖: 옥용설산 아래에 있는 黑龍潭.
165 十二時: 하루 주야.

夕照霞光, 午吐碧嵐. 夜煥星斗. 燕去鴻歸, 任憑經過寒暑, 藉龍吟虎

嘯, 宣揚那帝德神威, 于喜霽愁陰, 分明着廉吏貪官. 更有些三危勝

迹[166], 六詔遺碑[167], 西漢船鼓[168], 百世山河

〈등석여자찬벽산서옥련(鄧石如自撰碧山書屋聯)〉[169](74字)

〈상련〉

푸른 바다의 태양, 적성(赤城)의 노을, 무협(巫峽)의 구름, 동정호의

달, 파양호의 안개, 소상강의 비, 무이산 봉우리, 여산 폭포, 우주의

기이한 경관을 모아 내 서재의 벽에 그리리라.

滄海日, 赤城霞[170], 峨眉雪, 巫峽雲, 洞庭月[171], 彭蠡烟[172], 瀟湘雨[173], 武

夷峰[174], 廬山瀑布[175], 合宇宙奇觀. 繪吾齋壁

166 三危: 설산 주변의 喀木地, 危地, 藏地.

167 六詔遺碑: 陸良縣의 爨龍顔碑, 曲靖縣의 爨寶子碑 등.

168 西漢船鼓: 한나라 元封 원년(기원전 110년), 조정에서 장군을 파견하여 서남지방을
평정하였는데, 배를 타고 강을 건너면서 북을 치며 기세를 올렸다.

169 鄧石如: 청대 전각의 대가. 이름은 琰, 자는 頑伯. 자호는 完白山人. 康有爲는 그를
'천백년에 한 번 올 인물'로 평가하였다.
碧山書屋: 안휘성 懷寧縣 동북쪽 60㎞ 大龍山 아래 白麟坂의 승씨 서옥. 등석여가
만년에 은거하던 곳이다.

170 赤城霞: 赤城栖霞. 절강성 天台山 팔경 중의 하나.

171 洞庭月: 洞庭秋月. 瀟湘八景 중의 하나.

172 彭蠡烟: 鄱陽湖의 안개.

173 瀟湘雨: 瀟湘夜雨, 소상팔경 중의 하나.

174 武夷峰: 복건성 崇安縣 무이산의 36좌 봉의 기이한 아름다움.

175 廬山瀑布: 여산 香爐峰의 폭포.

〈하련〉

두보의 시, 왕유의 그림, 좌전(左傳)의 문장, 사마천의 역사, 설도의 시전, 왕희지의 서첩, 장자, 사마상여의 부, 굴원의 이소, 고금의 뛰어난 예술을 모아 나의 산창에 놓으리라.

少陵詩, 摩詰畵, 左傳文, 司馬史, 薛濤箋, 右軍帖, 南華經, 相如賦, 屈子離騷, 收古今絶藝, 置我山窓.

중국의 산수 경영

제11장

중국 문인 사대부의
아집(雅集)과 공간미학

1. 문인사대부의 아집과 글쓰기, 그리기, 그리고 장소와의 관계

전통 문인 사대부들의 사적 활동은 매우 다양하였다. 은사(隱士)들은 심산유곡에 은거하고 세상과 격절한 채 자족의 삶을 희구하였고, 뜻을 얻은 사대부는 부귀와 권세로 화려한 원림을 경영하고 많은 인재를 연회에 초대하여 교류를 확대하면서도 한편으로는 자연으로의 귀의를 열망하기도 하였다. 또한 세상을 만나지 못한 유람객이나 소객(騷客)들은 산수자연을 벗 삼아 떠돌면서 실의와 우울함을 시문에 기탁하였으며, 중앙 정국에서 실각하여 벽지로 폄적된 사대부는 산천을 유람하며 불우함을 달랬다.

이렇게 그들의 사적 활동은 상황에 따라 서로 달랐음에도 불구하고 동질성을 가지고 있었다. 전통 문인 사대부들은 '홀로 고결함을 유지하기(孤芳幽賞)'를 바라면서도 한편으로는 꾸준히 '글을 통해 친구 사귀기(以文會友)'를 추구했다. '현실참여(入世)'와 '현실회피(出世)'의 갈등을 극복하고 양자를 넘나드는 자유를 얻으려고 하였다. 문인사대부의 이러한 사고는 '결사(結社)'나 '아집' 활동으로 나타났다.[176] 이 활동은 '글짓기'와 '모임'이라는 공통의 내용을 가지고 있다. '난정수계(蘭亭修禊)'는 본래 봄맞이 민속 행사로부터 출발하였지만, 회계 지역 42명의 명사들이 '가슴 속의 그윽한 감정을 마음껏 펼치는(暢敍幽情)' 문인의 모임으로 변화되었다. '춘야도리원 모임'·'죽림칠

---

[176] 아집과 결사는 무엇이 다른가? 넓은 의미로 보면 문인 결사는 모두 '아집' 행위를 기반으로 한다. '결사'가 특수한 목적이나 동기를 가지고 조직적이고 여러 차례 걸친 정기적 회합이라고 한다면, 아집은 조직적이거나 여러 차례의 정기적 회합이 아닌 경우가 많다.

일(竹林七逸)·‘낙하구로(洛下九老)’ 모임 등은 ‘천지의 오묘한 진리를 스스로 터득한다.’는 철학적 의미를 넘어 ‘사물에 기탁하여 가슴 속의 감정을 푼다(託物興懷)’는 문학 모임으로 확장하였다.[177] 이렇게 본다면, 문인사대부의 아집 활동의 핵심은 말 그대로 ‘글짓기’에 있었다. 명대 초기 관각 문인들은 아집을 궁정으로 끌어 들여 ‘대각체(臺閣體)’라는 문체를 낳았다. 그리고 아집 현장에서 시문을 지어 감정을 교류하였는데, 그것이 아집시문으로 남아있다.

아집 활동을 그림으로 재현한 것을 〈아집도(雅集圖)〉라고 한다. 이 그림은 국가에 공헌하고픈 사대부의 의지와 개개인의 ‘자유 의지’를 표현하였다. 아집도에 담겨 있는 시문은 아집활동의 의미를 부각 시켰다.

청대에 이르러 문인 결사는 후원에 의해 활성화 했다. 상인들은 문인사대부들의 아집과 아집도 생산에 대하여 물질적으로 후원하였고, 그들이 소유한 원림을 장소로 제공하였다.

따라서 문인사대부의 ‘아집’은 ‘글쓰기’·‘그리기’·‘원림’과 깊은 관계가 있음을 알 수 있다.

---

177 〈山莊雅集圖序〉《青崖集》卷三 (《文淵閣四庫全書電子版》)
　　古今一天地也. 人物一元氣也. 元氣一古今, 不可以二. 故山陰蘭亭之集, 春夜桃園之宴, 竹林七逸, 洛下九老, 雖鉅細不同, 其託物興懷, 自得天地之妙者, 豈以古今有二哉! (후략)

2. 집단 문학 생산 활동으로서의 아집

많은 문학가들은 특정 장소에 모여 공동으로 작품을 창작하였다. 그 예로 조비(曹丕)와 조식(曹植) 형제가 개최한 '서원지회(西園之會)'를 시작으로, 위진 교체기의 죽림칠현의 모임, 왕희지의 난정아집, 동진 시대 여산(廬山)의 백련사(白蓮社)의 활동, 남조 시대 사령운(謝靈運)의 사우지회(四友之會)가 있다.

당대에 이르러 태종 시대의 진부십팔학사(秦府十八學士)의 모임, 현종 시대의 개원십팔학사(開元十八學士) 모임이 그랬다. 문인 사대부들의 사적 모임으로 포방(鮑防) 등 37인이 참가한 절동연창집회(浙東聯唱集會), 안진경(顏眞卿) 등 100인이 참가한 절서시회(浙西詩會), 왕창령(王昌齡)이 유리당(琉璃堂)에서 개최한 아집, 백거이의 향산구로회(香山九老會, 會昌九老會)·칠노회(七老會), 이고(李翺)·한유·유종원·유우석 등이 행한 문회지교(文會之交)도 마찬가지 이다.

문학모임은 십팔학사 모임처럼 공적 성격이 강한 것을 포함하여 '문원'·'문회'를 표방한 문인사대부의 문학 활동도 포괄한다. 그 결과물로 《한림학사집(翰林學士集)》·《경용문관기(景龍文館記)》·《절동연창집(浙東聯唱集)》·《백락천시후집(白樂天詩後集)》卷20·《오흥집(吳興集)》·《여락집(汝洛集)》·《낙중집(洛中集)》·《낙하유상연집(洛下游賞宴集)》·《한상제금집(漢上題襟集)》·《송릉집(松陵集)》등[178]을 예로 들 수 있다.

당대에는 조정에서 지방까지 아집 활동이 활성화되었다. 이는 문

---

178 당대 아집의 결과물과 활동에 관해서는 《唐代集會總集與詩人群研究》(賈晋華, 北京大學出版社2001年6月第1版)가 참고 할만하다.

학 생산의 동기와 제재를 제공하였으며, 수많은 시문 생산으로 이어졌다. 아집은 여러 문인들이 동시에 참석하기 때문에 현장에서 창작 형식이 결정되고, 게다가 현장에 어울리는 형식을 만들어내기도 하였다. 수창자(首唱者)와 창화자(唱和者)가 동제(同題)·동운(同韻)의 시를 짓거나, 여러 사람이 이어서 짓는 연구(聯句)도 상당 수 있었다.[179]

이상의 사실로 비추어 볼 때, 당대의 아집은 문학의 집단 생산의 장이었음을 알 수 있다.

송대에 이르러 아집이 전형적인 문인 사대부들의 사적활동으로 자리를 잡아가기 시작하였다. 송대 문인사대부들은 십팔학사들처럼 국가에 공적을 쌓는 사업에 대한 관심보다는 주체의 정신을 중요하게 생각하였다. 서원아집(西園雅集)의 출현이 그 강력한 증거이다.[180] 서원아집은 송 원풍(元豊) 시기 부마도위(駙馬都尉)였던 왕선이 소동파를 비롯하여 황정견(黃庭堅)·미불(米芾)·소철 등 당시 문단의 거두 16명을 자신의 서원으로 초청하여 벌인 모임이다.[181] 이들은 서원에서 모여 시를 짓고 읊조리거나 그림을 감상하는 등의 활동을 벌였다.

---

179 論唐代文士的集會宴游對創作的影響, 吳在慶, 廈門大學學報(哲學社會科學版), 2003年 9月 28日.

180 中国繪畵史上的《文會圖》(2005), 趙啓斌, 榮寶齋; 2005年 06期.

181 구체적인 참석자는 蘇軾·王晋卿·蔡天啓·李端叔·蘇子由·黃魯直·李伯時·晁无咎·張文潜鄭靖老·秦少游·陳碧虛·米元章·王仲至·圓通大師·劉巨濟. 당시에 李伯時이 그림을 그리고 米元章이 그림의 기문을 썼다. 서원아집은 문학 생산에 그치지 않고 모임 현장에서 李公麟이 그린 〈西園雅集圖〉로 재현되었다. 이 그림은 후세 문인들과 화가들에 의해 수차례 모사되어 후대에 지대한 영향을 주었다.

미불이 지은 〈서원아집도설(西園雅集圖說)〉을 보면 그 면모를 알 수 있다.

(상략) 아래 큰 계곡의 급류가 돌과 부딪치고 콸콸 소리를 내며 흐른다. 바람과 대나무가 서로를 삼키고, 화로에서는 연기가 막 피어오르며, 풀과 나무에서는 저절로 향기가 퍼진다. 인간의 맑고 광활한 즐거움이 이보다 더 한 것이 없으리라. 아! 명예와 이익이 용솟음치는 곳에서 물러날 줄 모르는 사람이 어찌 이 경지를 쉽게 터득할 수 있겠는가! 동파(東坡) 이하 모두 16명은 글을 가지고 세상을 논하고, 널리 배워 지식을 분별하며, 아름다운 표현으로 빼어난 문장을 짓고, 옛 것을 좋아하고 견문이 넓으며, 호탕한 기상을 가지고 세속을 초월할 수 있는 자질을 가지고 있다. 고매한 도사의 걸출하고 특출한 운치로 사방에 명성이 자자했다. (후략)[182]

서원아집에 참석한 사람들은 글을 가지고 세상을 논하고, 아름다운 언어로 빼어난 문장을 지을 수 있다고 하였다. 자신들은 정론이나 의론문 뿐 아니라 미문에도 능했다는 것이다. 구체적으로 누가 어

---

182 下有激湍漯流於大溪之中, 水石潺湲, 風竹相呑, 爐烟方裊, 草木自馨. 人間淸曠之樂, 不過於此. 嗟乎! 洶湧於名利之場而不知退者, 豈易得此邪! 自東坡而下, 凡十有六人, 以文章議論, 博學辨識, 英辭妙墨, 好古多聞, 雄豪絶俗之資, 高深羽流之傑, 卓然高致, 名動四夷. 《式古堂書畵彙考》卷三十三・《文章辨體彙考》卷二百八十四・《寶晋英光集補遺》)
이 글은 李公麟의 〈西園雅集圖〉에 붙인 글로서, 西園雅集의 상황과 이유 등을 밝혔다. 이 글의 생략된 부분에서는 아집에 참석한 문사 16명의 외모와 詩作, 그림 감상, 명상, 거문고 타기 등 청아한 모임 활동을 일일이 상세하게 묘사하였고, 게다가 모임의 준비를 위해 배석한 시동과 여인들의 면면까지 서술하였다. 이어서 아집 공간이 가지는 林泉之美와 흥취를 감각적으로 표현하였다. 마지막으로는 자신들의 모임이 가지는 성격과 의미 및 가치를 부여하였다.

떤 작품을 지었는지는 말하지는 않았지만, 16명의 문학대가들은 집단으로 문학작품을 생산했을 것으로 추정한다. 그리고 자신들이 아집 활동에서 찾으려고 했던 고아한 세계와 광활한 즐거움은 매우 높은 경지에 있다고 말했다. 그들은 자신의 계층이 세속을 초월하였다는 자긍심을 가졌다. 또한 글짓기가 개인의 주체 정신을 극대화하는 길이라는 주장을 폈다.

원말에 열렸던 옥산초당아집(玉山草堂雅集)도 서원아집의 연장선상에 있었다. 고영(顧瑛)[183]은 강소성 곤산(昆山)의 옥사초당에서 모임을 개최하였다. 고영은 유불도의 세계를 자유롭게 넘나들었으며, 재물을 가볍게 여기고 교제를 중요하게 여겼던 인물이었다. 고영이 편집한 《옥산초당명승집》을 보면, 원 지정(至正) 8년(1348)에서 지정 16년(1356년)까지 이곳에서는 크고 작은 아집이 50여 차례나 열렸음을 알 수 있다. 옥산초당을 출입하거나 아집에 참여한 사람들로는 장우(張雨)·황진(黃溍)·황공망(黃公望)·예운림(倪雲林)·양유정(楊維楨)·왕몽(王蒙)·주규(朱珪)·양기(楊基)·가구사(柯九思)·진여(陳旅)·진기(陳基)·정원우(鄭元佑)·요문환(姚文煥)·장악(張渥)·서달좌(徐達左) 등으로, 당대 최고의 명사들이 총 망라되어 있다. 그 아집의 결과물들이 《옥산박고(玉山璞顧)》20卷·《초당아집》13卷·《옥산명승집》8卷·《외집》1卷에 수록되었다. 특히 《초당아집》(13卷)에는 역대 아집 참가자 73인의 시 2954수나 수록되어 있다.

이를 보면, 아집이 집단 문학 생산의 중요한 방편이었음을 알 수

---

183 顧瑛(1310~1369), 이름은 德麟, 阿瑛. 字가 仲瑛, 만년의 호는 金粟道人. 顧瑛은 본래 倪雲林·曹夢炎과 함께 江南三大巨富로 알려져 있는데, 일찍이 會稽敎諭로 제수되었으나 벼슬길에 나아가지 않았다.

있다.

명대에도 아집문화는 계속되었는데, 그 중에서 가장 대표적인 것이 행원아집(杏園雅集)이다. 이 아집의 주인은 명초 양영(楊榮)이고, 화가 사환(謝環)은 이 아집에 참여하여 〈행원아집도〉[184]를 그려 당시 상황을 묘사하였으며, 양사기(楊士奇)는 그림에 발문을 붙였다.[185] 이 발문에 의하면, 명 황실도서관(延閣)에 근무하던 양부(楊溥)와 양사기 등 8명이 바쁜 업무 끝에 휴가를 얻어 양영의 행원에서 아집을 개최하였다고 한다.

이 아집은 공적 활동의 성격이 강했다. 양사기는 발문에서 자신들의 모임을 '인재 육성', 혹은 '정부요직 관리', '스스로에 대한 경계'라고 규정하였다. 이것은 대각체의 탄생과 깊은 관계가 있었다. 대각체는 명 성조에서 영종까지 수십 년 동안 이른바 '삼양'으로 불리던 양영·양부·양사기 등이 썼던 문장으로, 황제의 공적을 칭송하는 글을 말한다. 예술적으로는 아정(雅正)한 세계를 추구하였고, 영락

---

184 이 그림은 현재 鎭江市博物館에 소장되어 있으며(견본 37×1181cm) 卷首에 전서로 쓴 "杏園雅集" 4글자가 있고, 뒷 장에 楊士奇·楊榮이 각각 쓴 서문 1편과 題詩 1수가 있다. 또 楊溥·王英·王直·周述·李時勉·錢習禮·陳循이 각각 붙인 卽景詩 1수가 있다. 나중에 청나라 翁方綱의 발문이 붙었고, 그리고 "葉名琛印"·"世襲一等男爵"·"平安館"·"亳州何氏珍藏"이라 새긴 소장인이 찍혀 있다.

185 楊士奇 〈杏園雅集圖跋〉: 古之君子, 其閑居未嘗一日而忘天下國家也. 矧承祿儋爵以事乎君而有自逸者乎. 詩曰夙夜匪懈, 以事一人, 古之賢臣所以事其君也. 今之居承明延閣者, 職在文學論思, 然率寅而入, 酉而出, 恭勤左右, 猶恒坎焉慮豪分之或闕, 矧敢自逸者乎, 固盡其分之當然也. 若勞息張弛之宜, 則雖古之人有所不廢焉, 乃三月之朔當休假. 南郡楊公及予八人相會游于建安楊公之杏園, 而永嘉謝君庭循來會, 園有林木泉石之勝, 時卉競芒, 香氣芬弗, 建安公喜嘉客之集也, 凡所以資娛樂者悉具. 客亦欣然如釋羈策, 灌淸爽而游于物之外者, 賓主适淸潭不窮, 觴豆肆陳, 歌咏幷作. 于是謝君寫而爲圖. 嗟夫一日之樂也, 情與境會, 而于冠衣之聚皆羔羊之大夫, 備菁莪之儀, 治臺之意, 又皆不忘乎衛武自警之心, 可爲庶幾古人之人者, 題曰雅集, 不其然哉. 故遂序于圖之次而詩又次焉.

에서 성화 시기까지 대각체가 문단을 독점하기에 이르렀다. 당시 조정대신들은 문인결사를 궁정으로 끌어들였고 대각체를 탄생시켰다. 또 다른 면에서 보면 대각체는 문인결사의 붐을 일으켰다. 예를 들면 이로시사(怡老詩社)가 생겨난 것은 대각체의 홍성과 밀접한 관계가 있다. 이 모임은 대각의 아집과 산림의 아집을 일체화시키는 역할을 담당하였다.[186]

이상의 상황으로 미루어 보아, 아집이 집단 창작과 동시에 문체의 생산으로까지 이어졌음을 알 수 있다.

청대의 열렸던 수많은 아집 역시 바로 문학의 산실이었다. 대표적으로 홍교수계(虹橋修禊)[187]를 들 수 있다. 이 아집은 왕어양(王漁洋, 士禛)이 개최한 것으로,[188] 모두 두 차례에 걸쳐 열렸다. 제1차례는 강희 원년(1662년) 두준(杜浚)·애우령(袁于令)·장계(蔣階)·주극생(朱克生)·장양중(張養重)·유양숭(劉梁嵩)·진유송(陳維崧) 등 10여 명의 모임이었다. 왕어양은 이 자리에서 〈완계사(浣溪沙)〉2수, 〈홍교유기〉·〈홍교회고〉를 지었다. 두 번째는 강희 3년(1664년) 손지위(孫枝尉)·장강손(張綱孫) 등과의 모임으로, 〈야춘절구(冶春絕句)〉20수를 지었다. 두 차례의 '홍교수계'는 수많은 문학작품을 생산하였고 더불어 그의 '신운(神韻)' 문학을 확산시키는 계기를 마련하였다.

---

186 明代的臺閣雅集與怡老詩社, 何宗美 , 李冰. 唐山師范學院學報 2001年 03期.

187 홍교는 본래 명 숭정 시기에 목제로 건축한 다리인데, 붉은 칠을 했기 때문에 '紅橋'라고 하였다가 건륭 시기에 석교로 바꾸었다. 멀리서 보면 무지개가 내려와 시냇물을 먹고, 아름다운 여인이 거울일 비추는 것과 같다고 하여 무지개 다리(虹橋)로 이름을 바꾸었다

188 〈紅橋修禊序〉"康熙戊辰春, 揚州多雪雨, 游人罕出. 至三月三日, 天始明媚, 士女祓禊者, 咸泛舟紅橋, 橋下之水若不勝載焉. 予時赴諸君之招, 往來逐队. 看兩陌之芳草桃柳, 新鮮弄色, 禽鱼蜂蝶, 亦有暢遂自得之意. 乃知天氣之晴雨, 百物之舒郁系焉."

홍교수계에서는 대대적인 화운을 진행하였고 그 결과물을 문집으로 발간하였다. 노견증(盧見曾)은 건륭 23년(1757년)에 제2차 양회염운사(兩淮鹽運使)로 부임하여 양주로 내려와서 의홍원(倚虹園)의 홍교수계청(虹橋修禊廳)에서 당시 문단의 대표적 인사였던 왕사정(王士禎)·이어단(李魚單)·정섭(鄭燮)·진찬(陳撰)·금농(金農)·여악(厲鶚)·나빙(羅聘) 등과 아집을 개최하였다.[189] 그는 이 자리에서 7언 율시 4수를 지었고, 이 시운을 가지고 각 지역에서 6, 7천 명이나 화운을 하였으며, 그 결과는 3백여 권에 달하는 거대한 시집을 출간하였다.

이상의 설명한 것을 요약하면, 중국의 전통 문인사대부들은 아집을 개최하여 상호교감하고 절차탁마를 통하여 계층 간의 긴밀한 관계를 유지하는 한편 다량의 문학작품을 집단 생산하였음을 알 수 있다. 문학의 집단 생산은 중세 문인사대부들에게 있어 매우 일반적이고 일종의 생산 매카니즘 혹은 소통 시스템으로 받아 들였다. 또한 아집은 새로운 문체의 창출과 문학이론의 생산과 깊은 관계가 있음을 알 수 있다.

3. 아집활동 공간으로서의 원림

이상에서 아집이 집단 문학 생산과 문학 이론 탄생의 중요한 행위였다는 사실을 알 수 있었다. 그러면 아집의 개최 장소는 어디였을까? 《양주화방록(揚州畵舫錄)》의 기록을 보면 알 수 있다.

---

189 아집 장면은 〈虹橋覽勝圖〉에 담겨 전해지고 있다.

"양주의 시문 아집은 마씨소영롱산관(馬氏小玲瓏山館)·정씨조원(程氏筱園)과 정씨휴원(鄭氏休園)이 가장 성황을 이루었다. 모임 시기가 되면, 원림 안에 각각 책상 하나씩을 설치하고, 그 위에 붓 두 자루, 단계 벼루 하나, 연적 하나, 화선지 4장, 시운(詩韻) 하나, 차 주전자 하나, 그릇 하나, 과일 그릇과 다식 각 한 합을 올려놓는다. 시가 지어지면 바로 출간하는데, 3일 안에 고쳐 수정하여 재출간할 수 있다. 출판하는 당일에 성 안으로 두루 퍼졌다. 모임에서 술과 안주 그리고 맛있는 요리를 공급하였다. 하루에 함께 시를 완성했다."[190]

이 기록을 보면, 청대의 양주지역 아집 장소는 원림이었음을 알 수 있다. 원림은 아집에서 필요한 책상, 지필묵, 다구, 과일 등을 갖추기 용이하였고, 특히 아집을 통해 창작한 시를 책으로 엮어 출간하기 매우 적합한 장소였다. 게다가 원림 안은 숙식은 물론이거니와 장서루 등이 있어 발간된 시집을 정리 보관하고 성안에 널리 배포하는 시스템도 갖추고 있다.

앞에서 논의한 바 있는 옥산아집이 열렸던 옥산초당 역시 원림이었다. 이 원림은 옥산초당을 중심으로 도화헌(桃花軒)·조월헌(釣月軒)·내구헌(來龜軒)·춘휘루(春暉樓)·추화정(秋華亭)·지운당(芝雲堂)·가시재(可詩齋)·독서사(讀書舍)·종옥정(種玉亭)·소봉래(小蓬萊)·소유선(小游仙)·백화담(百花潭)·명옥동(鳴玉洞)·벽오취죽당(碧梧翠竹堂)·완화계(浣花溪)·배석단(拜石壇)·어장(漁莊)·춘초지(春草池)·금속영

190 李斗《揚州畵舫錄》(卷8), 中華書局, 1960: 揚州詩文之會, 以馬氏小玲瓏山館·程氏筱園及鄭氏休園爲最盛. 至會期, 於園中各設一案, 上置筆二, 墨一, 端硯一, 水注一, 箋紙四, 詩韻一, 茶壺一, 碗一, 果盒茶食盒各一. 詩成則發刻, 三日內尙可改易重刻. 出日徧送城中矣. 每會酒肴具極珍美, 一日共詩成矣

(金栗影)·담향정(淡香亭)·군자정(君子亭)·녹파정(綠波亭)·강설정(絳雪亭)·청설재(聽雪齋)·설소(雪巢)·서화방(書畵舫)·유당춘(柳塘春)·백운해(白雲海)·호광산색루(湖光山色樓)·가수헌(嘉樹軒)·방학정(放鶴亭)·작산정(綽山亭)·동정(東亭)·서정(西亭) 등 36개의 부속 건물로 이루어져 있다.[191] 이 건물들에서 50여 차례 아집을 개최하였는데, 이는 개최 장소로서의 가능한 설비를 갖추었기 때문일 것이다. 원림의 건물명을 보면, 이 원림의 주인이 시문을 얼마나 좋아하였으며, 아집을 위해 특별히 원림을 경영했던 흔적을 발견할 수 있다. 게다가 수려하게 조성된 경관은 문인사대부의 아취와 상상력을 자극하기 충분하였다. 그래서 《玉山名勝集·原序》에서 "시원한 누대, 그윽한 관사, 화려한 헌, 아름다운 수사에 꽃과 나무가 빼어나고 구름이 낀 날은 그윽하여 사람들의 재주와 아취를 자극하기 충분하였다"[192]라고 말하였다.

옥산아집에 참여했던 화가 장악은 아집 장면을 그렸는데, 이것이 〈옥산초당아집도〉이다. 이 그림 위에 당시 문단의 영수이며 이 모임에 참여했던 양유정이 〈옥산아집도기〉를 지어 붙였다.[193] 그 한 대목

191 玉山草堂與元明之际東南的文士雅集, 張玉華, 廣西社會科學 2004年第10期(總第112期) 이 글에서 저자는 옥산초당의 각 부속 건물에서 구체적으로 어떤 모임이 개최되었는지에 대하여 소상하게 밝혔다.

192 《玉山名勝集·原序》:其凉臺燠館, 華軒美樹, 卉木秀而雲日幽, 皆足以发人之才趣

193 楊維楨〈玉山雅集圖記〉《玉山名勝集》卷)二《文淵閣四庫全書電子版》
右玉山雅集圖一卷, 淮海張渥用李龍眠白描體之所作也. 玉山主者為崑山顧瑛氏, 其人青年好學, 通文史, 好音律鐘鼎古器法書名畫品格之辨. 性尤輕財喜客, 海內文士未嘗不造玉山所, 其風流文采出乎流輩者尤為傾倒, 故至正戊子二月十有九日之會為諸集之最盛. 冠鹿皮衣紫綺坐案而伸卷者, 鐵笛道人會稽楊維楨也. 執筆而侍者, 姬為翡翠屏也. 岸香几而雄辯者, 野航道人姚文奐也. 沉吟而凝坐搜句於景象之外者, 苕溪漁者鄭韶也. 琴書左右捉玉麈從容而色笑者, 即玉山主者也. 姬之侍者, 為天香秀. 展卷而作畫者, 為吳門李立旁. 侍而指畫, 即張渥也. 席皐比曲肱而枕石

을 인용하여 보자.

> 푸른 오동과 대나무는 맑은 버들과 빼어남을 다투고 있고, 떨어지는 꽃과 아름다운 풀이 기막힌 상상의 나래를 펴게 한다. 입에서 나오는 대로 시구가 되고, 붓이 닿기만 하면 글이 되었다.

원림의 환경이 상상력을 자극했다고 강조하였다. 그래서 입에서 나오는 대로 읊으면 시가 되고 붓이 가는대로 쓰면 문장이 된다고 하였다. 원림이 가지고 있는 환경이 문학생산의 중요한 요소로 작용했음을 잘 알려주는 대목이다.

청대에 이르러 강남지역의 염상들은 원림을 경영하여 아집을 개최하거나 후원하였다. 그들은 경제적 능력, 생원 이상의 정치적 자격, 그리고 시서화를 향유할 수 있는 지적 능력까지 갖추고 있어 사람들은 그들을 '유상(儒商)'으로 불렀다. 그들은 원림을 경영하여 문인들에게 장기간 학문을 연마하는 장소로 제공하였다.

청대 양주지역의 염상 중 휘상(徽商) 출신인 마왈관과 마왈로 형제는 소영롱산관을 짓고 문인 여악·저조망 등 40여 명과 자주 아집을 개최하였다. 소영롱산관은 본래 일종의 장서루[194]로서 마씨 형제는

者, 玉山之仲晉也. 冠黃冠坐蟠根之上者, 匡廬山人于立也. 美衣巾束帶而立頤指僕從治酒者, 玉山之子元臣也. 奉肴核者, 丁香秀也. 持觴而聽令者, 小璚英也. 一時品疏通雋朗, 侍姝執伎皆妍整奔走童亦皆馴雅安於矩矱之內觴政流行樂部皆暢. 碧梧翠竹與淸揚爭秀, 落花芳草與才情俱飛, 矢口成句落毫成文, 花月不妖湖, 山有發是宜. 斯圖一出為一時名流所慕艷也. 時期而不至者句曲外史張雨永嘉徵君李孝光東海倪瓚天台陳基也夫主客交幷文酒宴賞代有之矣. 而稱美於世者, 僅山陰之蘭亭, 洛陽之西園耳. 金谷龍山而次弗論也. 然而蘭亭過於淸則隘, 西園過於華則靡. 淸而不隘也, 華而不靡也, 若今玉山之集者, 非歟故!

194 小玲瓏山館은 10萬 여 卷의 秘籍과 善本을 소장하고 있었으며,《四庫全書》편찬 시

사방의 명사들을 소영롱산관을 불러 숙식을 제공하는 한편 독서하고 시회를 즐겼다. 소영롱산관의 부속건물은 총서루(叢書樓)·멱구랑(覓句廊)·간산루(看山樓)·홍약계(紅藥階)·양명헌(兩明軒)·석실(石室)·매료(梅寮)·칠봉초당(七峰草堂)·청향각(淸響閣)·등화암(藤花庵)·청서옥(靑書屋)·어범루(御帆樓)·춘강매(春江梅)·군자림(君子林) 등이 있다. 그 중에서 멱구랑 등은 시문을 생산하거나 화창하기 제격이었다.

두 형제는 양포(讓圃, 청령사(天寧寺) 마씨행암(馬氏行庵)의 서쪽)에서 한강아집(韓江雅集, 혹은 한강아집(邗江雅集))을 개최하였다. 이 아집은 마왈관이 그의 문인 호기항(胡期恒)과 함께 중양절을 맞이하여 기획한 것으로, 전조망·여악·민화·장사과(張四科)·종몽성(程夢星)·진장(陳章)·왕조(王藻) 등 14명이 참가하였다. 여기서 모아진 글을 모아 《한강아집》12卷을 출판하였고 화가 방사서(方士庶) 등이 《구일행아문연도(九日行庵文讌圖)》를 그렸다. 그리고 이 아집에서는 특별히 호고(芦蒿: 쑥갓)·제채(薺菜: 냉이)·근채(芹菜: 미나리)·기묘(杞苗: 구지자싹)·호아(芦芽: 아스파라거스)·채태(茱苔) 등의 진귀한 봄나물을 제공했다는 기록이 있다. 아집을 위한 원림의 물질적 제공이 얼마나 주도면밀하고 풍성했는가를 짐작하게 한다.

앞서 언급한 바와 같이 아집에서 지어진 시문이 신속하게 출판되었고, 시집이 출간된 후 재차 아집을 개최하여 이것을 다시 감상하였다고 한다. 이러는 과정에 아집과 시집이 증가하였으며, 학술계의 영수나 문단의 중견들이 결집하는 계기가 되었다.

청대의 유명했던 홍교수계 역시 개최 장소가 원림이었다. 《양주화방록》〈홍교록〉上에는 다음과 같은 기록이 있다.

전국의 서적을 수집하였는데, 이 장서각의 책이 거의 8백종이 채택되었다.

홍교수계(虹橋修禊)는 원나라 최백형(崔伯亨)의 화원이었으나, 지금
은 홍씨별서(洪氏別墅)가 되었다. 홍 씨는 두 개의 원림을 가지고 있
는데, 홍교수계는 대홍원(大洪園)이고, 권석동천(卷石洞天)은 소홍원
(小洪園)이다. 대홍원에는 두 개의 경관이 있는데 하나는 홍교수계이
고, 또 하나는 유호춘범(柳湖春泛)이다. 이 원림에서 왕문간(王文簡,
王士禎)이 〈야춘시(冶春詩)〉를 지었고, 나중에 염운사(鹽運使) 노견증
(盧見曾)이 수계를 열었던 곳이다. 홍교수계로 인해 생긴 경관에 이
름을 붙여 상아(象牙) 골패에 24경을 새겼다.[195]

이 원림 속에는 묘원당(妙遠堂)·전춘당(餞春堂)·음홍각(飮虹閣)·함
벽루(涵碧樓)·선석방(宣石房)·치가루(致佳樓)·계화서옥(桂花書屋)·영
방헌(領芳軒) 등의 건물이 있고, '방호도서(方壺島嶼)'·'습취부람(濕翠
浮嵐)' 등의 경관이 조성되어 있으며, 묘원당 뒤의 죽경(竹徑), 영방헌
옆으로 소나무·측백나무·삼나무·닥나무 등으로 우거지고, 물가
에는 기둥이 20여 개 되는 누각이 있는데 그 안에 수계정(修禊亭)이 있
다. 밖으로 큰 대문이 물을 마주하고 있고, 기둥이 3개인 대청에 '虹
橋修禊(홍교수계)'라는 편액이 붙어있다고 하였다.

끝으로 유극장(劉克莊, 1187~1213)이 지은 〈발서원아집도(跋西園雅集
圖)〉를 보자.

송나라 부마도위(駙馬都尉) 왕진경(王晉卿)이 개최한 서원아집 역시

195 清 李斗《揚州畫舫錄》〈虹橋錄〉上
　　虹橋修禊, 元崔伯亨花園, 今洪氏別墅也. 洪氏有二園, 虹橋修禊爲大洪園, 卷石洞
　　天爲小洪園. 大洪園有二景, 一爲虹橋修禊, 一爲柳湖春泛. 是園爲王文簡賦〈冶春
　　詩〉處, 後卢转运修禊亦于此, 因以虹橋修禊名其景, 列于牙牌二十四景中

성황을 이루었다. 부마의 현명함이 없었더라면 여러 원로들을 초청하지 못했을 것이고, 여러 원로가 아니었다면 서원의 아름다움을 표현하지 못하였을 것이다. 그러니 왕의 외척이란 높은 지위가 부마를 영예롭게 하지 않는데도 오히려 그의 명성이 시들지 않는 것은, 능통한 글과 사대부에 대한 애정으로 정치를 했기 때문이다. 아! 옛날 <u>왕공 대신 그 누가 산수 원림의 즐거움이 없이 후대 사람들로 하여금 글을 대하고 감탄하도록 만들 수 있으랴.[196]</u>

이상과 같이 산수의 즐거움이 없이는 시의 최고 경지를 이룩할 수 없다고 했으니, 원림이 문학생산의 최적의 장소였음을 알 수 있다.

이상의 논의를 정리하면, 원림은 아집활동을 활성화시켰고, 뛰어난 경관이나 아름다운 건물이 상상력을 자극하고 고아한 정취를 보태어 시화창작을 왕성하게 했으며, 풍부한 물질적 후원이 다량의 문학생산과 함께 소통의 역할을 담당했음을 알 수 있다.

4. 아집의 회화적 재현

당대에 이르러 화가들은 아집활동을 그림으로 재현하기 시작했다. 고개지(顧愷之)가 그린 〈청야유서원도(淸夜游西園圖)〉〈〈진사왕시도(陳思王詩圖)〉〉가 최초라고 할 수 있다. 이것이 당나라 초기에 이르러 〈십

---

196 劉克莊〈跋西園雅集圖〉《夷伯齋集》外集卷下: 故宋駙馬都尉王公晉卿, 西園之集亦盛矣. 蓋非駙馬之賢, 不足以致諸老. 非諸老, 不足以顯西園之勝. 然則戚畹之貴不足爲駙馬榮, 而其名垂不朽者, 政以其能文好士耳. 吁! 自昔王公大臣, 孰無園池水竹之樂, 百世之下, 能使人臨文興慨. 甚謂世道之盛衰.

팔학사도〉, 〈회창구로도〉로 이어졌다. 기록에 의하면, 회창구로회 참가자들은 〈구로도〉를 벽에 걸고 술을 마시면서 이 그림에 시를 붙였다고 한다. 이것은 후대 아집도의 모델이 되기도 하였다.[197] 〈문원도(文苑圖)〉는 이러한 전통을 계승한 결정적인 작품이다. 이 그림은 왕창령(王昌齡)과 친구 11명(스님 1명, 문사 7명, 시종 3명)이 개최한 아집을 묘사한 것이다. 검은 옷을 입은 왕창령, 스님 법신(法愼), 소나무에 기대고 있는 이백의 모습이 그려 있다. 왕창령이 개최한 아집은 〈문원도〉의 모델이 되었다.

만당 오대 주문구(周文矩)의 〈문회도〉·구문파(丘文播)의 〈문회도〉· 이승(李昇)의 〈고소집회도(姑蘇集會圖)〉·왕제한(王齊翰)의 〈임정고회도(林亭高會圖)〉·고굉중(顧閎中)의 〈한희재야연도(韓熙載夜宴圖)〉·이경도(李景道)의 〈회우도(會友圖)〉 등도 아집의 회화적 재현이라고 할 수가 있다.

그러나 이상에서 본 것과 같이, 당대까지의 아집활동이 한 두 작품의 재현에 그치고 말았지만, 송대 이후부터는 몇 개의 모델이 여러 사람에 의해 오랫동안 재현되는 특징을 가지고 있다. 그 대표적인 것이 바로 〈난정수계도〉·〈춘야연도리원도〉·〈서원아집도〉이다.

〈난정수계도〉는 왕희지의 '난정수계'를 그림으로 재현한 것이다. 아집 당시에 시집을 발행하였지만 그림은 없었다. 북송 시대 조천리(趙千里)가 〈난정도〉를 그린 이후 민국 2년(1912년)까지 약 1500년 동안 아집 활동이 모두 45차례[198]나 지속적으로 계승되었는데, 그림도 지

---

197 당시의 '구로도'는 남아 있지 않고 송대에 작가 미상의 〈會昌九老圖〉와 명대 周臣이 그린 〈香山九老圖〉, 그리고 謝環이 그린 〈香山九老圖〉가 전해지고 있다.
198 졸고, 중국 강남지역 雅會文化의 전개과정에 대한 고찰, 중국문학연구 제32집, 2006.6 참고.

속적으로 재현되었다.

이 그림을 〈수계도〉라고도 부르는데, 역대 '난정아집' 현장을 직접적으로 묘사한 것은 아니지만, 그것이 가지는 문화적 전통과 예술적 아취를 계승하려는 의지를 표현하였다.

이백의 도리원 연집 역시 오랫동안 그려졌다. 이백의 인생관과 문학관이 절묘하게 담긴 그 광경과 의경이 지속적으로 이어진 것이다. 예를 들면, 명 구영(仇英)의 〈춘야연도리원도〉·구영의 〈도리원·금곡원도〉·성무엽(盛茂燁)의 〈춘야연도리원도〉·요윤재(姚允在)의 〈춘야연도리원도〉, 청에 이르러 여환성(呂煥成)의 〈춘야연도리원도〉·황신(黃愼)의 〈춘야연도리원도〉·정대(鄭岱)의 〈도원야연도〉·서시현(徐時顯)의 〈춘야연도리원도〉·사복(沙馥)의 〈춘야연도리원도〉 등이 있다.

이렇게 화가들이 이백의 아집을 여러 차례 그린 이유는, 복숭아 꽃 핀 정원에서 인생을 호탕하게 풀었던 이백의 정신세계를 자신들의 이상적 경지로 삼으려 했기 때문이다.

송대 이후 중국회화사상의 대가 중 〈서원아집도〉를 그리지 않은 사람이 거의 없을 정도다. 북송 시대 이공린(李公麟)이 〈서원아집도〉를 처음 그렸고, 그 이후의 화가들이 이것을 모방하였다. 예를 들면 당인(唐寅)의 〈임이용면서원아집(臨李龍眠西園雅集)〉이나 구영의 〈임이

기록을 참고하여 조사한 결과 육조 시대 3차, 唐代 4차, 宋代 6차, 元代 6차, 明代 7차, 청대 18차, 민국 1차가 열렸음을 알 수 있다. 대표적인 것을 들면, 남조의 謝惠連의 곡수아집, 당 憲宗 元和 10년에서 12년(817년)까지의 孟簡 등의 난정연회, 남송 光宗 紹熙 4년(1193) 葛天民 등의 곡수연, 원 惠帝 至正 20년(1360년) 臨海의 朱右와 張憲 등이 결성하여 余姚에서 개최되었던 續蘭亭會, 명 世宗 嘉靖28년(1549년) 文徵明, 徐渭, 陶望齡, 張岱 등의 아회, 청 건륭8년(1743년) 桑調元 등의 아회, 건륭 16년 건륭제의 南巡에 맞추어 열린 난정 군신 창화, 명말에 曹勛·曹谿 등 16명이 결성한 小蘭亭社 등등이다. 아회의 주요 활동은 春禊, 流觴曲水, 賦詩이지만, 어떤 경우는 친구지간의 餞別宴도 포함하고 있다.

용면서원아집(臨李龍眠西園雅集)〉이 여기에 해당한다. 그림 제목을 보면 이들은 모두 이공린의 그림을 임모하였음을 스스로 밝히고 있다. 〈서원아집도〉는 제3차에 걸친 재현이 이루어진 셈이다. 예를 들면 이사달(李士達)의 〈방구영서원아집도권(仿仇英西園雅集圖卷)〉·석도(石濤)의 〈방구영서원아집도권(仿仇英西園雅集圖卷)〉·정관붕(丁觀鵬)의 〈모구영서원아집도축(摹仇英西園雅集圖軸)〉은 모두 구영의 임모를 다시 모방한 것이다.

이렇게 서원아집이 이공린 → 구영 → 이사달·석도처럼 여러 단계를 걸쳐 재현되는 이유는 무엇인가? 우선 역대 문인화가들은 서원아집에 참여한 문인들의 이상적 삶을 흠모하고 계승하고픈 열망 때문이라고 할 수 있다. 그래서 미불은 〈서원아집도기〉의 말미에 "후세에 이 그림을 감상하는 사람들은 이 그림의 불만한 가치 뿐 아니라 또한 그 사람을 본받을만하리라."라고 말하였던 것이다. 이러한 이유 때문에 서원아집을 "문인사대부의 내적 세계를 온전하게 드러낸 문화적 결정" 혹은 "문인사대부의 문화적 상징", 내지는 "사대부 문화·문인화가 독립적으로 발전한 상징이다."[199]라고 평가한 것이다.

이상에서 제기한 아집도 외에도, 명청대에 널리 알려진 아집도는 대진(戴進)의 〈남병아집도권(南屏雅集圖卷)〉·오관(吳寬)의 〈명인오동회도권(明人五同會圖卷)〉·정원훈(鄭元勛)의 〈영원아집도(影園雅集圖)〉·왕불(王紱)의 〈산정문회도(山亭文會圖)〉·사시신(謝時臣)의 〈고인아집도(高人雅集圖)〉·육치(陸治)의 〈원야연집도(元夜宴集圖)〉·오위(吳偉)의 〈사림아집도(詞林雅集圖)〉·정운붕(丁雲鵬)의 〈문회도(文會圖)〉·왕휘(王翬)의 〈산당문회도(山堂文會圖)〉·황역(黃易)의 〈봉창아집집도(蓬窗雅集圖)〉·

199 中国繪畵史上的〈文會圖〉趙啓斌, 榮寶齋; 2005年 06期.

비단욱(費丹旭)의 〈호정아집도권(湖亭雅集圖卷)〉·전혜안(錢慧安) 등의 〈평화사아집(萍花社雅集圖)〉 등이 있다.

이상의 서술을 요약하면, 고개지의 〈청야유서원도〉 이래 청말까지 사대부들의 아집도는 지속적으로 계승되었음을 알 수 있다. 특히 북송 시대 문인화의 정착 시기에 〈서원아집도〉·〈난정수계도〉·〈춘야연도리원도〉가 집중적으로 그려졌다. 그중에서 〈서원아집도〉는 다단계의 재현이 이루어져 중국 아집도의 상징이 되었다. 사대부들의 아집은 고아한 정취, 문인사대부들의 문학성과 뛰어난 풍모를 가졌고, 이것의 회화적 재현은 강력한 문화적 힘을 가지고 있다고 할 수 있다.

5. 문인 사대부 아집의 문화적 의미

전통 문인사대부들은 자신들의 세계관을 확립하고 확대 재생산하여 사회적 장악력을 높이려고 하였다. 그들은 이를 강화하고 유지하기 위하여 계층 내부의 관계를 매우 중요하게 여겼다. 그것이 아집 활동으로 표출되었다. 중세 문인 사대부들이 유지하려고 했던 내부의 긴밀한 관계는 관방의 정치적 권력 구조의 변화에 상당 부분 의존함에도 불구하고, 아집은 권력 밖에서 문학과 사상을 교류할 수 있는 사적 모임의 장이였다.

그들의 아집은 경세치용이나 정치적 도구로서가 아니라, 문화 생산의 공간으로서의 의미가 강했다. 때문에 아집에서는 정론 등의 거대담론보다는 사적 감정과 세계관, 그리고 초탈적 인생관을 표현한 글이 대량으로 나왔던 것이다.

원림은 아집의 장소로서 역할을 담당하였다. 경관의 경영은 문학 생산의 상상력을 풍성하게 하였다. 원림은 시집을 발간하고 전파하는 시스템을 갖추었기에 아집을 활성화하고 확대 재생산하는 작용을 하였다.

결론적으로 중세 문인사대부와 문인화가들의 아집 활동은 중국 문인 사대부의 고양된 예술 세계의 반영이며, 계층 내부의 소통시스템 중의 하나였다.

총결

필자는 이상에서 중국의 산수 경영의 면모를 총 11장으로 나누어 살펴보았다. 그 내용을 간추리면 다음과 같다.

제1장에서는 국가권력의 산수 경영으로서 통치공간과 제천공간으로 나누어 살펴보았다. 한나라의 제왕과 귀족의 사냥터 원유(苑囿), 상림원(上林苑), 당나라의 구성궁(九成宮) 등의 황궁과 이궁, 송나라의 간악(艮岳), 명나라 자금성, 청나라의 향산행궁(香山行宮), 정명원(靜明園), 창춘원(暢春園), 승덕피서산장(承德避暑山莊) 등은 통치공간으로서 왕족과 귀족의 전유물이었고, 권력을 과시하는 정치적 기능이 매우 강했다. 이것을 보면, 산수자연에 대한 공간경영은 오랜 역사동안 통치 행위의 하나였고, 대중들이 향유하기 시작한 것은 근대에 이르러 가능하였다.

제천(祭天)의 공간은 왕조의 안녕을 기원하기 위한 곳이다. 농경사회에서 왕조의 안녕은 농사의 결과에 달려 있었다. 따라서 천자는 제천 행위를 통하여 권력의 안정을 위해 풍년을 기원하였다. 천단은 왕조 통치의 정통성과 통치이념 강화, 국리민복과 부국강병을 달성하기 위한 건물이었다. 따라서 제천 공간은 통치집단의 통치철학이 담긴 그릇이었다.

제2장에서는 이상향(理想鄕)의 공간을 다루었다. 도연명의 도화원과 이백의 춘야연도리원을 예시로 들었다. 도연명은 전쟁과 살육이 없고, 정치권력과 명예도 아랑곳하지 않는 이상세계를 그렸다. 어부가 이상세계를 찾아갔다가 다시 돌아오는 과정을 통하여 현실 속에 이상사회를 건설하고픈 희망을 나타냈다. 이것이 후대 중국인이 추구했던 속세 속의 이상세계이다. 이백은 복숭아꽃과 살구꽃이 흐드러지게 핀 봄날 화사한 정원에서 연회를 개최하여 생명의 즐거움을

만끽하였다. 이것이 바로 이백이 추구했던 예술적 이상 공간이었다.

제3장에서는 대하장강(大河長江)의 공간미학을 다루었다. '어머니의 강'으로 불리는 황하(黃河)의 넘실대는 물줄기는 중국문화의 시원이면서 삶의 터전이었다. 장구한 시간을 거대한 대지를 흐르는 장강(長江)을 상류, 중류, 하류로 나누어 그 인문 지리와 공간적 의미를 파악하였다. 상류는 고산과 설산의 빙천, 그리고 험준한 협곡으로 이루어진 산수경관이다. 장강이 중류에 이르면 본류가 흘러 넘쳐 파양호(鄱陽湖)와 동정호(洞庭湖)를 낳는다. 여기에 오가는 사람들은 새로운 풍경을 만들었고, 풍성한 인문공간을 창출하였다. 장강이 하류에 이르면 토사가 퇴적되어 형성된 삼각주 위에 풍요로운 경치를 만들어 냈다. 삼각주의 하류대평원은 인구밀도가 가장 높고 경제가 발달한 곳이다. 거미줄처럼 이어져 있는 운하를 통하여 물산이 원활하게 유통하여 축적된 재화는 예술과 원림 건설의 기초가 되었다.

제4장에서는 산수화 속의 산수 경영에 대하여 알아보았다. 곽희의 〈조춘도〉는 삼원이라는 산점투시법을 통하여 다양한 경관을 창출하는 한편 산수와 인간의 조화를 표현하였다. 그는 속세를 완전히 떠나 은거하지는 않았고, 사람이 살만하고(可居), 유람할 만하고(可游), 바라볼 만(可望)한 공간을 기원하였다. 강희맹은 〈천리강산도(千里江山圖)〉를 통해 아름다운 천리강산을 영구히 보존하고 부국강병을 통하여 실지를 회복하려는 의지를 담았다. 한편 이 그림은 세상은 하나가 아니라 여럿으로 구성되어 있어, 개인은 집단과 조화를 이루어야 하고, 더 나아가 인간은 자연에 순응하며 살아야 한다는 이치를 담았다. 장택단은 〈청명상하도(清明上河圖)〉를 통하여 북송 말기 도성의 번화함이 가지는 공간의 의미를 담았다. 북송 말기 변경은 중세 도시

의 최고 정점에 있었다. 이 그림을 통해 산수자연의 삶이 도시 서민의 삶으로 전환하는 과정을 여실하게 파악할 수 있다.

이어서 필자는 명청대 장강 하류의 중심이었던 소주지역으로 시선을 맞추었다. 소주는 물길 따라 생긴 시진으로서 상업자본이 모이고, 상인들은 축적한 부를 문화 활동에 투자하여 문예부흥을 촉진시켰다. 또한 명청대 소주지역의 민간화가와 궁정화들은 자신들의 공간을 직접 밟으며 느낀 미학을 사실적으로 화폭에 담았다. 특히 강남 수향의 물길에 따라 번성한 도시의 면모를 묘사함으로써 강남의 '번화(繁華)'와 '성세(聖世)'를 찬양하면서도 자신의 공간에 대한 자신감을 표현하였다.

이상과 같이 중국의 산수화는 인간과 자연의 조화의 문제를 거론하였고, 인간이 살만한 공간, 그리고 유람할 수 있는 공간을 꿈꾸었다.

제5장에서는 폄적의 공간이 가지는 문화적 의미를 설명하였다. 굴원(屈原)의 멱라강은 부패하고 불의한 집단과 타협하지 않고 내 자신의 길을 죽음으로 지키겠다는 시인의 영혼이 남아있다. 굴원은 우리에게 삶에 있어서 '세상과의 타협'과 '이상의 고수'가 과연 양립하기 어려울 것인가 라는 물음을 던졌다. 원결은 궁벽한 도주에 살면서 산수자연을 장소화 하였다. 이름 없는 산수자연에 이름 붙이고, 바위에 새겨 의경을 조성하였다. 황무지를 개간하거나, 수목을 심고, 생활 거주지를 경영하였다. 자신의 경관 원칙을 실천하였고 자연과의 합일을 시도하였다. 유종원은 영주(永州)에서 10년간 폄적생활을 하면서 산수 공간에 대한 경영을 통하여 우울함을 극복하였다. 그는 또한 "아름다움은 저절로 아름다운 것이 아니며, 사람으로 인해서 드러나는 것이다.(美不自美, 因人而彰)"라는 산수 경영 철학을 실천하였

다. 이 점에서 유종원은 중국 인문경관의 실천가라고 할 수 있다.

제6장에서는 원림의 산수경영에 대하여 다루었다. 원림은 도시의 삶속에서 자연의 아름다움을 향유하려는 사람들의 희망에서 생겨난 것이다. 원림은 인공과 자연이 유기적으로 결합된 장소이다. 그래서 이것은 산수를 더욱 아름답게 만들고 살아 숨 쉬게 하는 효과를 가진다. 남북조시기에 이르러 귀족지식인들이 원림을 조성하기 시작했다. 그들이 조성한 원림은 황제와 왕족의 원유와 다른 풍격을 지녔다.

당나라의 문인사대부들은 원림의 기능을 확대하였다. 거대하고 화려했던 원유나 이궁처럼 폐쇄된 공간으로부터, 산수감상, 심정토로, 혹은 시문을 논하는 트인 공간으로 바뀌어 놓았다.

송나라에 이르러 원림은 인간 생활과 결합되기 시작하였다. 이 때문에 원림이 세밀하고 정교한 풍격을 갖추게 된 것이다. 명 중기에 이르러 북경과 남경, 강남 일대 관료 지주들이 원림을 많이 건설하였다. 또 청대 중엽에 이르러 황제의 원유와 양주를 비롯한 강남 일대의 개인 원림이 흥성하였다. 이 시기 원림의 최고 경지는 소주에 있었다. 소주는 자연과 생활 조건이 좋아 많은 관료와 부자들을 저택에 원림을 건립하였다. 망사원(網師園)・졸정원(拙政園)・유원(留園)이 모두 그것이다.

제7장에서는 팔경, 구곡의 산수경영에 대하여 알아보았다. 북송말기 〈소상팔경도〉의 출현은 산수문화의 새로운 획을 긋는 매우 중요한 사건 중의 하나였다. 팔경은 자연공간을 경점으로 만들었을 뿐 아니라, 팔경시와 팔경도라는 새로운 장르로 확장시켰으며, 더 나아가 인문지리의 새로운 영역을 개척했다. 소상팔경은 유종원의 소상

지역의 '자연공간의 전유화(專有化)', 소상지역의 '인문지리적 체험', '평원산수적 의경 표현'에서 출발하였다. 소상지역에 폄적된 유종원은 산수자연을 8개 구역으로 설정하고, 이름을 붙였으며, 〈우계기(愚溪記)〉와 〈영주팔기(永州八記)〉를 통하여 기록하고, 새기기를 시도하였다. 이것은 바로 팔경에서 말하는 산수자연의 전유화로 이어졌다. 따라서 유종원의 소상지역에서의 인문지리적인 체험은 송적의 〈소상팔경도〉로 이어졌다고 할 수 있다.

명초(明初)의 북경팔경(北京八景)은 팔경의 성격을 변화시켰다. 명초 북경팔경의 설정은 비록 이전 시대의 팔경을 모방한 것이지만, 북경 천도와 제도(帝都) 건설에 필요한 산수 경영의 일환이었다. 당시 문인들은 북경팔경을 통하여 국가 공업(功業)을 완성하는 수단으로 삼았다. 따라서 북경팔경은 왕조의 업적을 찬양하고, 왕조의 은택에 감사하며, 국가 권력이 영구하길 칭송하는 도구가 되었다.

구곡은 사대부의 산수체험과 심미대상이면서 자연지도를 체득하는 공간이었다. 무이구곡은 동아시아 구곡 문화의 발상지이면서 한국의 경관문화에 지대한 영향을 끼쳤다. 북송 이후 중국의 시인들은 〈무이도가〉를 도교적 전설이 담긴 서정시로 인식한 반면에 조선의 사림파들은 다르게 수용하였다. 기대승(奇大升)과 이이 등은 〈무이도가〉를 '인물기흥(因物起興: 자연사물을 보고 감흥을 일으키다)'의 시로 인식한 반면, 김인후 등은 '입도차제(入道次第: 진리로 들어가는 순서)'의 시로 여겼다.

주자(朱子) 등 중국 도학자들은 무이구곡을 통하여 학문자세와 고결한 인품을 우리에게 제시하였다. 따라서 구곡은 속세의 번민과 갈등으로부터 초탈, 안빈낙도 정신을 메울 수 있는 장소이다.

제8장에서는 중국의 산수기에 나타난 공간미학에 대하여 언급하였다. 당송대 문인지식인들은, 자연을 미적 대상 혹은 현실인식의 공간으로 인식하기 시작하였다. 문인지식인들은 산수기를 통하여 현실참여와 퇴은 간의 상호모순 극복하는 한편 이상적인 정신세계를 표현했다. 이런 과정에서 중국의 산수기는 대각누정기, 유기, 원림기로 문체가 확대되었다.

제9장에서는 구양수(歐陽修)의 취옹정(醉翁亭)과 소동파의 고향 삼소사(三蘇祠)를 찾아 전통사대부의 공간미학을 파악하였다. 취옹정은 지도자의 '여민동락' 사상이 담긴 공간이다. 구양수는 〈취옹정기〉에서 《대학(大學)》에서 말한 '친민(親民)', 그리고 《맹자》가 제시한 '여민동락(與民同樂)'을 문학적으로 서술하였다. 취옹정은 자연이라는 아름다운 공간(空間) 속에 일어나는 하루 그리고 사계절의 변화, 그곳에서 사는 저주지방 사람들의 태평스런 모습과 놀이, 그리고 저주 사람들에게 대한 지도자로서의 애정, 고양된 정치철학이 자연스럽게 녹아나 있는 공간이다.

필자는 소동파의 고향 미산(眉山)의 삼소사(三蘇祠)를 찾았다. 목가산당(木假山堂)은 삼소의 기상을 홀로 지키고 있고, 서연지 남단에 서서 북쪽으로 서연정, 백파정, 피풍사 순서로 투시하면서 동파 조각상에 초점을 맞추었다. 동파는 그윽한 표정을 지으며 원림 속에 정신적 해탈을 얻은 것 같았다. 정원 안의 쾌우정, 운서루, 포월정, 녹주정, 반담추수, 선오, 세연지 등은 사대부의 아취를 더욱 두드러지게 하였다.

제10장에서는 편액과 영련을 통하여 공간과 텍스트의 관계를 언급하였다. 편액과 영련은 문화경관의 일부로서, 원림과 관련성이 깊

다. 편액과 영련은 황가원림 뿐 아니라 전국 각 지방의 작은 개인 원림, 내지는 명승지의 건물에 두루 붙어 있다. 편액과 영련은 전통 건축과 명승고적에서 최종적이며 핵심적인 표현에 해당한다. 건축물의 구성에서 보면 편액과 영련은 '虛'에 해당한다. 그러나 영련이 없으면 건축과 정원, 명승고적이 그 생기를 잃고 만다. 이것이 바로 원리미학에서 말하는 '허실상생'의 경지이다.

제11장에서는 문인 사대부의 아집(雅集)과 산수 경영에 대하여 알아보았다. 중세문인사대부들은 자신들의 사회문화적 장악력을 강화하고 유지하기 위하여 계층 내부의 관계를 매우 중요하게 여겼으며, 그것을 아집 활동으로 표출하였다. 중세 문인 사대부들이 유지하려고 했던 내부의 긴밀한 관계는 관방 권력 구조 밖에서 문학과 사상을 교류할 수 있는 사적 활동으로 존재하였다.

그들의 아집은 경세치용이나 정치적 도구로서가 아니라, 문화 생산의 공간으로서의 의미가 강했다. 원림은 아집의 공간으로서 역할을 담당하였다. 원림은 문학 생산의 상상력을 풍성하게 하였다. 원림은 시집을 발간하고 전파하는 시스템을 갖추어 아집을 활성화하고 확대 재생산시키는 역할을 담당하였다.

중국인들은 천인합일과 천지인 삼재사상을 토대로 하여 생산 활동과 산수경영을 진행하였다. 자연의 아름다움을 발견하고 이를 공간경영에 적용하였다. 비록 왕족과 귀족이 정치적 위력으로 공간을 전유화 했지만, 당송 시대 이후에 이르러 사회 전면에 등장한 문인지식인들이 공간의 문화적 의미를 부여함으로써 그 미학공간을 확장시켰다. 명대 중후기부터 상인들이 원림 경영에 참여하면서 도시속의 산수자연의 향유 시대를 열었고, 문화 예술 창작의 중요한 장소가 되었다.

중국인은 이렇게 산수자연으로부터 그 아름다움을 발견하고, 이를 통해 인간과 자연의 화해, 인간과 인간, 인간과 사회의 상호 조화를 도모했다.

참고문헌

高巍・孫建華, 《燕京八景》, 學苑出版社, 2008.

高友謙, 《中國風水》, 中國華僑出版公司, 1992.

霍松林, 〈談岳陽樓記〉, 《筆談散文續編》, 百花文藝出版社, 天津, 1964.

郭豫衡, 《中國散文史(下)》, 上海古籍出版社, 2000.

郭熙, 《林泉高致》, 북경: 中華書局, 2010.

具遠辰・葉幼明, 《歷代遊記選》, 湖南人民出版社, 1980.

권석환 주편, 《한중팔경구곡과 산수문화》, 서울: 이화출판사, 2004.

권석환, 《《五岳游草》의 ‘五岳’ 游記 考察〉, 《중국학논총》 제43집, 2014.

권석환, 〈고산정(孤山亭) 시문을 통해 본 17세기 초 朝鮮・明朝 사대부의 공간인식〉, 《중국문학연구》 제50집, 2013.

권석환, 〈唐宋 山水記의 景觀表現―唐宋 山水記의 試論으로서〉, 《중국어문학논집》 24집, 2003.

권석환, 〈明末淸初・朝鮮中後期 遊覽文化와 愚潭丁時翰의 《山中日記》〉, 《中國文學研究》 第63輯, 2016.05.

권석환, 〈소통(疏通)의 문학; 중국 산수유기 다시 읽기〉, 《중국문학연구》 제45집, 2011.

권석환, 〈元結의 山水記・銘에 나타난 자연공간과 장소〉, 《중국어문학논집》 72집, 중국어문연구회, 2012.

권석환, 〈柳宗元的山水記及其空間認識〉, 珠海: 柳宗元國際學術研討會論文集, 珠海出版社, 2003.

권석환, 〈중국 전통 〈雅集圖記〉의 문체적 특징 연구〉, 《중국어문논총》 제72집, 2015.

권석환, 〈중국 중세 문인사대부의 雅集과 그 詩畵의 재현에 관한 연구〉, 《중국문학연구》 35집, 2007.

권석환, 〈중국전통 游記의 핵심 시기 문제―만명 시기 유람문화와 유기를 중심으로〉, 《한국한문학연구》 49집, 2012.

권석환, 《中國雅集》, 박문사, 2015.

권석환, 〈북경팔경과 명초문인의 산수경영〉, 《중국어문학지》 65, 2018. 12.

권석환, 〈소상팔경과 유종원의 영주 산수체험의 관련성 고찰〉, 《중국어문논총》 85, 2018.02.

권석환, 〈중국강남지역 사찰과 인문경관의 상호관련성 고찰〉, 《중국문학연구》 75, 2019.05.

金蘭英, 《歐陽修 ‘記’ 文 研究》, 嶺南大學校, 碩士學位論文, 1988.

金容杓, 〈柳宗元〈永州八記〉와 歐陽修〈醉翁亭記〉의 創作心境 및 主題・風格比較〉,

《중국어문학(부산경남중국어문학회)》제4집, 1987.11.

金元東, 〈明末 王思任의 삶과 文藝觀, 그리고 山水遊記集 游喚〉, 《中國語文學誌》第15輯, 2004.

金元東, 〈袁宏道의 張岱의 西湖 遊記 小品文의 特色〉, 《中國語文學誌》第21輯, 2006.

金鑄聲, 陳自力, 《歷代臺閣名勝記選》, 廣西人民出版社, 1989.

金美羅, 〈北宋'園記'에 나타나는 文人들의 空間 認識 —李格非의 《洛陽名園記》를 中心으로 —〉, 《中國學論叢》36號, 2012.

金寶敬, 〈雅集繪畵題材在李氏朝鮮的流布研究〉, 南京藝術學院, 博士論文, 2009.

김재호 옮김, 나까무라요시오 저, 《풍경학입문》, 도서출판 문종, 2008.

김호, 〈조선간본(朝鮮刊本)『북경팔경시집(北京八景詩集)』연구—한국본(韓國本) 중국고적의 문헌가치를 겸하여 논함〉, 《한문교육연구》, 58집, 2005.

羅宗陽, 〈漫談古代山水記〉, 九江師傳學報, 1989년 2-3期.

勞亦安, 《古今遊記叢鈔》, 臺灣中華書局 1961(韓國 民昌文化社 影印本).

唐俐娟·鐘虹濱·雷芳, 〈瀟湘八景文化形象塑造〉, 長沙: 藝海 3期, 2012.

唐潤熙, 《宋代 古文家의 '記' 文 研究》, 서울大學校, 碩士學位論文, 1997.

鄧穎賢·劉業, 〈八景文化起源與發展研究〉, 廣州: 廣州園林, 2012.

雷芳, 〈瀟湘八景文化形象塑造研究〉, 長沙: 中南大學碩士論文, 2012.

雷子人, 〈雅集圖與明代文人〉, 美術研究, 2009年 4期.

李若晴, 〈燕雲入畫——《北京八景圖》考析〉, 《新美術》, 2009(6).

李媛媛, 〈品山水情意, 悟作者性靈—古代山水游記類散文的教學策略〉, 《中學語文》, 2014.

李裕民, 〈關于沈括著作的幾個問題〉, 杭州: 沈括研究, 浙江人民出版社, 1985.

李含波, 〈從文人雅集看元末江南書畫活動〉, 首都師範大學, 碩士論文, 2009.

李鴻斌, 〈燕山八景起始考〉, 《北京聯合大學學報》, 2002(1).

梅新林·俞樟華 主編《中國游記文學史》, 學林出版社, 2004.

梅新林·俞樟華 主編, 《中國游記文學史》, 上海: 學林出版社, 2004.

梅新林·俞樟華 主編, 《中國游記文學史》, 學林出版社, 2004.

박무영, 〈홍석주의 지리적 상상력: '노정표' 만드는 사람〉, 《고전문학연구》 제38집, 2010.12.

朴亨洙, 《歐陽修 記類散文 研究》, 全南大學校, 碩士學位論文, 2000.

方伯榮主編, 《歷代名記藝術談》, 語文出版社, 1988.

裵永信, 《明代遊記의 體例와 表現特色攷》, 韓國外國語大學校, 碩士學位論文, 1985.

范陽, 《山水美論》, 廣西教育出版社, 1993.

북송 작자미상, 《宣和畵譜》, 北京: 中華書局, 2010.

費振剛, 《古代遊記精華》, 人民文學出版社, 1992.

史樹青, 〈王紱北京八景圖研究〉, 《文物》, 1981(5).

山東師大中文系, 《歷代遊記選》, 明天出版社, 1985.

山東師範大學中文系古典文學教研室, 《歷代游記賞析》, 明天出版社, 1985.

徐宏祖著, 朱惠榮校注, 《徐霞客遊記校注》, 雲南人民出版社, 1985.

서울대학교 奎章閣 소장본, 《北京八景圖詩》.

石守謙,《移動的桃花源》, 三聯書店, 2015.

計成 著, 陳植 註釋,《園冶注釋》, 中國建築工業出版社, 1981.

成均館大學尊經閣 소장본,《北京八景詩集》.

심경호,〈동아시아 산수기행문학의 문화사적 의미〉,《한국한문학연구》49집, 2012.

아프레다 머크 지음, 우재호 박세욱 옮김,《중국의 시와 그림 그리고 정치—그 미묘한 예술》, 경산: 영남대학교출판부, 2015.

안장리,《조선왕실의 팔경문학》, 세창출판사, 2017.

알프레다머그 지음, 유재호 박세욱 옮김,《중국시와 그림 그리고 정치—그 미묘한 예술》, 영남대학교출팜부, 2015.

楊金磚, 論元結游記體散文的藝術特質,《求索》2010年 02期 霍松林, 元結的山水詩 與山水游記芻議, 甘肅社會科學, 2007(5).

楊明浩,〈識論蘇軾亭·臺堂記類散文的筆力〉, 內蒙古民族師院學報, 1987, 2期.

楊揚,〈中國國家博物館藏《北京八景圖卷》再議〉,《書畫世界》, 2015(5).

楊榮,《楊文敏集》卷十四,《欽定四庫全書》集部六.

冉毅,〈宋迪其人及瀟湘八景圖之詩畫創意〉, 北京: 文學評論 2期, 2011.

冉毅,《瀟湘八景—詩歌與繪畫中展現的日本化形態》, 長沙: 岳麓書社, 2006.

倪其心·費振剛·胡雙寶·顧國瑞·王春茂,《中國古代遊記選》(上, 下), 中國旅遊 出版社, 1985.

吳代芳,〈柳宗元及其永州山水散文〉, 唐代文學論叢, 1982, 2期.

吳洙亨,〈歐陽脩의 記 試探〉,《중국문학》21집, 한국중국어문학회, 1993.

吳龍德,〈談古代山水游記的怡情悅性性作用〉, 教育教學論壇, 2011(22).

吳必虎等,《中國景觀史》, 上海人民出版社, 2004.

汪家豪,《歷代遊記選》, 知識出版社, 1994.

王立群,〈蘇軾的遊記文〉, 河南大學學報, 1986, 2期.

王方釗,〈山水游記: 入與自然和諧共生的華美篇章—古代山水游記興盛原因初探〉, 青春歲月, 2011(22).

王淑均,〈略談三蘇散文中的"記"〉, 語文學習, 1982, 5期.

王永鑫,〈永州八記淺論〉,《筆談散文續編》, 百花文藝出版社, 天津, 1964.

王毅,《園林與中國文化》上海人民出版社, 1990.

王義文,〈乾隆與燕京八景(下)〉,《北京園林》, 1989.

王義文,〈乾隆與燕京八景〉,《北京園林》, 1989(1).

王國彪,〈瀟湘八景圖對朝鮮古代文人山水詩〉, 天津: 畫創作的影響《國畫家》, 2014.

王佩娟,〈柳宗元山水記的審美意義〉, 國際關係學院學報, 1988, 1期.

王興中等,《人文地理學概論》, 山東省地圖出版社, 1993.

于非,《古代風景散文譯釋》, 黑龍江人民出版社, 1982.

熊禮滙,〈論元結山水銘文的修辭策略和美學風格〉, 周口師範學院學報, 2006年 1期 魏來,〈一九九四年以來大陸元結研究述評〉,《考試》周刊, 2010年 第1期.

元結,《唐元次山文集(四部叢刊初編本)》.

元結·孫望 校,《元次山集》, 北京: 中華書局, 1960.

魏崇武,〈說燕京八景〉,《中國典籍與文化》, 1996(2).

劉光鍾,《宋代山水遊記譯註》, 祥明大學校 碩士學位論文, 1999.

劉光賢 等《古代遊記選讀》, 山西人民出版社, 1986.

柳銀熙,〈柳宗元의 傳과 山水記 考察〉, 연세대 석사논문, 1985.

劉操南·平慧善,《古代遊記選注》, 上海古籍出版社, 1982.

柳宗元 저, 劉振鵬 주편,《柳宗元文集》, 北京: 中央民族大學出版社, 2002.

윤수영,《중국문학 속의 自然觀》, 강원대학교출판부, 1988.

陰法魯等主編,〈中國古代地理學的發展〉《中國古代文化史1》, 北京大學出版社, 1989.

衣若芬,〈瀟湘山水畫之文學意象情境探微〉, 臺灣: 中國文哲研究集刊, 第20期, 2002.

衣若芬,〈帝都勝遊 朝鮮本《北京八景詩集》對《石渠寶笈續編》的補充與修正〉,《紫禁城》, 2015(9).

衣若芬,〈漂流與回歸—宋代題"瀟湘"山水畫詩的抒情底蘊〉, 臺灣: 中國文哲研究集刊, 第21期, 2002.

衣若芬,〈宋代題'瀟湘'山水畫詩的地理概念·空間與心理意識, 空間·地域與文化—中國文化空間的書寫與闡釋(下)〉, 臺灣: 中央研究院中國文哲研究所, 2002.

李賢,《柳宗元의 永州八記 考察》, 慶星大學校, 碩士學位論文, 1997.

李其欽,〈論柳宗元的山水散文〉, 廣州師院學報, 1988, 4期.

李亮,《書畫同源與山水文化》, 北京: 中華書局, 2004.

李聖浩,〈朱熹 山水遊記 小考〉,《중국문학연구》11집, 1993.

李育仁,〈論柳宗元山水記的詩情美〉, 湖北大學學報, 1986, 5期.

林東海,〈試論柳宗元山水記的特色〉, 榕樹文學叢刊, 1979, 第1輯.

林邦鈞,《歷代遊記選》, 中國青年出版社, 1992.

林俊相,《蘇軾 '記'體 散文 研究》, 成均館大學校, 碩士學位論文, 1992.

任仲倫,《中國山水審美文化》, 北京大學出版社, 1991.

任振鎬,〈柳宗元의 山水小品文에 대한 美學的 理解〉,《中國人文科學》第29輯, 2004. 12.

子夜 等,《古代遊記精品》, 陝西旅游出版社, 1993.

張高元,〈論山林雅集的圖文意〉, 中國韻文學刊, 2013.

張高元,〈王紱的雅集圖與明初文藝風尚的轉變〉,《西部學刊》, 2016.

張官妹,〈試論元結柳宗元的園林思想對湘南古村建的影響〉, 湖南科技學院學報, 2010. 11 張京華,〈元結與永州水石文化〉, 湖南科技學院學報, 2011年 02期.

張步天,《中國歷史文化地理》, 湖南教育出版社, 1993.

張述林,《風景地理學原論》, 成都科學大學出版社, 1992.

張永軍,〈胸中塊壘筆端落, 自有青山化爲橋—古代山水游記的抒情方式略談〉, 現代中學生: 閱讀與寫作, 2010.

臧維熙 主編,《中國游記鑑賞大辭典》, 青島出版社, 1992.8.

張田 主編,《中國游記鑑賞辭典》, 陝西旅游出版社, 1992.8.

張廷玉等,《明史》, 中華書局, 1974.

張必忠,〈乾隆詠燕京八景〉,《紫禁城》, 1990(5).

儲椒生等,《園林造景圖說》, 上海, 上海科學技術出版社, 1988.

전경원,《소상팔경, 동아시아의 시와 그림》, 서울: 건국대학교출판부, 2007.

田宏虎, 〈古代山水游記發展論略〉, 中國民航學院學報: 綜合版, 1994.

鄭孟彤, 《古代遊記名篇評注》, 廣東人民出版社, 1986.

鄭愛敬, 《唐宋八大家의 臺閣樓亭記 譯註》, 祥明大學校 碩士學位論文, 2001.2.

정열철 역, Yi-Fu Tuan, 《공간과 장소》, 태림문화사, 1995.

조은상, 〈元結在文體革新上的表現及貢獻—以「山水記文」及「山水銘文」爲主〉, 《중
　　　국어문학논집》, 2005.

趙春林, 《園林美學概論》, 中國建築工業出版社, 1992.

趙啓斌, 〈中國繪畫史上的文會圖〉, 榮寶齋, 2005年 06期.

趙洪生, 〈文人雅集題材繪畫的歷史展示〉, 美術觀察, 2007年 04期.

鍾小燕, 〈柳宗元與歐陽脩山水記比較〉, 文史哲, 1986, 3期.

鐘虹濱·黃晴, 〈瀟湘八景山水文化景觀考證研究〉, 長沙: 船山學刊 4期, 2011.

周冠群, 《游記美學》, 重慶出版社, 1994.3.

朱永茂, 〈略談柳宗元的山水小記〉, 語文教學通訊, 1957년 7~8期.

周玉華, 〈元結: 中國古代山水游記的開拓者〉, 山西財經大學學報, 2012(S5).

周維權, 《中國古典園林史》, 清華大學出版社, 1990.

曾子魯, 〈略論蘇軾"記"體散文的藝術特色〉, 西北師院學報, 1986, 4期.

지세화, 〈抒情散文의 詩的 분석 방법론 고찰—유종원 「영주땅 유람기 여덟 편(永州
　　　八記)」를 대상으로—〉, 《中國散文論叢》 창간호, 2000.

振甫, 〈談柳宗元的山水記〉, 《筆談散文》, 百花文藝出版社, 天津, 1962.

陳士同, 〈文人士子的山水歸依—古代山水游記解讀〉, 學語文, 2015.

陳西平·張鴻晶 〈中國山水游記散文淵源的探索〉 山東農業大學學報, 2000 王立群,
　　　〈游記的文體要素與游記文體的形成〉, 文學評論, 2005.

陳植, 張公弛 選注, 《中國歷代名園記選注》, 安徽科學技術出版社, 1983.

陳新等, 《歷代遊記選譯》(漢唐部分, 中國戲劇出版社, 1991), (宋部分, 寶文堂, 1987).

秦元璇, 〈燕京八景古今談〉, 《中國園林》, 1993(4).

陳正宏, 〈傳統雅集中的詩畫合璧及其在十六世紀的新變〉, 文學遺産, 2013. 4기.

陳正祥, 《中國文化地理》, 木鐸出版社, 1982年 臺北.

陳從周, 《說園》, 北京, 書目文獻出版社, 1984.

陳從周, 《揚州園林》, 三聯書店香港分館, 1983.

兪劍華, 《中國古代畫論類編》, 北京: 人民美術出版社, 1957.

崔承運, 《古代山水遊記選》, 河北人民出版社, 1987.

彭敏, 〈元結湖南雜記初探〉, 湖南科技學院學報, 2011年 第1期.

彭敏, 元結〈次山銘叙〉初探, 湖南科技學院學報, 2011年 第5期.

韓國國立中央圖書館 소장본, 《北京八景詩集》.

허경진 외 번역, 《조선 선비의 산수기행》, 돌베게, 2016.

胡道靜, 《夢溪筆談校証》, 上海: 上海人民出版社, 2011.

胡昌華, 〈蘇軾詩文中景物描寫的構圖美〉, 湘潭師專學報, 1984, 3期.

홍승직, 〈柳宗元 遊記의 詩的 요소—多義性과 意境을 중심으로〉, 《중국산문논총》,
　　　창간호, 2000.12.30.

洪承直, 〈柳宗元의 遊記 研究〉, 《중국학논총》 제5집, 중국학연구회, 1991.

황기원, 《경관의 해석》, 서울대학교 출판사, 2011.

黃墨谷, 《中國歷代遊記選》, 中華書局, 1988.

黃卓越, 《明永樂至嘉靖初詩文觀硏究》, 北京師範大學出版社, 2001.

A. A. Carlson, On the Possibility of Quantifying Scenic Beauty. Landscape Planning, 4(1977) 131-172.

Alfreda Murck, 《宋代詩畵中的政治隱情(Poetry and Painting in Song China: The Subtle Art of Dissent)》, 北京: 中華書局, 2009.

Amos Rapoport, House Form and Culture, Prentice-Hall, 1969.

Cherem, G. J., Looking Through the Eyes of the Public or Public Images as Social Indicators of Aesthetic Opportunity. Address to Aesthetic Colloquium, Park City, Utah. 1972.

Coughlin, R. E. and Goldstein, K. A., The Extent of Agreement Among Observers on Environmental Attractiveness. Regional Science Research Institute. 1970

D. W. Meinig, The Interpretation of Ordinary Landscape, ed. Oxford University Press, 1979.

Daniel, T. C., Wheeler, L., Boster, R. S. and Best, P. R., Quantitative evaluation of landscapes: an application of signal detection analysis to forest management alternatives, Man-Environ, Syst, 3: 330-344, 1973.

Fines, K. D., Landscape Evaluation: a research project in East Sussex. Reg. Stud., 2: 41-55, 1968.

Handlin, Joanna. "Benevolent Societies: The Reshaping of Charity in the Late Ming and Early Qing." JAS 46. 2 (May 1987): 309-337.

Li, Chu-tsing and Watt, James C. Y. eds. The Chinese Scholar's Studio: Artistic Life in the Late Ming Period. London: Thames and Hudson, 1987.

Liscomb Kathlyn, 〈The Eight Views of Beijing: Politics in Literati Art〉, 《Artibus Asiae》, 1988(49:1/2).

Tim Hall and Iain Borden, The City Cultures Reader, Malcolm Miles, Routledge, 2000.

YI-Fu Tuan, 정영철 역, 《空間과 場所(Space and Place. The perspective of experience)》, 泰林文化社, 1995.

권석환(權錫煥)

성균관대학교 중어중문학과에서 학사(1984), 석사(1986), 박사(1993) 학위를 취득하였다. 홍콩중문대학(香港中文大學)에 유학하여 연수과정을 마쳤고, 1995년 상명대학교 중국어문학과에 부임하여 20여 년 동안 학생들을 가르치며 연구하고 있다. ≪先秦寓言研究≫로 박사학위를 받은 이후, 우언 관련 연구 논문을 여러 편 발표하였다. 중국 산문을 연구 분야로 삼고 한국중국산문학회 창립에 참여하여 학회장을 역임한 바 있다.

중국 문화에 흥미를 느껴 백여 차례 중국의 각 지역을 답사하였고, ≪中國, 中國人, 中國文化≫(다락원, 2001) 출판을 통하여 중국문화의 원리를 제시하였고, ≪중국문화답사기1≫(다락원, 2002)·≪중국문화답사기2≫(다락원, 2004)·≪중국문화답사기3≫(다락원, 2006), ≪詩文을 따라 떠나는 중국문학유람≫(차이나하우스, 2008) 등을 통하여 문화지리학의 영역을 탐구하였다. 그 외에 ≪중국문자 텍스트의 시각적 재현≫(한국학술정보, 2010), ≪세계의 말 문화2 중국≫(한국마사회, 2010), ≪교훈의 미학 中國名言≫(박문사, 2015), ≪중국아집 : 일상과 일탈의 경계적 유희 中國雅集≫(박문사, 2015), ≪중국우언(中國寓言) : 춘추전국시대(春秋戰國時代) 편 백가쟁명의 창과 방패≫(박문사, 2017)을 출판하였다.

한중 문화 교류 방면에 관심을 가지고 ≪韓國古代寓言史≫(岳麓書社, 2004)·≪韓國古典文學精華≫(岳麓書社, 2006)·≪三國遺事(中國語譯)≫(岳麓書社, 2009)·≪金鰲新話(中國語譯)≫(岳麓書社, 2009)의 출간을 통하여 중국학계에 한국문화를 전파시키는 역할을 담당하였다.